2020年辽宁省教育厅人文社会科学研究项目
"出土文献视阈下的中华诫子书研究"（WJ2020

U0677761

中国古代家训文学研究

杨 允 著

东北大学出版社

·沈 阳·

图书在版编目（CIP）数据

中国古代家训文学研究 / 杨允著. — 沈阳：东北
大学出版社，2023.12
　　ISBN 978-7-5517-3361-8

　　Ⅰ．①中… Ⅱ．①杨… Ⅲ．①中国文学—古典文学研
究②家庭道德—研究—中国—古代 Ⅳ．①I206.2
②B823.1

中国国家版本馆 CIP 数据核字（2023）第 248854 号

出 版 者：东北大学出版社
　　　　　　地址：沈阳市和平区文化路三号巷11号
　　　　　　邮编：110819
　　　　　　电话：024-83683655（总编室）
　　　　　　　　　024-83687331（营销部）
　　　　　　网址：http://press.neu.edu.cn
印 刷 者：沈阳市第二市政建设工程公司印刷厂
发 行 者：东北大学出版社
幅面尺寸：170 mm×240 mm
印　　张：15
字　　数：262千字
出版时间：2023年12月第1版
印刷时间：2023年12月第1次印刷
策划编辑：牛连功
责任编辑：王　旭
责任校对：周　朦
封面设计：潘正一
责任出版：初　茗

ISBN 978-7-5517-3361-8　　　　　　定　价：50.00元

前　言

　　家训文学是我国古典文学宝库中的一种特殊样式。它用诗性的文字记录着古圣先贤对子弟的谆谆教诲，承载着历代训诫主体真挚深切的爱子之情，激励后代实现修身勉学、睦亲齐家、治国安邦等理想目标，不经意间显现着我国古代社会的伦理亲情、价值观念、教育理念。家训文学承传着中华民族优秀的道德文化，成为中华家风及传统文化传承的重要载体，是中华民族"以文化人、以文育人"教育方式的重要表现，在思想内容、家庭教育及文学创作方面对后代产生了不可忽视的重要影响。

　　中国古代家训文学具有鲜明的主体特征、文体特征、民族特色及时代性，但是其现有研究还明显不足。基于此，本书以中国古代家训作品为研究对象，从文学角度对中国古代家训文学进行研究。"家训"既是以接受者为着眼点的宽泛概念，也是特定群体的创作和具有特定宗旨的文学文本。它涵盖诸多文体样式作品，是我国古代文学的组成部分，随我国古代文学和文化的发展而演变。家训文学没有自身的、封闭的发展历程，不像诗文词曲那样具有独立的演进过程。因此，本书将沿着文学的、文化的发展脉络，考察各个时代的家训文学。

　　本书分为七章，主体部分围绕主体论、创作论、内容论、表现论、功能论的逻辑展开，旨在通过具体翔实的文本分析及归纳，较全面地揭示中国古代家训文学的主体类型、文体特征、思想内容、艺术表现及现实意义，使中国古代家训思想焕发出新的时代价值。本书的研究对创立具有时代精神的新的家训文化，书写新的家庭文学、亲子文学，弘扬主旋律，传承民族文学、文化基因，实现中华优秀传统文化的薪火相传，具有重要的理论意义和现实意义。

　　本书的出版得到了渤海大学中国语言文学学科的资助。在本书出版过程中，渤海大学学科处领导、文学院领导给予了大力支持，教师刘贞及学生张柳、赵女女、冯竹萱等帮忙查找相关文献资料、校对书稿，在此深表感谢。

　　力争为中华优秀传统文化的创造性转化与创新性发展、为中国古代家训文学研究尽绵薄之力是著者撰写本书的目的所在。中国古代家训文学文体繁复、作品众多、意蕴深厚，由于篇幅所限，加之著者学识有限，本书尚有诸多未尽之意，敬请学界前辈及同人批评指正。

著　者

2023 年 7 月

目　录

第一章 绪论

第一节 研究背景

家训是我国古代家庭教育的一种特殊形式，也称"家诫""家范""庭训""庭诰"等，主要指长辈对晚辈的训诫教导，同时包括兄弟姐妹之间的互诫互勉。这些训诫、教诲、劝勉的言辞，不仅讲述了个体修身的原则、家庭伦理的规范、社会道德的要求，还以其真挚的情感、生动的说理、有力的论证，成为中国古代文学的重要组成部分，我们称之为"家训文学"。家训有口头形式和书面形式两种。其中，书面形式是家训存世的主要形式，也是家训文学研究的主要对象。

中华家训历史悠久。古人进行家庭教育的各种文字记录，如教子诗、诫子书、箴言、与子弟书、临终遗令等，都可谓之家训。先秦时期是我国家训的发端，汉魏晋南北朝时期家训得以发展，于隋唐成熟，宋元明时繁荣，至清代鼎盛，而后逐渐衰落。古代家训基于至亲至爱的血缘亲情，举凡人生追求，世道出处，人生经历、体悟，对社会、官场的认识，都凝聚于家训中。家训蕴含着对后代的关爱及对其人生的引导，是文化传承的精髓，体现出前辈的情感、智慧和期待，蕴藏着深厚的个体关爱和家国同构情怀。家训是家庭教育的一个特殊部分，但并非所有家庭都留下了家训。

中华民族是一个重视教育教化的民族，历来十分重视对子女的养成教育，注重家教及家风培育；中华民族也是一个智慧的民族、一个诗性的民族，这种诗性、文艺性突出体现在古老的家庭教育和教子方式中。几千年来，中华先贤不仅积累了丰富的家教经验，还在教子过程中创作、留存了大量的家训文献，其中既包括韵律和谐、易记易诵的有韵家训，如诫子诗等，也包括话语亲切、形象生动、说理深刻的无韵家训，如训、诫、诏、策等文体的诫子文。形式多样、文体丰富的家训文学是古圣先贤奉献给中国古代文学、中国古代文化的一笔珍贵遗产，它以独特的形式、民族化的思想意蕴屹立于世界文学之林，闪烁着中华智慧及文明之光。

中国古代家训不仅内容丰富、形式多样，而且文体特征鲜明。主要家训文体包括训体、诰体、诫体、敕体、诏体、令体、书体、箴体、铭体、诗体、语录体、格言体等。文体形制既有韵文体，也有散文体，还有散韵结合体。不同时代、不同训诫主体、不同的情感，教诫内容和文体的选择有所不同。同一家训文体在不同时期，文体特征有所变化。各类文体在不同历史阶段所呈现的内容、结构、表达方式、文体风格等，也有所不同。这些都充分说明，我国古代家训具有鲜明的文学性及文体特征。

家训作为反映训诫主体心声的一种语言样式，在一定程度上还呈现出创作主体的身份特征，这种身份特征既表现在家训主体的类身份特征上，如帝王诫子具有极强的政治性、仕宦诫子反映出这一群体的政治参与意识、商贾诫子渗透着商贾观念等，也表现在家训所反映的个体特征上，即由于每个家训主体有着自身独特的社会经历及人生感受，其家训表现出鲜明的个体身份特征。家训所反映的父兄辈对子弟辈在人生观、价值观、处世思想、行为规范等方面的教导和训诫，从侧面折射出不同时代、不同阶层、不同身份的家训主体对人生与社会的认识及看法，反映着他们的思想和心灵。

古代家训产生于中华民族重视血亲及家庭的宗法社会，深受传统儒家思想的影响，因此，历代家训皆传承并彰显了民族传统文化的思想要素，具有鲜明的民族特色。同时，不同时代的家训主体浸润着时代的思想和社会思潮，因此，古代家训也体现出鲜明的时代特色，是反映时代思想及社会生活的一个窗口。

可见，中国古代家训文学具有鲜明的主体特征、文体特征、民族特色及时代性，以上这些构成了中国古代家训的特色及魅力。

家庭是个体接受知识及品德教育的起点，对于个体的健康成长至关重要，家教、家训是个体成长不可或缺的重要方式和途径。家庭也是社会的细胞，是个体社会化的津梁，对个体社会化及国家、社会发展至关重要。在2015年的春节团拜会上，习近平总书记发表讲话强调："家庭是社会的基本细胞，是人生的第一所学校。不论时代发生多大变化，不论生活格局发生多大变化，我们都要重视家庭建设，注重家庭、注重家教、注重家风，紧密结合培育和弘扬社会主义核心价值观，发扬光大中华民族传统家庭美德，促进家庭和睦，促进亲人相亲相爱，促进下一代健康成长，促进老年人老有所养，使千千万万个家庭成为国家发展、民族进步、社会和谐的重要基点。"①

中华民族古来即重视血缘家庭，重视家庭教育，有着深厚的家庭情结和家国情怀。作为古代治家教子的重要形式与手段，同时是教育智慧诗性沉积的中华家训，源远流长，博大精深，既对中华民族的家教、家风承传产生了重要的影响，也推动了社会的发展与进步。鲁迅在《我们怎样教育儿童的？》一文中说道："倘有人作一部历史，将中国历来教育儿童的方法，用书，作为一个明确的记录，给人明白我们的古人以至我们，是怎样的被熏陶下来的，则其功德，当不在禹下。"②家训文学、家训文化是我国传统文化中的宝贵财富。

虽然近半个世纪以来，学术界对古代家训的研究逐步深入，但是从学术梳理的结果来看，从文学角度对我国古代家训进行系统研究的论著还非常鲜见。结合新出土的清华简、北大简等文献，从文学角度对中国古代家训文学进行深入研究，探究中国古代家训文学的主体类型、思想内容、文体特征、艺术表现及现实意义，汲取其中的思想精华，使中国古代家训思想焕发出新的时代价值。对于创立具有时代精神的新的家训文化，书写新的家庭文学、亲子文学，弘扬主旋律，成功实现古代家训的创造性转换和创新性发展，传承民族文学、民族文化基因，实现中华优秀传统文化的薪火相传，具有重要的理论意义和现实意义。

第二节　研究现状

家训是中国古代家庭教育的重要形式，流传至今的书、诫、敕、令、诗、箴等各体家训文献是富有中华民族智慧及思想的、诗性的家庭教育文本。作为中国古代家庭教育行为的一种特殊沉积，作为古人家教思想的诗性书写，具有重要的研究价值。其间承载着重要的教育思想、伦理思想、文化

① 习近平. 在2015年春节团拜会上的讲话 [EB/OL]. (2015-02-17) [2023-10-10]. http://www.xinhua-net.com/politics/2015-02/17/c_1114401712.htm.

② 鲁迅. 准风月谈 [M]. 2版. 北京：人民文学出版社，2006：73-74.

思想，是研究中华传统教子文化、家文化、亲子文学及传统家庭教育的重要资源和研究依据。

我国古代的家训传统源远流长，由家训行为沉积下来的教子文献颇多，而真正把家训著述作为一个专门的研究对象，始于宋代。《文献通考·经籍考》中著录了北宋时期孙顿所编的《古今家戒》，这是我国迄今为止发现的最早的一部家训总集，但现已失传。到了南宋，刘清之对经、史、子、集中散见的家训进行了搜集、整理，编撰成目前来说最早的一部集录式家训总集——《戒子通录》。该书所收的戒子文献起于西周，讫于南宋，共收集诗歌、散文、语录、专著等共一百七十二条，为后世的相关研究提供了重要的文献基础。

进入现代学术视野以来，在相当长的一段时间内，古代家训没有得到现代学人的足够重视。20世纪80年代以后，我国古代家训逐渐受到学界关注，家训研究正式起步。但这时的研究内容有限，学者的研究主要是对古代家训的辑录和注释，代表性的研究成果如下：1980年，上海古籍出版社出版的王利器的《颜氏家训集解》，细致地辑录了有关《颜氏家训》的可信注解，并下己意，同时对《颜氏家训》的版本进行了整理，为读者研读《颜氏家训》提供了重要的参考资料。1988年，史孝贵主编的《历代家训选注》一书正式出版，该书选注了先秦至现代三十位家训主体，包括孔子、汉高祖、马援、陆游、曾国藩、孙中山、林觉民等，对训主进行介绍，对家训予以说明，对原文予以注释。中国古代的家训除有积极健康的思想之外，其间也不免存在消极的糟粕，对于作品中存在的消极内容，该书在选注中一一指出，以供读者阅读思考。1988年，杨知秋选注的《历代家训选》出版发行，该书的主体部分包括"立志篇""德育篇""美育篇"等六个部分，选注了姬旦、诸葛亮、朱熹、张履祥等85位训诫主体的家训，每篇作品包括原文、注释、译文、讲解。

20世纪90年代以后，随着学术研究的深入，中国古代家训的研究范围和研究视野逐步拓宽。尤其是进入21世纪以来，随着国家对中华优秀传统文化承传及家风建设的大力强调，传统家训的相关研究蓬勃发展，无论是研究成果的数量还是研究的对象、内容，都较以往显著增加。研究者除了对中国古代的家训进行辑录、注释外，还将研究视野拓宽至对中国古代家训史的宏观研究、断代研究、部分经典家训著述的个案研究，以及家训的思想内容研究、教育价值及方法研究、德育价值及意义研究等方面。研究成果主要以著作和论文的形式呈现。

一、著作

著作方面，主要包括两类：一类是对家训产生、发展、内容、价值等进行论析的理论性学术著作；另一类是以家训的辑录、注释为主要内容的编著译注。

首先，在理论性学术著作方面，主要代表性成果如下。

其一，《家训百科》。1993年，丁傅、谷弘合著的《家训百科》出版。该书从"德为教育之本"等四个方面展开论述，阐述了家庭教育应遵循的原则、内容及方法，列举了古圣先贤的教子之道，内容通俗易懂，所言耐人寻味。

其二，《中国家庭教育史》。1997年，马镛的专著《中国家庭教育史》出版。该书从家庭教育的视角论析了先秦至清代后期家庭教育的发展史，其间涉及丰富的教子言论和家训文献。家训主体包括帝王、世家、名门、名儒等各个阶层，尤其是在家训史上影响卓著的先贤，如曾国藩、袁采、朱熹、颜之推等。对于古代家庭教育的原则、方法及家教实践中所运用的家教载体，如家训、家书、教子诗词等，该书有所涉及。诸如，该书第四、五、七章专门设节，分别对隋唐五代、宋元、明清时期的教子诗、文、曲等进行了一定程度的论析。

其三，《家范志》。1998年，徐梓撰写的《家范志》出版。在该书的导言部分，作者对家范的定义、制定、异名及两重内涵做了介绍，主体部分以四章的篇幅阐述了家范萌芽、成立、繁荣、蜕变的过程，结语部分概括了家范的主要内容、繁荣的原因及作用。书中，对"家范"的异名进行了逐一释义。作者认为，家范不仅仅包括家训、家诫等以训诫子孙、规范后辈为主要内容的文献，还应当包括训诫或规范家训家诫等活动本身。

其四，《中国家训史》。2003年，徐少锦、陈延斌合著的《中国家训史》出版。该书基于中国古代及现代家训实践的视角，以传世的家训文献为主要依据，清晰勾画了中华古代家训从萌芽、产生、发展、定型、成熟、繁荣及至由盛转衰的全过程。该书超越了一般性的家训注释或者举隅，采用点面结合的方式，既宏观论析了中国古代家训的发展历程，也微观阐释了每个发展阶段家训的生成环境；所论析的家训既包括帝王家训、后妃与外戚家训，也包括名臣名士名儒家训、女训等；不仅论家训的重要内容，还析家训的主要方法；不同朝代的论述，既有纵向的对比，也有横向专论一代家训所涉之文体，所论详赡。对于家训中的糟粕思想，也给予了客观的论析及批判。书后，还附录了老一辈无产阶级革命家的家训。徐少锦、陈延斌的《中国家训史》是研究古代家训的力作，具有较强的理论性，在中国家训研究史上有着重要的地位，对于本书有重要的指导意义。

其五，《传统家训思想通论》。2006年，王长金的专著《传统家训思想通论》出版。这是一部包含中华家训生成的文化背景、源流、思想内容、教育方法等在内的综合研究论著。该书将中华家训放在中国的宗族文化、农耕文化及儒家文化的背景中进行考察，深刻挖掘了中华家训产生发展的文化基因，提出家训是儒家思想走向民间的传播桥梁，儒家思想是中华家训的核心理念。该书将中华家训文献分成家庭伦理、人生哲学、道德观念、教育思想、教育方法五大板块，较清晰地展现了家训文献所蕴含的思想内容，具有鲜明的思想体系特征。

其六，《传统家训的伦理之维》。2008年，戴素芳的专著《传统家训的伦理之维》出版。该书集中聚焦传统家训的伦理层面，阐述了传统家训中体现的处世伦理观、政治伦理观、经济伦理观、家庭伦理观等。本着批判性继承的原则，该书对传统家训中蕴含的有益于现代社会伦理体系建设的内容进行了积极的挖掘，并揭示了其现代价值及意义。

其七，《中国家训史论稿》。2008年，朱明勋的专著《中国家训史论稿》出版。该书的绪论部分首先对我国古代家庭与家族的特点、家训文献的判定与释义、传统家训分类进行了论析；而后，在书的主体部分，作者按照家训的发轫期、发展期、成熟期、鼎盛期、转型期的发展脉络，分五章对我国由先秦至近现代的家训发展历程进行了较为详尽的阐述。该书在宏观论析我国传统家训发展历程的同时，对各个阶段具有重要影响力的家训也进行了微观举隅，点面结合、纵横交错地构建了较全面的立体化的家训史论析框架。书中，朱明勋对何谓"家训"提出了自己的看法，他认为，家训随着家庭或家族的产生而产生。判断一部作品是不是家训，主要看作品的内容是否与家训教子有关。

此外，1997年，毕诚撰著的《中国古代家庭教育》由商务印书馆出版。该书在论及中国古代各个时期家庭教育时涉及了家训的内容，诸如汉魏六朝的家书、《颜氏家训》、曾国藩教子书等。2013年，闫爱民的专著《中国古代的家教》由商务印书馆出版。该书第一、二章论及家教的产生、演变及基本内容，其间对孔子的庭训、家训著作的滥觞及基本内容有所论述。

以上论著均是着眼于宏观中华传统家训研究的理论著作。除了通论性家训著作外，也有学者对某一地域、某一作者的家训或某部家训进行了理论研究，典型如：2002年，唐浩明撰著的《唐浩明评点曾国藩家书》出版。2006年，刘光明撰著的《〈颜氏家训〉语法研究》出版，该书专门就《颜氏家训》的语法系统进行了探究。2015年，陈寿灿、杨云等撰著的《以德齐家——浙江家风家训研究》出版。该书精心梳理了浙江家风家训的重要文献，剖析了家风家训中蕴含的优良传统、时代价值及民族特色，所论既有理论层面的阐述，也有时代传承的探讨，旨在实现对浙江家训家风的批判性继承，助力社会主义家庭美德及社会文明之风建设。此外，2021年，陈孔祥的专著《明清徽州家训研究》出版。该书对明清时期徽州的家训内容及发展情况进行了较深入的阐述，对影响明清时期徽州家训的主要因素及家训的功能、局限等进行了分析。此书是"徽商·徽州·族谱——明清家训研究"丛书中的一部。此书之外，还有李俊杰所著的《明清族谱之家训研究》等。以上所举，皆是对某一地域、某个作者或者某部家训进行的专题家训研究。

另外，还有学者对古代家训的思想价值及智慧实践进行了论析，典型如：2012年，符得团与马建欣合著的《古代家训培育个体品德探微——以〈颜氏家训〉为例》出版。该书探讨了中国古代进行个体品德培育的主要内容及基本途径，旨在为当代个体品德培育提供有益的借鉴。2018年，潘晓明的专著《中国古代家训与中医传统文化的大众化》出版。该书以五章的篇幅，阐述了古代家训的发展脉络及主要特点，剖析了古代家训的学习观、修身观、齐家观、功业观，力图从儒家君子人格培育的角度，挖掘古代家训中有益于当代社会的积极因子，论析传统家训的意义及现代启示。2018年，方建新撰著的《中国家风 家训 家规》出版。该书大体上以"一句家训、一段译文、一个故事、一段评述"的体例结构，为读者呈现了生动可读的经典家风家训家规。在家训智慧的应用实践上，郦波所著的《中华家训智慧——巧思能成事》《中华家训智慧——学出名堂来》《中华家训智慧——修炼好品质》是典型代表。

除了通论及断代性理论研究著作，还有学者从古籍整理的角度对中国历代家训文献进行了研究。典型如：2014年，赵振的专著《中国历代家训文献叙录》出版。该书按照时间顺序，细致地梳理了汉魏六朝、隋唐、宋元、明代、清代的家训文献，并对存世文献的作者、作品内容、版本、价值等方面进行了精审的考辨。对于存目及亡佚家训专著，该书在书末附有两个一览表，供读者查阅。该专著是国内首部从古籍文献整理的角度对古代家训进行研究的著作，对于学术研究具有重要的文献价值。

以上几类著作，均是理论性较强的家训研究著作。

其次，在以家训的辑录、注释为主要内容的编著译注方面，除了上文提及的史孝贵主编的《历代家训选注》、杨知秋选注的《历代家训选》外，其他具有代表性的成果如下。

1991年，喻岳衡编选的《历代名人家训》出版。该书选编了作者认为值得肯定的正面人物的家训，从姬旦的《诫伯禽》始，至孙中山的《遗嘱》止。对于所选的家训，按照家训原文、全文大意、作品说明的体例予以呈现。该书的修订版于2002年出版，除对第一版书进行修改外，还新增了曾国藩及苏轼的家训，并增加了部分插图，更加具有可读性。

1992年，吴言生、翟博主编的《中国历代家训集锦》出版。该书择选周公、孔子、曾国藩等114位先贤的家训，通过作者简介、内容提要、原文、注释、译文等内容，帮助读者阅读。

1992年，史孝贵主编的《古今家训新编》出版。该书与史孝贵此前主编的《历代家训选注》有很大不同：一是所选家训数量增加，由原来的64篇增加至137篇；二是家训主体有所增加，增加了毛泽东、彭德怀等无产阶级革命家的家书；三是对古代家训部分，增加了有关廉洁从政、勤政为民等内容。

1993年，徐少锦等主编的《中国历代家训大全》出版。该书分上、下两册，导言部分概述了家训的发展历程及主要内容，对古代家训或家教进行了释义。主体部分按照"经典名篇""家书篇""诗词篇""杂篇"四个板块，择选中国传统家训中的著名篇章，介绍作者及作品，刊载家训原文，旨在将中华文化宝库中闪耀着民族智慧之光的、具有积极意义的家训呈现给读者，为当时乃至之后的社会主义家风建设及子女教育提供了积极的文献及思想资料。

1994—1996 年，成晓军主编的《帝王家训》《宰相家训》《名臣家训》《名儒家训》《慈母家训》相继出版，成为按照训主身份进行家训选编的典范。这些书的内容主要包括训主简介、家训原文、注释、译文、评析几部分。

1994 年，陆林主编的《中华家训大观》出版。该书的正文部分分为"人物小传卷""书目题解卷""诗文评析卷""成语故事卷""嘉言类编卷"，分别介绍以家训家教闻名的历代名人、历代家训著作、家训名篇、家训故事及有关家训的警句嘉言。附录部分呈现了"中国历代家训书目稿"及"本书人名篇名书名索引"，便于读者阅读，结构设计令人耳目一新。

1994 年，张艳国等编著的《家训辑览》出版。该书为冯天瑜、张艳国主编的"中国智慧集萃丛书"中的一部。在此书的前言部分，张艳国较详细地阐述了中国传统家训的文化意义，概述了家训的定义及分期。该书的主体内容分为五个部分，每个部分又分成若干个条目。诸如，第一部分"家庭"，其下设有"夫妻观""兄弟观""长少观"三个二级条目，分别呈现典型的家训，并对其予以注释和翻译。

1994 年，刘光明编著的《中华古代家训》出版。该书共九章，首章概述了蒙学的渊源、发展脉络、教材的类别及蒙学的内容，其后八章分别围绕启蒙教育、孝敬友悌、处世交友、为国效力等内容展开，史料丰富，观点清晰。

1995 年，丁晓山编著的《中国古代家训精选》出版。该书本着积极有益、适合现代人需要，以及前人未做介绍而又值得介绍的两个原则，从中国古代家训中择选经典家训近 400 则，分上、中、下三篇予以选注。上篇内容主要围绕"读书""品德""自立"展开，中篇内容围绕"父子""兄弟""夫妻""亲友""教子""理家"展开，下篇内容围绕"做人""做事""做官""识人""知世"展开，总体框架遵循"修身""齐家""治世"的逻辑。每则家训由原文、译文两部分组成。书的主体部分之前有序言，书后附有"中国古代家训简目说明"，框架清晰。

1996 年，罗宏曾编著的《治家史鉴》出版。该书分为"家教人伦篇""齐家要略篇""婚姻爱情篇""家国亲朋篇""持家禁忌篇"五个部分，列举了中国古代典籍中所载的有关治家的言行及事例，其中即包含教子的言行及事例。

1996年，徐梓编注的《家训——父祖的叮咛》出版。作者对刘向、马援、刘备，诸葛亮、颜之推、司马光、曾国藩等39位先贤的42篇家训进行了选注。

1997年，赵忠心编著的《中国家训名篇》出版。该书精心筛选了在作者看来具有特色及代表性的16部家训，如《颜氏家训》《袁氏世范》等。对于每部家训著作，赵忠心首先对其作者及内容进行简介，而后呈现家训的原文、注释及译文，书末还附有"中国家训目录"，希望读者"取其精华，去其糟粕"，汲取其中有益的思想。

1997年，王人恩编著的《古代家训精华》出版。该书精选了从先秦直至近代的50篇家训。为了通俗易懂，该书采取了文白对照版。体例上，除了作者简介、原文、注释、译文之外，还包括简评，对所选训文的产生背景、主旨思想及启示进行论说。

1997年，从余选注的《中国历代名门家训》出版。序言中，作者阐释了家训存在和发展的历史必然性。该书的主体部分按照修身、治家、睦亲、处世、教子、勉学、就业、交谊八大主题呈现家训经典片段。每个主题之下分为若干个小类目，诸如"睦亲篇"之下包括"福善之门莫美于和睦""父慈子孝，父公子谅，家业才能兴旺""情同手足，兄弟当和好到老""亲族邻里，皆当友善关爱"四个子类目，每类主题之下分别择选数则家训，对原文中不易理解的重要语词予以注释。

1997年，谢宝耿编著的《中国家训精华》出版。该书精心遴选了中华经典家训400余篇（则），分"修养篇""立志篇""家教篇""德行篇"等十个主题进行选注，各篇不仅有原文、注释、译文，还有对该文作者及篇章思想的简评，深入浅出，对于读者理解这些家训的内容及思想具有积极的帮助作用。

1997年，尹奎友等评注的《中国古代家训四书》出版。该书对《颜氏家训》《温公家范》《袁氏世范》《朱子家训》做了评注，除了原文、注释、点评外，该书还在家训正文评注开始之前设置了"导读"，概述这部著作的作者、成书及教育思想，为读者研读提供了便利。

1998年，李茂旭主编的《中华传世家训》出版。该书精心选择了2000多篇家训。按照家训的主题，该书首先遵循逻辑叙事的原则，将所选作品分成励志、勉学、修身等九编。每编编首为导语，概括介绍此编的内容；而后，遵循纵向历史叙事的方法，按照朝代顺序，呈现家训。同一朝代之内，按照作者所处的年代先后进行排序。该书结构泾渭分明，逻辑叙事和历史叙事交织。与其他同类著作有所不同的是：其一，该书在每编之后，附有"格言警句"和"典型文献"，便于读者加深认识；其二，在书末附有作者小传、本书的参考文献、历代纪元表，为读者阅读提供了方便。如此细致的体例设计与思考，有益于读者研读学习，对于优秀家训思想及传统文化的传播，多有助力。

1998年，李秀忠、曹文明主编的《名人家训》出版。该书择选了历史上的名人家训，以训主为单位，对家训进行介绍。与其他家训编著作品不同的是，本书除了择选中国历史上的名人家训外，还择选了部分外国家训，旨在使读者了解不同文化、不同国度、不同历史背景下的家教文化及家训异同。

2004年，卢正言主编的《中国历代家训观止》出版。该书择选先秦至辛亥革命前的经典家训200余则，按照家训内容分为立志、修身、治家、孝悌等七个部分，分主题呈现经典家训。每则家训除了原文、注释、题名、作者外，还包括题解和评说，帮助读者领会和把握家训主旨。

2000年，包东坡选注的《中国历代名人家训精萃》出版。该书以朝代为经，选注了由汉至清的经典家训76篇，同时对家训的作者进行了简介，并对作品中重要的语词进行了注释。

2001年，夏家善编著的《家训粹语》出版。该书从中国历代家训作品中择取重要训文500则，依照选文内容，将其归纳为励志、修身、治家、交友等十二个大的主题类别，每个主题类别之下又分为若干小类，诸如"治家篇"之下，又分为"立业治生""居家贵和""理家有序"等七个小的类目。所选片段代表性强，训主上至帝王、下至百姓，几乎涵盖了古代社会的各个阶层。

2002年，翟博主编的《中国家训经典》出版。该书精心选取了西周至近现代的300多篇家训，按照作者简介、内容提要、原文、注释、译文的编写体例成书，为当时乃至后来的家庭教育提供了有益的借鉴。霍松林为该书作《序》，揭示了何谓"家训"、中国历代家训所涉及的主要内容及家训的形象性和哲理性特点等。该书选取的家训较为经典，霍松林的家训界定，为后世许多研究者所认同。

2005年，余欣然主编的《中国历代家书精华》出版。该书收录了由汉至清的200余份家书，其间包括大量父子及兄弟间的往来书信，成为书信体家训的编著代表。

2012年，朱明勋编著的《中国古代家训经典导读》出版。该书按照专著、散文、诗词三个维度，精选了中国古代的家训经典，如颜之推的《颜氏家训》、诸葛亮的《诫子》、司马光的《训俭示康》、韩愈的《符读书城南》等。对于所选的专著作品，按照作者简介、作品简介、内容导读的体例行文；对于所选的散文作品，按照作者简介、作品简介、内容导读、注释的体例行文；对于诗词作品，按照作者简介、内容导读、注释的体例行文。书末附有家训专著、家训散文、家训诗词和今人家训研究理论著作要目。

2017年，楼含松主编的《中国历代家训集成》出版。该书共12册，收录了历代家训文献及部分具有家训作用的女学、蒙学、乡约、训俗文献，共285种。按照时代先后，全书分为汉—唐编、宋元编、明代编、清代编。编内按照家训文献的作者生年先后排序。对于所收家训著作，该书的编辑体例主要包括提要与正文两部分。提要中主要涵盖书名、卷次、作者简介、著作述评和版本介绍等内容；正文呈现家训原文，并在文末交代点校者及其所据版本。

2021年，石孝义编著的《中华历代家训集成》出版。该书收集了由周至清的经典家训，家训主体上至帝王，下至逸民，内容丰富。

除了上述所列，在家训的注释、编选方面，还有翁福清、周新华编注的《中国古代家训集成》，尚诗公主编的《中国历代家训大观》，欣敏主编的《中国君臣家书精品》，冯瑞龙、詹杭伦主编的《华夏家训》，江兴祐主编的《中国历代名人家训精华》，周秀才等编选的《中国历代家训大观》，赵忠心编著的《古今家教文萃》，周铁项等编译的《历代名人家训》，兰雪燕评析的《智者的叮咛——先贤家训》，陆林主编的《中华家训》，王昳、桂雍编著的《千古家训》，天人主编的《中国历代名人家书——永恒的处世哲学》，乙力编著的《中国古代圣贤家训·蒙学》，石延博编写的《名人家训》，李楠编著的《传世家训家书宝典》，李志刚编著的《历代帝王家训》，成晓军主编的《名臣名儒家训》《帝王将相家训》，唐松波编的《古代名人家训评注》，郭齐家、李茂旭主编的《中华传世家训经典》，郑宏峰主编的《中华家训》，徐寒主编的《中华传世家训》，邹博主编的《中华传世家训（全四卷）》，秦泉主编的《中华家训经典大全集》，鲁鹏程主编的《名人经典家训（中国篇）》，刘继业、王雅主编的《中国传统家训集萃——好家风·好家训·好家规》，赵文彤编著的《中国历代家风家训大全》，于奎战编著的《中国历代名人家风家训家规》，谢青松主编的《中国传统家风家训与当代道德建设》，崇文编著的《中国好家风——历代传世经典家训》，等等。这些编著作品所择选的家训及注释的内容有所不同，但注释体例大多相似或相近。大多数著作在前言或序言部分，对中国古代的家训情况做了概括性的介绍和梳理，为读者了解家训概貌提供了帮助。

除了以"家训"为关键词命名外，也有一些编著作品以"教子""诫子""家书""父训""母训"为关键词命名成书。诸如：1992年，广西人民出版社出版了毛水清、于正宁编纂的《教子格言辞典》，该书精选了中国古代教子格言及教子言论共计1500条，按照格言主题分为做人、处世、家庭、教育、治学、作文、共6卷，分类编排。每条格言下，先引出处，再解释其义。2000年，北京出版社出版了《诫子弟书》，该书精心择选了从西周姬旦直至晚清秋瑾近200位先贤的诫子弟书，通过作者简介、原文、注释、译文、文本说明等内容，力图为卖者呈现古代诫子书中有关励志、勤学、修身、爱国等方面积极的思想内容，为现代的家庭教育及子弟品德成长提供有益借鉴。此外，还有徐志福编著的《古今名人教子诗赏析》，天爵主编的《中国传统教子八篇》，赵忠心编著的《古今名人教子家书》《古今名人教子诗词》《古今母仪》《古今父范》，冯瑞龙、詹杭伦主编的《华夏教子诗词》，王树范、王华主编的《历代名人教子之道》，唐汉译注的《康熙教子庭训格言》，李孝国、董立平译注的《教子名文十六篇》，夏家善主编、郑天一等注释的《历朝母训》，等等。

另外，在家训编著选注方面，还有就某一部或几部家训著作进行的注释、选编或评注。典型如：庄辉明、章义和译注的《颜氏家训译注》；刘彦捷、刘石注评的《颜氏家训注评》；尚荣、徐敏评注的《了凡四训》；黄西华编著的《曾国藩家训》；成晓军、唐兆梅编著的《曾国藩家训》；程燕青注译的《颜氏家训·朱子家训》；革文军编著的《曾国藩家训》；宋璐璐译的《曾国藩家书·家训——看先贤如何齐家》；周殿富选注的《曾国藩家书选注》；唐汉主编的"曾国藩传世经典"系列丛书中的《曾国藩家训解读》；夏家善主编、王宗志注释的《温公家范》；刘云军校注的《袁氏世范》；陈生玺、贾乃谦注释的《庭训格言》；伊力主编，王健、刘振江注译的《帝范·臣轨》；

江小角、陈玉莲点注的《聪训斋语 澄怀园语——父子宰相家训》；宋钢、修远校释的《帝范》；王双怀等编撰的《帝范臣轨校释》；夏家善主编、王宗志等注释的《双节堂庸训》；王利器撰的《颜氏家训集解》；林莽解读的《颜氏家训解读》；檀作文译注的《颜氏家训》；曾国藩著的《曾国藩家书》；贾太宏译注的《曾国藩家书注释》；李瀚章编撰、李鸿章校刊的《曾文正公家书》；刘清之等撰、吴敏霞等注译的《戒子通录》；吴敏霞等注译的《治家格言》；郑强胜注评的《郑氏规范》；夏家善主编、贺恒祯等注释的《袁氏世范》；张天杰译注的《曾国藩家训译注》；郭淑新编著的《〈女四书〉读本》；张仲超编著的《钱氏家训》；李牧华注解的《朱子家训》；檀作文译的《颜氏家训·曾国藩家训》；金源编译的《朱子家训·颜氏家训·孔子家语》；余淮生注的《增广贤文·朱子家训·袁氏世范》；等等。

也有学者对古代某个家族或某个地域的家训进行研究。例如，2002年，杨维森编译的《古代杨氏名人家训》出版。该书收录了杨椿、杨万里、杨继盛等人的家训、家书、训子诗等，对不易理解的语词予以注释，并给出译文，以供读者研读。与众多家训史选注有所不同的是，该书是对杨氏家族家训的汇编注释，撰述视角较为独特。又如，2018年，裴世平编著的《裴氏家训》出版，编选了河东裴氏家训、安徽无为濡须裴氏家训、安徽凤阳裴氏家训、内蒙古通辽裴氏家训、贵州毕节裴氏家训等。

除了选注、编著类著作，在家训研究方面，还出版过一些单纯的家训文献集，这类书籍既不是对家训的研究著作，也不是对家训的注释评介，而是对中国古代经典家训著作或者家训原文的呈现。典型如：1996年，吴凤翔等主编的《清代十大名人家书》出版，该书分上、下两册，编选了郑板桥、纪晓岚、曾国藩等10位名人的家书，将原文呈现给读者，为读者集中阅读著名家书提供了便利。

以上几类家训著述在传播家训思想、传承传统家训文化、进行家训研究上，起到了不可或缺的作用。

二、论文

论文方面，对中国古代家训的研究，主要包括以下七方面内容，代表性成果如下。

其一，宏观上进行家训研究的通论类论文。例如：徐秀丽《中国古代家训通论》，曾凡贞《中国传统家训起源探析》，李江伟《中国家训的内容与形式》，杨琦《中国传统家训的系谱学研究》，刘思宇《中国传统家训文本内容的 LDA 主题模型分析及现代转化初探》，李红敏《中国传统家训探析》，朱明勋《中国传统家训研究》，陈延斌《中国古代家训论要》《中国传统家训研究的学术史梳理与评析》，李景文《中国古代家训文化透视》，徐少锦《试论中国历代家训的特点》，王凌皓、姬天雨《中国传统家训文化的基本特质及现代价值探析》，张玉清《我国古代家训与现代启示》，崔博元《中国古代家训中的读书治学思想研究》，谈敏《历代封建家训中的经济要素》，王海利《传统家训中的美育思想研究》，杜致礼《中国传统家训的道德修养观研究》，潘晓明《中国传统家训养生思想初探》，江雪莲《中国家训文化源流论略》，朱冬梅《中国传统家训文化的载体初探》，等等。

其二，聚焦某一历史阶段家训（包含诫子书等）的断代研究论文。例如：张静《先秦两汉家训研究》，赵女女《两汉家训研究》，郝嘉乐《东汉家训研究》，付元琼《汉代家训研究》，安颖侠《汉代家训研究》，梁加花《魏晋南北朝家训研究》，邓英英《魏晋南北朝家训研究》，柏艳《魏晋南北朝家训研究》，张白茹、李必友《魏晋南北朝家诫论略》，张丽萍《先秦至南北朝家训研究》，薛熠焕《魏晋戒子书研究》，刘晓千《魏晋六朝诫子书研究》，蔡雁彬《汉魏六朝诫子书研究》，高树海《汉魏六朝诫子书与家诫论议》，于琳琳《六朝士族家训思想研究》，高洁茹《浅论魏晋南北朝家训发展及对家族影响》，王美华《中古家训的社会价值分析》，李光杰《唐代家训文献研究》，陈志勇《唐宋家训研究》《唐宋家训发展演变模式探析》，赵振《试论唐宋家训文献的转型与特点》《唐宋家训文献研究》，刘江山《宋代家训研究》，刘欣《宋代家训研究》，畅华《论宋朝家训》，王毅《宋代家训与宋代文学家庭》，冯瑶《两宋时期家训演变探析》，许从彬《宋代女训思想研究》，陈黎明《论宋朝家训及其教化特色》，高著军《宋代家训类著述考述》，李俊《宋代家训中的经济观念》，张晓敏《宋代家训的新特点》，刘宇《明代家训德育思想的当代价值研究》，常雪静《明代家训中的俭思想研究》，陆睿《明清家训文献考论》，赵金龙《明清家训中的经济观念》，张洁《明清家训研究》，王冬妮《明清家训的教育观研究》，等等。

其三，就某一部（篇）家训进行个案研究的论文。

对《颜氏家训》进行研究的成果。例如：雷传平的《〈颜氏家训〉研究》，在论析颜之推身世生平及其信仰观、伦理观、教育观的同时，专设一章探讨了《颜氏家训》的文章观，这是对《颜氏家训》文学批评思想的挖掘。此外，还有朱明勋《〈颜氏家训〉成书年代论析》、汪俐《〈颜氏家训〉与儒学社会化》、尹旦平《〈颜氏家训〉的道德教育思想》、唐卓伶《〈颜氏家训〉在〈总目提要〉中归于子部杂家质疑》、秦慧《〈颜氏家训〉尚质兼文主张的修辞学论析》、侯玉洁《〈颜氏家训〉生命教育思想研究》等。

对《药言》进行研究的代表性成果。例如：刘坤《〈药言〉思想研究》《从〈药言〉看姚舜牧的治家之道》，徐丰铭、董竞《〈药言〉的伦理教化思想》，等等。

对《朱子家训》进行研究的代表性成果。例如：李胜飞《〈朱子家训〉研究》，林祥楠《朱熹〈朱子家训〉的伦理思想研究》，夏芬《两部〈朱子家训〉的源流考述》，李丽博《〈朱子家训〉的伦理意蕴》，张娅茹《朱子家训〉德育思想及其当代价值研究》，王玉莲、鲍善冰《〈朱子家训〉与中国传统家庭伦理道德》，等等。

对曾国藩家书及家训进行研究的代表性成果。例如：朱明勋《论曾国藩的家训思想》，刘青山《曾国藩家训核心理念及现代启示》，陈松林《曾国藩家训思想研究——以〈曾国藩家书〉为视角》，郝佳婧《曾国藩家训德育思想研究》，徐德勇《〈曾国藩家书〉主体思想研究》，景伟超《〈曾文正公家训〉中的家庭教育思想及其当代价值》，等等。

对《钱氏家训》进行研究的代表性成果。例如：甘希《〈钱氏家训〉的思想精华及其对当代家风建设的启示》，耿宁《〈钱氏家训〉及当代价值研究》，王佳《〈钱氏家训〉德育思想及其当代价值研究》，等等。

对《帝范》进行研究的代表性成果。例如：瞿林东《一代明君的君主论——唐太宗和〈帝范〉》，欧小兰《唐宋帝王教育研究——以〈帝范〉和〈帝学〉为中心的讨论》，等等。

对《庭训格言》进行研究的代表性成果。例如：王娟娟《〈庭训格言〉思想研究》，刘亚东《〈庭训格言〉研究》《康熙〈庭训格言〉及其思想研究述评》《从〈庭训格言〉看康熙帝的治学理念》，等等。

对司马光的《温公家范》及其他家训进行研究的代表性成果。例如：高诗兰《〈温公家范〉的伦理思想研究》，刘婉莹《〈温公家范〉引书研究》，张晓敏《〈温公家范〉主体思想研究》，陈延斌《论司马光的家训及其教化特色》，孔令慧《论司马光家训特色及当代启示》，等等。

对王船山家训进行研究的代表性成果，主要有陈杨的《论王船山的家训思想》等。

对《袁氏世范》进行研究的代表性成果。例如：蒋黎茉《袁采与〈袁氏世范〉研究》，韩安顺《〈袁氏世范〉主体思想研究》，王亚丽《〈袁氏世范〉中的修身思想研究》，焦唤芝《〈袁氏世范〉家庭伦理思想及其现代价值》，等等。

对《张英家训》进行研究的代表性成果。例如：车墨姣《〈张英家训〉主体思想研究》，沈娜《张英家训之伦理思想研究》，黄彩卿《张英父子家训及其德育启示研究》，等等。

对《了凡四训》进行研究的代表性成果。例如：武钰《〈了凡四训〉的德育思想及其当代价值研究》，林志鹏《从〈了凡四训〉到〈训儿俗说〉——关于袁了凡及其家风家训的思想史考察》，杨霞《〈了凡四训〉中的江南社会》，王宇翔《〈了凡四训〉家教家风思想的当代价值》，赵中元《〈了凡四训〉劝善思想研究》，等等。

对《戒子通录》进行研究的代表性成果。例如：杨夕《刘清之及其〈戒子通录〉研究》，刘喜涛《〈戒子通录〉整理与研究》，沈时蓉《论刘清之和他的〈戒子通录〉》，吴桂真《〈戒子通录〉与刘清之教育思想研究》，等等。

有关单篇或单部家训著述研究的成果，除上面所列举的成果之外，还有丁涛《〈郑板桥家书〉思想研究》，周庆许《〈双节堂庸训〉主体思想研究》，闫续瑞、杜华《论诸葛亮的家训思想及其影响》，闫续瑞、栗瑞彤《论唐代〈柳氏家训〉中的忧患意识》，等等。

其四，中国古代家训的思想价值及其现代转化方面的论文。例如：高泽华《传统家训的思想政治教育价值研究》，洪彩华《试论我国古代家训在现代家庭道德建设中的价值》，李田宇《传统家训的社会功能及其当代应用探析》，岳丽丽《我国传统家训蕴意及其现代伦理价值》，李淑敏博士论文《中华优秀传统家训文化传承发展研究》，马余露《优秀传统家训融入新时代大学生思想道德教育研究》，陈延斌《中国传统家训教化与公民道德素质养成》，杨琬璐《传统家训融入大学生家国情怀培育研究》，韩晓梅《中国优秀传统家训涵养大学生诚信价值观研究》，白梦蝶《传统家训文化融入社会主义核心价值观教育研究》，杨琦琛《中国传统家训文化及当代价值》，周艳《清代家训文学教育与当代语文教育之关系研究》，王佳伟《魏晋南北朝家训对语文教育的启示》，郭长华《传统家训的治家之道及其现实价值》，等等。

其五，对某一类社会身份主体、家族或某一地域的家训研究。例如：程时用《试析中国古代帝王家训》，闫续瑞《汉代士大夫家训简论》，苏亚图《唐代士族家训探析》，闫续瑞《汉唐之际帝王、士大夫家训研究》，李烨《中国传统文化视域下少数民族家训研究》，郭同轩《明代仕宦家训思想研究》，杨琳《安徽桐城父子宰相家训思想研究》，王瑜《明清士绅家训研究（1368—1840）》，程时用《明清岭南家训与乡村社会》，钟华君《清末民初徽州宗族家训及其传承研究》，王莉《明清苏州家训研究》，蒋明宏、曾佳佳《清代苏南家训及其特色初探》，鞠洪贺《唐代帝王家训的教育价值取向研究》，徐少锦《中国古代商贾家训探析》《中国古代商贾家训对商德建设的价值》，等等。

其六，有关女训研究的代表性成果。例如：郑强《唐代女训文化研究》，刘苏阅《宋代女训教育价值取向研究》，金璐璐《汉代女训比较研究》，苏萍《班昭〈女诫〉的教育思想探析》，贾毅君《明代女训研究》，王冀英《明清时期女训文化伦理思想研究》，胡鸿雁《中国古代女训的精华及其当代价值》，等等。

其七，有关家训文学的研究。目前，与本论题最为相关的家训文学研究主要集中在以下三个方面。

一是有关家训的文体研究。主要成果有：刘军华《〈尚书·无逸〉的文体特征及文体学意义——兼谈口头家训的发生与文本的凝定》，该文认为《尚书》中的《无逸》篇是中国早期训体散文的代表，在文体文类的视域下，作者剖析了《无逸》文本隐含的叙事框架及文本层次、篇章结构与训导艺术，揭示了《无逸》的家训体特征，指出《无逸》体现出从口头家训向书面家训过渡的性质。阙海燕《中国传统家训文体流变研究》，该文对先秦至清代不同历史时期的主要家训文体进行分析，归纳不同时期的家训文体特征及流变，剖析流变发生的原因，认为文体的发展演变与每个时代的背景密切相关，对著者启发良多。罗柠、吴中胜《从政事之训到家教之训——文体学视阈下的"训"体发展》，该文详细考察了"训"，从"政事之训"到"家训之训"的发展演变，论析翔实，引发著者深入思考。此外，刘军华《家训体的形成及其文体之确立》、刘欣《论宋代家训的文体表现》、梁金玉《郑观应家训的文种、特点及其价值》等，也是从文体角度论析家训的篇章。还有学者在文体研究中，涉及了对"训体"家训或《尚书》等典籍中家训的研究。典型的如李雯雯的《先秦两汉训体文研究》，该文虽然不是专门对家训进行研究的文章，但是对家训文学的某些作品（如《无逸》《保训》）的文本属性及文本内容也有所论及。其他文章如潘莉的《〈尚书〉文体类型与成因研究》和陈赟的《〈尚书〉"十体"的文体学价值》等。

二是有关家训诗或诫子诗（文）的研究。主要成果有：全凯《汉魏六朝诫子诗文研究》，该文研究角度新颖，给著者以启发；郁进雪《唐代训蒙诗教育思想研究》；武闻宇《两宋家训诗研究》；刘静《唐代家训诗的教育价值取向研究》；闫续瑞、吴建华《试论唐代家训诗歌的时代特征及其影响》；闫续瑞、张艳萍《论杜甫家训诗歌中的教育思想》；刘秀春《唐代教子诗研究》；朱君《宋代教子诗研究》；宋爽《宋代教子诗研究》；舒连会《唐代家训诗考述》；梁琦《陆游家训诗研究》；张焕玲《宋代家训诗的文化学阐释》；许南海、程永奎、蔡静《宋代士大夫主流心态——以宋代家训诗为中心的考察》；房书伊、王荣林《苏轼家训诗研究》；徐华《"三苏"家训研究——以诗文为中心》；王雷、侯岩峰《南宋家训诗的影响及其当代价值》；侯岩峰、高长山《论南宋书院家训诗理学精神内涵》；陈延斌《论陆游的"诗训"教化及其特色》；胡欢欢《陆游教育诗研究》；蔡丽平《陆游家训诗的比喻艺术探析》《陆游家训诗的用典艺术探析》《陆游家训诗的借代艺术》《陆游家训诗的当代价值》；陆应南《陆游教育诗初探》；闫续瑞、刘姣《论陆游家训诗歌的新特点》；刘欣《论宋代家训诗中的"情"与"理"》；侯岩峰、赵蕾、侯利荣《试论南宋家训诗繁荣发展的历史动因》；柏安璇《元代教子诗研究》；李得菲《明代教子诗研究》；张月佳《清代教子诗研究》；时国强《汉魏六朝家诫文综论》；严文强《浅析中国传统家训的特殊方式"教子诗"》；陈水根《曾国藩家训诗文书法美育思想述论》；等等。

三是关于某部家训的文学性研究。主要成果有：李丽的硕士论文《〈了凡四训〉与家训文学研究》，以《了凡四训》为研究对象，在家训文学的视域下，探究了《了凡四训》的思想内容、叙述形式及其所具有的文学价值；

杨海帆的《〈颜氏家训〉文学思想研究》，在文论研究的视域下，重点对《颜氏家训》的文体特征、生成原因及其在文学批判史上的地位、影响等方面进行了研究；钱国旗的《〈颜氏家训〉及其文学史意义》，较深入地挖掘了《颜氏家训·文章》中所体现的颜之推的文论观及文学思想，诸如文学的创作、文体的改革、文学的功用等；冯修齐的《从〈颜氏家训〉看南北朝文学思想的融合》，逐层递进阐述了《颜氏家训》中呈现的文学观点、形成原因及其对南北文学思想融合的推动作用。

除了上述著述，也有一些对中国古代家训进行介绍或笔谈的文章，但因其学术性不强，且与本书的关联度不高，故不一一赘述。

综上，通过对著作及论文的文献梳理可见，20世纪80年代以来，在近半个世纪的时间里，许多学者从不同的角度对古代家训展开了研究，一部部书稿、一篇篇文章，都是前辈学人辛勤耕耘、不断探索的结果。众人"划桨"，使我国古代家训研究取得了较大的进展，为后续研究开辟了道路，积累了宝贵的学术资料，同时推动了古代家训的传播与传承。然而，精心梳理后不难发现，目前国内有关古代家训的研究成果中，普及类读物占有很大份额，学术界对中国古代家训的研究主要集中在家训释义、家训起源研究、家训文献的收集整理、资料汇编注释、家训史梳理，或者某一历史阶段、某一地域、某类身份主体、某个家族、某部家训的研究上，所论多集中在家训的思想内容、德育价值，尤其是如何通过合理地继承与扬弃，助力社会主义家风及精神文明建设等方面。从文学视角来研究中国古代家训的成果，不仅数量少，而且研究的对象多集中在家训诗、教子诗文或者单一的家训上。诸如，陆游、苏轼的家训诗，《颜氏家训》的文学特色，等等。虽有阚海燕等个别学者对传统家训的文体进行了可贵的探索，但从整个中国古代家训文学来说，现有研究还是显得非常薄弱，存在明显的不足，这主要表现在三个方面：其一，尚无从文学的角度综合系统地研究中国古代家训的文学主体、文学主题、文学表现、文体形态、文体流变、文学风格等内容的论著，现有研究皆是微观研究或者对个别内容的研究，无论是研究的广度，还是研究的深度，都需要进一步开掘；其二，未能全方位论析家训文学发展流变的历程、其间的阶段性变化及原因；其三，未能就中国古代家训的价值做全面揭示，现有的论述多集中在伦理道德及家庭教育的价值层面，对其文化价值尤其是文学价值揭示不足。以上三方面的不足即本书努力探索的方向所在。

现有研究的未尽之处，正是本书的撰写背景及寄望创新之处，著者希望以中国古代家训文学作品为研究对象，通过充分研读中国古代的家训文本，在家训文学的视野下，努力探究家训文学的主体、文体特征、思想内容及艺术特色，探究中国古代家训文学的代际发展及变化，论析中国古代家训文学的价值及影响，力争为社会主义家风建设、当代家庭教育、青少年培养及亲子文学书写提供有益的借鉴，为拓宽现有的中国古代家训研究领域、弥补既有研究之不足做出积极的努力与尝试。

第三节　研究方法与思路

一、研究方法

本书以马克思主义唯物史观为指导，以中国古代家训文学作品为研究对象，综合运用文献学、文学、文体学、伦理学等方面的知识，采用文本细读法、共时研究法、历时研究法、统计归纳法、例证法、比较法、传世文献与出土文献相结合等研究方法，力图对中国古代家训文学进行较为全面、深入、系统的研究。

二、研究思路

首先，尽可能全面地搜集古代家训文学的相关文献资料，对其进行整理分类，通过分析家训的数量及文本形态，结合前人的研究成果，描述中国古代家训文学的发展历程。其次，对家训文学文本进行细读，归纳家训文学主体的类型及相应作品的思想内容。比较不同身份主体的作品内容的异同。再次，分析家训文学作品的文本性质及文体形态，分析不同历史时期家训文学的文体形态有何发展变化，以及不同文学主体的家训文学文体有无不同。最后，阐述中国古代家训文学的思想价值、文化价值、文学价值及现代意义，力争通过扎实的努力，使相关研究有所推进。

第四节 研究目的及意义

家训文学是伴随家庭教育活动产生的文献，其真挚的情感、生动的说理、巧妙的修辞、灵活的情意表达等，使之具有了鲜明的文学性。在中华五千年的发展历程中，家训文学从产生、发展及至成熟，产生了大量的家训文学作品，创作主体身份复杂，思想内容丰富，文体形式多样，艺术特色鲜明。对这些家训作品进行深入分析，可全面深入地了解不同时期家训的发展状况及作品中的思想内容、艺术特色、文体形态。家训是家训主体心灵及其对子孙期许的真实写照，通过对家训的细读，可以深入了解训诫主体的人生观、思想境界、人生追求，了解他们多样化的文体选择及艺术手法的应用，进而丰富对这些家训主体（包括帝王将相、硕儒名臣、文人隐士）的认识。同时，家训浸润着时代的空气，折射出时代的微光。通过对不同时代家训的分析，也可以深入揭示影响家训艺术风格的文学观念及时代因素。可见，家训文学研究具有非凡的学术意义。

不仅如此，中国古代家训文学研究还具有积极的现实意义。一方面，家训文学作品具有积极的德育价值和家庭教育价值，其中优秀的教育思想，对子女修身、立业等方面具有无可替代的重要意义；另一方面，家训文学的主题及艺术表现方式、民族化的风格特色，对于当下乃至未来的文学创作、文化研究具有不可忽视的思想意义。文学创作要担当"用优秀作品鼓舞人，用高尚精神塑造人"的使命，中国古代家训文学中有着积极丰富的精神养料，充分汲取其中的精华，对于建设富强民主文明和谐美丽的社会主义现代化强国具有重要的现实意义。

第二章 "家训"的界定
及家训发展概述

第一节 "家训"的界定

《文心雕龙·序志》云："原始以表末，释名以章义。"①解读家训文学，从对"家训"的释义开始。

首先，从构词角度来说，'家训'一词为合成词，由"家"与"训"两个单音节语素构成。由"家"的甲骨文和金文字形可知，"家"为房屋内有豕之意。对于"家"字，《说文解字》云："家，居也。从宀，豭省声。"②《周礼·地官·小司徒》中"上地，家七人"句，郑玄注云："有夫有妇，然后为家。"③《尔雅·释宫》云："牖户之间谓之扆，其内谓之家。"④通过甲骨文、金文的字形及《周礼注》《尔雅》等的注释可知，"家"的基本字义是指在一定的房屋结构之内，以夫妇为基本单位、以养猪等家庭生产为标志的家庭。这里需要说明的是，"家"，在古代，并非专指夫妇与其儿女两代人所居之家。"家"，也指祖孙三代乃至更多族人共居之家，正如《诗·周南·桃夭》有言"宜其室家"，朱熹《诗集传》解释说："室，为夫妇所居。家，谓一门之内。"⑤有时也指古代大夫的家族，如《论语·八佾》云："三家者以雍彻。"朱熹注："三家，鲁大夫孟孙、叔孙、季孙之家也。"⑥即广义上的家族之意。"家训"一词的释义，取"家"之广义。

---

① 刘勰.文心雕龙注：下 [M].范文澜，注.北京：人民文学出版社，1958：727.
② 许慎.说文解字注 [M].段玉裁，注.2版.上海：上海古籍出版社，1988：337.
③ 十三经注疏：附校勘记 [M].阮元，校刻.北京：中华书局，1980：711.
④ 同③：2597.
⑤ 朱熹.诗集传 [M].赵长征，点校.北京：中华书局，2011：61.
⑥ 朱熹.四书章句集注 [M].长沙：岳麓书社，1998：85.

训，为会意字。"训"字的篆字字形左边为"言"，右边为"川"，当是用言疏导，使之如川之意。对于"训"字，《说文解字》解释说："训，说教也。"段玉裁注："说教者，说释而教之，必顺其理，引申之，凡顺皆曰训。"① 《国语·晋语四》中"君君臣臣，是谓明训"②句，韦昭注释"训"为"教也"③。《康熙字典》释"训"云："《说文》：说教也。徐曰：训者，顺其意以训之也。《正韵》：诲也。《字汇》：导也。《书·伊训》：伊尹乃明言烈祖之成德以训于王。……《诗·大雅》：四方其训之。正义：训是教诲之别名。《礼·曲礼》：教训正俗。疏：谓训说义理。"④可见，"训"本是一种说教的行为，即用令人容易接受的言辞进行说教、训导。后来，作为说教行为的"训"，其说教的言辞成为一种特定文体的名称，即训体，"《尚书》六体"中就包括训体，《尚书》中的《伊训》即是。⑤

其次，从词源学角度来看，"家"与"训"连用，作为一个合成词，"家训"最早出现于《后汉书·文苑列传·边让传》，蔡邕认为边让是青年才俊，于是向何进举荐边让，称其"天授逸才，聪明贤智。髫龀凤孤，不尽家训"⑥。此处，"家训"意谓家庭中父母的教诲、训诫。可见，此时"家训"一词侧重的是家长的训诫行为。后来，"家训"的词义有了变化，由一种家庭说教行为延展成一种家庭训诫言辞的称谓，诸如《颜氏家训》为颜之推训诫子孙的言辞。

其实，梳理文献可知，家训的含义不仅包括父祖写给子孙的训导之辞，母亲教诫子女、兄长教诫弟弟的训导之辞也被一些学者归入了家训文献的范畴。甚至有学者认为，大凡与家庭教诫有关的文献，诸如诫子书、诫子诗、格言等，皆可谓"家训"。20世纪80年代以来，随着家训研究的深入，众多学者对何谓"家训"做了颇多探索，代表性观点如下。

徐少锦等认为，家训主要是指"父祖对子孙、家长对家人、族长对族人

---

① 许慎.说文解字注［M］.段玉裁，注.2版.上海：上海古籍出版社，1988：91.

② 徐元诰.国语集解［M］.王树民，沈长云，点校.北京：中华书局，2002：347.

③ 同②.

④ 汉语大词典编纂处.康熙字典：标点整理本［M］.上海：上海辞书出版社，2008：1123.

⑤ 需要说明的是，这时候的训体，虽为训诫的言辞，但训诫的对象并不都是家庭中的晚辈、子辈。有的训辞是臣子对王的教诲，如《尚书》中的《伊训》。后来，训体文发生了变化，训辞集中体现为长辈对晚辈、父祖辈对子孙辈的训诫，如清华简《保训》。对于训体文的发展演变问题，著者将在训体文的发展演变章节（第四章第一节）集中论述。

⑥ 范晔.后汉书［M］.李贤，等注.北京：中华书局，1965：2646.

的直接训示、亲自教诲，也包括兄长对弟妹的告诫，夫妻之间的嘱托。后辈贤达者对长辈、弟对兄的希望要求，就其所寓的教育、启迪意义来说，是家训的特殊表现形式。家训属于家庭或家族内部的教育，与社会教育、学校教育相比，虽然有许多共同性，但在教育的主体与客体、教育的内容与方法方面，具有不少的特殊性。比如，家书、家规、遗训等只指向家庭或家族的成员，不同于一般的童蒙读物之适用于全社会儿童。家训是随着家庭的产生而出现的一种教育形式，它随着家庭的巩固、发展而不断丰富、完善"[①]。张艳国认为，"传统家训是指在中国传统社会里形成和繁盛起来的关于治家教子的训诫，是以一定社会时代占主导地位的文化内容作为教育内涵的一种家庭教育形式"[②]。王长金认为，"家训是我国传统家庭教育中特殊的形式，是我国古代家庭、家族长辈为教育子孙而专门撰写的文献"[③]。赵忠心认为，"'家训'是古代家庭教育读本的统称。不同的人撰写的'家训'，有不同的名称。有的叫'家训'，也有的叫'家诫''家规''家教''家范''宗范''世范'等等"[④]。朱明勋认为，"家训，就是某一家庭或家族中父祖辈对子孙辈、兄辈对弟辈、夫辈对妻辈所作出的某种训示、教诫，教诫的内容既可以是教诫者自己制定的，也可以是教诫者取材于祖上的遗言和族规、族训、俗训或乡约等文献中的有关条款，或者具有劝谕性，或者具有约束性，或者两者兼具。它包括口头家训和书面家训两种形式"[⑤]。李茂旭认为，"家训，也作家令、家诫、家戒，是古人对父母教诲的敬称。广义的家训，还包括家规、家范、家礼、家约、世范、教子诗、示儿书、家书等等"[⑥]。陈志勇认为，"家训是家中长者垂训后代子孙如何为人处世的训诫。其名称很多，如家道、家约、家训、家风、家规、家法、家范、家诫、家劝、户规、族规、族谕、庄规、条规、宗式、庭训、劝言等等；其形式也多种多样，有书、书信、散文、诗词、格言、座右铭、条款等等；内容更是涉及人生的方方面面，如讲修养、谈立志、话人生、言德行、剖处世、说治学、论人才、评风

---

① 徐少锦，范桥，陈延斌，等.中国历代家训大全[M].北京：中国广播电视出版社，1993：1-2.

② 张艳国.简论中国传统家训的文化学意义[J].中州学刊，1994（5）：99.

③ 王长金.传统家训思想通论[M].长春：吉林人民出版社，2006：1.

④ 赵忠心.中国家训名篇[M].武汉：湖北教育出版社，1997：前言2.

⑤ 朱明勋.中国家训史论稿[M].成都：巴蜀书社，2008：10.

⑥ 李茂旭.中华传世家训[M].北京：人民日报出版社，1998：前言3.

物、述文学、诲尊师、教理财、议从政等等"①。阚海燕认为,"家训是家庭
(族)中父祖辈对子孙辈、兄辈对弟辈、夫辈对妻辈作出训导时实际呈现出
来的文章体式"②。霍松林认为,"中国古代进行'家教'的各种文字记录,
包括散文、诗歌、格言等等,通常称为'家训'"③。

由上可见,众多学者在"家训"的界定上存在不同意见。对于家庭中兄
弟姐妹、夫妻之间的教诲是否属于家训,家中长辈的遗书是否属于家训文献
的范畴等,存在争议。对于家庭中兄弟姐妹、夫妻之间的教诲是否属于家
训,刘江山认为,"正常情况下,古代的家庭教育是在家族内部,长辈对晚
辈、族长对族人的训示与教诲,基本是在上下辈之间进行的,家庭教育的主
体是父亲或者祖父,而不应该包括兄妹、夫妻这样一些平行关系。而从颜之
推开始冠名为'家训'类的文献,也理应如此"④。对于遗书、遗令,有学
者认为不属于家训,赵女女即持这种观点,她认为,"首先,其内容与训子
无直接的联系;其次,这些文本的性质更倾向于一种个体生命意识的表现,
与家训不同"⑤。

综合霍松林、徐少锦、陈延斌、朱明勋等学者对"家训"的界定,著者
认为,"家训"是中国古代家庭教育的产物,主要指家庭或家族中父祖辈对
子孙辈所做的训诫。从文学文献的角度看,家训表明了家庭教育的文本属
性。广义的"家训"类似于集合名词,其下包含着多种文体形态,诸如训、
诫、敕、令、诏、书、诗、箴、铭、格言等。举凡与家庭教诫有关的各种文
字记录,包括夫妻间、兄(姐)弟(妹)间的教诫乃至遗书、遗令,凡含有
家庭训诫内容的,都属于家训的范畴。"家训"既是以接受者为着眼点的宽
泛概念,也是特定群体的创作和具有特定宗旨的文学文本。它涵盖了诸多文
体样式的作品,是古代文学的组成部分。它随古代文学和文化的发展而演
变,没有自身的封闭的发展历程。它不像诗文词曲那样有独立的演进过程。
因此,我们将沿着文学的、文化的发展脉络,考察各个时代的家训文学。

本书即基于这一界定展开。

---

① 陈志勇.唐宋家训研究 [D].福州:福建师范大学,2007:3.

② 阚海燕.中国传统家训文体流变研究 [D].长春:长春理工大学,2018:1.

③ 翟博.中国家训经典 [M].海口:海南出版社,2002:序1.

④ 刘江山.宋代家训研究 [D].西宁:青海师范大学,2015:1.

⑤ 赵女女.两汉家训研究 [D].锦州:渤海大学,2021:11.

第二节 文献来源

本书对古代家训文献的收集、检索，主要通过对《中国丛书综录》《古今图书集成》索引、《丛书集成初编》索引、《四库全书总目》索引、《全上古三代秦汉三国六朝文》、各史《艺文志》、《全唐诗》《全宋诗》《全元诗》、作家别集等传世文献及清华简、北大简等出土文献的检索、梳理，同时参阅前辈学者的考订及编纂成果（如《历代家训集成》等）而完成。

第三节 中国古代家训的起源与发展概述

中国古代家训起源于古老的家庭教子活动，对家庭伦理的重视是中华民族的传统思想特色之一。《周易》中就有"父父、子子、兄兄、弟弟、夫夫、妇妇而家道正"[①]的思想。中国古代家训经历了从口头家训到文献家训的漫长发展历程。结合现存家训文献，基于朱明勋、徐少锦、陈延斌等前辈的研究，我国家训的发轫期是先秦时期，汉魏晋南北朝时得以发展，于隋唐成熟，宋元明时繁荣，至清代鼎盛，而后逐渐衰落。

一、古代家训的起源与发轫期：先秦

中国古代的教子行为历史久远，据现有史料记载，五帝时期，就有教子活动存在。据《史记·五帝本纪》载，黄帝有二十五子，"其孙昌意之子高阳立，是为帝颛顼也"[②]。颛顼，"静渊以有谋，疏通而知事……动静之物，大小之神，日月所照，莫不砥属"[③]。但"颛顼有不才子，不可教训，不知话言，告之则顽，舍之则嚚，傲很明德，以乱天常，天下之民谓之梼杌"[④]。

[①] 司马光.温公家范 [M].王宗志，注释.天津：天津古籍出版社，1995：1.

[②] 司马迁.史记 [M].2版.北京：中华书局，1982：10.

[③] 同[②]：11-12.

[④] 十三经注疏：附校勘记 [M].阮元，校刻.北京：中华书局，1980：1862.

《左传》中的这段文字，在《史记》中有相同的表述，这段记载表明，颛顼对儿子有教训行为。

为了把生产生活经验传授给子孙后辈，必然要对子孙后辈进行生存处世的各种教诫，古代的家训即在早期的教子活动中孕育萌芽。此时的家训以口头教诫的形式存在，零散地保存于各类典籍中。这一时期可谓口头家训时期，口头家训时期诫子文献的作者非训诫主人暨家训主体，家训事迹及训辞散见于经、史、子等著述中，因而朱明勋认为，"殷商以前无家训文献"①。武王灭商，建立周邦。周王朝汲取殷商失败的经验教训，进行了一系列的革新，典型的治道即强化血缘宗亲及等级尊卑。这一文化政策，在《诗》《书》等文学作品中有鲜明的表现，与之相应，同时伴随文字记述的发展，周部族的家训活动有了较完整的文献记录。以前，曾有学者质疑严可均《全上古三代秦汉三国六朝文》中记载的周文王对儿子姬发的训诫文字（《诏太子发》）不是可靠的文字记载，但清华简《保训》的出土，为我们研究商周家训提供了新的资料。

周文王病重，于是教诲姬发要遵行"中"道，敬慎为政。《保训》为周文王教诫姬发之文，实属家训。周部族注重对嗣君的教诫，除了清华简《保训》篇，周文王对姬发的训诫在《逸周书·文儆》中也有记载。《文儆·第二十四》云：

> 维文王告梦，惧后祀之无保，庚辰，诏太子发曰："汝敬之哉，民物多变，民何向非利？利维生痛，痛维生乐，乐维生礼，礼维生义，义维生仁。呜呼，敬之哉。民之适败，上察下遂信。何向非私？私维生抗，抗维生夺，夺维生乱，乱维生亡，亡维生死。呜呼，敬之哉。汝慎守勿失，以诏有司，夙夜勿忘若民之向引。汝何慎非遂？遂时不远，非本非标，非微非辉，壤非壤不高，水非水不流。呜呼，敬之哉。倍本者槁。汝何葆非监？不维一，保监顺时，维周于民之适败无有时，盖后戒，后戒，谋念，勿择。"②

出于对儿子未来执政的担忧，周文王在庚辰这一天诏训姬发，要其谨守

---

① 朱明勋.中国家训史论稿［M］.成都：巴蜀书社，2008：17.
② 周宝宏.《逸周书》考释［M］.北京：社会科学文献出版社，2001：76.

礼、义、德，保本行善，慎守勿失，以为民则。此外，《文传·第二十五》载："文王受命之九年，时维暮春，在鄗，召太子发曰：'呜呼，我身老矣，吾语汝我所保与我所守，传之子孙。吾厚德而广惠，忠信而志爱。人君之行，不为骄侈，不为泰靡，不淫于美，括柱茅茨，为民爱费。山林非时不升斤斧，以成草木之长。川泽非时不入网罟，以成鱼鳖之长……'"[1]可见，周文王不止一次对姬发进行训诫。

诫子活动在周代普遍存在。不仅是周文王，周武王、周公等周王室成员也尤为重视子孙教育，留有较为丰富的家训资料。

《逸周书·武儆》载，周武王曾训诫太子姬诵曰："呜呼，敬之哉，汝勤之无盖□，周未知所周，不知商□无也。朕不敢望，敬守勿失。"[2]周武王去世后，年幼的周成王即位，周公辅政。周公勤于周邦政务，并及时对侄子姬诵及儿子伯禽进行教诲，《尚书》《逸周书》等典籍对周公的家训行为及家训言论有清晰的记载，《无逸》《戒子伯禽》即周公家训的典型代表。

《无逸》是《尚书·周书》中的一篇，是周公归政于周成王时，对侄子周成王的训诫之辞。其文云：

> 周公曰："呜呼！君子所其无逸。先知稼穑之艰难。乃逸，则知小人之依。相小人，厥父母勤劳稼穑，厥子乃不知稼穑之艰难，乃逸乃谚。既诞，否则侮厥父母曰：'昔之人无闻知。'"
>
> 周公曰："呜呼！我闻曰：昔在殷王中宗，严恭寅畏天命，自度。治民祗惧，不敢荒宁。肆中宗之享国，七十有五年。其在高宗，时旧劳于外，爱暨小人。作其即位，乃或亮阴，三年不言。其惟不言，言乃雍。不敢荒宁，嘉靖殷邦。至于小大，无时或怨。肆高宗之享国，五十有九年。其在祖甲，不义惟王，旧为小人。作其即位，爱知小人之依，能保惠于庶民，不敢侮鳏寡。肆祖甲之享国，三十有三年。自时厥后立王，生则逸。生则逸，不知稼穑之艰难，不闻小人之劳，惟耽乐之从。自时厥后，亦罔或克寿：或十年，或七、八年，或五、六年，或四、三年。"
>
> 周公曰："呜呼！厥亦惟我周太王、王季，克自抑畏。文王卑服，

① 周宝宏.《逸周书》考释［M］.北京：社会科学文献出版社，2001：78-80.
② 同①：137.

即康功田功。徽柔懿恭，怀保小民，惠鲜鳏寡。自朝至于日中昃，不遑暇食，用咸和万民。文王不敢盘于游田，以庶邦惟正之供。文王受命惟中身，厥享国五十年。"

周公曰："呜呼！继自今嗣王，则其无淫于观，于逸，于游，于田，以万民惟正之供。无皇曰：'今日耽乐。'乃非民攸训，非天攸若，时人丕则有愆。无若殷王受之迷乱，酗于酒德哉！"

周公曰："呜呼！我闻曰：古之人犹胥训告，胥保惠，胥教诲，民无或胥诪张为幻。此厥不听，人乃训之。乃变乱先王之正刑，至于小大。民否则厥心违怨，否则厥口诅祝。"

周公曰："呜呼！自殷王中宗，及高宗，及祖甲，及我周文王，兹四人迪哲。厥或告之曰：'小人怨汝詈汝！'则皇自敬德。厥愆，曰：'朕之愆。'允若时不啻，不敢含怒。此厥不听，人乃或诪张为幻。曰：'小人怨汝詈汝！'则信之。则若时，不永念厥辟，不宽绰厥心，乱罚无罪，杀无辜。怨有同，是丛于厥身。"

周公曰："呜呼！嗣王其监于兹！"①

训辞中，周公反复告诫周成王要了解耕作的不易，不可贪享安逸；要效法文王关怀平民，"**无淫于观，于逸，于游，于田**""**无若殷王受之迷乱，酗于酒德哉**"。全篇以"无逸"为纲，整篇训辞层次井然，话语殷切，训诫周成王以殷代君主为例，从贤明与昏聩两方面正反对比说理，水到渠成地得出切不可安逸放纵的结论，引人思考，令人警醒。

《戒子伯禽》是周公家训的另一篇代表作品。伯禽是周公的长子，"伯"是指其排行。周成王亲政后，大封诸侯，将地处少昊之墟的鲁地封给周公。因为周公要协助周成王治理周邦，因此派长子伯禽代自己就封于鲁。临行前，周公对伯禽进行训诫，教导他如何治鲁。训辞中，周公语重心长地叮嘱儿子千万不要因为有了封国、地位高贵就傲慢骄士，要谦恭、勤俭、心存敬畏，虚心以待天下的贤士。

除了训诫儿子伯禽及侄子周成王，周公还训导弟弟康叔如何治理卫地。《尚书·周书》中的《康诰》《酒诰》《梓材》三篇即周公训导康叔的训辞。

---

① 十三经注疏：附校勘记［M］.阮元，校刻.北京：中华书局，1980：221-223.

史载，"成王既伐管叔、蔡叔，以殷余民封康叔，作《康诰》《酒诰》《梓材》"[1]。在三篇训文中，周公语重心长地教导康叔如何"勤用明德"。他告诫康叔勿湎于酒，"往尽乃心，无康好逸豫，乃其乂民"[2]。训辞中，周公使用了生动形象的比喻，对如何深思熟虑、计划周详、有条不紊地治理封地、管理百姓做了解说："若稽田，既勤敷菑，惟其陈修，为厥疆畎。若作室家，既勤垣墉，惟其涂塈茨。若作梓材，既勤朴斫，惟其涂丹雘。"[3]周公形象地把治民理政比作耕田、建造房屋及制作木器，指出：耕种土地，辛勤地除去杂草、松软土地后，就要想着修治田岸及沟渠；建造房屋，建好墙垣后，就要想着涂上白垩、盖上茅草；制作木器，辛苦地砍斫原木、加工成胚具后，就要想着给它涂上颜色。

上面所列举的为家训文。先秦时期，韵文中也有关于家训活动的文字记载，典型如《诗经》中的《大雅·抑》《小雅·小宛》《小雅·蓼莪》《小雅·斯干》《郑风·扬之水》《魏风·陟岵》等。

由上可见，五帝时期就已经存在的教子活动在西周时期成为周文王、周武王、周公等人普遍的行为。经历了商王朝的覆败，周初的统治者尤为重视对嗣子的教导，训诫他们重德慎行、戒骄戒躁、尊贤任贤、怀保小民，认为只有这样，才能确保周邦子子孙孙、长长久久。周初，统治者对嗣子训诫的内容多以明德慎行、广施德政为中心，带有鲜明的王室身份特征及政教色彩，对后世帝王家训产生了深远影响。

春秋战国时期，家训行为依然存在。《仪礼·士昏礼》中记载："父送女，命之曰：'戒之敬之，夙夜毋违命！'母施衿结帨，曰：'勉之敬之，夙夜无违宫事！'"[4]这一时期，除帝王家训，诸侯士大夫家训也得到发展。春秋战国时期，家训的撰述者与家训的训诫主体依然处于非同一主体的状态，家训行为或训辞，多由史官记述，或由后人追记，家训的事迹及训语多散见于《左传》《论语》等传世文献中，近些年出土的北大简等出土文献中也有所呈现。

这一时期，诸侯家训以北大简《周驯》所载周昭文公对太子共的训诫为

---

① 十三经注疏：附校勘记[M]．阮元，校刻．北京：中华书局，1980：202.

② 同①：203.

③ 同①：208.

④ 同①：972.

代表。《周驯》云："维岁正月更旦之日，龔（共）大子朝，周昭文公自身贰（敕）之，用兹念也……已学（教），大子用兹念，欺〈斯〉乃受（授）之书，而曰自身属（嘱）之曰：女（汝）勉毋忘岁正月更旦之驯（训）。"①《周驯》主要记载了周昭文公训诫太子共的训辞。关于《周驯》，著者将在第四章训体部分进行详细阐述。

春秋战国时期，生产力的发展带来了新的社会变革。与政治、经济、思想、文化等方面的变革相应，在家训方面，除了王室家训继续存在，这一时期士大夫家训出现并得到发展。孔子的"过庭之训"、曾子的家训、鲁国的敬姜对儿子公父文伯的教诫、王孙贾的母亲对王孙贾的训诫等，皆是这一时期的代表。

《论语》记载了孔子对儿子孔鲤的教诫。其文云：

> 鲤趋而过庭，曰："学《诗》乎？"对曰："未也。""不学《诗》，无以言。"鲤退而学《诗》。他日，又独立。鲤趋而过庭。曰："学《礼》乎？"对曰："未也。""不学《礼》，无以立。"鲤退而学《礼》。②
>
> 子谓伯鱼曰："女为《周南》《召南》矣乎？人而不为《周南》《召南》，其犹正墙面而立也与。"③

作为伟大的教育家、思想家，孔子不失时机地对儿子进行礼乐文化教诲，孔子教育儿子要学习《诗》《礼》，认为只有这样，才能在社会上与人交流，才能在社会上立身行事。孔子的礼乐文化思想对古代中国的社会生活产生了巨大影响，以上两段是孔子在庭院中对儿子进行的两次训诫，后世称其为"过庭之训"，古时称父教为"庭训"，即源于此。

孔子是春秋时期士大夫的代表，他对儿子的训诫是父训的典型。除了父训，春秋时期的母训也记载于典籍，典型的作品主要有敬姜训子、孟母训子、楚子发母教子等。

敬姜是春秋时期鲁国大夫公父穆伯的妻子，公父文伯的母亲。公父穆伯去世得早，敬姜独自抚养儿子公父文伯，敬姜博达知礼，严格教导儿子，教

---

① 北京大学出土文献研究所.北京大学藏西汉竹书：叁［M］.上海：上海古籍出版社，2015：123.
② 十三经注疏：附校勘记［M］.阮元，校刻.北京：中华书局，1980：2522.
③ 同②：2525.

以礼法。有一次，公父文伯退朝回家，去拜见敬姜，敬姜正在缉麻。公父文伯说："像我们这样的家庭，主人还在缉麻，我恐怕会触动季孙氏的怨怒，祖先大概会认为我不能侍奉母亲吧？"敬姜长叹说："鲁国难道快要灭亡了吗？让年轻人做官，却不明白敬官的道理？来，坐下，我告诉你。"于是，敬姜对文伯进行了"劳善逸恶"的训诫。其辞曰：

> 昔圣王之处民也，择瘠土而处之，劳其民而用之，故长王天下。夫民劳则思，思则善心生；逸则淫，淫则忘善，忘善则恶心生。沃土之民不材，逸也。瘠土之民莫不向义，劳也。
>
> 是故天子大采朝日，与三公、九卿祖识地德，日中考政，与百官之政事、师尹、维旅、牧、相宣序民事。少采夕月，与大史、司载，纠虔天刑，日入监九御，使洁奉禘、郊之粢盛，而后即安。诸侯朝修天子之业命，昼考其国职，夕省三典刑，夜儆百工，使无慆淫，而后即安。卿大夫朝考其职，昼讲其庶政，夕序其业，夜庀其家事，而后即安。士朝而受业，昼而讲贯，夕而习复，夜而讨过无憾，而后即安。自庶人以下，明而动，晦而休，无日以怠。
>
> 王后亲织玄紞，公侯之夫人，加之以纮、綖，卿之内子为大带，命妇成祭服，列士之妻加之以朝服，自庶士以下皆衣其夫。
>
> 社而赋事，烝而献功，男女效绩，愆则有辟，古之制也。君子劳心，小人劳力，先王之训也。自上以下，谁敢淫心舍力？今我寡也，尔又在下位，朝夕处事，犹恐忘先人之业，况有怠惰，其何以避辟！吾冀而朝夕修我曰："必无废先人。"尔今曰"胡不自安"。以是承君之官，余惧穆伯之绝祀也。①

敬姜是春秋时期母范的典型，她不仅自己身体力行，勤俭持家，还能够用深切的话语及时教导儿子勤劳勿逸。公父文伯认为，母亲身处一个权势煊赫的大家族，自己还身为大夫，母亲完全可以享清福，完全不用从事缉麻这样的劳动。对于儿子的观点，敬姜高瞻远瞩，把勤劳及淫逸同国家的兴亡联系起来，专门对儿子进行了"劳善逸恶"的训诫，指出"勤劳生善心，淫逸

① 徐元诰.国语集解[M].王树民，沈长云，点校.北京：中华书局，2002：194-193.

生恶心"。孔子听说这件事后说:"弟子记之,季氏之妇不淫矣。"①刘向也对敬姜给予了较高评价,将其列入《列女传》的《母仪传》中,称颂她:"通达知礼,德行光明。匡子过失,教以法理。仲尼贤焉,列为慈母。"②在敬姜的教导下,公父文伯成长很快,长大后做了鲁国的宰相。敬姜《论劳逸》的家训也成为千古名篇,警醒后世子孙勤劳勿逸,以免丧身败家。

除了敬姜,孟子的母亲、楚国将领子发的母亲也是这一时期母训的代表。

孟子的母亲为大家所熟知,她为了儿子的成长,不仅三次迁居,还以断织为喻,对儿子进行训导。《列女传》载,孟子年少时,有一次上学回来,他的母亲正在织布,孟母看孟子回来就问他学习到了什么程度,孟子一副不以为意的样子。孟子的母亲就用刀割断了正在织的布,孟子很害怕,询问母亲这样做的原因。孟母回答说:"子之废学,若吾断斯织也。夫君子学以立名,问则广知……今而废之,是不免于厮役,而无以离于祸患也。"③孟母以断织为喻,形象生动地教导儿子学习不可半途而废,学习就像织布一样,只有持之以恒,连丝成寸,连寸成匹,才能把一匹布织出来,如果一刀砍断,就会前功尽弃。换言之,只有坚持不懈地学习,向老师虚心请教,才会增长自己的见识和学问,最终显亲扬名。母亲的训诫深深触动了孟子,他改正错误,师从子思,朝夕不懈地勤奋学习,终于成为闻名天下的大儒。孟母对儿子的训诫也成为古代家训的名篇,对后世学子学习产生了深远的影响,被后世广为传颂。

楚将子发的母亲是战国时期又一位善于对儿子进行教诫的母亲。子发是楚国的将军,一次他同秦兵作战,因粮食吃完了,派人回国向楚王要粮,顺便让使者问候他的母亲。当母亲得知士兵无粮可食而子发却顿顿吃肉时很生气。等子发获胜而归,子发的母亲不让他进家门,并命人对子发进行了训诫:

> 子不闻越王勾践之伐吴?客有献醇酒一器,王使人往江之上流,使士卒饮其下流,味不及加美,而士卒战自五也。异日,有献一囊糗糗

① 王照圆.列女传补注 [M].虞思徵,点校.上海:华东师范大学出版社,2012:26.
② 同①:27.
③ 同①:34.

者，王又以赐军士，分而食之，甘不逾嗌，而战自十也。今子为将，士卒并分菽粒而食之，子独朝夕刍豢黍粱，何也？《诗》不云乎："好乐无荒，良士休休。"言不失和也。夫使人入于死地，而自康乐于其上，虽有以得胜，非其术也。子非吾子也，无入吾门。①

子发的母亲是一位深明大义且善于教育儿子的母亲。她对儿子的爱，表现在对儿子事业的关注及严格的教育上。她善于从细微处着手，发现儿子的错误并及时教导儿子，指出子发"使人入于死地，而自康乐于其上"的错误，同时，结合越王勾践的事例，教导儿子不与士卒同心，士卒很难为其效力，因为能否赢得军心是将领带兵能否克敌制胜的重要因素。子发母亲的及时训导终于使子发认识到自己的过失。子发母亲对儿子的教诲也成为慈母家训的名篇，在后世广泛传播。

春秋战国之际，西周传统政治社会秩序逐步解体，但王侯家训的内容依然是围绕治国理政展开的，士大夫家训在这一时期则明显较前代有所发展。士大夫家训的主要内容是教诫子孙修身齐家、读书守礼、明德敬业。

迨至秦朝，由于秦始皇在思想文化上实行了较严格的政策，秦代家训远不如前代丰富。

综上，从整体上来看，先秦时期家训文学的发展还处于发轫阶段。家训文献的撰述者并不是家训教诫的行为主体，世传的家训文献是史官所记或后人追记的，家训材料也散见于史书、子书、经书等典籍中，家训文本的文体及文学特征明显受到史书、子书、经书等文献特征的影响，政治性较强，说理多，抒情较少，文学性不强。

二、古代家训的发展期：两汉魏晋南北朝

公元前206年，汉王朝建立。两汉四百年间，国家的政治、经济、文化、文学得到前所未有的发展。与之相应，家训也得到了丰富和发展，这一时期，不仅"家训"一词在文献中正式出现，更为重要的是，真正意义上的家训文学作品在汉代产生。汉代以前，诫子文献主要出自史官记载与后人追述，教诫主体并不等同于诫子文献的写作者，实际上二者处于分离的状态，

---

① 王照圆. 列女传补注 [M]. 虞思徵，点校. 上海：华东师范大学出版社，2012：31.

在史书文献中零散可见相关记载。到了汉代，二者实现了统一，家训文献的作者与训诫主体为同一人，这是中国古代家训发展史上的重要现象，对家训文学发展来说尤为重要。从此，家训文学作品不再是口头家训、依靠史官或他人的追记成文，而是实现了家训文献作者与训诫主体的合二为一。家训也不再受家训文本源出文献的文体特征影响，家训文本的抒情及说理决定于家训主体。因此，就家训著述来说，汉代可谓到了自主、自觉的时代，家训呈现出多样的形式及个性色彩，由两汉至三国至南北朝，家训创作逐步发展，渐趋成熟。

伴随汉武帝"罢黜百家，表彰六经"文化政策的实施，儒家的伦理纲常教育成为汉代家训的主流，班昭的《女诫》、荀爽的《女诫》、杜泰姬的《戒诸女及妇》、蔡邕的《女训》等家训的自觉撰作，代表着古代家训中完整的女训作品在汉代正式形成。但这一时期的家训思想不唯儒家，东方朔的《诫子》中就包含着道家的思想。

两汉期间，先秦时期已存在的王室家训及士大夫家训仍继续发展。王室家训方面，刘邦的《手敕太子》、曹操的《戒子植》《诸儿令》等是这一时期帝王家训的代表。这一时期，对后嗣君德的关注是帝王家训的主要内容。汉高祖刘邦重视培养君德，谆谆教导太子要读书、用贤。士大夫家训方面，东方朔的《诫子》、孔臧的《与子琳书》、刘向的《诫子歆书》、欧阳地馀的《临终诫子》、张奂的《诫兄子书》、尹赏的《临死戒诸子》、严光的《十诫》、郑玄的《戒子益恩书》、赵咨的《遗书敕子胤》等都是其中的名篇。除了散文，两汉的家训中也出现了韵文，韦玄成、东方朔都写下了诫子诗篇，刘桢也以《赠从弟》表达对从弟的劝勉与希望。

纵观两汉家训，重儒教的时代思潮对文学创作产生了很大的影响。这一时期的家训创作，无论是家训主体、家训内容还是艺术风格，都直接受到时代思潮的影响。尤其是士大夫家训，表现尤为突出。汉代出现了大量的士大夫家训，这一时期的士大夫家训表现出鲜明的时代色彩，具体说来，家训的创作主体以经学儒士为主，家训主题内容与儒学相契合，文章的风格凸显了质实重教的特点。

曹丕建魏，汉政权彻底结束。由汉至魏、晋、南北朝，社会的政权结构发生了变化，主流思想也发生了变化。汉政权是大一统的封建王权，而魏晋乃至南北朝时期的时代特色，是战乱与分裂。与之相伴，在思想文化领域，儒学式微，玄学兴起，佛教道教流行。"文变染乎世情，兴废系乎时序。"①受社会状况及主流思想的影响，家训也发生了变化。魏晋时期，传世家训主要有：魏文帝曹丕的《诫子》，汉昭烈帝刘备的《遗诏敕后主》，王昶的《家诫》《诫子侄书》，王修的《诫子书》，王肃的《家诫》，刘廙的《戒弟伟》，诸葛亮的《诫子》（又称《诫子书》）、《诫外生》（又称《诫外生书》），向朗的《遗言戒子》，张纮的《临终家训》，姚信的《诫子》，虞翻的《与弟书》，李秉的《家诫》，夏侯湛的《昆弟诰》，羊祜的《诫子书》，陶渊明的《与子俨等疏》《命子诗》，等等。魏晋家训呈现出与两汉时期家训不一样的时代特色：家训创作主体多名士，具有背离时代主流、个性纷呈的家训内容和情理相生的文章风格。

由晋入南北朝，社会依然处于分裂状态。政权跌宕，官学不振。一方面，门阀制度的存在与兴盛，寻致门第观念及家族观念强化。为了维护家族的声誉，在乱世保持家族的发展，世家大族皆注重对子孙的教诫；另一方面，自汉魏晋以来，"文学的自觉"及抒情性的加强，导致这一时期家训创作的文学性和艺术性增强。经历先秦、两汉、三国及两晋的发展，家训至南北朝趋于成熟。南北朝时期的家训主要有：南朝宋文帝刘义隆的《诫江夏王义恭书》、颜延之的《庭诰》、范晔的《狱中与诸甥侄书》；南齐萧嶷的《戒诸子》、张融的《门律自序》、王僧虔的《诫子书》；梁简文帝萧纲的《诫当阳公大心书》、任昉的《家诫》、徐勉的《为书诫子崧》、王揖的《在齐答弟寂诗》；北朝王褒的《幼训》、王筠的《与诸儿书论家世集》；北魏杨椿的《诫子孙》；北齐魏长贤的《复亲故书》、魏收的《枕中篇》；等等。

南北朝时期的家训文学作品，一方面继承了先秦、两汉时期传统的修身教育，注重对子孙道德品行、读书治学等方面的教诲。尤其是士大夫家训，多希望子孙能注重德行，入仕为官，光宗耀祖。另一方面，家族意识的增强，使得南北朝时期的家训更加注重"齐家"内容的书写，即对家庭中父子、夫妇、兄弟关系处理的教育，提倡家庭及家族成员间的相亲相爱、和睦共处。由于处于政权的不断更迭与分裂状态，"治国""平天下"的思想较少显现于家训中。频繁的政权更迭及残酷的杀戮，使得部分家训呈现出对子孙保全性命、诫盈守谦、"全身远祸"思想的教诫。南北朝时，由于佛教思想流行，部分家训中也流露出明显的佛教思想。典型如颜延之的《庭诰》，即

---

① 刘勰. 文心雕龙注：下 [M]. 范文澜，注. 北京：人民文学出版社，1958：675.

"采用佛家的性灵真义、归心返真作为指导思想之一来教导其子修德、立身、处世、治家的"①。

三、古代家训的成熟期：隋唐

隋灭陈统一全国，南北朝分裂的局面彻底结束。伴随政权一统局面的出现，同时得益于前代家训文学的发展，颜之推的《颜氏家训》于此时成稿。《颜氏家训》结构精审，内容丰富，文笔流畅，标志着我国古代家训的成熟，被誉为"家训文学之大成"②。由于颜之推的一生历经南北朝至隋，因此学者在《颜氏家训》的朝代归属上有所争议。一些学者认为，《颜氏家训》属于南北朝之作，确切地说属于北齐之作。例如，《四库全书总目提要》《中国丛书综录》等均持此说。也有些学者认为，此书成书于隋代，代表学者如余嘉锡、王利器、朱明勋等。余嘉锡、王利器分别在《四库提要辨证》卷十四以及《颜氏家训集解·叙录》中对《颜氏家训》成于隋代做了阐述。朱明勋在余、王二位学者的论证之外，还择选《颜氏家训》中的《风操》《止足》等篇为例，对《颜氏家训》的成书以及能否说《颜氏家训》代表着我国古代家训的成书做了较充分的论证。朱明勋认为：其一，《颜氏家训》中的篇章"有作于北齐的，也有作于齐亡不久的，还有作于入隋的。故此书虽定稿于隋代，但其中各篇的写作时间显然不都在隋代"③。其二，隋唐时期是我国传统家训的成熟期，还可以以《颜氏家训》的成书为判断依据。原因在于：

> 这正好说明颜氏在没有进入隋代以前，他本人的家训观还没有成熟，只能像汉魏六朝时期的人那样作一些单篇的教子文章，这一点至少可以从以下两个方面看出来。一、通过对这些单篇的教子文章的研究，我们发现，它们中的任何一篇单独拿出来都不是成熟的家训作品。如《教子》篇只讲怎样做才能教好孩子；《兄弟》篇只讲怎么处理好兄弟关系；《治家》篇只讲怎样才能治好家。按成熟家训一般应包括治人和治家两个方面来看，它们都不是成熟的家训。只有将它们汇编在一起，才

---

① 徐少锦，陈延斌. 中国家训史 [M]. 西安：陕西人民出版社，2003：256.
② 吴先宁. 北朝文化特质与文学进程 [M]. 北京：东方出版社，1997：167.
③ 朱明勋. 中国家训史论稿 [M]. 成都：巴蜀书社，2008：91.

能成为一个有机的整体，才能作为成熟家训来看待。话说回来，这些篇章作于何时也不能肯定，也就是说我们不能肯定它们一定就是作于入隋以前。二、颜氏本人即使在入隋以后其家训思想也并没有很快成熟起来，而是在入隋后相当一段时间才最终成熟的，这一点可以举出例证。……故我们完全有理由说他的家训思想是入隋以后且是多年以后才成熟的，以此书的定稿来判定隋唐为我国传统家训的成熟期是完全可行的。①

著者完全赞同朱明勋的看法。正如朱先生所言，《颜氏家训》并不是判定隋唐时期是我国传统家训的成熟期的唯一依据，隋唐时期有大量成熟的家训专著出现。"《旧唐书·经籍志》载有李世民的《帝范》；另，《新唐书·艺文志》子部小说家类也载有几部时人的家训著作：李恕的《诫子拾遗》四卷、《开元御集诫子书》一卷，狄仁杰的《家范》一卷，卢僎的《卢公家范》一卷，苏瓌的《中枢龟镜》一卷，姚崇的《六诫》一卷。《宋史·艺文志》'史部·传记类'中著录有柳玭的《柳氏序训》一卷、柳郢的《柳氏家学》一卷，'史部·仪注类'中著录有李商隐的《家范》十卷，'子部·儒家类'中著录有无名氏的《先贤诫子书》二卷、黄讷的《家戒》一卷等。由此可见，到隋唐时期，除了《颜氏家训》以外，还有其他的家训专著出现。这在汉魏六朝时期是不曾发生的。一个时代能同时出现如许成熟的家训专著，足以证明那时的人已经脱离了汉魏六朝时期人的那种'被动'写作不成熟家训的状态，已然进入了'主动'写作成熟家训的成熟时代。"②赵振也认为，"唐代是我国家训文献发展的一个重要阶段，著述众多，除教子诗文外，各种家训专著也有30部之多，超过了以往任何一个时代"③。因此，我们说，隋唐时期可谓我国古代家训的成熟期。

隋唐时期，政权统一。隋朝短祚，家训数量虽不多，但颜之推的《颜氏家训》于此时成稿。隋王朝所建立的科举制、儒道佛三教并重的思想文化政策、积极振兴教育、促进儒学的南北合流等举措，为唐代的文学乃至文化的发展奠定了不可或缺的基础。

---

① 朱明勋. 中国家训史论稿 [M]. 成都：巴蜀书社，2008：91-92.

② 同①：92.

③ 赵振. 唐代家训文献述论 [M] // 周国林. 历史文献研究：总第22辑. 武汉：华中师范大学出版社，2003：148.

618年，李渊在长安称帝。其后，李世民东征西讨，统一全国。大臣魏徵向唐太宗李世民提出"偃武修文"的建议，李世民深思熟虑后予以采纳，定下了"守成以文"的治国方针，并"大阐文教"①。唐天子重视儒学，唐高祖李渊尊崇儒学，"颇好儒臣"，鼓励撰述儒学经籍，不过数年，"秘府图籍粲然毕备"。唐太宗李世民更是"益崇儒学"，"大收天下儒士，赐帛给传，令诣京师，擢以不次，布在廊庙者甚众。学生通一经已上，咸得署吏"②。给予儒士优渥的待遇和地位，唐太宗李世民自谓："朕今所好者，惟在尧、舜之道，周、孔之教，以为如鸟有翼，如鱼依水，失之必死，不可暂无耳。"③明确将儒学作为施政导向，诏定《五经正义》，倡导儒教。唐太宗之后的帝王，也多崇儒。唐开成二年（837），《开成石经》的问世，标志着官方对经学统一及推广所做的努力及成效。唐王朝注重伦理道德教育，提倡"孝"，唐太宗亲注《孝经》，注重孝悌之道，在天子的倡导下，许多家训中呈现出鲜明的孝道教育特征。

唐王朝十分重视历史经验的承传，唐太宗曾说："以古为鉴，可知兴替。"④唐王朝注重史书修撰，由此奠定了包括家训在内的唐代文学创作中注重引史用典的文化取向。唐天子也十分注重用贤，注重擢拔才德之士，全面实行科举取士制度。打破了"上品无寒门，下品无士族"、官吏多由门阀士族把持的不合理现象，为出身寒庶却饱读诗书的才学之士提供了入仕之阶，极大地激发了文人士子科考及修德精业的积极性，据《旧唐书·高士廉传》载，贞观年间，"凡在朝士，皆功效显著。或忠孝可称，或学艺通博"⑤。科举制度不仅为李唐王朝选拔到了优秀的人才，而且无形中促进了寒门之家和高门望族的家庭教育，促进了家训的繁盛。

唐天子以"文教兴国"，所提倡的文教，不只是儒教，还有佛教和道教。在积极的文化政策下，尤其是"尊崇儒术，兼重佛道"的文教政策，使唐代的文化、教育得到充分发展，文学也随之兴盛，诗歌、散文、小说都出现了繁荣发展的局面。在此背景下，唐代的家训文学不仅作品数量丰富，而且作品形态及文体类型多样。

---

① 王溥.唐会要 [M].上海：上海古籍出版社，2006：1316-1319.

② 贞观政要 [M].骈宇骞，齐立洁，李欣，译注.北京：中华书局，2009：230.

③ 同②：187.

④ 欧阳修，宋祁.新唐书 [M].北京：中华书局，1975：3880.

⑤ 刘昫，等.旧唐书 [M].北京：中华书局，1975：2443-2444.

唐代的家训专著大大超过前代，据赵振统计，主要家训著作有：《旧唐书·经籍志》载有唐太宗《帝范》4卷，辛德源、王邵等撰《内训》20卷，文德皇后《女则要录》10卷，张后《凤楼新诫》20卷，武则天《列女传》100卷，《保傅乳母传》1卷，佚名《古今内范》100卷，佚名《内范要略》10卷，佚名《女训集》6卷。《新唐书·艺文志》另载有王方庆《王氏女记》10卷，《王氏训诫》5卷，柳玭《柳氏训序》（《宋史·艺文志》著录为《柳氏序训》）1卷，尚宫宋氏《女论语》10篇，薛蒙妻韦氏《续曹大家女训》12章，王抟妻杨氏《女诫》1卷，魏徵《列女传略》7卷，武则天《训记杂载》10卷，《孝女传》20卷，李恕《诫子拾遗》4卷，唐玄宗《开元御集诫子书》1卷，狄仁杰《家范》1卷，卢僎《卢公家范》1卷，苏瓌《中枢龟镜》1卷。《宋史·艺文志》另载有颜真卿《家教》3卷，李商隐《家范》10卷，郑氏《女孝经》1卷，佚名《先贤戒子书》1卷，佚名《古今家戒》4卷。清道光刻义门陈氏大成宗谱本载有《陈氏义门家法》1卷，近人罗振玉的《鸣沙石室佚书》著录有无名氏《太公家教》1卷。[①]由此可见，唐代家训文献在种类与数量上是比较多的。

唐代家训不仅散体文蓬勃发展，在韵文方面还出现了家训诗，一些诗人（如李白、杜甫、韩愈等），包括帝王乃至僧人，都大力创作家训诗。典型如：李白《送外甥郑灌从军》，杜甫《宗武生日》《熟食日示宗文宗武》《又示两儿》《元日示宗武》《又示宗武》，孟浩然《送莫甥兼诸昆弟从韩司马入西军》，白居易《狂言示诸侄》《江州赴忠州，至江陵已来，舟中示舍弟五十韵》，韩愈《符读书城南》《示儿》《劝学》，杜牧《冬至日寄小侄阿宜诗》，韦应物《示从子河南尉班》，李商隐《骄儿诗》，卢仝《寄男抱孙》，韦庄《勉儿子》，卢肇《嘲小儿》，齐己《寄勉二三子》，杜荀鹤《和舍弟题书堂》，等等。除了文人诗，一些民间诗歌也鲜明地表达了教子、训子的主题，诸如敦煌文献中的《崔氏夫人训女文》等。《王梵志诗集》中的一部分诗篇也以家训为主题。可见，唐代家训创作主体多元，内容丰富。

唐天子也积极进行家训创作，唐太宗李世民亲撰系统的帝王家训之作《帝范》，并有《诫吴王恪书》《戒皇属》等为子孙立则；其他如唐玄宗《开元御集诫子书》、唐高宗李治《诫滕王元婴书》、唐睿宗李旦《诫诸王任刺史

① 赵振.唐代家训文献述论［M］// 周国林.历史文献研究：总第22辑.武汉：华中师范大学出版社，2003：142.

别驾敕》等，也是帝王家训之作。唐代的王侯公卿（包括大夫、士）都积极进行家训写作，对子孙进行家庭教育。士人家训的著名作品如柳玭的《柳氏序训》《诫子弟书》等。唐代家训文的篇幅较汉魏六朝家训文的篇幅长，且不是针对某一问题或主题展开教训的，而是从多侧面、多角度来教诲子弟后人各种为人处世的道理。较知名的家训文如下：姚崇的《遗令诫子孙文》，舒元舆的《贻诸弟砥石命》，元稹的《诲侄等书》，颜真卿的《与绪汝书》，李翱的《寄从弟正辞书》，李华的《与弟莒书》《与外孙崔氏二孩书》，柳宗元的《送内弟卢遵游桂州序》，刘禹锡的《名子说》，李恕的《诫子拾遗》，等等。

女训在唐代得到发展。继班昭著女训专著《女诫》后，唐代也出现了两部女训专著，即郑氏的《女孝经》与宋若莘、宋若昭的《女论语》。长孙皇后的《女则要录》、韦澄的《女诫》、刘氏的《女仪》、韦氏的《续曹大家女训》、杨氏的《女诫》、于义方的《黑心符》等，也都是这一时期的女训作品。

综上，家训在隋唐时期成熟并得到快速发展，产生了数量众多的家训著作，家训作品的内容、文体形式及文学手法的使用均超越以往各个朝代，为后世家训的繁荣奠定了基础。晚唐以后，雕版印刷术的发展、书籍印刷的便捷、传播速度的加快，在一定程度上促进了家训著作的传播及社会化，这些都对家训文学的创作、传播及发展起到了不可忽视的作用。

四、古代家训的繁荣期：宋元明

宋元明时期，家训创作的主体众多，家训的形态多样、内容丰富、艺术手段灵活，作品数量众多，古代家训创作进入了繁荣阶段。

之所以宋代以后，家训发展进入繁荣期，是因为：一方面，与先秦及至唐代悠久的教子传统密切相关，得益于家训自身的发展积累；另一方面，与宋代统治者重"文"、实行积极的文化政策、倡导读书、注重教育等因素有关。北宋建国后，实行"重文抑武"政策，天子以"书中自有千钟粟""书中自有黄金屋""书中自有颜如玉"之语倡导读书致仕，读书教育氛围浓厚，传统的"学而优则仕"思想在这一时期再次大放光彩。在教子读书，使其考取功名的思想驱动下，家训应时而出。南宋时期，山河飘摇，一大批爱国志士（如陆游等）教育子弟勿忘国耻，写下了大量的教子诗文，促进了家训的繁荣。宋代印刷业发达，商品经济繁荣，这些条件都促进了家训的传播。

元朝建立，政权更迭，人才选用政策变化，导致许多儒生文士难以入仕，于是迤遭于下层社会，无形中促进了知识文化在社会各阶层的传播，促进了这一时期民间家训的发展，产生了家训史上影响深远的民间家规族训的家训范本——《郑氏规范》。从家训数量上来看，元代传世家训远远少于宋代。耶律楚材及许衡的家训诗文成为这一时代家训文学的代表。

明王朝建立后，明太祖朱元璋采取了一系列有利于恢复和发展经济的措施，使社会经济得到发展。由于政治统治的需要，统治者大力推崇儒学，同时通过科举制度选拔人才，加强思想文化控制。"治国之要，教化为先"[①]，为了加强教化，统治者率先垂范，加强对子孙的教诫。例如，朱元璋亲自撰写家训《诚诸子书》，编纂《祖训录》；明代仁孝文皇后亲自撰写《内训》，成为传统家训中帝后家训的典范。"上之所好，下必从之"，帝王、帝后的率先垂范，为臣民树立了榜样。很多封建士大夫积极编纂家训。一些文人儒士也积极编纂家训书籍，开展教子活动，留下大量的教子诗文。这一时期的家训呈现出繁荣局面。具体说来，宋元明时期的家训特点表现在以下五个方面。

其一，家训创作主体类型多样。上至帝王将相、下至士人商贾，都进行家庭训诫，写作家训，形成了'至要无如教子"的社会主体共识。

其二，家训的形态多样。这一时期的家训既有著作，也有单篇作品，还出现了家训集《戒子通录》。散文体家训，有训体、诰体、敕体、令体、诫体、箴体、铭体、书体、格言体等；韵文家训，有家训诗和家训词。宋代的家训诗比唐代更为丰富，既有古体诗，也有近体诗，还有歌行乐府等。

其三，家训的教诫内容丰富。有修身立志、处世为官、读书治学、崇俭戒奢、知足避祸的，也有忠君爱国、睦亲齐家的。

与以往家训不同的是，宋代的家训增加了治生理财的内容。宋代商品经济发达，随着人们对商业及经商看法的改变，一些家训中已开始言及治生的重要及治生制用的原则和方法。典型如叶梦得的《石林治生家训要略》、赵鼎的《家训笔录》、陆九韶的《居家制用》、袁采的《袁氏世范》、倪思的《经锄堂杂志》等。宋代的一些家训对家庭成员的职责及规范要求明确，对

---

① 谷应泰.明史纪事本末［M］.河北师范学院历史系，点校.北京：中华书局，2015：204.

于违背者，家训中也做了明确的惩罚规定，司马光的《居家杂仪》即如此。

元代由于土地兼并加剧、赋税沉重，地主与佃户之间矛盾尖锐，合理调整主仆关系成为这一时期家训的新内容。

明代家训除了秉承传统家训的立德修身等主要思想外，还呈现出以下特点：一方面，由于封建政权思想控制的加强，统治者注重对百姓的思想教化，家训被赋予并承担了"经夫妇，成孝敬，厚人伦，美教化"①的使命，一大批家训应时而生，自天子至庶民的家训中，多呈现出教化思想；另一方面，明太祖朱元璋倡导节俭薄葬、尊敬耆老、体恤鳏寡，这些思想相应成为明代家训的重要内容。

其四，艺术手段灵活。家训中除了形象的比喻、经典的引用、清晰的对比外，还有生动的说理，其语言也朴实精练，通俗易懂。

其五，家训数量众多。不仅单篇家训作品繁复，而且出现了数量众多的家训专著及家训集，各体家训内容丰富，充分彰显出这一阶段家训文学的繁荣。

五、古代家训的鼎盛与衰落转型期：清代

家训至清代达到鼎盛，康熙严格教子，训语被其子雍正辑录整理成《庭训格言》。清代皇帝顺治、雍正等也十分重视对百姓的教化。为了敦美风俗，端正家风，雍正皇帝还逐条对康熙帝的《圣谕十六条》进行阐释，形成《圣谕广训》。由于程朱理学在主流思想中的重要地位，这一时期更加注重对女子的教育，家训中呈现出对贞洁观念的强化。随着商品经济的发展、社会生活的丰富，一些不良的行为（如酗酒、赌博等）增多。为了防止子孙纵欲，许多家训中增加了对子弟教诫的内容。训诫子弟勿嗜酒、勿赌博，康熙皇帝的《庭训格言》、庞尚鹏的《庞氏家训》中，也有劝诫子弟不要沾染不良恶习的内容。随着经济观念的变化，传统的"重农轻商"及"万般皆下品，惟有读书高"的思想松动，家训中呈现出对子弟读书择业观念的变化，部分家训中出现了对子孙从事商贾及其他技艺的思想。这种思想主张在此前虽有出现，但只是对是否只走读书入仕之路的思考，而明清时期的家训作品中明确表明，谋生不唯读书一条路，学技术、学技艺、经商、农耕等皆可。

① 十三经注疏：附校勘记 [M].阮元，校刻.北京：中华书局，1980：270.

　　清代前中期是清代家训发展的鼎盛时期，至清代后期，伴随清王朝的日趋衰落，中国古代家训不再如往昔之繁荣，尤其是鸦片战争后，古代家训逐渐走向衰落。但在传统家训衰落的同时，清朝统治阶级内部出现的一些受资本主义教育思想影响的"洋务派"，将"经世致用"等思想融入家庭教育活动，以一种与传统家训相比更为开明的思想观念教育子弟，为传统家训注入了新的理念和思想，使古代家训出现转型。这一时期的家训多以家书的形式出现，典型的代表是曾国藩。曾国藩家书融传统家训思想与时代思潮于一体，以娓娓道来的说理和深厚的情感教诲子弟，所言发人深省，文笔精湛，堪称古代家训家书之翘楚。

第三章　古代家训的创作主体身份及其家训言说

　　家训文学是中国古典文学中具有民族文化特征的一抹亮色。家训是中国古代家庭教育的一种特殊渠道和载体，通过这一载体，家中长辈成功传达了对子弟的要求与期望。从家训本身来看，任何家训都是具有不同身份特征的家中长辈或长者的言说，"身份不同，价值取向、言说内容、言说方式及风格必然有异"①。

　　生活在社会中的每个人都是具有一定身份的社会存在。就主体身份而言，"主体的身份是指主体的社会存在、家庭存在，以及由此所形成的集伦理、职业、学术、才能、审美等多种内涵于一体，反映着主体的思想观念、价值取向、知识系统及行为方式等诸多因素的综合概念"②。在社会中生存，每个人都拥有一定的社会身份。同时，每个人又生活于各自的家庭中，必然拥有一定的家庭身份。在家训文学视野下，不同的家训皆是家中长辈、长者对子孙、子弟的教诲，从家庭身份上来看，家训作者的家庭身份具有相同或相似的血亲身份特征。但是，在社会身份视野下，并非所有的家训主体都具有相同的社会身份特征。纵观我国古代家训，训诫主体的身份并不是单一的，而是呈现出多元化的特征。在社会身份视野下，古代家训的训诫主体既有王侯将相，也有公、卿、大夫、郎、史、太守、郡丞、郡县小吏，以及商贾、学者、文人、隐士、平民等。不同类别的训诫主体在训诫内容、训诫方式与训诫目的上有所不同，其中既有群体的共性特征，又有个体的个性特征。大致来说，古代家训主体的身份主要可以划分为帝王、仕宦、商贾、平民四大类。③

---

① 杨允.汉代辞赋作家的身份及其文学创作管窥［J］.中南民族大学学报（人文社会科学版），2013（3）：145.

② 杨允.论汉代文学主体身份的多元形态［J］.渤海大学学报（哲学社会科学版），2014（4）：86.

③ 这里需要说明的是，封建时代女性的社会身份往往由其所在家庭决定，一般遵循"未嫁从父，既嫁从夫"的原则，因而古代家训中的母训，其训诫主体的身份从属于所在家庭户主的社会身份。

第一节　帝王家训的主体身份特征及其家训言说

古代家训时间跨度长达三千余年，其间经历了多个政权变迁，从天子至臣僚，职官称谓及具体执掌变化众多。为行文方便，本书所说的"帝王家训"，是一个宏观的称谓，帝、王、后、妃之训皆属帝王家训的论述范畴。

我国古代家训源远流长。先秦时期，以周文王、周公为代表的家训开启了后世王室诫子的先河，确定了后世帝王家训的训诫主体、训诫内容、训诫渠道、训诫客体、训诫目的，后世帝王诫子沿着这个方向发展并完善，形成了独具特色的帝王家训。作为我国古代家训训诫主体的类型之一，帝王家训的训诫主体既有共同的群体身份特征，又有各具特点的个体身份特征。因此，反映在家训中，既表现出帝王家训极具国家政治色彩的训诫特征，又显示出帝王群体中不同训诫主体的个性特征，不同的家训在内容与文体使用上也有不同，展现了帝王家训独特的文学特征。

作为封建时代独具特色的一种家训类型，帝王家训是历代君主出于教诫皇属的目的而创作生成的诫子文本。从西周迄至清代，不同时期的君王及后妃等留下了数量可观的家训文献。

其中，帝王身份下的家训主要有：周文王姬昌《保训》，周公姬旦《戒子伯禽》《无逸》，汉高祖刘邦《手敕太子》，汉文帝刘恒《遗诏》，光武帝刘秀《遗诏》，汉明帝刘庄《戒皇属》，魏武帝曹操《诸儿令》《戒子植》《曹植私出开司马门下令》《内戒令》《遗令》，魏文帝曹丕《诫子》，汉昭烈帝刘备《遗诏敕后主》，晋宣帝司马懿《遗诏》，晋明帝司马绍《遗诏》，晋成帝司马衍《遗诏》，十六国时后燕慕容垂《遗令》，前秦苻健《指河誓弟雄及兄子菁》，后秦姚弋仲《戒诸子》，姚苌《敕太子兴》，前凉张轨《遗令》，张茂《遗令》，南凉秃发利鹿孤《遗令》，西凉王李暠《手令诫诸子》《写诸葛亮训诫应璩奉谏以勖诸子》，鲜卑吐浑国辟奚《谓世子言》，南北朝时期刘义隆《诘让太子劭》，齐高帝《敕世子赜》，齐武帝《敕庐陵王子卿》《敕晋安王子懋》，南齐豫章王萧嶷《戒诸子》《临终戒子》，梁武帝萧衍《令皇太子王侯之子入学诏》《徙临贺王正德诏》《敕晋安王》《手敕报皇太子》《敕湘东王》《敕太子进食》《答皇太子请御讲敕》《答晋安王请开讲启敕》《答晋安王谢开讲般若启敕》《敕答皇太子所上大法颂》《答晋安王谢幸善觉寺启敕》《宣太子进食》《答皇太子启审降服大功行三吉》，梁简文帝萧纲《诫当阳公大心书》，梁元帝萧绎《金楼子·戒子》，后魏拓跋宏《手诏皇太子》，北齐神武帝《敕子澄书》，北齐文宣帝《遗诏》，北齐孝昭帝《遗诏》，后周武帝《遗诏》，唐太宗李世民《帝范》《戒皇属》《诫吴王恪书》，宋太祖赵匡胤《戒公主当节俭》《望胞弟不忘布衣时事》，宋太宗赵光义《敦劝子弟》，宋真宗赵恒《约束外戚》，宋仁宗赵祯《戒外戚勿贪鄙》，宋神宗赵顼《勉励皇太子熟读经书》，元太祖家训，明太祖朱元璋《祖训录》，康熙口训、雍正帝辑撰《圣谕广训》《庭训格言》，咸丰帝奕詝《为孝应绍法武王、周公》，同治帝载淳家训，清高宗乾隆家训，等等。

帝王的后妃作为王室的主要成员，也承担了对子弟及家人教诫的职责，因而也留下了一些家训文献，诸如：曹丕郭皇后《敕外亲刘斐》《敕诸家》《敕戒郭表孟武等》，南朝宋孝懿萧后《遗令》，陈武帝武宣章后《遗令》，宋英宗高皇后《戒家族》《戒兄弟》，唐太宗长孙皇后《女则要录》，等等。

这些家训虽然有各自的风格和内容，但总体上显示出了一些共性的特征。

从内容上来看，帝王处于封建政权的顶峰和中心位置，其教诫子弟的内容必然不同于一般的家庭家族，代表着当时政治文化的核心思想与主流价值观，具有极强的政治性。纵观历代帝王家训，基本上延续了周王室家训的主要内容，如"勤政无逸、戒骄戒奢、明德慎罚、审慎刑杀、体恤百姓、宽缓徭役、礼贤下士、择官授职"[1]等方面。反映在内容上的最鲜明特点就是在对王室成员尤其是对储君的教诫中，格外重视君德的培养与治国方略的传授，具有鲜明的帝王身份特征。例如李世民的《帝范》，共有十二篇，包括君体、建亲、求贤、审官、纳谏、去谗、诫盈、崇俭、赏罚、务农、阅武、崇文，涉及了君德修养、权力运用、人才使用、官员选任、纳谏戒奢等问题，既是对皇家储君君德的指导，也是对帝王治国之道的归纳。具体来说，在君德的培养上，帝王诫子往往从一般个人道德修养的要求，延伸到君王应具有的品德。周公曾教诫其侄周成王"无淫于观，于逸，于游，于田，以万民惟正之供"。要求成王不可沉迷在观赏、安逸、嬉游和田猎之中，更不可使老百姓进献赋税供他享乐，在"勤俭"的个人品德之上，提出了"爱民"

---

① 徐少锦.周公开中国传统家训之先河［J］.学海，1999（2）：28.

的君德要求。刘备在《遗诏敕后主》中说，"勿以恶小而为之，勿以善小而不为。惟贤惟德，能服于人"①，告诫刘禅要行善去恶，进德修业。这也是从"积善为德"的个人行为要求，上升到以贤率下的君王之德。而对治国方略的传授，是帝王家训区别于其他主体家训的显著特征，治国方略往往是帝王自己治国经验的总结，因此，以具体的方略指导皇储处理国家中政治、经济、军事、文化、民族关系等各方面问题，是帝王家训的显著特征。诸如《帝范》中，建亲、审官、赏罚、务农、阅武、崇文等篇章主要论及了治国理政中需要注意的统御下属、教育、军事、经济、民生等问题。可以看出，这些教诫的内容经常与政权的更迭或王权的交接有关，是帝王身份的独特言说在家训上的反映，具有极强的身份特征及政治色彩。

作为帝王的匹偶，后妃家训的内容则多为对母家子弟谨慎守法、切勿骄奢、勿仗势欺人、勿饱食终日，免遭祸罚的教诫。例如，汉和帝的皇后邓绥，史称邓皇后，专门下诏教诫从兄邓豹、邓康等人说："吾所以引纳群子，置之学官者，实以方今承百王之敝，时俗浅薄，巧伪滋生，《五经》衰缺，不有化导，将遂陵迟，故欲褒崇圣道，以匡失俗。传不云乎：'饱食终日，无所用心，难矣哉！'今末世贵戚食禄之家，温衣美饭，乘坚驱良，而面墙术学，不识臧否，斯故祸败所从来也。永平中，四姓小侯皆令入学，所以矫俗厉薄，反之忠孝。先公既以武功书之竹帛，兼以文德教化子孙，故能束修，不触罗网。诚令儿曹上述祖考休烈，下念诏书本意，则足矣。其勉之哉！"②诏书中，邓皇后教诫从兄邓豹、邓康要勤于学习、有所作为，切莫饱食终日、不识臧否，否则即会招来祸败。邓皇后希望从兄弟以祖父邓禹为榜样，修炼文治武功，传承祖上美德，垂功名于史册。又如，曹丕郭皇后的《敕外亲刘斐》云："诸亲戚嫁娶，自当与乡里门户匹敌者，不得因势强与他方人婚也。"③《敕戒郭表孟武等》云："汉氏椒房之家，少能自全者，皆由骄奢，可不慎乎！"④《敕诸家》云："今世妇女少，当配将士，不得因缘取以为妾也。宜各自慎，无为罚首。"⑤还有些帝后在家训中表现出鲜明的节葬思想，诸如，南朝宋孝懿萧后在《遗令》中指出："孝皇背世五十余年，古

---

① 严可均. 全三国文：下册 [M]. 马志伟，审订. 北京：商务印书馆，1999：578.

② 范晔. 后汉书 [M]. 李贤，等注. 北京：中华书局，1965：428.

③ 严可均. 全三国文：上册 [M]. 马志伟，审订. 北京：商务印书馆，1999：122.

④ 同③.

⑤ 同③.

不袝葬。且汉世帝后陵皆异处。今可于茔域之内别为一圹。孝皇陵坟本用素门之礼，与王者制度奢俭不同。妇人礼有所从，可一遵往式。"①曹丕郭皇后还对姐姐之子孟武进行教诫，指出："自丧乱以来，坟墓无不发掘，皆由厚葬也。首阳陵可以为法。"②这就是后世所谓《止孟武厚葬其母》。其他，如陈武帝武宣章后《遗令》的中心思想也是薄葬。

当然，也有王后勉励儿子作为国君要谨慎兵战的家训，典型如十六国时期西凉武昭王李暠的王后尹氏教诫儿子的家训。尹氏自幼好学，明辨有智慧。李暠去世后，其子李士业继位，尹氏教诫儿子说："汝新造之国，地狭人稀，靖以守之犹惧其失，云何轻举，窥冀非望！蒙逊骁武，善用兵，汝非其敌。吾观其数年已来有并兼之志，且天时人事似欲归之。今国虽小，足以为政。知足不辱，道家明诫也。且先王临薨，遗令殷勤，志令汝曹深慎兵战，俟时而动。言犹在耳，奈何忘之！不如勉修德政，蓄力以观之。彼若淫暴，人将归汝；汝苟德之不建，事之无日矣。汝此行也，非唯师败，国亦将亡。"③尹氏耐心地为儿子分析自己国家的现状及对方的实力，从天时地利等方面劝诫儿子不要轻易用兵，要勉修德政，遵从父亲生前的教诲——"深慎兵战，俟时而动"，但李士业不听，最终被蒙逊所灭。

在后妃的家训中，明成祖朱棣的仁孝文皇后徐氏所作的《内训》相较其他作品，内容更加丰富。该书除自序外，共有20章，分别就如何培养自身的德性、积极修身、勤俭持家、慎言谨行、积善迁善、小心警戒、孝敬父母、尊事舅姑、恭奉祭祀、尊崇圣训、敬仰贤范、睦亲慈幼、善于逮下、正确对待外戚等展开教诫。在仁孝文皇后看来，"贞静幽闲，端庄诚一""孝敬仁明，慈和柔顺"④是女子应该具有的德性，指出"五彩盛服，不足以为身华。贞顺率道，乃可以进妇德"⑤，认为华丽的服饰不能替代心灵之美，只有遵守贞顺之道，积极修身，"居以正，行无陂"，才能成就自身德性。除了修身，对于如何处理与公婆、丈夫、孩子的关系，仁孝文皇后也明确提出了自己的观点，认为对待公婆要孝敬，指出："舅姑者，亲同于父母，尊拟于天地。善事者在致敬，致敬则严；在致爱，致爱则顺。专心竭诚，毋敢有

---

① 严可均.全宋文 [M].苑育新，审订.北京：商务印书馆，1999：93.

② 严可均.全三国文：上册 [M].马志伟，审订.北京：商务印书馆，1999：123.

③ 房玄龄，等.晋书 [M].北京：中华书局，1974：2526-2527.

④ 郭淑新.《女四书》读本 [M].北京：中国人民大学出版社，2016：86.

⑤ 同④：90.

怠，此孝之大节也，衣服饮食其次矣。"①对丈夫要"忠诚以为本，礼义以为防。勤俭以率下，慈和以处众。诵《诗》读《书》，不忘规谏。寝兴夙夜，惟职爱君"②。对子女的培养，当"教之者，导之以德义，养之以廉逊，率之以勤俭，本之以慈爱，临之以严恪，以立其身，以成其德"③。强调对子女不可姑息溺爱。如果姑息溺爱，那就是"自敝其下"，并非真的爱子孙。基于皇室身份的考虑，仁孝文皇后就如何对待外戚也提出了明确的训诫，指出："自昔之待外戚，鲜不由始纵而终难制也。虽曰外戚之过，亦系乎后德之贤否尔。"④正因如此，"古之哲后贤妃，皆推德逮下。荐达贞淑，不独任已，是以茂衍来裔，长流庆泽"⑤。

除了以上内容，章氏太后蒋氏也在《女训》中对女子修身的必要性及如何修身、为人妻、为人母进行了教诫，指出"身若不修，则无以成其德；德若不养，则无以立其身。故贞静幽闲，端庄诚一，以成其德也。居必以正，行必以端，以修其行也"⑥，"为人子，为人女，当行孝道"⑦。为人妻，对待丈夫，要"敬之以道，顺之以德，非礼之言不敢言，非礼之事不敢行，进退有常，动静有仪，不敢顷刻忘其敬也"⑧。提倡在孩子成长过程中要导之以礼，指出"为人母者，不可不严。其教男女之法，不可纵其奢侈，不可徇其骄傲。衣服莫令过于华丽，饮食岂可极其甘美？贪色则损寿，伤力则成痨。奢侈则用度无节而败家，骄傲则进退无礼而亡身。华丽则不能奋志于圣贤，甘美则不能守分于贫贱。皆非爱子之道。母之教子，不可不知此理也"⑨。

从文体使用上来看，诰、敕、诏、令、诫是帝王及后妃诫子使用的主要文体样式。"诰"是以"布告"的形式对皇属进行教诫，诰本"家训"辞气较威严，命令性较强，如周公约《康诰》《酒诰》，带有较重的强制性，命令受训对象严格遵行自己的告诫。作为皇命文书的敕体，本身具有的"戒正"

---

① 郭淑新.《女四书》读本 [M].北京：中国人民大学出版社，2016：138.

② 同①：132.

③ 同①：146.

④ 同①：159.

⑤ 同①：155.

⑥ 章圣太后蒋氏.女训 [M] // 楼含松.中国历代家训集成.杭州：浙江古籍出版社，2017：1928.

⑦ 同⑥：1929.

⑧ 同⑥：1930.

⑨ 同⑥：1932.

之意，使其成为帝王诫子的一种文体，典型如刘邦的《手敕太子》等。"诏"是古代帝王向臣民发布命令的一种文体，《汉书·高帝纪》注："如淳曰：'诏，告也。自秦汉以下，惟天子独称之。'"[①]《文心雕龙·诏策》云："皇帝御宇，其言也神。渊嘿黼扆，而响盈四表，唯诏策乎！"[②]可见，诏体形式的文本代表着帝王至高无上的绝对权威，是帝王的一种御用文体。家训文本中，刘恒的《遗诏》、李世民的《诫佑手诏》等皆是诏体。"令"是一种通过发号施令以达到教善禁恶效果的文体，曹操的《诸儿令》、萧嶷的《遗令》等都是令体家训。"诫"是一种古老的文体，家戒及女戒是诫体文的重要类别，诫体家训一般表达的是一种警诫告诫之意。周文王的《遗戒》、梁简文帝萧纲的《诫当阳公大心书》、隋文帝杨坚的《诫太子勇》等，都是诫体家训的代表作。

可见，基于帝王的身份，他们在诫子时所使用的文体不同于其他身份群体。诰、敕、诏、令、诫作为帝王诫子的主要文体，与帝王的独特身份有着紧密的关系。从家族角度来看，帝王的身份相当于宗族中的长辈；而从国家角度来看，帝王是国家的统治者。这种双重身份使帝王在教诫子臣时使用的文体，不仅要能体现父对子的要求与关怀，还要在这种教诫中，以一种上对下的姿态体现帝王威严与国家意志。基于这种双重要求，诰、敕、诏、令等几种文体既与王室政事相关联，又可表达家教语言，因此便成为帝王诫子的主要文体。

帝王是我国家训训诫主体类型之一，刘邦、李世民、赵匡胤、朱元璋、康熙等帝王有着共同的群体身份特征，正如徐少锦所说："周公家训中的勤政无逸、戒骄戒奢、明德慎罚、审慎刑杀、体恤百姓、宽缓徭役、礼贤下士、择官授职等，规定了尔后帝王家训或贤臣进谏的基本内容。"[③]但实际上，由于具体的社会背景、君主个人的思想观念及文化素质上的差异，每位帝王又有着鲜明的个性特征，他们的家训往往会表现出共性特征之下的个性特征。

帝王虽为国家的最高统治者，但在整个帝王群体中，不同个体之间也有着明显的差异性，从而产生了帝王家训的不同个性特征。例如，同为汉代帝

---

① 班固.汉书[M].颜师古，注.北京：中华书局，1962：53.

② 刘勰.文心雕龙注：上[M].范文澜，注.北京：人民文学出版社，1958：358.

③ 徐少锦.周公开中国传统家训之先河[J].学海，1999（2）：28.

王临终之际下达给储皇儿孙的敕诫，汉高祖刘邦的《手敕太子》与汉文帝刘恒的《遗诏》就有着明显的差异。汉高祖刘邦的《手敕太子》是刘邦在病危时教诫太子刘盈的一封敕书。在这封敕书中，刘邦结合自己的经验，以父亲和帝王的身份，告诫刘盈首先要"勤读书"；其次要礼敬老臣，"汝见萧、曹、张、陈诸公侯，吾同时人，倍年于汝者，皆拜，并语于汝诸弟"[①]；最后嘱咐刘盈照顾"如意母子"。他对刘盈的训诫主要集中在个人的生活层面，"勤读书"、礼敬老臣是希望刘盈能够做一个称职的太子，以担起未来的君主之位；而对"如意母子"的嘱托，是出于对儿子如意及戚夫人的担忧。这都是从个人角度出发，对儿子的安排与关怀，更多地体现出普通人的情怀，其作为君主的特殊身份不明显。刘邦是布衣出身，自身文化素质不高，早年甚至对读书学习嗤之以鼻，认为国家是"马上而得之，安事诗书！"[②]但由于刘邦知人善任，因而能一步步诛暴秦、灭项羽、平定天下，到了临终之际，也对自己进行了分析："吾遭乱世，当秦禁学，自喜，谓读书无益。洎践祚以来，时方省书，乃使人知作者之意，追思昔所行，多不是。"[③]可见，刘邦认识到了自己知识文化的不足。这种不足反映在对刘盈的教诫中，则是缺乏为君者的教导。而在汉文帝刘恒的《遗诏》中，虽然也是对自己身后事的安排，但这些安排主要是从国家层面对子孙后代进行告诫，如"其令天下吏民，令到出临三日，皆释服""宫殿中当临者，皆以旦夕各十五举声，礼毕罢"[④]。这些告诫充满了对百姓的关爱同情和以天下为己任的担当意识，同时还有对生死观的认识与薄葬的主张，如"死者天地之理，物之自然，奚可甚哀"[⑤]，体现了较高的文化素养，具有更为广泛的社会意义。汉文帝本来是偏居一隅的诸侯王，作为王室成员，本身具有较高的文化素养。但在被陈平、周勃等迎立为天子，身居高位后，内心却充满了不安与焦虑，如在给陈武的信中写道："朕能任衣冠，念不到此。会吕氏之乱，功臣宗室共不羞耻，误居正位，常战战栗栗，恐事之不终。"[⑥]从中可以体会到汉文帝的不安与谨慎，他时刻检讨自己的行为，在群臣请立太子时，立即检讨自身德行的不足，认为"朕

---

① 严可均.全汉文［M］.任雪芳，审订.北京：商务印书馆，1999：5.

② 司马迁.史记［M］.2版.北京：中华书局，1982：2699.

③ 同①.

④ 同②：434.

⑤ 同②：433.

⑥ 同②：1242.

既不德"①，并以此考虑到整个国家与天下百姓，其谦和、爱民的个性特点清晰可见。这种个性特点反映在对后代子孙的教诫中，展现了他对帝王治国的理性思考，与汉高祖的教诫形成了较鲜明的对比。

第二节　仕宦家训的主体身份特征及其家训言说

仕宦是中国古代家训主体的另一种类型。对于"仕宦"一词，《说文解字注》云："仕，学也。训仕为入官，此今义也。古义宦训仕，仕训学。故《毛诗传》五言士事也。而《文王有声》传亦言仕事也。是仕与士皆事其事之谓。学者，觉悟也。"②《说文解字》以"仕"训"宦"。仕与宦皆有事其事而学习领悟之意。汉代以来，"仕宦"一词开始连用，并在一些史籍中多次出现。《史记·平准书》云："孝惠、高后时，为天下初定，复弛商贾之律，然市井之子孙亦不得仕宦为吏。"③《史记·司马相如列传》云："（相如）其进仕宦，未尝肯与公卿国家之事，称病闲居，不慕官爵。"④由是观之，汉代开始，"仕宦"就有了后世常用的"入仕为官"之意。在此后的发展过程中，"仕宦"一词从表"入仕为官之途径"之意，继而具有指称"入仕为官之群体"的意思，如《隋书·高祖纪上》载："此间人物，衣服鲜丽，容止闲雅，良由仕宦之乡，陶染成俗也。"⑤结合以上论述，本书对社会身份视野下家训文学的主体之一——仕宦，做如下界定："仕宦"指古代社会通过恩荫、征辟、举孝廉、科举考试等途径入仕之士，他们既与居于封建政权顶端的天子王侯相区别，也与普通庶民百姓相区别，具有一定的政治权力，是对封建时代上至将相公卿、下至郡县小吏的统称。

家训本是家庭或家族中长辈对晚辈的训诫、教诲，是基于血亲及伦理关系而发的训诫，家庭身份是家训展开的前提。但训诫主体也是处于社会生活中的人，其言行、思想等无不受其社会身份的影响。身份的不同，必然导致

---

① 司马迁.史记［M］.2版.北京：中华书局，1982：419.

② 许慎.说文解字注［M］.段玉裁，注.2版.上海：上海古籍出版社，1988：366.

③ 同①：1418.

④ 同①：3053.

⑤ 魏徵，令狐德棻.隋书［M］.北京：中华书局，1973：25.

其对社会生活的认知、感受及审美取向有所差异。仕宦群体是以入仕从政为身份特征的主体，其对社会生活必然有着与帝王、后妃及平民百姓不同的感受与体验，而这些不同的感受、体验见诸家训书写，就形成了家训内容、形式、风格等的群体性特征。

首先，从内容方面来看，仕宦家训表现出仕宦群体崇高的使命感、强烈的政治参与意识和严以修身的个体情怀。

"修身齐家治国平天下"是古代仕宦群体的普遍追求，他们怀着崇高的使命感和强烈的政治参与意识积极参与社会管理，体现在家训内容上，即仕宦家训普遍勉励子孙积极入仕、求取功名、尽忠卫国。仕宦群体具有官场身份，他们不仅勉励子孙积极进取，而且将自己对官场的立身经验传授给子孙，教其为官之道。

西汉名臣韦玄成获罪遭受贬黜，重新被任用后，作诗叮嘱子孙朝见天子时应谨慎小心，端正自己的形体仪态，戒慎自己的车服，勉励他们一心一意藩卫汉室。南朝时，于宋、齐两朝均身居高位的王僧虔，诫子勤学读书，靠自己的努力谋求官职。三国时，蜀汉名臣诸葛亮临终前写下《诫子》，教诲八岁的儿子诸葛瞻，"夫君子之行，静以修身，俭以养德，非澹泊无以明志，非宁静无以致远"①。官至中书舍人的杜牧在《冬至日寄小侄阿宜诗》中诲勉侄子刻苦读书，以"仕宦至公相，致君作尧汤"②。

仕宦群体不仅勉励子孙积极入仕，而且传授子孙从政经验。其中，诫子谨守官德是仕宦群体在长期的官场生涯中总结的经验。例如，南朝梁武帝时期的名臣徐勉，一生身居高位，但从不敛财或营置家业，为官廉洁，家无积蓄。朋友及门客劝他为后代置办产业，徐勉回答："人遗子孙以财，我遗之以清白。子孙才也，则自致辐辏；如其不才，终为他有。"③为教育子孙清廉，他专门写下《为书诫子崧》，在训辞中说："吾家世清廉，故常居贫素，至于产业之事，所未尝言，非直不经营而已。薄躬遭逢，遂至今日，尊官厚禄，可谓备之……古人所谓以清白遗子孙，不亦厚乎。"④又云："'遗子黄金满籝，不如一经。'详求此言，信非徒语。吾虽不敏，实有本志，庶得遵

---

① 严可均. 全三国文：下册 [M]. 马志伟，审订. 北京：商务印书馆，1999：595.

② 杜牧. 樊川诗集注 [M]. 冯集梧，注. 上海：上海古籍出版社，1978：59-60.

③ 姚思廉. 梁书 [M]. 北京：中华书局，1973：383.

④ 严可均. 全梁文：下册 [M]. 冯瑞生，审订. 北京：商务印书馆，1999：532.

奉斯义，不敢坠失……"①教诫长子徐崧要为官清廉。之所以如此教育儿子，是因为徐勉在长期的仕宦生涯中看清了清廉的意义，徐勉语重心长地对儿子说道："古往今来，豪富继踵，高门甲第，连闼洞房，宛其死矣，定是谁室？"②北宋哲宗时期，担任尚书左仆射兼门下侍郎的司马光在《与侄书》中也教诫侄子清廉、奉公守法。清廉、慎政、勤政、恤民等皆是仕宦家训中训诫主体教诫子孙所应遵守的官德。

身修，方可齐家、治国。仕宦家训还体现出仕宦群体严以修身的个体意识和主体情怀。仕宦群体所具备的知识素养及礼法传统使他们不仅对自身要求严格，而且十分重视对子孙个人品行的教育。诸葛亮教诫儿子与外甥立志高远，惜时勤学。魏晋名臣羊祜教子忠信笃敬，他在《诫子书》中写道："恭为德首，慎为行基。愿汝等言则忠信，行则笃敬。无口许人以财，无传不经之谈，无听毁誉之语。闻人之过，耳可得受，口不得宣，思而后动。若言行无信，身受大谤，自入刑论，岂复惜汝？耻及祖考，思乃父言，纂乃父教，各讽诵之。"③即使时代发展至明清，仕宦诫子亦十分重视对子孙的修身教育。明代任右佥都御史、福建巡抚等职的名臣庞尚鹏教诫子孙要崇德守礼，将"孝、友、勤、俭"作为立身修身的第一要义。生活中要遵守礼度，谨言慎语，有所"绳束"，要扬人之长，略人之短，千万不可扬人之过。生活要节俭，量入为出。同时，男子汉大丈夫要尚义，"及义所当为，虽孟贲不能夺"④。史称庞尚鹏"介直无所倚，所至搏击豪强"⑤，庞尚鹏的家训鲜明地体现出训主的品格。任地方县令的姚舜牧诫子谨记"孝悌忠信礼义廉耻"，认为"此八字，是八个柱子。有八柱，始能成宇。有八字，始克成人"⑥，读书、治学、立志、守礼、戒奢等都是仕宦之士传授给子孙及兄弟的修身之道。

其次，仕宦作为家训文学主体的重要组成部分，其家训在形式方面呈现出一定的群体性特征。

仕宦群体受其特定社会身份的影响，在创作家训时往往会根据自己的社

① 严可均.全梁文：下册 [M].冯瑞生，审订.北京：商务印书馆，1999：532.
② 同①.
③ 严可均.全晋文：上册 [M].何宛屏，珠峰旗云，王玉，审订.北京：商务印书馆，1999：420.
④ 庞尚鹏.庞氏家训 [M]//楼含松.中国历代家训集成.杭州：浙江古籍出版社，2017：2471.
⑤ 张廷玉.明史 [M].北京：中华书局，1974：5952.
⑥ 姚舜牧.药言 [M]//楼含松.中国历代家训集成.杭州：浙江古籍出版社，2017：2758.

会阅历去诲教子孙，家训内容带有一定的仕宦特色。但在文体使用方面，仕宦家训则较少受写作主体身份的社会属性的影响，更多地回归到家庭教诫的温情，诫子作品洋溢着浓厚的爱子之情，多以书、诗为常用文体。

以书体家训为例。私人书体这类相对灵活的体制为仕宦诫子提供了更为广阔的空间，仕宦主体在创作家训时，或道理说服，或引人举事，语重心长地表达对子孙的教诲之意。不仅如此，感慨时势、倾诉个人遭遇、日常所思所感甚至是阐发自己的文艺理念等，皆被仕宦主体纳入家训教诫的内容。刘勰《文心雕龙·书记》云："详总书体，本在尽言，言以散郁陶，托风采，故宜条畅以任气，优柔以怿怀。文明从容，亦心声之献酬也。"[1]刘勰认为，"书"就在于话要说尽，它是用来排遣胸中郁闷的，是内心情意的往来酬答。仕宦主体以书体为文进行子孙教诫，不仅实现了对子孙的训诲，而且表达了内心真挚而切实的情意。汉武帝时太常孔臧的《与子琳书》，东方朔的《诫子》，马援的《诫兄子严敦书》。三国时期诸葛亮的《诫子》《诫外生》，唐代元稹的《诲侄等书》，明代张居正的《示季子懋修书》，等等，都是古代仕宦家训的代表作，在这些作品中，仕宦群体的教子之意充分表达，言语拳拳的爱子之情表露无遗。

兹以孔臧、马援、元稹、郑板桥为例，对仕宦书体家训做以论析。

孔臧，孔子的第11代孙，汉武帝时拜太常。孔臧知识渊博，经常和朝中一些博士讨论劝学励才之道，当他听说儿子孔琳非常刻苦地研习经书传记时，非常高兴，于是亲自给儿子孔琳写了一封信，加以勉励教导。其文云：

> 告琳，顷来闻汝与诸友讲肆《书传》，滋滋昼夜，衎衎不息。善矣，人之进道，惟问其志，取必以渐，勤则得多，山霤至柔，石为之穿，蝎虫至弱，木为之弊。夫霤非石之凿，蝎非木之钻，然而能以微脆之形，陷坚刚之体，岂非积渐之致乎。训曰："徒学知之未可多，履而行之乃足佳。故学者所以饰百行也。侍中子国，明达渊博。雅学绝伦，言不及利，行不欺名，动遵礼法，少小长操。故虽与群臣并参侍，见待崇礼不供亵事，独得掌御唾壶，朝廷之士，莫不荣之此汝亲所见。《诗》不云乎："毋念尔祖，聿修厥德。"又曰："操斧伐柯，其则不远。"远则尼

① 刘勰.文心雕龙注［M］.范文澜，注.北京：人民文学出版社，1958：456.

父，近则子国，于以立身，其庶矣乎。①

孔臧告诉儿子，要想学业长进必须做到四个方面：一要立志，指出"人之进道，惟问其志"；二要坚持不懈，孔臧以山雷穿山、蝎虫弊木为喻，教诲儿子为学应日积月累，"取必以渐，勤则得多"；三要勇于实践，"徒学知之未可多，履而行之乃足佳"；四要善于向祖先及身边人学习，"远则尼父，近则子国"，将家族传统发扬光大。孔臧的家训生动感人，对于儿子，他不是强迫命令式地训诫，而是成功利用书体文将深刻的道理寄寓到生动的比喻及说理中，言浅意深。

马援，字文渊，扶风茂陵人。东汉开国功臣，汉明帝明德皇后之父。历任陇西太守、伏波将军、新息侯。马援忠心为国，大半生都在战事中度过，为东汉王朝的"卫国安边"立下了赫赫战功。马援认为，"丈夫为志，穷当益坚，老当益壮"②，曾立志"男儿要当死于边野，以马革裹尸还葬耳"③，颇受后人崇敬。马援在南征交趾时，听闻兄子马严、马敦喜欢讥讽议论，且喜欢结交侠士。马援深为忧虑，作书诫马严、马敦，留下千古诫子佳话。文中写道：

> 吾欲汝曹闻人过失，如闻父母之名，耳可得闻，而口不可得言也。好论议人长短，妄是非正法，此吾所大恶也，宁死不愿闻子孙有此行也。汝曹知吾恶之甚矣，所以复言者，施衿结缡，申父母之戒，欲使汝曹不忘之耳。龙伯高敦厚周慎，口无择言，谦约节俭，廉公有威，吾爱之重之，愿汝曹效之。杜季良豪侠好义，忧人之忧，乐人之乐，清浊无所失，父丧致客，数郡毕至，吾爱之重之，不愿汝曹效也。效伯高不得，犹为谨敕之士，所谓刻鹄不成尚类鹜者也。效季良不得，陷为天下轻薄子，所谓画虎不成反类狗者也。讫今季良尚未可知，郡将下车辄切齿，州郡以为言，吾常为寒心，是以不愿子孙效也。④

① 严可均. 全汉文 [M].任雪芳，审订.北京：商务印书馆，1999：125-126.

② 范晔. 后汉书 [M].李贤，等注.北京：中华书局，1965：828.

③ 同②：841.

④ 严可均. 全后汉文：上册 [M].许振生，审订.北京：商务印书馆，1999：164.

马援有着强烈的家族观念，"诸姑伯叔，犹子比儿"①。他将哥哥留下的两个儿子看作自己的孩子，密切关心他们的成长，切实负起叔父的责任。建武十八年（42），马援得知次兄马余的两个儿子马严和马敦喜好讥讽议论，又与侠客相交往，内心十分牵挂，特地写信告诫。教导两个侄子做人要敦厚，办事要周慎，要严以律己、宽以待人，要注意言语、慎重交友，切勿成为放荡轻佻的浮薄子弟。信中，马援为侄子列举了当学与不当学的两个人——龙伯高与杜季良。这两个人一个是值得学习的榜样，另一个是要警惕的反面形象。一正一反，对比鲜明，利于侄子们接受。马援的《诫兄子严敦书》在深深告诫中袒露了对侄子成长的牵挂，训诫之旨与父辈之爱通过这封书信巧妙传达。时至今日，马援在家训中要求侄子做到的注意言语、慎重交友、做人要敦厚、办事要周慎、要严以律己等思想，对青少年成长仍然具有积极的引导意义。对于涉世未深的青年人来说，以什么样的人为榜样，同什么样的人交朋友，的确对其成长影响甚大，"蓬生麻中，不扶而直；白沙在涅，与之俱黑"，就是这个道理。

元稹的《诲侄等书》也是一篇书体家训，其间洋溢着作为父辈的元稹对后辈子孙真切的教导与浓浓的亲情。元稹在文中写道：

告仑等：吾谪窜方始，见汝未期，粗以所怀，贻诲于汝。汝等心志未立，冠岁行登，古人讥十九童心，能不自惧？吾不能远谕他人，汝独不见吾兄之奉家法乎？吾家世俭贫，先人遗训常恐置产怠子孙，故家无樵苏之地，尔所详也。吾窃见吾兄，自二十年来，以下士之禄，持窘绝之家，其间半是乞丐羁游，以相给足。然而吾生三十二年矣，知衣食之所自，始东都为御史时。吾常自思，尚不省受吾兄正色之训，而况于鞭笞诘责乎？呜呼！吾所以幸而为兄者，则汝所以得而为父矣。有父如此，尚不足为汝师乎？

吾尚有血诚，将告于女：吾幼乏岐嶷，十岁知方，严毅之训不闻，师友之资尽废。忆得初读书时，感慈旨一言之叹，遂志于学。是时尚在凤翔，每借书于齐仓曹家，徒步执卷，就陆姊夫师授，栖栖勤勤其始也若此。至年十五，得明经及第，因捧先人旧书，于西窗下钻仰沉吟，仅于不窥园井矣。如是者十年，然后粗沾一命，粗成一名。及今思之，上

① 周兴嗣，胡寅，等.千字文 [M].周艺，点校.长沙：岳麓书社，1987：17.

不能及乌鸟之报复，下未能减亲戚之饥寒，抱衅终身，偷活今日。故李密云："生愿为人兄，得奉养之日长。"吾每念此言，无不雨涕。

汝等又见吾自为御史来，效职无避祸之心，临事有致命之志，尚知之乎？吾此意虽吾弟兄未忍及此，盖以往岁忝职谏官，不忍小见，妄干朝听，谪弃河南，泣血西归，生死无告。不幸余命不殒，重戴冠缨，常誓效死君前，扬名后代，殁有以谢先人于地下耳。

呜呼！及其时而不思，既思之而不及，尚何言哉？今汝等父母天地，兄弟成行，不于此时佩服《诗》《书》，以求荣达，其为人耶？其曰人耶？

吾又以吾兄所职，易涉悔尤，汝等出入游从，亦宜切慎，吾诚不宜言及于此。吾生长京城，朋从不少，然而未尝识倡优之门，不曾于喧哗纵观，汝信之乎？

吾终鲜姊妹，陆氏诸生，念之倍汝，小婢子等。既抱吾殁身之恨，未有吾克己之诚，日夜思之，若忘生次。汝因便录吾此书寄之，庶其自发。千万努力，无弃斯须。稹付仑郑等。①

元稹才华横溢，入仕后曾任监察御史、尚书左丞等职，任职期间虽多有作为，但多次被贬。宦海沉浮使元稹内心充满了对子孙成长的担忧，于是他给侄人后辈写下深情的长信，以自己的人生经历为训，教诲子孙各自奋发，勤勉读书，自律自慎，"无弃斯须"。元稹深切地勉励侄辈："你们现在父天母地，兄弟成行，不于此时发愤诗书，以求荣达，如何可成人？怎可叫做人？"

此外，郑板桥的家训文也是仕宦群体书体家训的代表作。郑板桥是清代著名的书画家、文学家，从小家庭贫苦，成年后中举入仕，做了知县，政绩显著，后因为得罪权贵而罢官。在潍县任职期间，他写书信给堂弟郑墨，嘱托堂弟代为教育好儿子。其《潍县署中与舍弟墨第二书》云：

余五十二岁始得一子，岂有不爱之理！然爱之必以其道，虽嬉戏顽耍，务令忠厚悱恻，毋为刻急也。平生最不喜笼中养鸟，我图娱悦，彼在囚牢，何情何理，而必屈物之性以适吾性乎！至于发系蜻蜓、线缚螃

① 元稹. 元稹集 [M]. 冀勤，点校. 2版. 北京：中华书局，2010：409-411.

蟹，为小儿顽具，不过一时片刻便折拉而死。夫天地生物，化育劬劳，一蚁一虫，皆本阴阳五行之气絪缊而出。上帝亦心心爱念。而万物之性人为贵，吾辈竟不能体天之心以为心，万物将何所托命乎？蛇虺蜈蚣豺狼虎豹，虫之最毒者也，然天既生之，我何得而杀之？若必欲尽杀，天地又何必生？亦惟驱之使远，避之使不相害而已。蜘蛛结网，于人何罪，或谓其夜间咒月，令人墙倾壁倒，遂击杀无遗。此等说话，出于何经何典，而遂以此残物之命，可乎哉？可乎哉？我不在家，儿子便是你管束。要须长其忠厚之情，驱其残忍之性，不得以为犹子而姑纵惜也。家人儿女，总是天地间一般人，当一般爱惜，不可使吾儿凌虐他。凡鱼飧果饼，宜均分散给，大家欢嬉跳跃。若吾儿坐食好物，令家人子远立而望，不得一沾唇齿，其父母见而怜之，无可如何，呼之使去，岂非割心剜肉乎！夫读书中举中进士作官，此是小事，第一要明理作个好人。可将此书读与郭嫂、饶嫂听，使二妇人知爱子之道在此不在彼也。①

郑板桥五十二岁得子，喜悦之情自不必说。但是，明达事理的他想到的既不是如何锦衣玉食地抚养孩子，也不是教导孩子读书做官，而是先教孩子做个好人，培养孩子忠厚善良的品德，让孩子以仁爱之心对待万物，富有同情心，而不是刻薄急躁。由于当时郑板桥在外为官，不在孩子身边，特意写信给在家里主管家务的堂弟郑墨，请他帮忙管教。书信中，郑板桥再三嘱咐堂弟，切不可因为是侄子就对他放纵溺爱，而且要平等对待家中仆人的儿子，切勿让自己的儿子欺负其他孩子，好吃的食物要与大家一起分享。郑板桥的这种博爱思想真正体现了仁者爱人以及"幼吾幼以及人之幼"的思想，这种思想在当时对于封建官僚来说，是难能可贵的。尤其值得称道的是，他竟把"读书中举中进士作官"视为"小事"，而将读书"明理作个好人"当作第一要事。这种思想境界和人生观，不仅在当时，即使在现在也是难能可贵的。

除了书体文，仕宦诫子常用的另一文体是诗歌。

以抒情言志为传统的诗歌　不仅成功传达了家训主体的诫子主题，而且诗性地表现了创作主体的人生理想及内心情感，体现出他们的世界观、人生观和价值观。韦玄成《戒子孙诗》中流露的谨守礼节思想，韩愈教子诗寄寓

① 郑板桥.郑板桥全集：增补本［M］.卞孝萱，卞岐，编.南京：凤凰出版社，2012：247-248.

的"读书以致仕"之思，白居易诫子诗中流露的淡泊名利、慎勿厚取思想，陆游诫子诗所传达的中原之志，许衡训子诗所表露的磊落忠信等，无不体现了仕宦主体自身的人生理想和价值观念。

韦玄成是汉代有名的大臣，汉永光年间，在陪祀惠帝祠庙时，因没有按照礼节规定驾驷马之车前往，骑马至庙下，违礼而被降爵。此事对韦玄成触动很大。永光中期，韦玄成"代于定国为丞相。贬黜十年之间，遂继父相位，封侯故国，荣当世焉"①。为了教诫子孙不重蹈自己的覆辙，"玄成复作诗，自著复玷缺之艰难，因以戒示子孙"②。他在《戒子孙诗》中写道："慎尔会同，戒尔车服，无媿尔仪，以保尔域。"③叮嘱子孙要谨舆服、慎威仪。

韩愈，字退之，唐代杰出的文学家、政治家、思想家。年幼早孤，由兄嫂抚养成人，贞元进士，曾任中书舍人、四门学博士、国子博士、刑部侍郎等职，晚年官至吏部侍郎。韩愈是唐代古文运动的倡导者，素有"文章巨公"和"百代文宗"之名。作为由科举考试入仕为官的士人，韩愈深感读书对自己乃至封建时代士子的重要意义，因此作《符读书城南》训诫儿子以读书为本。诗中写道：

> 木之就规矩，在梓匠轮舆。人之能为人，由腹有《诗》《书》。《诗》《书》勤乃有，不勤腹空虚。欲知学之力，贤愚同一初。由其不能学，所入遂异闾。两家各生子，提孩巧相如，少长聚嬉戏，不殊同队鱼。年至十二三，头角稍相疏。二十渐乖张，清沟映污渠。三十骨骼成，乃一龙一猪。飞黄腾踏去，不能顾蟾蜍。一为马前卒，鞭背生虫蛆。一为公与相，潭潭府中居。问之何因尔，学与不学欤！金璧虽重宝，费用难贮储；学问藏之身，身在则有余。君子与小人，不系父母且。不见公与相，起身自犁锄。不见三公后，寒饥出无驴。文章岂不贵，经训乃菑畬。潢潦无根源，朝满夕已除。人不通古今，马牛而襟裾。行身陷不义，况望多名誉。时秋积雨霁，新凉入郊墟。灯火稍可亲，简编可卷舒。岂不旦夕念，为尔惜居诸。恩义有相夺，作诗劝踌躇。④

---

① 班固.汉书［M］.颜师古，注.北京：中华书局，1962：3113.

② 同①.

③ 同①：3114.

④ 韩愈.韩愈全集［M］.钱仲联，马茂元，校点.上海：上海古籍出版社，1997：90.

　　诗歌一开篇，韩愈就通过生动的比喻，形象地说明人之所以能够成才，在于腹有诗书。而后，韩愈以两户人家生子为例，阐明了学习与不学习的差别及学习的好处。在韩愈看来，君子与小人的区别，不是父母带给他们的，而是后天是否努力学习的结果。金玉难贮存，而学问却可藏身且用之不尽，进而勉励儿子珍惜光阴，勤学苦读。全诗比喻生动，说理透彻，阐述了读书对于一个人成为君子、卿相以及飞黄腾达的重要作用，以此勉励儿子刻苦读书。诗中写道："时秋积雨霁，新凉入郊墟。灯火稍可亲，简编可卷舒。"时值秋天，霖雨初晴，郊外已经有了凉意。韩愈一方面教导儿子要渐渐地学会秉烛夜读；另一方面也清晰地表达了对儿子朝夕不辍的牵挂、期盼、疼爱，以及为官与教子不能两全的情怀，"岂不旦夕念，为尔惜居诸。恩义有相夺，作诗劝踌躇"。

　　陆游，南宋著名的爱国诗人，曾任礼部郎中兼实录院检讨官等职，后官至宝章阁待制。陆游生逢北宋灭亡之际，年少时即深受家庭爱国思想的熏陶，力主收复中原，但始终被压制。作为杰出的政治家暨诗人，陆游非常重视子女教育，一生写下了大量教育子女的诗歌，以独特的文学形式对子女进行训教，代表作如《仆顷在征西大幕，登高望关辅，乐之。每冀王师拓定，得卜居焉。暇日记此意，以示子孙》《示儿》等，一腔爱国之志尽在笔端。其《仆顷在征西大幕，登高望关辅，乐之。每冀王师拓定，得卜居焉。暇日记此意，以示子孙》云："八月残暑退，秋声满庭树。岂无四方志，衰病迫霜露。辽东黄头奴，稔恶天震怒。南北会当一，老我悲不遇。子孙勉西迁，俗厚吾所慕。约己收孤嫠，教子立门户。黍稷暗阡陌，鹯雉足匕箸。永为河渭民，勿惮关山路。"[1]希望子孙树立"四方之志"，为南北统一、收复中原出力。在另外一首《示儿》中　陆游写道："死去元知万事空，但悲不见九州同。王师北定中原日，家祭无忘告乃翁。"[2]垂垂暮年，生命将尽之际，陆游殷切地嘱咐儿子，中原收复之时，家祭的时候不要忘了告诉自己。执着一生的夙愿，在诚子诗中屡次出现，浓浓的爱国之情尽显。

　　许衡，字仲平，号鲁斋，元世祖时，任京兆提学，官至集贤大学士兼国子祭酒。参与制定朝仪、官制。乃元代名臣。其《训子》诗云：

① 陆游. 剑南诗稿校注 [M]. 钱仲联. 校注. 新1版. 上海：上海古籍出版社，2005：1903.
② 同①：4542.

干戈炎烂熳，无人救时屯。中原竟失鹿，沧海变飞尘。我自揣何能，能存乱后身。遗芳籍远祖，阴理出先人。俯仰意油然，此乐难拟伦。家无儋石储，心有天地春。况对汝二子，岂复知吾贫。

大儿愿如古人淳，小儿愿如古人真。平生乃亲多苦辛，愿汝苦辛过乃亲。身居畎亩思致君，身在朝廷思济民。但期磊落忠信存，莫图苟且功名新。①

作为一位饱读诗书的大儒，许衡非常重视对子女的教育。诗歌开篇以时代落笔，一方面感叹时代多舛，另一方面十分庆幸自己能乱后存身，能够与儿子享受天伦。历经了时代沧桑巨变的他告诫儿子，身处乱世一方面要"如古人淳""如古人真"，保持良好的道德品质；另一方面要胸怀济世之志，居庙堂之高要忧其民，处江湖之远要忧其君，不贪图功名，做到磊落忠信。诗歌以许衡表述自我开始，以自身经历为教，而后转入正面劝诫。虽为父训，但诗歌的语言没有严厉激切，相反却平易恳切，情挚理正。在许衡的教导下，许衡的几个儿子都养成了良好的品行，业有所成，实现了父亲对他们"致君""济民"的夙愿。

以诗诫子，避免了单刀直入式的教条说教，用亲切自然的诗句将家庭训诫置于温馨的氛围中，使子孙潜移默化地受到感染、熏陶。"情深而文明"，一种文体具有该文体独特的语言系统，仕宦诫子时常用的书、诗等文体，其语言带有明显的抒情性特点。面向子孙儿辈等至亲所作的诗文，仕宦主体往往以最简洁通俗的家常语言表达内心的真情实意，这些话语是直抒胸臆的，大多不见炼字，不以藻绘，是仕宦主体最真挚情感的投射，沛然于心中流出。

作为家训创作主体的重要组成部分，仕宦这一群体是较为宽泛的。实际上，普遍的共性中包含着鲜明的个性，由于仕宦主体的仕途履历、官职身份、学识素养等方面的不同，其家训也就呈现出共性下的个性特征。

仕宦主体身处官场，仕途的顺逆直接影响着他们对官场生活、社会乃至人生的看法。中唐时期的白居易，其仕宦生涯以被贬江州司马为界，前后时期的思想呈现出明显的不同。前期"志在兼济"，后期则"行在独善"。而这种独善、不追求功名的思想也渗透到白居易晚年的诫子作品中，使其诫子作

---

① 杨镰.全元诗：第3册［M］.北京：中华书局，2013：49-50.

品在仕宦家训中表现出明显的个体性特征。如《狂言示诸侄》一诗中，白居易以"一裘暖过冬，一饭饱终日。勿言舍宅小，不过寝一室。何用鞍马多，不能骑两匹"[1]教诲侄子知足常乐。而在另外一首诗《闲坐看书，贻诸少年》中，他则进一步教诫子孙后辈切勿追名逐利。宦海沉浮使白居易对人生有了更深的认识，他一改之前积极进取的仕宦态度，因而其诫子作品也不类于大多仕宦家训训勉子孙积极进取、追求功名，诫子言语中流露出乐天安命、知足常乐的志趣。

仕宦作为入仕从政的一个群体，其实际官职多有不同，这就决定了他们自身所担任的职责不同。因而，在具体职官身份的影响下，仕宦主体的诫子内容也具有差异性。唐代神龙年间的苏瓌身居相位，辅佐帝王，参与朝廷大事。苏瓌对宰相之职的重要性有着清晰的认识，在《中枢龟镜》中，他指出宰相的中枢地位十分重要，"上佐天子，下理阴阳，万物之司命也"[2]。担此重职，苏瓌强调必须有强烈的责任感，呕心沥血地工作，切不可苟安。不仅如此，他还就如何当好一个宰相给儿子以具体可行的教诫：宰相面对的是国家大事，因此必须以正道决断。宰相日理万机，因此必须具备敏捷的应对能力，深谋远虑，对国家发展要有长久的战略性眼光。另外，宰相身居高位，不仅要善于选官，而且处理政务时要以身作则。同样是教诫子孙为官，唐中宗时期的李恕则从自己的经验出发，告诫子孙如何做好县令："居九品之中，处百僚之下，清勤自勖，平真无亏，事长官以忠诚，接僚友以谦敬。"[3]不仅如此，署名要用何字体、不干涉丞尉事务、不与典吏交言等，李恕都本着县令之职给以细致的教诲。由上可见，仕宦者的实际地位、职责不同，从个人本职出发，其诫子为官的内容更具个性化特征：身居高位，其职责更重大、眼界更高远，教诫子孙从政也要从维护国家整体利益出发；身为郡县小吏，职责有限，则教诫子孙为官从政需谨慎。

不仅如此，仕宦群体除了医官职不同而家训内容明显具有职官身份色彩外，文臣和武将教子内容也略有不同。

武将如五代时期后唐名将李存审。李存审出身寒微，靠身经百战、九死一生的浴血奋战建立了杰出的军功，位至将帅，声名显赫。为了让儿子知道

① 彭定求，等. 全唐诗：第5卷［M］. 郑州：中州古籍出版社，2008：2339.
② 董诰，等. 全唐文：第1册［M］. 上海：上海古籍出版社，1990：759.
③ 李恕. 戒子拾遗［M］//楼含松. 中国历代家训集成. 杭州：浙江古籍出版社，2017：89.

创业的艰难、功名得来的不易，他教诫儿子："尔父少提一剑去乡里，四十年间，位极将相，其间出万死获一生者非一，破骨出镞者凡百余。"①并且把这些从骨肉中拔出的箭头给儿子看。又如三国时期魏国的将军郝昭，其《遗令戒子凯》云："吾为将，知将不可为也。吾数发冢取其木以为攻战具，又知厚葬无益于死者也。汝必敛以时服。且人生有处所，死复何在耶？今去本墓远，东西南北，在汝而已。"②身为将军的郝昭在遗令中结合自己为将发冢的亲身实践，告诫子孙切勿厚葬，指出厚葬对死者本身并没有益处，所以自己死后一定要用平时所穿的衣服装殓，不必厚敛。

文臣如汉代的司马谈、唐代的杜牧、宋代的苏轼，他们的家训充分体现了训诫主体的职官身份色彩。

司马谈是西汉著名史学家司马迁的父亲。身为太史令，他把修史作为自身乃至家族的使命。临终之际，他遗训司马迁，继续完成自己未尽之事，其辞曰：

> 余先周室之太史也。自上世尝显功名于虞夏，典天官事。后世中衰，绝于予乎？汝复为太史，则续吾祖矣。今天子接千岁之统，封泰山，而余不得从行，是命也夫，命也夫！余死，汝必为太史；为太史，无忘吾所欲论著矣。且夫孝始于事亲，中于事君，终于立身。扬名于后世，以显父母，此孝之大者。夫天下称颂周公，言其能论歌文武之德，宣周邵之风，达太王王季之思虑，爰及公刘，以尊后稷也。幽厉之后，王道缺，礼乐衰，孔子修旧起废，论《诗》《书》，作《春秋》，则学者至今则之。自获麟以来四百有余岁，而诸侯相兼，史记放绝。今汉兴，海内一统，明主贤君忠臣死义之士，余为太史而弗论载，废天下之史文，余甚惧焉，汝其念哉！③

生命弥留之际，司马谈叮嘱儿子"修史"是自己家族的使命。司马谈有感于《春秋》之后，历史断裂的状况，遗命司马迁，身为史官不能使"史记放绝"，而要述"明主贤君忠臣死义之士"。司马谈不仅从职官身份及家族传

---

① 司马光.资治通鉴：全12册[M].胡三省，音注.北京：中华书局，2013：7448.

② 严可均.全三国文：上册[M].马志伟，审订.北京：商务印书馆，1999：375.

③ 司马迁.史记[M].2版.北京：中华书局，1982：3295.

统角度叮嘱司马迁勿忘其所欲论著，而且从传统的家庭伦理角度教诲司马迁，"且夫孝始于事亲，中于事君，终于立身。扬名于后世，以显父母，此孝之大者"。从继承父命，完成父亲未竟的事业，为国君尽心，使自身扬名的角度，要求司马迁完成《太史公书》的写作。

杜牧是晚唐著名的诗人，二十六岁时中进士及第，入仕言任弘文馆校书郎、监察御史、吏部员外郎、中书舍人等职。杜牧的祖父是宰相杜佑，父亲杜从郁曾任秘书丞、驾部员外郎等职。受家庭环境的影响，杜牧自幼熟读经史。为使后辈绍续杜家的优良传统，杜牧专门作诗一首给侄子阿宜，其辞曰：

　　　　小侄名阿宜，未得三尺长。头圆筋骨紧，两脸明且光。去年学官人，竹马绕四廊，指挥群儿辈，意气何坚刚；今年始读书，下口三五行，随兄旦夕去，敛手整衣裳。去岁冬至日，拜我立我旁，祝尔愿尔贵，仍且寿命长！今年我江外，今日生一阳，忆尔不可见，祝尔倾一觞！阳德比君子，初生甚微茫，排阴出九地，万物随开张。一似小儿学，日就复月将，勤勤不自已，二十能文章。仕宦至公相，致君作尧汤。我家公相家，剑佩尝丁当，旧第开朱门，长安城中央。第中无一物，万卷书满堂。家集二百编，上下驰皇王，多是抚州写；今来五纪强，尚可与尔读，助尔为贤良。经书括根本，史书阅兴亡，高摘屈宋艳，浓薰班马香；李杜泛浩浩，韩柳摩苍苍。近者四君子，与古争强梁。愿尔一祝后，读书日日忙！一日读十纸，一月读一箱。朝廷用文治，大开官职场。愿尔出门去，取官如驱羊！吾兄苦好古，学问不可量，昼居府中治，夜归书满床。后贵有金玉，必不为汝藏。崔昭生崔芸，李兼生窟郎，堆钱一百屋，破散何披猖！今虽未即死，饿冻几欲僵。参军与县尉，尘土惊劻勷，一语不中治，笞箠身满疮。官罢得丝发，好买百树桑。税钱未输足，得米不敢尝。愿尔闻我语，欢喜入心肠！大明帝宫阙，杜曲我池塘。我若自潦倒，看汝争翱翔。总语诸小道，此诗不可忘！①

杜牧在诗中夸赞了家族丰厚的藏书情况："第中无一物，万卷书满堂。

① 杜牧.樊川诗集注［M］.冯集梧,注.上海：上海古籍出版社,1978：58-64.

家集二百编，上下驰皇王。"殷切地鼓励侄子阿宜发扬祖上传统，以"一日读十纸，一月读一箱"的志向与速度，刻苦读书，光耀门楣。

同样是文臣的苏轼，在对侄孙后辈的教诫中也充分体现了自身的身份与知识特点，他在《与元老侄孙四首之二》中写道："侄孙近来为学何如？想不免趋时。然亦须多读史，务令文字华实相副，期于适用，乃佳，勿令得一第后，所学便为弃物也。海外亦粗有书籍，六郎亦不废学，虽不解对义，然作文极峻壮，有家法。二郎、五郎见说亦长进，曾见他文字否？侄孙宜熟看前后汉史及韩、柳文。有便，寄近文一两首来，慰海外老人意也。"①作为诗、词、文、赋兼擅的北宋大文学家，苏轼在给后辈的家书中专门论及学习及作文，教诫侄孙要多读史，亲切的家常书信尽显对晚辈的关爱与指导，其自身在读书作文上的独特学养也在不经意间得到显现。

通过李存审、郝昭、司马谈、杜牧、苏轼等的家训可见，武将与文臣的家训在训诫内容及方式上明显有别，武将更多的是披坚执锐、驰骋沙场，因此，家训所言多离不开武事；文臣多起家于诗书笔墨，因此，家训内容多读书写作之事。不仅如此，同为文臣，杜牧与司马谈所言也明显有别，充分体现出训诫主体的职官身份色彩。

家训本是家中长辈为教诫子孙而作，加之仕宦家训普遍以现实生活为诫，因而具有极强的实用性特征。但在群体特征之下，家训写作主体知识背景不同，使家训呈现出明显的个性化特征。《周易·乾·文言》曰："修辞立其诚。"②《说文解字》以"饰"训"修"。在诫子主题之下，为了收到一定的教诫效果，本身学识素养深厚的家训主体，在具体的写作过程中也会辅以必要的修饰，为家训增添浓厚的文学色彩，蔡邕即其中的典型代表。蔡邕，"少博学，师事太傅胡广。好辞章、数术、天文，妙操音律"③。其《女诫》《女训》两篇家训，构思极为巧妙，很有艺术性和独特的风格。《女诫》一文由女子的梳妆打扮切入，援譬设喻，教育女儿不要只讲求外在的容貌，而更要注重内在的精神美、人格美。以日常生活细事作生动的比喻，将深刻的道理形象地表达出来。《女训》则将弹琴技巧与家庭礼仪的教诫相结合，教诫女儿鼓琴守礼、尊敬公婆长者。在普遍以质朴为主的仕宦家训中，以辞藻修

① 苏轼.苏轼文集［M］.孔凡礼，点校.北京：中华书局，1986：1842.

② 十三经注疏：附校勘记［M］.阮元，校刻.北京：中华书局，1980：15.

③ 范晔.后汉书［M］.李贤，等注.北京：中华书局，1965：1980.

饰与构思奇特为特征的蔡邕的《女诫》《女训》，情信辞巧，闪烁着极强的文学色彩，带有明显的个性特点。上面论及的杜牧家训诗也一样，由于杜牧长于诗歌创作，因而他在教诲侄子的时候，选择了自身擅长的诗歌体裁，这充分凸显了杜牧自身的知识特征。

对于仕宦群体的家训来说，作品内容多涉及勉励子辈、小辈勤学修身、积极入世等，但也有部分仕宦由于深谙仕途之艰而劝导子弟功成后退出官场的，典型如汉代名臣疏广。疏广是汉宣帝时的名臣，官至太傅，他的侄子疏受当时也官任太傅，疏广《告兄子言》曰："吾闻'知足不辱，知止不殆'，'功遂身退，天之道'也。今仕宦至二千石，宦成名立，如此不去，惧有后悔，岂如父子相随出关，归老故乡，以寿命终，不亦善乎？"[1]疏受接纳疏广的建议，"即日父子俱移病。满三月赐告，广遂称笃，上疏乞骸骨。上以其年笃老，皆许之，加赐黄金二十斤，皇太子赠以五十斤。公卿大夫故人邑子设祖道，供张东都门外，送者车数百两，辞决而去"[2]。

当然，作为封建时代的臣子，一些仕宦在诫子时会向子弟强调忠君报国的思想。诸如官至太尉的北魏名臣源贺，其《遗令敕诸子》云："吾顷以老患辞事，不悟天慈降恩，爵逮于汝。汝其毋傲吝，毋荒怠，毋奢越，毋嫉妒；疑思问，言思审，行思恭，服思度；遏恶扬善，亲贤远佞；目观必真，耳属必正；诚勤以事君，清约以行己。"[3]源贺告诫子孙，自己及子孙都是蒙皇恩获得爵位的，因此，要忠诚勤勉事君，清廉简约待己。事业勿荒怠，生活勿奢越，为人勿嫉妒，勤思常问，慎言行，慎仪表，扬善去恶，亲近贤人，远离奸佞。

第三节　商贾家训的主体身份特征及其家训言说

商贾家训是我国古代家训约重要组成部分。早在先秦时期，商贾诫子便已经产生，《史记·货殖列传》载："鲁人俗俭啬，而曹邴氏尤甚，以铁冶起，富至巨万。然家自父兄子孙约，俯有拾，仰有取，贳贷行贾遍郡国。"[4]

---

① 班固.汉书[M].颜师古,注.北京:中华书局,1962:3039-3040.

② 同①:3040.

③ 严可均.全后魏文[M].金欣欣,金菲菲,审订.北京:商务印书馆,1999:267.

④ 司马迁.史记[M].北京:中华书局,1959:3279.

曹邴氏以"俯有拾,仰有取"的家约教诫兄弟子孙,已有后代家训诫子的意味。但是在后世的发展中,由于有些统治者对商人采取了"抑商"政策,阻碍了商贾阶层的发展,商贾家训不免也受到影响。

宋代以来,随着商品经济的发展,不少人改变了自己对商业活动及经商的看法,逐步出现以商为业的价值观念,尤其是明清时期,资本主义生产关系的萌芽出现,商人的数量较以前大大增加。与之相伴,一些商贾之家出于教导子孙创业守业、守住家产的目的,在对子女的教诫活动中,形成了商贾这个社会身份群体的家训,即商贾家训。诸如,清代署名"涉世老人"的《营生集》、王秉元的《生意世事初阶》、吴中孚的《商贾便览》等,从总体上来看,这些家训显示出商贾家族诫子的一些特征。

从内容上来看,商贾家训最明显的特点就是对经商之道的传授,拥有一定的经商知识及从商经验是商贾这一身份区别于其他身份的最明显标志。商贾以经商为业,他们在经营过程中总结了一系列的经商知识,加之中国古代商业经营最基本的特色之一就是家庭或家族经营,因此,商贾家族的家长在教诫子弟的过程中,会将这些经商知识以具体化、通俗化的语言进行传授,并对子弟教诲训诫商人的家庭观念、治商之道及人生价值取向。例如《生意世事初阶》中,从守规矩、做小事、学官话、柜台内保持站立等细节方面教诫子弟。

从思想倾向上来看,商贾以经商为主业,重利是封建时代商贾的普遍特点,逐利是其商业活动的目标。但纵观明清时期的商贾家训,其内容鲜明呈现出"尚德"的思想倾向。明清时期商贾家族的长辈在教诫子孙如何经商时,普遍重视对子孙商德的教育,如教诫子孙要诚信,指出:"赊须诚实,约议还期,切莫食言。"[1]一旦定好约定,便要按照约定去践行,诚信是经商的首要前提,若无信誉可言,经营也不能长久。又如"店铺生意,无论大小……斗斛秤尺,俱要公平合市,不可过于低昂。及生意广大之后,切戒后班刻薄,以致有始无终,败坏店名也"[2],教诫子孙在经营买卖中要公平,不可欺骗顾客,这样才能把生意做大。此外,在教诫子孙时,商贾往往告诫子孙要辛勤经营产业,在提到整理货物时说:"货物整齐,夺人心目。"[3]论

---

① 徐少锦,陈延斌. 中国家训史 [M]. 西安:陕西人民出版社,2003:583.

② 同①.

③ 同①.

及店铺的管理时指出："凡店房门窗，常宜随手关锁，不得出入无忌。"①在教诫子孙节约问题上指出："贫贱生勤俭，勤俭生富贵，富贵生骄奢，骄奢生淫佚，淫佚生贫贱。此循环之理，不可不念。"②

第四节 "平民"家训的主体身份特征及其家训言说

这里所说的"平民"是指与帝王、后妃等皇室阶层及"官僚士大夫"、商贾相区别的家训主体。其中主要包括两类主体：一类是未入仕、未做官，却拥有一定的知识、名望及社会影响力的知识分子，如文士、名士、隐士；另一类是士大夫的妻子。这两类人未有官阶，不属于统治阶层的人，但也不同于普通的庶民。前者如袁闳、杨礼珪、刘桢、王梵志、孟浩然、林逋、晁冲之、洪朋、谢薖、朱棫、李吕、朱仁轨、胡安国、于石、谢应芳、许嗣、金敞、吕近溪、吕坤、归庄、何伦、归子慕、欧阳鈇、林亦之、刘学箕、戴复古、苏泂、黄大受、陈起、王柏、俞德邻、柴元彪、丘葵、陆文圭、家颐、江元祚、孙奇逢、卓发之、朱之瑜、彭士望、张履祥、陈确、柴静仪、朱用纯、申涵光、孙枝蔚、毛先舒、魏禧、梅文鼎、蒲松龄、万斯同、汪惟宪、李果、赵执端、聂继模、严大滋、王师晋、李毓秀等。后者如敬姜、田稷母、孟轲母、班昭、颜延年母、范滂母、羊琇母、皇甫谧母、李文姬、宋若莘、宋若昭、崔氏夫人、崔玄韦母、郑淑云、顾若璞、李景让之母、于义方、邹赛贞、蔡氏、洪亮吉母、杨文俪、李际阳母、徐媛、王凤娴、温璜之母陆氏、汪辉祖母、倪瑞璿、欧庭柏之母徐氏、庄德芬、王先谦母、谭嗣同母等。

篇幅所限，这里仅列举每类中的几个代表，借以说明这一类家训主体在家训创作中集中反映的思想内容及主体特色。

第一类是未入仕、未做官，却拥有一定的知识、名望及社会影响力的知识分子，如文士、名士、隐士等。典型如孟浩然、林逋、陈起、孙奇逢、张履祥、蒲松龄、朱之瑜、袁黄等。

孟浩然是唐代著名的诗人，也是中国古代以山水田园及隐逸生活描写闻

① 徐少锦，陈延斌.中国家训史［M］.西安：陕西人民出版社，2003：583.
② 同①：584.

名的诗人，"红颜弃轩冕，白首卧松云"①。作为一位未仕诗人，著名的文人，他在家训中积极劝勉子弟要舍身报效国家，其《送莫甥兼诸昆弟从韩司马入西军》云："念尔习诗礼，未曾违户庭。平生早偏露，万里更飘零。坐弃三牲养，行观八阵形。饰装辞故里，谋策赴边庭。壮志吞鸿鹄，遥心伴鹡鸰。所从文且武，不战自应宁。"②对于换上戎装、即将奔赴边庭的莫氏甥兼昆弟们，孟浩然一方面表达了依依不舍及思念之情，另一方面寄语他们树鸿鹄之志、献奇异之谋，早日肃清边陲。传统士人"修齐治平"思想尽显笔端。

林逋，宋代著名的诗人，出身于儒学世家，少时刻苦好学，熟知经史百家。长大后，隐居于西湖孤山，性恬淡，不慕名利，终身不仕。他的《寄宣城宗言侄》写道："春水涵波绿渺弥，江南芳草又离离。谢家元住青山郭，郄氏近攀丹桂枝。衣下香囊非尔好，床头诗卷愧吾痴。中林独处仍多病，早晚能来慰所思？"③清晰表达了对侄子的思念之情。

有名望的读书人如孙奇逢。孙奇逢，字启泰，号钟元，世称"夏峰先生"。万历举人，入清后屡征不仕，以讲学著述为务。孙奇逢非常重视对后代的教导，《孝友堂家训》是其对子孙谈话的记录，从其中的内容来看，有对子侄辈、孙子辈甚至曾孙子辈的谈话，其中最晚的记录是孙奇逢九十一岁高龄时的谈话。《孝友堂家训》（节选）云：

> 士大夫教诫子弟，是第一紧要事。子弟不成人，富贵适以益其恶。子弟能自立，贫贱益以固其节。从古贤人君子，多非生而富贵之人，但能安贫守分，便是贤人君子一流人。不安贫守分，毕世经营，舍易而图难，究竟富贵不可以求得，徒自丧其生平耳。余谓童蒙时便宜淡其浓华之念。子弟中得一贤人，胜得数贵人也。非贤父兄，乌能享佳子弟之乐乎？
>
> ……………
>
> 语立雅等曰：与人相与，须有以我容人之意，不求为人所容……一言不如意，一事少拂心，即以声色相加，此匹夫而未尝读书者也。韩信受辱袴下，张良纳履桥端，此是英雄人以忍辱济事……学人当进此一步。

① 李白. 李太白全集 [M]. 王琦，注. 北京：中华书局，2011：401.
② 彭定求，等. 全唐诗：第2卷 [M]. 郑州：中州古籍出版社，2008：765.
③ 林逋. 林和靖集 [M]. 沈幼征，校注. 杭州：浙江古籍出版社，2015：110.

……………

父母于赤子，无一件不是养志。人子于父母，只养口体，此心何安？无论慈父慈母，即三家村老妪养儿，未有不心诚求之者。故事亲若曾子，仅称得一"可"字。

……………

示应试诸子孙曰：涿州史解元家子弟赴试，老者肃衣冠设席以饯，命之曰："衰残门户，赖尔扶持。"今老夫所望于尔辈扶持者，又不专在此也。为端人，为正士，在家则家重，在国则国重。所谓添一个丧元气进士，不如添一个守本分平民。

……………

谓淦孙等曰：孟子深戒暴弃者，谓非人暴之，乃自暴之也，非人弃之，乃自弃之也。暴弃不在大，亦不在久。一言之不中礼义，一事之不合仁义，即一言一事之暴弃也。行庸德，谨庸言，终身惕惕，方得免于自暴自弃。

……………

言语忌说尽，聪明忌露尽，好事忌占尽。不独奇福难享，造物恶盈，即此三事不留馀，人便侧目矣。

……………

语诸子曰：吾家孝友堂，尔师鹿忠节额之，山左刘幼孙讳重庆书之，迄今五世矣。常与尔作叔相勖勉，日夕兢兢，恐负二君题额之意。今尔伯叔已矣，吾老矣，是在尔等勉之。一人不类，便玷家声，孝友非难事，然却非易事。不离日用饮食，总以一念孺慕为主。夫子与子游论孝，曰："今之孝者是谓能养，不敬，何以别乎？"与子夏论孝，曰：色难，服劳奉养，曾是以为孝乎？夫敬不在养之外也，色不在服劳奉养之外也。曾子养曾皙，必有酒肉，必请所与，必曰有则，其敬与色可知已。三必字亦要看的活。孔子疏水曲肱，颜子箪瓢陋巷，亦有行不去时。故余尝谓：养口体未尝非养志也，矫而行之则伪矣。此处岂容得一毫伪为哉？夜来老夫久不成寐，呼韵儿语，杂念渐清，沐孙睡醒，起为老夫搔背痒。余谓韵儿曰：此念便从孺慕中出，可称孝友堂子弟矣。晨起书之以志勉。[①]

[①] 孙奇逢.孝友堂家训 [M] // 楼含松.中国历代家训集成.杭州:浙江古籍出版社,2017:3383-3389.

《孝友堂家训》内容十分丰富，以上几则家训主要言及四方面内容：在为官与为人上，孙奇逢告诉子孙，做贤人比做贵人更重要；在交友上，择友须端正、谨慎，须有容人之量，莫求为人所容；在家庭关系上，一定要敬重孝顺自己的父母；在做人上，戒自暴自弃，凡事要留有余地。孙奇逢把他几十年的人生经验和智慧以家训的形式传授给子孙，希望子孙能自勉，做君子，做贤人。

张履祥是明代学者，著名的思想家，年幼丧父，家境贫寒，在母亲的教导下，自幼刻苦攻读，少年即崭露头角，经史百家无所不通。但屡试不第，于是在乡间教书，隐居不仕。张履祥一生著述丰硕，《清史列传》载其事迹，同治十年（1871），获得从祀孔庙的殊荣。张履祥在著书讲学的同时，不忘对子孙的训诫，其中既有对子孙读书的教诲，也有对子孙做人的指导。其《示儿（一）》云：

> 父自幼遭忧，中年患难变故无岁不有，是以蚤衰。年来凋损加甚，常恐旦暮不保，使女失所，以至贻辱先人。前年秋，携女弃家从吕先生受业。先生刚直好义，势利不以动心，吾所深敬，不意远游，久而弗返。因复请于嘉兴屠先生、海盐何先生、同县邱先生、乌程凌先生，皆深造自得，敦善不怠，君子人也。吾所深契，平生切磋受益为多。幸俱见许，女得纳拜。女事之终身，奉为宗主，便有向上一路。
>
> 父所守者，耕田读书，承先启后八字。稼穑艰难，自幼固当知之，但筋力尚待长大。若诵读讲求，童而肄之，至老不可舍……吾若幸而长年，照顾女日久，亦女之幸。然志须是自立，力须是自用，教诲大指，要不能有加。或是力量可及，多置几册书，再从事两三位先生而已。若一旦不幸，固是女命之穷，然能依傍此意，从师受学，知所好恶，亦不到得坠堕。
>
> …………
>
> 凡人从幼至老，只有择善一路，终身由之，无穷尽，无休息。心非善不存，言非善不出，行非善不行，以至书必择而读，人必择而交，言必择而听，地必择而蹈，小大精粗，无不由是。《论语》曰："择其善者而从之，其不善者而改之。"又曰："见贤思齐焉，见不贤而内自省也。"……圣人谆复示人之意切矣。在家在外，总无不与人同处之理，

一与同处，薰炙渐濡，势必相入，所与善进于善，所与不善进于不善，可畏也。己有不善，固当速改，不可因以害人。人有不善，尤宜痛戒，何可使其累我。成汤圣人，犹然检身若不及，改过不吝；颜子大贤，只是不贰过，得一善服膺而弗失。若乃见善不迁，有过不改，甚或善恶倒置，好恶拂人，饰非使诈，怙恶不悛，灾己辱先民，斯为下而已。父母爱子，虽云无所不至，如此等人，岂愿有之乎？

…………

昔尔王考蚤卒，作父与父《诗》《书》之业得以不废，固赖尔曾王考尚在，亦缘王妣晨夕勤劬，给其资用。前此，尔王妣积累畚田所入，广钱店渡产至四十亩，是以出门从师，得所赖藉。今日比产祇存十分之一，每为痛心，将欲稍稍经营，为女束脩寄膳诸费，债负已多，力未之及。但能常念陈布衣卖油读书，杨忠愍公负书牧牛，能自兴起之义，刻苦奋励而师法之，则虽贫窘加于今日，何忧乎学业之不成矣？[①]

张履祥在训诫中告诉儿子，自己一生所守的信念是"耕田读书，承先启后"，教导儿子一定要立志，且尽自己最大努力实现它，持之以恒，"若诵读讲求，童而肄之，至老不可舍"。对于学习，张履祥教育儿子，有可能的话，要多读书、多从师，择善从之，有过即改，珍惜父母所提供的学习条件，发奋努力，成就学业。

张履祥家训既有对儿子读书勤学的勉励，也有对儿子为人处世的指导，教导儿子要择善而行，忠诚敬笃。其《示儿（二）》写道："忠信笃敬，是一生做人根本。若子弟在家庭不忠信父兄，在学堂不敬信师友，欺诈敖慢，习以性成，望其读书明义理，向长进难矣。欺诈与否，于语言见之；敖慢与否，于动止见之，不可掩也。自以为得则害己，诱人出此则害人。害己必至害人，害人适以害己。人家生此子弟，是大不幸，戒之戒之。"[②]张履祥告诉儿子，一定要忠信笃敬，因为这是做人做事的根本，体现在人的一言一行中。一个人如果背离忠信笃敬，就会变得欺诈傲慢，害人害己，因此必须高度警戒。

蒲松龄是清代著名的文人，自幼聪慧，熟读诗书，但屡试不第，耄耋之

① 张履祥.杨园先生全集［M］.陈祖武,点校.北京：中华书局,2002：439-441.
② 同①：442.

年才成为贡生。蒲松龄文采卓著，以《聊斋志异》享誉后世。蒲松龄非常注重子女教育，在日常教导中经常将自身的写作经验传授给子弟。其《与诸侄书》中写道："古大将之才，类出天授。然其临敌制胜也，要皆先识兵势虚实，而以避实击虚为百战百胜之法。文士家作文，亦何独不然？盖意乘间则巧，笔翻空则奇，局逆振则险，词旁搜曲引则畅。虽古今名作如林，亦断无攻坚摭实硬铺直写，而其文得佳者。故一题到手，必静相其神理所起止，由实字勘到虚字，更由有字句处，勘到无字句处。既入其中，复周索之上下四旁焉，而题无余蕴矣。及其取于心而注于手也，务于他人所数十百言未尽者，予以数言了之。及其幅穷墨止，反觉有数十百言在其笔下。又于他人数言可了者，予更以数十百言，排荡摇曳而出之。及其幅穷墨止，反觉纸上不多一字。如是又何虑文之不理明辞达，神完气足也哉！此则所谓避实击虚之法也。大将军得之以用兵，文人得之以作文。纵横天下，有余力矣。"①

朱之瑜，字鲁屿，晚年改号舜水，明清之际的著名学者，曾以"文武全才第一"被荐于礼部，但朱之瑜见时局紊乱，朝政衰败，便断然决定放弃入仕，专注于《诗》《书》，一生多次拒绝朝廷征召。朱之瑜力主抗清，一生未变。他也将这一思想通过家训传递给子孙，其《与诸孙男书》云：

> 我离家三十三年，汝辈之生也尚不得知，况能育养成长？汝父教授糊口，前箬里堰杨姓者来云：我孙甚多。食指繁则家道益致艰难矣。然汝曾祖清风两袖，所遗者四海空囊。我自幼食贫，齑盐疏布。年二十岁，遭逢七载饥荒，养赡一家数十口，无有不得其所者。汝伯祖官至开府，今日罢职，不及一两月，家无余财。宗戚过我门者，必指以示人曰："此清官家。"以为嗤笑，非赞美之也。岂但我今日独薄于汝辈？勿怨可也。
>
> 我今年七十八岁，衰惫不可胜言，思欲得一子孙朝夕侍奉。汝父虽无恙，年将六十，不可远行，且又一家资以为生者。汝兄弟中，择一性行和顺，举止端谨者来。有才者不可来，留以力养父母，主持家门。年十五六岁以上即可。
>
> 汝辈既贫窭，能闭户读书为上，农、圃、渔、樵，孝养二亲，亦上也。百工技艺，自食其力者次之。万不得已，佣工度日又次之；惟有虏

① 盛伟. 聊斋佚文辑注 [M]. 济南：齐鲁书社，1986：5.

官不可为耳！古人版筑、鱼盐，不亏志节，况彼在安平无事之时耶？发黄齿豁，手足胼胝，来亦无妨。汉王章为京兆尹，见其子面貌蠢恶，毛发焦枯，对僚属便黯然销声；我则不然也。为贫而仕，抱关击柝，亦不足羞。惟有治民管兵之官，必不可为。既为虏官者，必不可来。既为虏官，虽眉宇英发气度姝雅，我亦不以为孙。

　　凡事但禀命十七叔公司汝外祖而行，亦须各讨一亲笔书以为验，勿谓我无书遂不答也。[①]

　　作为一位终身不仕的学者、思想家，朱之瑜在训诫子孙的时候，首先向侄孙们讲述了自家清廉的家风：自己的父亲居家清贫、两袖清风；自己的哥哥虽官至开府，但家无余财；自己年幼食贫，二十岁就开始养赡全家。朱之瑜教诫侄孙们，清正是朱家的门风，希望他们传承勿失。对于侄孙们的职业，朱之瑜指出，闭户读书，抑或农、圃、渔、樵皆可；百工技艺，自食其力次之；实在不得已，做佣工也可。唯独不能做治民管兵的"虏官"，不可亏缺志节。凡是做了虏官的，自己不认其为孙。在朱之瑜看来，这是底线，不可突破。

　　第二类是士大夫的妻子，典型如敬姜、孟轲母、杨文俪、李际阳母、徐媛、温璜之母陆氏、汪辉祖母、倪瑞璇、耿庭柏之母徐氏、庄德芬、王先谦母等。

　　敬姜是春秋时期鲁国大夫公父穆伯的妻子，公父文伯的母亲。公父穆伯死得早，敬姜独自抚养儿子公父文伯。敬姜博达知礼，严格教导儿子，教以礼法，在待人处世等各方面，监督文伯的一言一行。培养儿子明德知书，及时改正过失。在敬姜的教导下，公父文伯成长很快，长大后做了鲁国的宰相。敬姜是封建时代母范的典型，她贤淑守礼，德行光明，善于教化，颇受孔子推崇，其《论劳逸》成为中国古代家训的名篇。

　　孟轲母是战国时期士人孟轲的母亲。孟轲是鲁国贵族孟孙氏的后裔，父亲早亡，母亲仉氏为其成长三次迁居，而且以断织为喻，对儿子进行训导。孟子年少时，有一次上学归来，孟子的母亲正在织布，看见孟子回来于是问他学习到了什么程度，孟子一副不以为意的样子。孟子的母亲就用刀割断了正在织的布，孟子很害怕，询问母亲这样做的原因。母亲说："子之废学，

———————

① 朱舜水.朱舜水集［M］.朱谦之，整理.北京：中华书局，1981：45-46.

若吾断斯织也。夫君子学以立名，问则广知……今而废之，是不免于厮役，而无以离于祸患也。"[1]孟母教导孟子荒废学业就像割断织物一样，有德行的人都是通过学习来显亲扬名的，通过求教来获得广博的知识，荒废了学业，就不可避免地要成为一个只会干粗活而供人役使的人，从而也就没有办法脱离祸难了。孟子害怕了，朝夕不懈地勤奋学习，终于成为天下闻名的儒者。

徐媛是明代范允临的妻子，工书善文，她对儿子年近弱冠却不了解世情、懦怯无为深感忧虑，于是专门撰写《训子书》进行勉励教诫："儿年几弱冠，懦怯无为，于世情毫不谙练，深为尔忧亡。男子昂藏六尺于二仪间，不奋发雄飞而挺两翼，日淹岁月，逸居无教，与鸟兽何异？将来奈何为人？慎勿令亲者怜而恶者快！兢兢业业，无怠夙夜。临事须外明于理而内决于心。钻燧亡火，可以续朝阳；挥翮之风，可以继屏翳。物固有小而益大，人岂无全用哉？习业当凝神仵思，戢足纳心，骛精于千仞之巅，游心于八极之表。潴发于巧心，摅藻为春华。应事以精，不畏不成形；造物以神，不患不为器。能尽我道而听天命，庶不愧于父母子矣！循此则终身不堕沦落。尚勉之励之，以我言为箴，勿愦愦于衷，毋朦朦于志。"[2]徐媛在教诫中勉励儿子应像鸟儿一样挺起两翼、奋发雄飞，切不可无所作为、虚度岁月。要兢兢业业，朝夕不怠，对于所遇之事"须外明于理而内决于心"。徐媛用生动的比喻鼓励儿子要树立充分的信心，"钻燧亡火，可以续朝阳；挥翮之风，可以继屏翳"。物固有所用，人亦然。徐媛教导儿子习业当"凝神仵思，戢足纳心"，深入思考，竭思尽力，如此则不患不成器。结尾处，她再三叮嘱儿子切记母亲的教诲，"勿愦愦于衷，毋朦朦于志"。无限的叮咛、企盼倾注训辞间。

士大夫之妻有的娴熟家务，有的才华横溢，清代女诗人庄德芬就是其一。庄德芬是武进董偁的妻子，曾写下《夏日读书示儿》《乙酉夏日言怀示儿》《己丑十月甘二日书寄沅儿》《杂诗示儿》《咏庭中树示儿》等多首教子诗，其中《杂诗示儿》等成为千古名篇。庄德芬充分发挥自身杰出的文学才华，在诗歌中运用形象的比喻及引经据典对儿子进行教诫。其《咏庭中树示儿》云："昔看芽茁土，枝干忽轮囷。春鸟安巢稳，秋虫化羽新。扶疏深得

---

[1] 王照圆. 列女传补注 [M]. 虞思徵, 点校. 上海：华东师范大学出版社, 2012: 34.
[2] 《诫子弟书》编委会. 诫子弟书 [M]. 北京：北京出版社, 2000: 298.

地，盘结岂因人。坐见风烟长，清阴盖四邻。"①庄德芬以小树成长为喻，希望儿子像小树苗一样茁壮成长，长成树干挺拔、枝叶茂盛、"清阴盖四邻"的参天大树。其《杂诗示儿》云："范相未遇时，帐中盈烟迹。贵盛相门儿，贫贱无家客。青云与泥涂，勤苦同一辙。志学抱坚心，宁为境所易。"②诗中，庄德芬一方面援引"范相"（范仲淹）为例，另一方面成功运用比喻及对比的修辞手法。范仲淹是北宋著名的文学家、政治家，少年时家境贫寒，靠吃粥度日，但他勤勉好学，终于成就功名，留下"先天下之忧而忧"的千载佳话。庄德芬以范仲淹为例鼓励儿子立志勤学，同时以"青云""泥涂"为喻，以"青云"喻高官显位，以"泥涂"喻卑贱的地位。二者对举生动地说明无论是地位高的相门子弟，还是地位低下的无家客，每个人都需要勤奋学习。立志于学的人，一定要抱有坚定的心，切不可因为环境而改变自己的志向。

与庄德芬一样，明代国子监丞濮朱轩之妻邹赛贞也是一位博通经史、工诗善吟的女子，她作《勉韶儿读书戒酒》教诫儿子珍惜时光，刻苦攻读，其诗曰："世泽承清白，儿郎正少年。趋庭夸儿肖，穷理贵精研。莫饮下坡酒，宜撑上水船。床头无物遗，经史是家传。"③

有些士大夫的妻子，丈夫不幸早亡，独自一人含辛茹苦抚养孩子，却不失对孩子的严格教诫，终使孩子成长成才。比如，北宋欧阳修的母亲郑氏。郑氏是欧阳观的妻子。欧阳观是宋咸平三年（1000）的进士，做过州府主管刑狱的推官，不幸早亡。欧阳观为官清廉，去世时家无一点积蓄。郑氏坚毅地承担起持家及教子的重任。由于家贫，买不起纸笔，郑氏就以芦荻杆为笔、大地为纸，教儿子读书写字，培养儿子良好的道德。欧阳修最终成为北宋名臣，与郑氏的教诲密不可分。郑氏教子曰：

> 汝父为吏廉，而好施与，喜宾客，其俸禄虽薄，常不使有余，曰"毋以是为我累"。故其亡也，无一瓦之覆，一垄之植，以庇而为生。吾何恃而能自守耶？吾于汝父，知其一二，以有待于汝也……汝父为吏，尝夜烛治官书，屡废而叹。吾问之，则曰："此死狱也，我求其生不得

---

① 徐世昌.清诗汇 [M].北京：北京出版社，1995：3029.

② 同①：3028.

③《诫子弟书》编委会.诫子弟书 [M].北京：北京出版社，2000：244.

尔。"吾曰:"生可求乎?"曰:"求其生而不得,则死者与我皆无恨也,矧求而有得邪?以其有得,则知不求而死者有恨也。夫常求其生犹失之死,而况常求其死也。"回顾乳者抱汝而立于旁,因指而叹曰:"术者谓我岁行在戌,将死。使其言然,吾不及见儿之立也,后当以我语告之。"其平居教他子弟,常用此语,吾耳熟焉,故能详也。其施于外事,吾不能知;其居于家,无所矜饰,而所为如此,是真发于中者邪?呜呼!其心厚于仁者邪?此吾知汝父之必将有后也。汝其勉之!夫养不必丰,要于孝;利虽不得博于物,要其心之厚于仁。吾不能教汝,此汝父之志也。[①]

郑氏为欧阳修讲述他父亲清廉好施、昼夜不舍、勤于政事的为官之道及仁爱宽厚的淑世情怀,叮嘱儿子要向他父亲学习,继承父亲遗志,仁爱宽厚,秉守清廉之志。

此外,这一类型的家训主体还有清代王先谦的母亲鲍氏。鲍氏出身于书香世家,接受过传统的儒家教育,腹有诗书,嫁给士人王锡光为妻。王家家境并不富裕,王锡光以课徒为业养家,同时教授王先谦读书识字。贫寒的家境中,母亲鲍氏不忘对儿子进行教导,勉励他在贫苦的环境中守清贫、立长志。其辞曰:"生事艰难,惟是为呕。太夫人无几微怨怼之色,且时以乐天知命宽慰府君。府君尝叹曰:'愿汝他日先我没,我得为一文祭汝,以章汝德也!'后太夫人每语儿妇辈云:'吾当时诚不意全活至今,然以汝父专精于学,虽饿死无怨。男子贵固穷。但闺阁内不知礼义,或相摧谪,则心分扰不能自力。此关于家道废兴甚大,汝曹志之。'……遇困乏者振贷无少吝,每戒不孝云:'人当无时作有时看,有时替无时想。'至自奉则务崇节俭,逮老无玩好之需,金玉之饰。或强奉之,旋即屏置。家人劝以戏具为乐,太夫人曰:'吾但愿家庭整严,内外辑和,男勤女奋,即是至乐。他非所愿也。'细务必亲,终日勤动。恒言:'吾非好劳,性实习此。且妇人不能作苦,福可长享耶?'顾语儿妇辈曰:'汝祖母之教乃如是,吾家相传,家规当世世谨守之。'故弥留之前夕,不孝泣禀太夫人前云:'脱有不讳,儿必恪守家规,一如母生存时。谨身安分,以继先府君未竟之志,不使吾母含恨九原。'"[②]鲍

[①] 李之亮.欧阳修集编年笺注:第2册[M].成都:巴蜀书社,2007:345-346.
[②] 王先谦.葵园四种[M].梅季,标点.长沙:岳麓书社,1986:327-334.

氏向王先谦讲述了王家崇尚节俭、勤于劳作、吃苦耐劳、"家庭整严，内外辑和，男勤女奋"的家风，教诫儿子谨记"生事艰难，惟是为亟""男子贵固穷。但闺阁内不知礼义，或相摧谪，则心分扰不能自力。比关于家道废兴甚大"的家训，恪守家规，以竟先人之志。

"平民"家训主体区别于皇室及士大夫家训主体，其家训内容较为丰富，涉及修身勉学、勤俭持家、尽忠报国等方面。虽然这一群体不亲身参与社会政治管理，但很多主体表现出积极的修身、齐家、尽忠报国思想，体现出积极的道德理念和浓厚的家国情怀。正是有赖于他们对子女的多方教诲，一批又一批优秀的中华儿女才健康地成长壮大，成为中华民族建设的中流砥柱，而这些经典的家训名篇及其所蕴含的积极思想也积淀成为中华民族宝贵的精神财富。

第四章　古代家训的文体形态 及话语特征

中国古代文学历史悠久，在漫长的发展过程中形成了丰富的文体样式。作为中国古代文学的一个分支，古代家训文学的文体样式也随着文学的发展不断丰富。不同时代的训诫主体根据自己的需求，在诫子过程中使用了不同的话语形式，这些话语形式有相当一部分是对既有文体及其功能的继承与发展，另一部分则是对新文体的创造，最终造就了多样形态的古代家训文体，主要包括训、诰、诫、令、书、敕、诗、箴、铭等。这些中国古代家训文体各具形态，绚烂多姿；而诫子主题的阐发，也为这些文体增添了新的功能。

第一节　训体

家训自产生后，其文体样式由少至多、由简至繁。早在商周时期，一些典籍篇章就已呈现出特定的文体样式。这些文体多由相应的言说行为方式生成，而这些言说行为方式又受相应的上古礼制的规定和约束。《尚书》中就有一类关于"训导"这一行为方式的文本，在此我们统称其为"训"。《尚书》之"训"包含两类文本，即臣下劝诫君主之"训"和君主训诲嗣子之"训"。其中，君主训诲嗣子的这一类训体文可视为家训的初期文体。训体作为家训早期的文体样式，具有商周文学的普遍特点，即文学作品的综合性：首先，训体家训的生成得益于商周时期特有的记言传统；其次，训体所包含的仪式特点是家训文学中的其他文体所不具备的；最后，商周训体家训处于从口头训诫转向文本书写的独特时期。这些因素使得训体家训具有多重的审美结构。对于从先秦迄至清代的众多训体家训文本，本书选取了商周训体家训作为训体家训的重点研究对象，旨在对这一时期训体家训独特的文体形态及话语特征进行分析。

一、释"训"

《说文解字》曰："训，说教也。"段玉裁注："说教者，说释而教之，必顺其理，引申之，凡顺皆曰训。"① 《尔雅·释诂》云："训，道也。"② 可见，"训"具有说教、训导之意。我国古代的训教活动有着悠久的历史，古籍中记载的也很多，《尚书·夏书·五子之歌》中即有："太康失邦，昆弟五人，须于洛汭，作《五子之歌》。太康尸位，以逸豫。灭厥德……五子咸怨，述大禹之戒以作歌。其一曰：'皇祖有训，民可近，不可下。民惟邦本，本固邦宁。予视天下，愚夫愚妇，一能胜予。一人三失，怨岂在明？不见是图。予临兆民，懔乎若朽索之驭六马，为人上者，奈何不敬？'其二曰：'训有之。内作色荒，外作禽荒，甘酒嗜音，峻宇雕墙。有一于此，未或不亡。'"③ 《尚书·夏书·胤征第四》云："圣有谟训。"④ 可见，在《尚书》的记载中，大禹时期即有训诫活动存在，相应的训辞流传后代。

"训"本是一种训诫行为，伴随"训"之行为所形成的言辞即训辞，在漫长的历史发展中，"训"的行为文本化即成为训文。"训"这一文体从《尚书》中孕育而来。《书大序》将《尚书》分为"典""谟""训""诰""誓""命"六种文体。明代吴讷《文章辨体序说》中引宋张表臣《珊瑚钩诗话》云："顺其理而迪之者谓之《训》。"⑤ 王兆芳在《文章释》中说："训者，说教也，教道之文也。又诂说古言，亦为训也。主于说教道义，示以雅言……流有《商书·伊训》，祖乙作高宗之《训》。"⑥ 论及《尚书》六体，郭英德说："《尚书》中除了'典'以外的五种文本命名方式，并不是按照文本自身的构成要素（如体制、语体、功能等）类分文本的，而是根基于各自

---

① 许慎.说文解字注［M］.段玉裁，注.2版.上海：上海古籍出版社，1988：91.

② 十三经注疏：附校勘记［M］.阮元，校刻.北京：中华书局，1980：2576.

③ 同②：156-157.

④ 同②：157.

⑤ 吴讷.文章辨体序说［M］.于北山，校点.北京：人民文学出版社，1962：12.

⑥ 王水照.历代文话［M］.上海：复旦大学出版社，2007：6278.

不同的行为方式，是行为方式'文本化'的结果。"①从这一角度讲，《尚书·高宗肜日》《尚书·无逸》是商周时期的训体家训文本。这些文本所体现的是一种训教的行为方式，往往更强调实用功能。受行为目的的影响，这些文本也具有一定的程式化特点，其内容大致可分为两部分，即援引言事以明训和传授经验以明教，二者均围绕着政治教诫展开。这些文本的结构也十分相似，基本结构是"引出主题—主体训教—勉励叮嘱"。除了前面所述的两篇训体文之外，最为典型的当如清华简《保训》篇。《保训》从开头到"〔王〕若曰"之前，为史官交代周文王训诫的时间、地点、缘由。从"〔王〕若曰"到"勿淫"乃文王引出训教主题。从"自演（醴水）""昔前人传保，必受之以詷。今朕疾允病，恐弗念终。汝以书受之"②诸句可以看出，"训"之行为附有某种特定的仪式。从"昔舜旧作小人"到"用受大命"为正文的第二段，是周文王以上古舜、微等事迹训教太子姬发遵行"中"道。最后一部分即文王勉励太子发勤政敬慎。

继《保训》后，北大简《周驯》篇记载了周昭文公教诲太子共的训辞。与之前的训体诫子文本不同的是，《周驯》则具有明显的篇章体制，《周驯》每章开篇处与结尾处都有特定的套话，开篇如"维岁正月更旦之日，龏（共）大子朝，周昭文公自身贰（敕）之，用兹念也"，结尾如"已学（教），大子用兹念，欺〈斯〉乃受（授）之书，而曰自身属（嘱）之曰：女（汝）勉毋忘岁正月更旦之驯（训）"③。遵循着一月一训的体例，丰富了"训"的文体形态，同时，《周驯》的语言更通俗易懂。

商周训体诫子文本的体式以记言、叙事为主，言事相兼。记言部分往往以"某某曰"引出具体的训教言辞。大量的语气词也反映出训体家训文本的生成方式，即以口头训辞为蓝本。训体家训文本的句式灵活，如《无逸》多四言，"作其即位，乃或亮阴，三年不言。其惟不言，言乃雍。不敢荒宁，嘉靖殷邦。至于小大，无时或怨"④。而新出的北大汉简《周驯》的语言多长句，如"正月""三月""七月"等章，但也有四字句，如"六月"章，形式严整，有整齐的韵脚。其叙事部分往往概述前贤君主的事迹，大多较为简

---

① 郭英德.中国古代文体学论稿［M］.北京：北京大学出版社，2005：35-36.

② 刘丽.清华简《保训》集释［M］.上海：中西书局，2018：29.

③ 北京大学出土文献研究所.北京大学藏西汉竹书：叁［M］.上海：上海古籍出版社，2015：123.

④ 十三经注疏：附校勘记［M］.阮元，校刻.北京：中华书局，1980：221.

略，语言也多古奥艰深。整体来讲，"训"本身所蕴含的训教义项，使得训体家训通常以言事说教为主，文章结构具有一定的程式化特点，语言因道理的阐发而显得庄重典雅。

二、商周训体之嬗变及其文化意蕴

虽同样冠以训体之名，但商周的训体文却呈现出不同的文体特征及文化意蕴。殷商训体文更多体现为职官文化下的"约定俗成"，是臣下劝导君王之"训"，是"下对上"的政治之"训"；西周训体文则是宗周礼乐文化的外现，是"上对下"的血缘、宗亲之"训"。由职官、政治之"训"嬗变为血缘、宗亲之"训"，商周训体文呈现出鲜明的嬗变轨迹及不同的文化意蕴。

徐师曾云："夫文章之体，起于《诗》《书》。"① 《尚书》中所呈现出的文体样式，《书大序》将其概括为"典""谟""训""诰""誓""命"六种，俗称"尚书六体"。作为中国早期的文体形态，"尚书六体"承担着具体的、特定的文化功能。其中，臣下训导、劝诫君王的文本被冠以训体之名，这一类文体的产生体现了殷商时期臣下劝谏君主的职官文化及政治制度。出土文献清华简《保训》与北大简《周驯》，从文体上看也属于训体，但其文体特征及其所承担的文化功能与《尚书》所载的殷商训体文有着明显不同。诸如清华简《保训》即鲜明体现出"礼辞"的特征，是礼典仪式的组成部分，是时王对嗣王的"上对下"之训。考察《书》及出土文献中的西周训体文，从《尚书·伊训》，到清华简《保训》，到《尚书·无逸》，再到北大简《周驯》，较为清晰地呈现出早期训体文的发展演变过程，同时折射出有别于殷商的西周礼乐文化的显著特点。

（一）商周训体文的生成机制

首先，殷商之"训"。

《尚书》亦称《书》，是一部重要的早期历史文献集，其中记载了许多上古帝王的文告及君臣间的谈话，记言特征明显，因此成为研究我国古代早期记言散文的重要文献。《尚书》相传由孔子编撰而成。因其历经秦王"焚书"之难，原始典籍多有残缺，以至在后世传播过程中形成了今文尚书、古文尚

① 徐师曾. 文体明辨序说 [M]. 罗根泽，校点. 北京：人民文学出版社，1962：77.

书及伪古文尚书等说法。从文体视角对《尚书》进行研究的时间较晚，"东晋时出现的伪孔安国《尚书序》首次提出《尚书》'六体'之说"①。孔序云："先君孔子……讨论坟、典，断自唐虞以下，讫于周。芟夷烦乱，翦截浮辞，举其宏纲，撮其机要，足以垂世立教，典、谟、训、诰、誓、命之文凡百篇。"②《书大序》将《尚书》文体分为"典""谟""训""诰""誓""命"六类，"训"乃其一。唐代孔颖达在上文所述的"六体"以外，又将"贡""歌""征""范"四体加入其中，为"十体"。孔颖达认为《尚书》中属于训体的有："《伊训》一篇，训也。……其《太甲》《咸有一德》，伊尹训道王，亦训之类。……《高宗肜日》与训序连文，亦训辞可知也。……《旅獒》戒王，亦训也。……《无逸》戒王，亦训也。"③仔细梳理《尚书》中的殷商训体文文本，还原其生成的历史语境即会发现，《尚书》所载商之训体文，不仅记载了古时臣下训导君主的言辞，更是殷商时期臣下劝谏君主这一特定行为的文学性书写。

殷商训体文以《高宗肜日》和《伊训》为代表。其中，《高宗肜日》属于因事（祭祀）而诫的一篇训文。"肜日"，《尔雅·释天》解释说："绎，又祭也。周曰绎，商曰肜，夏曰复胙。祭名。"④"高宗祭成汤，有飞雉升鼎耳而雊，祖己训诸王，作《高宗肜日》《高宗之训》。"⑤"雉"对于殷人来说有特殊的意义，《诗·商颂·玄鸟》云："天命玄鸟，降而生商。"⑥在举行祭祀大典时发生雉鸟鸣叫之事，殷人对此是极为敏感而敬畏的，认为这是神灵、祖先对他们的某种责罚。因此，商臣祖己诫勉商王认真对待祭祀，敬天保民之事。而《伊训》是商之老臣以成汤之德训导商王太甲的言辞。

从这两篇"训"文可以看出，殷商之"训"实质上是政治活动中臣下劝谏君主的一种行为，在劝谏过程中，臣下的训诫之言被史官记载下来⑦，成

---

① 郭英德.中国古代文体学论稿［M］.北京：北京大学出版社，2005：34.

② 十三经注疏：附校勘记［M］.阮元，校刻.北京：中华书局，1980：114.

③ 同②：117.

④ 同②：2609.

⑤ 同②：176.

⑥ 同②：622.

⑦《汉书·艺文志》载："古之王者世有史官，君举必书，所以慎言行，昭法式也。左史记言，右史记事，事为《春秋》，言为《尚书》，帝王靡不同之。"（见班固.汉书［M］.颜师古，注.北京：中华书局，1962：1715.）

为书面的文字，见诸册典①。其后，臣下训导君主的言辞被称作"训"，逐渐具备了文体意义。

从发生学意义上讲，殷商训体文是职官文化下由臣子的谏政行为所衍生的一类文体，承担并履行着特定的政治活动赋予它的文体功能，即献言于君王，使其勤政敬民。如《高宗肜日》中祖己训导商王曰："王司敬民，罔非天胤，典祀无丰于昵。"②《伊训》中伊尹训导商王："今王嗣厥德，罔不在初。立爱惟亲，立敬惟长，始于家邦，终于四海。"③殷商训体文的实用性较强，政治意图明显，为了达到一定的训导效果，人臣或以理相劝，或援事明理。从施受对象上看，殷商训体文是臣下劝诲君主的"上行文"，本质上类于后世的奏议文。尊王尊君的改治语境下，臣下训勉、劝谏君主，更多的是一种客观说理、劝告训导之言，雍容温润，自然成文。

其次，姬周之"训"。

武王灭商，建立周邦。周王朝汲取殷商失败的经验教训，制定了一系列的革新措施，典型的治道即强化血缘宗亲及等级尊卑。这一文化政策，在各类文学中均有鲜明的表现。就训体文而言，姬周之"训"与殷商之"训"有着明显的不同。陈寅恪在《陈垣敦煌劫余录序》中言："一时代之学术，必有其新材料与新问题。取用此材料，以研求问题，则为此时代学术之新潮流。"④清华简出土的《保训》为我们学习和研究西周早期训体文开启了一扇新的大门。

例一，清华简《保训》——礼典仪式的文本书写。

清华简《保训》是君主教诲嗣子的"下行文"，几近后世的家训文。先祖君王训教后嗣子孙的传统由来已久，《尚书·五子之歌》记载："皇祖有训，民可近，不可下。"⑤《尚书·酒诰》云："聪听祖考之彝训。"⑥《尚书·顾命》云："赤刀、大训、弘璧、琬琰，在西序。"⑦郑玄注"大训"谓

---

① 《尚书·多士》云："惟殷先人，有册有典。"（见十三经注疏：附校勘记［M］.阮元，校刻.北京：中华书局，1980：220.）

② 十三经注疏：附校勘记［M］.阮元，校刻.北京：中华书局，1980：176.

③ 同②：163.

④ 陈寅恪.陈寅恪集：金明馆丛稿二编［M］.北京：生活·读书·新知三联书店，2001：266.

⑤ 同②：156.

⑥ 同②：206.

⑦ 同②：239.

"礼法，先王德敩"①。由上可见，君王教导后嗣子孙亦称为"训"。《礼记·曲礼》云："道德仁义，非礼不成。教训正俗，非礼不备。"②教育训导，没有礼就不能完备。姬周时期的这种下行训体文本质上是礼典仪式的文本书写。《尚书·顾命》中记载周成王将崩，训命大臣之事曰："甲子，王乃洮颒水。相被冕服，凭玉几。"③可见，作为君主的周成王是依照特定的礼仪教训嗣君或臣子，从训辞的施受主体及语境看，均不同于臣下劝诲君王之"训"。

清华简《保训》为周文王对太子姬发的训辞，周文王用舜求取中道、上甲微将"中"传贻子孙这两件史事教诲太子遵行"中"。简文开篇记载：

> 隹王五十年，不豫。王念日之多历，恐述（坠）保（宝）训。戊子自濆（颒水）。己丑昧［爽］□□□□□□□□□。［王］若曰："发，朕疾渐甚，恐不汝及。训。昔前人传保，必受之以詷。今朕疾允病，恐弗念终。汝以书受之。"④

由这一部分内容可见，从周文王身体不适、顾虑自己时日不多而"恐述保训"，到周文王训教太子姬发，其间是有一个过程的，这个过程伴随着仪式的进行，"戊子自濆（颒水）。己丑昧［爽］"。其中，学界对"自濆（颒水）"的解释存在多种看法，或"自"下一字"疑读为'寅'或'夤'……简文此处当是因文王病重，不能斋戒沐浴，故以居敬而郑重其事"⑤，或"疑'濆'当读为'馈'，当为祭礼……'戊子，自馈'，是说戊子日，文王亲自举行馈食礼"⑥，或"'濆'读为'颒'，字或作'頮''沬'，洗面"⑦。总而言之，其性质类于周文王"传保"、训教之前的一种准备仪式。不仅如此，从简文"前人传保，必受之以詷""弗念""以书受之"等句也可看出，君王训教嗣子是一种特定的礼典仪式，由一系列具体的礼法组成，选时日、行礼、受训盖为其中的某一环节，因而这一部分的训辞更像是仪式的记录。

---

① 十三经注疏：附校勘记［M］.阮元，校刻.北京：中华书局，1980：239.

② 同①：1231.

③ 同①：237.

④ 刘丽.清华简《保训》集释［M］.上海：中西书局，2018：29.

⑤ 同④：48-49.

⑥ 同④：48.

⑦ 同④：48.

周初，时王训教嗣君，这种礼典仪式的书写在《逸周书》中亦有呈现。《逸周书·文儆解》记载："维文王告梦，惧后祀之无保。"①因担忧后嗣无法守住周邦基业，周文王在庚辰这一天诏太子姬发，训诫其保本行善，以为民则。《逸周书·武儆解》记载周武王训诫太子姬诵的礼典仪式更为详细："丙辰，出《金枝》《郊宝》《开和》，细书，命诏周公旦，立后嗣，属小子诵、文及宝典。"②可见，周初训体文实为当时君主训教的一种礼辞。作为礼典仪式的文本书写，周初训体文的文本形态是相对定型的经典。训辞开篇通常是背景信息的介绍性序文，主要是交代时间、地点、人物及事件；然后是训诫主体的训辞；最后是时王对嗣君的诫勉之语，如《保训》曰："敬才（哉）！毋淫！日不足佳宿不详。"③〈逸周书·武儆解〉篇末武王勉励太子姬诵："允哉！汝夙夜勤，心之无穷也。"④

例二，《无逸》——"亲亲"精神的折射。

《礼记·明堂位》云："武王崩，成王幼弱，周公践天子之位，以治天下。六年，朝诸侯于明堂，制礼作乐，颁度量，而天下大服。"⑤之后，周公还政于周成王，担心周成王为政所淫佚，故作《无逸》以训之。《无逸》一文，周公围绕"君子所其无逸"⑥这一中心教诲周成王切勿贪图逸乐，应深知稼穑之艰难及百姓之疾苦。如果说西周早期周文王、周武王之"训"，作为礼典仪式的文学书写，独特的礼仪典式凸显了君王之尊，那么周公诫周成王之"训"则是西周宗法制"亲亲"精神的折射。

《无逸》，唐代孔颖达以其为训诫成王之作，因而视其为训体加以讨论。宋人蔡沉在给《无逸》篇作注讨说："成王初政，周公惧其知逸而不知无逸也，故作是书以训之。言则古昔，必称商王者，时之近也。必称先王者，王之亲也。举三宗者，继世之君也。详文祖者，耳目之所逮也。上自天命精微，下至畎亩艰难，闾里怨诅。无不具载，岂独成王之所当知哉？实天下万世人主之龟鉴也。是篇凡七更端，周公皆以'呜呼'发之，深嗟永叹，其意

① 周宝宏.《逸周书》考释［M］.北京：社会科学文献出版社，2001：76.

② 同①：137.

③ 刘丽.清华简《保训》集释［M］.上海：中西书局，2018：30.

④ 同①：137.

⑤ 十三经注疏：附校勘记［M］.阮元，校刻.北京：中华书局，1980：1488.

⑥ 同⑤：221.

深远矣。亦训体也。"①细读《无逸》，其文体特征与殷商臣下劝诫君主之"训"有着本质的不同。殷商之"训"是臣下职官身份的规约，人臣训导君王时更多的是客观说理。《无逸》则不同，周公语重心长地对周成王提出谆谆告诫，是一篇语挚情深的训诫之辞。《史记·鲁周公世家》载："周公归，恐成王壮，治有所淫佚，乃作《多士》，作《毋逸》。《毋逸》称：'为人父母，为业至长久，子孙骄奢忘之，以亡其家，为人子可不慎乎！'"②宗法制是周王朝政治制度的核心。宗法制度下，整个姬周宗族内部，以周天子为根基，依据血缘亲疏不同形成了诸侯竞相拱卫的血缘关系网络。周公作《无逸》训诫周成王，实乃血缘宗法影响下的"亲亲"之训。因而，相比之前将《无逸》视为臣下劝谏君王之"训"，不如说是周公身为宗族近亲，为维护宗族利益而进行的谆谆训诫。这一点，实际上《无逸》开篇已显露端倪。文章借"厥父母勤劳稼穑，厥子乃不知稼穑之艰难"③引出"无逸"话题，小到一个家庭，为人父母者艰苦奋斗，但其子孙却可能骄奢败家；大到一个国家，先辈君王历经艰辛才得以建邦立国，继承者如果贪于安逸也会使国家走向灭亡。由家及国，正是宗法制度下西周"家国一体"的真实写照。可见，在血缘宗亲文化语境下解读《无逸》，对训文的理解则更为深刻，多了一层伦理宗亲的潜在内涵，训文自然呈现出语挚情深的语体风格。

例三，北大简《周驯》——宗法理念的影响及映射。

北大简《周驯》主要记载了周昭文公训诫共太子的训辞。关于《周驯》中周昭文公与共太子的关系，阎步克、韩巍认为昭文公是东周之君，共太子为西周武公之太子，"（《周驯》）此书实为后人依托周昭文公与共太子事迹而编成的一部诸子类著作"④。并且进一步指出："（《周驯》）将周昭文公和共太子设定为父子关系，显然更有利于达到说教目的。"⑤程少轩认为周昭文公是东周国君，"共太子实应是东周昭文君的太子"⑥廖群认为："周昭文君为战国时周国分裂为东周、西周国之后东周国的某一任国君……《周驯》

① 蔡沉.书集传［M］.王丰先，点校.北京：中华书局，2018：227.

② 司马迁.史记［M］.2版.北京：中华书局，1982：1520.

③ 十三经注疏：附校勘记［M］.阮元，校刻.北京：中华书局，1980：221.

④ 北京大学出土文献研究所.北京大学藏西汉竹书：叁［M］.上海：上海古籍出版社，2015：260.

⑤ 同④：264.

⑥ 复旦大学出土文献与古文字研究中心.出土文献与古文字研究：第5辑［M］.上海：上海古籍出版社，2013：560.

通篇为周昭文公训诫共太子，知该书乃是以周昭文公（君）与共太子为父子关系。"①同时她指出："《周驯》呈现的是父王直接训诫太子的情况，几近'家训'。"②由以上论述可以看出，从史实角度出发，周昭文公与共太子之父子关系或许存疑，但《周驯》文本所呈现出的周昭文公与共太子为父子关系则是普遍被认同的。在参考阎步克、韩巍观点的基础上，著者认为《周驯》将周昭文公与共太子设定为父子关系，最终呈现出君王训教嗣君的文本，这一文学书写正是受到了西周宗法理念的影响，具体表现在以下两方面。

一方面，《周驯》将周昭文公与共太子设定为父子关系，继承了西周早期训体文君王训教嗣君的模式，"训"之施受对象未发生变化。按照历史存在，周昭文公是东周的一位贤君，共太子为西周武公之子。《周驯》将周昭文公和共太子设定为父子关系，借周昭文公对共太子为政、为君、立嗣等方面的训诫，以达到说教目的。周公制礼作乐，以血缘关系为基础的宗法制逐渐完善并施行，经过长时间的浸润，宗法理念日益深入统治集团内部，《周驯》的这种人物设定，从侧面映射出西周宗法理念对周王及臣民影响之深。

另一方面，前文已论，周代君王训教嗣君的言辞从发生学上看，乃生成于特定的礼典仪式上，而《周驯》也清晰地呈现了一定的礼典仪式书写。从简文可见，《周驯》中周昭文公训教共太子都是在固定的时日，在共太子朝拜之后进行的。简文如下：

> 维岁正月更旦之日，龑（共）大子朝，周昭文公自身貳（敕）之，用兹念也……已学（教），大子用兹念，欺〈斯〉乃受（授）之书，而曰自身属（嘱）之曰：女（汝）勉毋忘岁正月更旦之驯（训）。

在《周驯》中，周昭文公的训诲时间基本在"更旦之日"。也就是每个月的初一（朔日），为"更旦初岁，振除祸败"③。不仅如此，在训教结束之后，共太子需"用兹念"，而后"斯〈斯〉乃受（授）之书"。或许也正是因

---

① 廖群.简帛"说体"故事与中国古代"训语"传统：以北大简《周驯》为例 [J].中南民族大学学报（人文社会科学版），2018（4）：74.

② 同①：77.

③ 北京大学出土文献研究所.北京大学藏西汉竹书：叁 [M].上海：上海古籍出版社，2015：124.

为这种仪式的记录，《周驯》按照一月一训的体例结构为文（小章群①除外），每一章的开篇、结尾均有较为固定的套语。

（二）商周训体文的嬗变及其原因

由上可知，商周训体文存在着殷商训体文和西周训体文两种不同的文体形态，这意味着早期训体文处于一种动态的发展过程。从文体发生的角度来看，任何一种文体，都是在特定的文化生态环境中产生并发展的。尤其是中国早期的文体，被包容在特定的行为或仪式之中，并没有独立出来。商周训体文的嬗变即与当时的社会文化背景有着不可分割的联系。

1. 从职官文化之训到血缘宗亲之训

从文体特征上看，传世文献《尚书》中的殷商训体文是臣下训勉人君、卑下者劝谏尊上者的文体；而新出土的古文献《保训》《周驯》是君主训诲嗣王、尊上者教诫卑下者的文体。二者有本质上的不同，就前者而言，殷商臣下训导君主的训体文产生的重要条件是当时特定的职官文化，即臣下劝诲君王是职责所在，身份规约。《礼记·王制》云："大史典礼，执简记，奉讳恶。天子齐戒受谏。"②《商书·说命》记载高宗（武丁）命令傅说之事："朝夕纳诲，以辅台德。若金，用汝作砺。若济巨川，用汝作舟楫。若岁大旱，用汝作霖雨。启乃心，沃朕心，若药弗瞑眩，厥疾弗瘳。若跣弗视地，厥足用伤。惟暨乃僚，罔不同心，以匡乃辟。俾率先王，迪我高后，以康兆民。呜呼！钦予时命，其惟有终。"③为人臣子，劝诲君王乃职责所在。商臣劝谏君王的这种职官文化在史料中多有记载。《史记·宋微子世家》中记载了微子的这样一段话："父子有骨肉，而君臣以义属。故父有过，子三谏不听，则随而号之；人臣三谏不听，则其义可以去矣。"④微子是商纣王时期的贤臣，他所理解的君臣之义即人臣谏君。《史记·殷本纪》中还记载了比干

---

① 《北京大学藏西汉竹书（叁）》中整理的《周驯》篇在"闰月"章和"岁终"章之间随附的形式特异、篇幅较为短小的材料，姑且将这些章节称为"小章群"。其主要内容均为历代圣君贤主对其后嗣的训诫之辞。（见北京大学出土文献研究所. 北京大学藏西汉竹书：叁 [M]. 上海：上海古籍出版社，2015：252.）

② 十三经注疏：附校勘记 [M]. 阮元，校刻. 北京：中华书局，1980：1345.

③ 同② ：174.

④ 司马迁. 史记 [M]. 2版. 北京：中华书局，1982：1610.

之言："为人臣者，不得不以死争。"①可见，殷商时期，臣下劝谏君王系职责所在。如果无法履行训导、匡正君主的职责，臣子需接受相应的惩罚，《商书·伊训》云："臣下不匡，其刑墨。"②臣下劝谏君王的这种职官文化在春秋战国时期还有所保留，《国语·楚语下》记载甚为详绌："又有左史倚相，能道训典以叙百物，以朝夕献善败于寡君，使寡君无忘先王之业。"③从这则材料可见，左史倚相职责之一是道"训典"劝教君主，使君主不忘先君大业。《国语·周语》载召公言："故天子听政，使公卿至于列士献诗，瞽献曲，史献书，师箴，瞍赋，矇诵，百工谏，庶人传语，近臣尽规，亲戚补察，瞽史教诲，耆艾修之，而后王斟酌焉，是以事行而不悖。"④可见，臣子承担着训导、劝谏君主的职责。这些文献记载均体现了君臣之间的政治关系，辅臣是君王治理国家的重要帮手，他们拥有君王赐予的责任，即训导、规谏君王，朝夕纳诲。同时，也体现了臣下对君主忠、敬的态度。

　　周代日益强化的宗法意识是姬周训体文产生的重要因素，清华简《保训》及《尚书·无逸》中周文王、周公的训教乃血缘宗亲之训。北大简《周驯》设定的周昭文公与共太子的父子关系，实际上也是受西周宗法意识的影响。周人以方圆百里的部落联盟灭殷建邦后，统治者以周天子为权力的中心，以本族的血缘关系为纽带，分封周族的子孙去各地区做者侯。于周王室而言，血缘关系成为国家统治与家族振兴发生关联的媒介。为维护邦族利益，统治者自然重视对王室子弟的教导，尤其是对嗣位之君的教诲。《说文解字》云："训，说教也。说教者，说释而教之。"⑤又云："教，上所施下所效也。"⑥从许慎释"训""教"二字可以看出，"训"本身就蕴含着训教双方的指向性，即上训下顺。周朝君王长者通过叙说先祖贤君事迹教育嗣子晚辈，为嗣君垂训作范，正符合"训"之本义。梳理《尚书》可见，"训"字共出现53次，除去"顺从""依循"等义项（计12次），《虞书》《夏书》《商书》中"训"字带有明显的"上训下"之义计7次，"下训上"之义计9次。《周书》中"训"字表示"上训下"之义计23次，"下训上"之义仅2次。从

① 司马迁．史记［M］．2版．北京：中华书局，1982：108.

② 十三经注疏：附校勘记［M］．阮元，校刻．北京：中华书局，1980：163.

③ 徐元诰．国语集解［M］．王树民，沈长云，点校．北京：中华书局，2002：526.

④ 同③：11-12.

⑤ 许慎．说文解字注［M］．段玉裁，注．2版．上海：上海古籍出版社，1988：91.

⑥ 同⑤：127.

"训"字的使用情况可以看出,《周书》中"训"字的语境义逐渐固定在"上训下",也体现出一定的类分观念。

在明晰周代训体的文体性质后,我们对传世的一些周代文献也有了更加清晰的认识。被视为《尚书·周书》佚篇的《逸周书》,其中就有许多与姬周训体性质较相似的文本,如《文儆》《文传》等记载周文王训教嗣君的言辞,《武儆解》为周武王诫勉太子姬诵的训辞,这些篇目本质上属于血缘宗亲之训。从这些训体文可见,周文王、周武王之训涵括君德培养、祭祀、保民、刑罚、用人等多方面内容,细致周全。文有体,亦有用,这些训体文在训诫对象身上发挥了或多或少的教化作用。周武王承周文王之大命,灭商建周。《尚书·君奭》云:"惟文王尚克修和我有夏,亦惟有若虢叔,有若闳夭,有若散宜生,有若泰颠,有若南宫括……武王惟兹四人,尚迪有禄。"[1]武王对文王"吾语汝我所保与所守,传之子孙"[2]的训导能够继承并进行实践,做到重视人才,任用贤臣。《史记·周本纪》记载武王征九牧之君,登豳之阜后,因思虑"定天保"之事而夜不能寐,更以"日夜劳来,定我西土,我维显服,及德方明"[3]勉励自己勤政敬德。这与文王训诫其"汝慎守勿失,以诏有司,夙夜勿忘若民之向引"[4]"祗服毋解"[5]可谓一脉相承。也正是在文王、武王勤政守德、励精图治的基础上,成王时期"兴正礼乐,度制于是改,而民和睦,颂声兴"[6],才有了"天下安宁,刑错四十余年不用"[7]的成康之世。可见,西周的兴盛与周王室累世不辍之"训"有着密切的关联。

清华简《保训》这种君王训教嗣君之"训"产生于特定的礼仪活动中,具有自己的文体特征,是礼典仪式的文本书写。宗法理念赋予周君训教嗣君强烈的政治性,训教不仅代表着对宗族延续和昌盛的希望,还代表着对国家生存和发展的希望。对周王室而言,个人行为就是家族行为,甚至是国家行为,更何况是君主的言行举动。如此重要的训教,万不可简单了事。训教君主应选定时日、斋戒沐浴、整齐穿戴,方诏嗣君受训。《尚书·无逸》中周

---

① 十三经注疏:附校勘记[M].阮元,校刻.北京:中华书局,1980:224.

② 周宝宏.《逸周书》考释[M].北京:社会科学文献出版社,2001:78.

③ 司马迁.史记[M].2版.北京:中华书局,1982:129.

④ 同②:76.

⑤ 刘丽.清华简《保训》集释[M].上海:中西书局,2018:30.

⑥ 同③:133.

⑦ 同③:134.

公语挚情殷的训辞，实际上也是西周宗法精神的真实写照。因而，西周训体文的内容必然是鲜明体现礼乐精神、能够体现宗法制度内在要求的，其形式也必然能够反映礼典仪式。

通过对比殷商训体文与姬周训体文，我们对早期训体文的生成机制有了更清晰的认识。殷商训体文是特定的职官文化的外现，因臣下履行劝谏君主的职责而生成。姬周训体文是周代宗法理念的外现，以清华简《保训》为代表的西周早期训体文，是礼典仪式的文本书写，是受宗法理念影响的、特定仪式中君主教诲嗣君的训辞，独特的礼典仪式凸显了君王之尊。《尚书·无逸》是宗法理念"亲亲"精神的真实写照。北大简《周驯》所依托的君王与嗣君的父子关系，亦是对宗法理念的继承。此后，"训"字本身蕴藏的"下行"之义也逐渐固定下来，训体文成为尊上训卑下之文。如《国语·周语》曰："其无乃废先王之训，而王几顿乎！"①周穆王打算征讨犬戎之际，祭公劝谏周穆王不可废弃先王遗训而使王业败坏，此处的"训"即为先王教诲嗣主之"训"。不仅如此，"训"与"典"结合，具有了较为固定的语境义，即先王对嗣君的训辞。诸如《国语·楚语》中记载申叔时语曰："教之《春秋》，而为之耸善而抑恶焉，以戒劝其心……教之《训典》，使知族类，行比义焉。"②《左传·文公六年》也有详细记载：

> 古之王者，知命之不长，是以并建圣哲，树之风声，分之采物，著之话言，为之律度，陈之艺极，引之表仪，予之法制，告之训典，教之防利，委之常秩，道之以礼，则使毋失其土宜，众隶赖之，而后即命。圣王同之。今纵无法以遗后嗣，而又收其良以死，难以在上矣。③

"予之法制，告之训典"中的"训典"即先王之书。古代身居王位的人知其必将有死，于是以先王训典遗后人，使嗣君知如何治世设法。

2. 商周训体文嬗变的原因

王国维说："中国政治与文化之变革，莫剧于殷周之际。"④这场社会文

---

① 徐元诰. 国语集解 [M]. 王树民, 沈长云, 点校. 北京: 中华书局, 2002: 8.

② 同①: 485-486.

③ 十三经注疏: 附校勘记 [M]. 阮元, 校刻. 北京: 中华书局, 1980: 1844.

④ 王国维. 观堂集林: 第2册 [M]. 北京: 中华书局, 1959: 451.

化大变革是"旧制度废而新制度兴，旧文化废而新文化兴"①。相较于殷商，姬周王朝重要的文化现象是宗法制度的完备及礼乐制度的建立。任何文学生产乃至文体流变都不同程度地受到时代文化及政治的影响，早期训体文从职官之"训"转变为血缘之"训"，究其根本，除了我国传统文化中基于血缘关系生成的教子观念在西周的传承发展外，西周严密的宗法制的形成乃促使训体文发生变化的核心因素。

一是以"嫡长子继承制"为核心的宗法制的影响。

宗法制是一种维护王权阶层世袭统治的政治制度，由氏族社会的父系家长制演变而来，历经夏、商，至周逐渐完善。姬周的宗法制以血缘关系为纽带，以嫡长子继承制、封邦建国制、宗庙祭祀制度为主要内容，这是一种以父系血缘关系亲疏为准绳的政治制度，其中，"嫡长子继承制"是周代宗法制的核心，天子之位按照嫡长继承制世代相传。《丧服·小记》记载曰："别子为祖，继别为宗。继祢者为小宗。有五世而迁之宗，其继高祖者也。是故祖迁于上，宗易于下。尊祖故敬宗，敬宗所以尊祖、祢也。庶子不祭祖者，明其宗也。"②建立在血缘宗族关系之上的君位继承法确立了，宗法制度随之得以确立与完善。宗法制不仅对君位继承有严格的规定，对处理天子与诸侯及诸侯国之间的关系也加以规范，以血缘关系为核心的宗法制成为周朝的根本性制度。在"亲亲""尊尊"原则的指导下，一个有主干（大宗）、有枝叶（小宗）、具有向心力的宗族血缘群体便形成了。正如《礼记·大传》所云："上治祖祢，尊尊也。下治子孙，亲亲也。旁治昆弟，合族以食，序以昭缪，别之以礼义，人道竭矣。"③《书》所载殷商之训体文是臣下出于职官职责劝诲君主的文体，劝诲内容几乎都是政治方面的，为的是履行身份职责，辅佐君主治国理政，体现的是君臣之义。姬周训文是君王训教嗣君的文体，为的是延续宗族的统治。宗法制"兼有政治权力统治和血亲道德制约双重功能，它强调伦常秩序、注重血缘关系的基本精神"④。宗法制确立后，为了更好地维护和巩固宗族的统治，身为统治者的周君自然十分重视嗣位之君的君德教育，向嗣君传授经验，提高其治国理政的能力，从而使姬周长久地发展下

① 王国维. 观堂集林：第2册［M］. 北京：中华书局，1959：453.

② 十三经注疏：附校勘记［M］. 阮元，校刻. 北京：中华书局，1980：1495.

③ 同②：1506.

④ 朱志荣. 夏商周美学思想研究［M］. 北京：人民出版社，2009：266.

去。周王朝这种对内训教嗣君勤政治国、对外统诸侯臣子之治的方略，在相当长一段时间里实现了国家的稳定发展。

二是基于人伦血亲的教子传统的影响。

宗法关系的政治化使得君主愈发重视王嗣教育，但父子之亲始终是源于血亲的人伦关系。"子不教，父之过。"我国传统文化中的教子观念由来已久，五帝时期，教子行为便已出现。《左传·文公十八年》记载："颛顼有不才子，不可教训，不知话言。"①周代自周公制礼作乐后，典章制度的完备、礼乐文明的高度发展、周室统治者重视人伦教化的思想意识，都为子孙教育的进步提供了物质和文化基础。而嫡长子继承制的确立又为子孙教育的发展提供了推动力。以血缘关系为核心的宗法制在成为周邦的根本性制度后，教育子孙必然更受重视。据文献记载，西周的教育体系，尤其是针对贵族子弟的教育已相当完备。除了官方的国学和乡学外，家庭教育也受到了高度重视。《礼记·内则》记载："子能食食，教以右手。能言，男'唯'女'俞'。男鞶革，女鞶丝。六年，教之数与方名。七年，男女不同席，不共食。八年，出入门户，及即席饮食，必后长者，始教之让。九年，教之数日。"②从幼子能吃饭、说话开始，便教他们相应的礼仪，六岁开始进行文化知识的教育，西周贵族的家教能够按照孩童的身心发展，由浅入深，循序渐进，自成一套完整的教子体系。在西周宗法社会环境下，"亲师合一"成为贵族阶层的教育方式之一。并且，受血缘关系的影响，训教方式、训教话语也必然带有亲情的韵味，近些年出土的训体文就是最佳例证。君王训诫嗣王时称其"小子"，或直称其名，《保训》云："［王］若曰：'发，朕疾渐甚，恐不汝及。训。'"③《周驯》篇周昭文公以讲述故事的方式训诫共太子，其中的故事有商汤之训太甲、周武王之训周成王、越王勾践之训诲其嗣子，阎步克称"《周驯》是'训'中有'训'"④。这些君主训勉嗣主时，对彼此的称呼语大多是"吾""汝"一类，显然是父亲训导儿子的口吻。这些称呼语的使用既拉近了训诫双方的距离，也更显君父对嗣位之君的深挚嘱托与殷切希冀。周昭文公每每在训诲结束后叮嘱太子共"女（汝）勉毋忘"；越王有疾，

① 十三经注疏：附校勘记［M］.阮元，校刻.北京：中华书局，1980：1862.

② 同①：1471.

③ 刘丽.清华简《保训》集释［M］.上海：西书局，2018：29.

④ 阎步克.北大竹书《周驯》简介［J］.文物，2011（6）：72.

乃召其嗣，而与其言之曰："吾所属（嘱）女（汝）无它，其要既尽于不善而勿为。"①

3. 商周训体文的文化内涵

早在五帝时期就已出现的训诫活动，在漫长的历史发展过程中，伴随着训诫行为发生的训诫言辞逐渐落实到文本中，进而逐渐发展成为一类文体。通过文献梳理可以看到，作为教诲的"训"，无论呈现形式是怎样的，训诫双方身份地位如何，其希望借助言语、文字的力量来达到教化的目的是相同的。《尚书序》说："至于夏、商、周之书，虽设教不伦，雅诰奥义，其归一揆。是故历代宝之，以为大训。"② "大训"指的就是具有重要教导意义的训辞，此时具有训导、说教之意的文章即训体文。

作为中国早期的一种特殊文体，商周训体文蕴含着丰富的文化内涵。

首先，商周时期的训体文体现了统治集团积极维护其统治的政治意识。自古以来，封建时代的朝代更迭，往往裹挟着激烈而残酷的战争。历经激战，新的王朝得以建立。如何长久地维护自己的统治，商周的统治集团思索出来的一个方法就是努力培养君主的君德，训诲君主恪行君道。训教者希望通过说教、劝导使君主接受劝诫，努力勤政，形成一种理想的政治局面。《尚书·伊训》中伊尹劝勉商王要恭敬有德，不可由自身恶行导致亡国，"尔惟德罔小，万邦惟庆。尔惟不德罔大，坠厥宗"③。姬周取代殷商后，周朝的统治者更是吸取了商纣昏暴无德以致国破身亡的经验教训，十分注重对继承者君德的培养。周文王以《保训》教诫太子发遵行"中"道，以保周祀；《无逸》篇周公旦训诲成王"无淫于观、于逸、于游、于田"④；《周驯》篇周昭文公传授太子共人君之道。这些王室政教之"训"，无一不体现着周王朝统治集权努力维护其统治的政治意识。

其次，商周时期的训体文表明了商周重视先人经验的文化观念，这与商周训体文的训诫方式有关。殷商时期训体文所运用的训诫方式还带有一定的宗教迷信色彩，《高宗肜日》便是典型的例证。举行祭祀大典时发生雉鸣叫之事，殷人认为是神灵、祖先对他们的某种责罚。于是才有了商臣祖己诫勉

①北京大学出土文献研究所.北京大学藏西汉竹书：叁[M].上海：上海古籍出版社，2015：129.

②十三经注疏：附校勘记[M].阮元，校刻.北京：中华书局，1980：114.

③同②：163.

④同②：222.

商王认真对待祭祀，继续敬理民事大业之事。但也有以阐述先祖功业为教训的经验传授方式，如《伊训》中记载了伊尹阐明高祖成汤之大德，以此来教导商王太甲。到了西周，训文中训诫主体普遍以先人之经验教诫嗣君。清华简《保训》篇中周文王通过舜、上甲微的故事传授经验，围绕"敬慎毋淫"的主题，告诫姬发要勤于政事、尚贤、自我约束，同时要守常理，祭祀天地祖先。《无逸》更是如此，文章几乎通篇是以传授先辈贤君明主的治国经验教诲周成王。文中，周公以"昔周太王、王季，克自抑畏。文王卑服，即康功田功。徽柔懿恭，怀保小民，惠鲜鳏寡。自朝至于日中昃，不遑暇食，用咸和万民。文王不敢盘于游田，以庶邦惟正之供。文王受命惟中身，厥享国五十年"①的祖先经验，训教嗣君"无淫于观、于逸、于游、于田，以万民惟正之供"②。周公作为训诫主体，怀着对先祖的虔诚恭敬之心，希望训教对象继承先祖的优良传统，以俾国家永安。殷周训体文中的训诫主体喜用先人经验加以教导的训诫方式，充分折射出其重视先人经验的文化观念。

最后，也是最为重要的，以宗法制及礼乐制度为核心的西周政治制度的确立是促使商周训体文从职官文化之训发展到血缘宗亲之训的核心因素。也就是说，训体文的嬗变过程实际上既是以周公为代表的周人制礼作乐的过程，也是周人对殷商文化继承与再构的过程。西周礼乐制度的形成经历了漫长的历程，训体文的嬗变恰好印证了这一点。这种嬗变从上文中对商周训体文生成机制的阐述便可以看出。殷商职官文化下，臣子受其身份规约，履行职责劝谏君王。西周早期，以清华简《保训》为代表的训体文是礼典仪式的书写，独特的训教仪式凸显君王之尊。《尚书·无逸》中宗族近亲成员训勉周王，乃西周宗法"亲亲"精神的折射。从《商书·伊训》《商书·高宗肜日》到清华简《保训》，再到《周书·无逸》，正是西周在继承前代文化的基础上，构建以宗法制为核心的礼乐文明的过程。到了东周，北大简《周驯》篇继承君王训勉嗣君的训教模式，将周昭文公与共太子设定为父子关系，亦是受宗法理念的影响。

不仅如此，从商周训体文中诫辞的变化也可以看出西周礼乐制度带来的影响。殷商训体文中臣下常借上帝、皇天劝诫君王，如《伊训》写道"皇天降

---

① 十三经注疏：附校勘记［M］．阮元，校刻．北京：中华书局，1980：222.

② 同①.

灾"①"惟上帝不常，作善降之百祥，作不善降之百殃"②。《高宗肜日》写道："惟天监下民，典厥义"③"天既孚命正厥德"④。西周早期的统治者在一定程度上继承了殷商的"天命观"，如清华简《保训》中，周文王借舜、上甲微、商汤之事告诫周武王的同时，以"用受大命"⑤"及尔身受大命"⑥强调武王承担大命，流露出一定的"天命观"。但周代训体文中的诫辞更多的是强调以史为鉴，教诫嗣君勤勉政事、施行德治。如《逸周书》所载周文王、周武王的训辞多是他们教导嗣君以夏商为前车之鉴，勤政保民。《无逸》通篇为周公讲述夏商兴衰存亡及姬周先王创业立国之事，教诫嗣王吸取经验教训。《周驯》中周昭文公同样是围绕圣贤君主、王侯的事迹言论展开议论，教导共太子。可见，随着西周礼乐制度的建立，为维护其宗族统治，周人的训教并没有完全依赖于"天命殛之"⑦等警戒，而是更多地注重汲取前代政治的经验教训，更多的是强调"敬德""保民"。商周训体文文辞的这一变化反映了西周礼乐制度建构对训体文所带来的影响，恰如《礼记·表记》中言："殷人尊神，率民以事神，先鬼而后礼……周人尊礼尚施，事鬼敬神而远之。"⑧

宗法制的形成并非一蹴而就的，郭宝钧指出："西周继承法，以嫡长制为正规，但在克殷前后，嫡长制之基础尚未完全肯定，如周太王不立长子太伯、次子仲雍，而立三子季历；周文王不立长子伯邑考，而立次子武王发；周公旦当其兄武王崩天下未定之时，乃立成王而自行继兄武王后摄行国政，这都不是嫡长继承，尚含有择贤或兄终弟及余意。迨周公反政，成王践祚，父子相传、嫡长继承之制，遂为周代定法，而且益臻完密。"⑨在"制礼作乐"这场巨大的社会变革中，初胚于夏，殷商康丁之后趋于严密的宗法制经周人改造，与嫡长制结合起来，将政治经济的组织套在血缘之上，严格意义上的宗法制度得以确立。也正是在宗法制逐渐形成的过程中，商周训体文随

① 十三经注疏：附校勘记 [M]. 阮元，校刻. 北京：中华书局，1980：163.

② 同①.

③ 同①：176.

④ 同①：176.

⑤ 刘丽. 清华简《保训》集释 [M]. 上海：中西书局，2018：30.

⑥ 同⑤.

⑦ 同①：160.

⑧ 同①：1642.

⑨ 郭宝钧. 中国青铜器时代 [M]. 北京：生活·读书·新知三联书店，1963：201-202.

之发生了转变，即从职官之训到血缘宗亲之训。此后，伴随这一政治制度的形成，姬周政治生活的其他方面也重组。最终，周人在继承前代文化的基础上，完成了自我特色的构建。嬗变之后的训体文从血缘亲情出发，同时奠定了后世训体文尊上者训诫卑下者的基调。到了春秋战国时期，王室衰落，朝纲不振，由"学在官府"到"学在四夷"，教育不再是少数特权阶层的专利，过去官方垄断的学术文化迅速在社会上广泛传播。原本上升至国家高度的王室政教之训也随之下移，在士人家庭教育中找到了新的扎根点，如孔子的"过庭之训"、曾子的易席训子守礼等。此后，在悠悠的历史长河里，"训"以血缘亲情为支撑，凭借强大的生命力、独特的指向意义及说教功能不断发展，但其所承载的"重训教"之精神内核历经岁月变迁而初衷不改。

　　通过分析传世文献与新出土训体文的文本内容及生成机制，我们发现，商周训体文实现了从职官制度之"训"向血缘宗亲之"训"的转变。这一转变的发生受诸多因素影响，除了我国传统文化中教子观念在西周的传承发展外，宗法制度的形成与实施是促使变化产生的关键因素。从传世文献所反映的殷商时期臣下劝诲君主之"训"，转变为出土文献所灼见的西周时期君主训诲嗣君之"训"，这一转变实际上是周王朝建立独具时代特色的礼乐制度的一个缩影，训体文所具有的独特的、尊上者训诫卑下者的指向意义也正是在这一时期奠定基调。西周以后，两种训体文分别沿着不同的方向发展：第一，臣下训导、劝谏君王之"训"的文体意义及文化传统在封建政治生活中存留，但不再以训体相称，而是变成了事书、上书、奏、疏等。刘勰在《文心雕龙》中论及"章表"之体时说："夫设官分职，高卑联事。天子垂珠以听，诸侯鸣玉以朝。敷奏以言，明试以功。故尧咨四岳，舜命八元，固辞再让之请，俞往钦哉之授，并陈辞帝庭，匪假书翰。然则敷奏以言，则章表之义也；明试以功，即授爵之典也。至太甲既立，伊尹书诫。"[①]明代吴讷在梳理"奏疏"文体流变时，则将"奏疏"之源溯及商周臣下劝谏君王之"训"，在他看来，"奏疏，按唐虞禹皋陈谟之后，至商伊尹、周姬公，遂有《伊训》《无逸》等篇，此文辞告君之始□"[②]。第二，君主训诲嗣君之"训"则在春秋时期扩展下移至士人阶层，在家庭教育中生根发芽，日渐成长为中国家训文化中的一簇繁花。而对于训体文由卑下训尊上转变为尊上训教卑下，吴曾

---

① 刘勰．文心雕龙注：下［M］．范文澜，注．北京：人民文学出版社，1958：406．
② 吴讷．文章辨体序说［M］．于北山，校点．北京：人民文学出版社，1962：39．

祺在著作《涵芬楼文谈》中已有提及："训，相告勉之辞。《尚书》有《伊训》，即此体之滥觞也。惟古为臣告君，今则施之自敌以下而已。"①

可见，"训"作为中国古代家训的一种重要文体，并不是一以贯之的。作为我国古代训体文发展史上的两个重要阶段，殷商训体文与姬周训体文的生成有着一脉相承的共同因素，即积极维护王朝的政治统治，充分重视先人的政治治理经验，这是商周训体文生成的共同动因。但政治文化的不同，也使同样冠以训体之名的商、周训体文产生了鲜明的文体差异。周人在继承与扬弃前代文化的过程中形成了极具自身特色的礼乐文化，与之相伴，在政治生活中被广为应用的训体文也发生了施受对象、训辞内容及文体风格的变化。从本质上看，商周训体文的变化是西周礼乐文化建构的一个缩影。宗法制的实行所带来的尊卑等级的强化及对子孙教育的重视是促成训体文"施""受"对象发生变化的根本原因，而姬周统治集团积极维护其统治的政治意识、重视汲取先人成败教训的文化观念是促成训体文内容和风格发生变化的重要原因。

三、古代家训文学中重要的训体文及其特征

训体文是我国古代家训文体中的重要品类，确切地说，我国古代长辈对子孙的教训就是从这一文体开始的，或者说是中国古代家中长辈对子孙辈的训导行为促成了"训"文的产生、既有训体文的变化及发展。梳理古代家训可知，我国古代家训中以"训"字命名的《××训》作品较多，从作品的形态来看，既有单篇作品，也有著作。训体文的作者上至帝王妃后、将相名臣，下至普通士大夫乃至他们的妻子②。具体说来，以"训"命名的家训主要有：司马谈《遗训》、陈寔《训子》，蔡邕《女训》，王褒《幼训》，颜之推《颜氏家训》，辛之谔《叙训》（已佚），韩休《家训》（已佚），柳玭《家训》、《柳氏序训》，唐高宗《唐高宗天训》（已佚），武则天《维城典训》（已佚），王旦《文正遗训》，崔氏夫人《崔氏夫人训女文》，郑善果母《母训》，卢氏《母训》，包拯《家训》，司马光《训俭示康》，欧阳修《家训二则》，苏颂

① 吴曾祺.涵芬楼文谈[M].北京：金城出版社，2011：122.
② 对于上古帝王之训，虽然文献作者与训诫主体并非一人，但因其是帝王教子的文献存留，因此，我们也将按照作品的训诫主体做相应归属。

（苏象先）《魏公谭训》，叶梦得《石林家训》《石林治生家训要略》，吕本中《童蒙训》，赵鼎《家训笔录》，陆游《放翁家训》，杨简《纪先训》，曹淇《训儿录》，董正功《续颜氏家训》，许衡《训子》，张养浩《家训》，朱元璋《训太子诸王》，仁孝文皇后《内训》，杨士奇《家训》，袁颢《袁氏家训》，袁黄《了凡四训》，葛守礼《家训》，王汝梅《王氏家训》，张氏《抄思母训》，傅山《训子侄》，庞尚鹏《庞氏家训》，陆树声《陆氏家训》，万衣《万氏家训》，项乔《项氏家训》，周思兼《家训》，霍韬《家训》，林希元《家训》，张永明《家训》，杨继盛《家训》，郭应聘《家训》，支大纶《家训》，唐文献《家训》，高攀龙《家训》，温璜之母陆氏《温氏母训》，史桂芳《训家人》，吕坤《家训》（《训辞》），徐媛《训子书》，彭端吾《彭氏家训》，吴桂森《训子》，孙奇逢《孝友堂家训》，王时敏《奉常家训》，张履祥《张杨园训子语》，吕留良《吕晚村先生家训》，蒋伊《蒋氏家训》，靳辅《庭训》，傅超《傅氏家训》，王心敬《丰川家训》，李海观《家训谆言》，焦循《里堂家训》，杜堮《杜氏述训》，潘世恩《潘文恭公遗训》，王师晋《资敬堂家训》，曾国藩《曾文正公家训》，郭昆焘《云卧山庄家训》，吴可读《携雪堂家训》，林穗《善余堂家训》，涂天相《静用堂家训》，纪昀《训长子》《训次儿》《训三儿》，等等。这里，我们探讨训体，主要以单篇为例进行阐述。

在众多训体文中，《伊训》《保训》《周驯》，孔子《庭训》，司马谈《遗训》，陈寔《训子》，蔡邕《女训》，司马光《训俭示康》，都是训体家训的代表。对于商周训体文的代表，诸如《伊训》《保训》《周驯》等，前文我们都进行过论述。这里，兹对汉代以后的训体家训做简单论析。

伴随着商周之际的文化变迁，确切地说是周代礼乐文化的创立，带来了训体文的变化——由下对上的职官之训，变成了父辈对子辈、长辈对少辈的训诫。训诫的内容多集中在读书守礼、修身养德方面。春秋以后，"礼崩乐坏"，《保训》《周驯》中所呈现出的训体文的礼典化、程式化印记消退。迨至秦汉，伴随着专制主义中央集权的建立及发展，下对上、臣对君的劝诫之"训"不复存在，与之相对，训体家训文却在前代的基础上继续发展。随着儒家思想社会影响力的不断加大，两汉、唐、宋、明、清等历代帝王对儒学的不断强调，加之晋代、元代等统治者的政治高压，南北朝政权更迭所带来的政治动荡等因素影响，世家大族、门阀士族及普通士大夫家庭对子弟教育加强，父辈对子辈、长辈对少辈的训诫内容在前代的基础上不断丰富发展，汉代蔡邕的《女训》，宋代司马光的《训俭示康》，清代傅山的《训子侄》、纪昀的《训长子》《训次儿》《训三儿》等，都是这方面的典型代表。

蔡邕，东汉著名的经学家，工琴艺，擅书画，辞赋文章享誉当世。汉熹平四年（175）与光禄大夫杨赐等上奏，请求正定六经文字，得到灵帝许可，亲自将经文书写于石碑，并请工匠镌刻，立于太学门外，即熹平石经。蔡邕自幼事母甚孝，和叔父从弟同居，三世不分财，为时人称颂。蔡邕无子，膝下有两个女儿，蔡邕深谙儒学，长于六经，因此，从小就对女儿进行道德品行教育。蔡邕的《女训》是中国古代家训史上的名篇，其辞曰："舅姑若命之鼓琴，必正坐操琴而奏曲。若问曲名，则舍琴兴而对，曰某曲。坐若近，则琴声必闻；若远，左右必有赞其言者。凡鼓小曲，五终则止；大曲，三终则止。无数变曲，无多少，尊者之听未厌，不敢早止。若顾望视他，则曲终而后止，亦无中曲而息也。琴必常调，尊者之前，不更调张。私室若近舅姑，则不敢独鼓；若绝远，声音不闻，鼓之可也。鼓琴之夜，有姊妹之宴则可也。"①蔡邕长于礼学，亦擅长鼓琴，因此他专门以鼓琴为例，教导女儿在尊长面前操琴所应遵守的具体礼节。可见，家训已从立志修身，拓展至操琴方面。在他的精心培养训导下，其两个女儿都才德并重，大女儿蔡文姬撰写了千古流传的五言佳作《悲愤诗》，小女儿是西晋名臣羊祜的母亲，以善于教子留名千古。

司马光是北宋名臣，刚正不阿，恭俭正直。司马光不仅自己不取不义之财，而且教育子孙以节俭为要。其《训俭示康》云：

> 吾本寒家，世以清白相承。吾性不喜华靡，自为乳儿，长者加以金银华美之服，辄羞赧弃去之。二十忝科名，闻喜宴独不戴花，同年曰："君赐不可违也。"乃簪一花。平生衣取蔽寒，食取充腹，亦不敢服垢弊以矫俗干名，但顺吾性而已。众人皆以奢靡为荣，吾心独以俭素为美。人皆嗤吾固陋，吾不以为病，应之曰：孔子称："与其不逊也，宁固。"又曰："以约失之者鲜矣。"又曰："士志于道而耻恶衣恶食者，未足与议也。"古人以俭为美德，今人乃以俭相诟病。嘻，异哉！
>
> 近岁风俗尤为侈靡，走卒类士服，农夫蹑丝履。吾记天圣中先公为

---

① 严可均.全后汉文：下册 [M].许振生，审订.北京：商务印书馆，1999：755.

群牧判官，客至，未尝不置酒，或三行五行，多不过七行。酒沽于市，果止于梨、栗、枣、柿之类，肴止于脯醢、菜羹，器用瓷漆。当时士大夫家皆然，人不相非也。会数而礼勤，物薄而情厚。近日士大夫家，酒非内法，果肴非远方珍异，食非多品，器皿非满案，不敢会宾友。常数月营聚，然后敢发书。苟或不然，人争非之，以为鄙吝。故不随俗靡者，盖鲜矣。嗟乎！风俗颓弊如是，居位者虽不能禁，忍助之乎？

又闻昔李文靖公为相，治居第于封丘门内，听事前仅容旋马。或言其太隘，公笑曰："居第当传子孙，此为宰相听事诚隘，为太祝、奉礼听事已宽矣。"参政鲁公为谏官，真宗遣使急召之，得于酒家。既入，问其所来，以实对。上曰："卿为清望官，奈何饮于酒肆？"对曰："臣家贫，客至，无器皿肴果，故就酒家觞之。"上以无隐，益重之。张文节为相，自奉养如为河阳掌书记时，所亲或规之曰："公今受俸不少，而自奉若此，公虽自信清约，外人颇有公孙布被之讥。公宜少从众。"公叹曰："吾今日之俸，虽举家锦衣玉食，何患不能？顾人之常情，由俭入奢易，由奢入俭难。吾今日之俸岂能常有，身岂能长存？一旦异于今日，家人习奢已久，不能顿俭，必致失所，岂若吾居位去位、身存身亡，常如一日乎？"呜呼，大贤之深谋远虑，岂庸人所及哉？

御孙曰："俭德之共也，侈恶之大也。"共，同也。言有德者，皆由俭来也。夫俭则寡欲，君子寡欲则不役于物，可以直道而行。小人寡欲，则能谨身节用，远罪丰家。故曰"俭，德之共也"。侈则多欲，君子多欲则贪慕富贵，枉道速祸；小人多欲则多求妄用，败家丧身。是以居官必贿，居乡必盗，故曰"侈，恶之大也"。昔正考父馕粥以糊口，孟僖子知其后必有达人。季文子相三君，妾不衣帛，马不食粟，君子以为忠。管仲镂簋朱纮，山节藻棁，孔子鄙其小器。公叔文子享卫灵公，史鰌知其及祸，及戌果以富得罪出亡。何曾日食万钱，至孙以骄溢倾家。石崇以奢靡夸人，卒以此死东市。近世寇莱公豪侈冠一时，然以功业大，人莫之非。子孙习其家风，今多穷困。其余以俭立名，以侈自败者多矣，不可遍数，聊举数人以训汝。汝非徒身当服行，当以训汝子孙，使知前辈之风俗云。①

---

① 司马光. 司马光集 [M]. 李文泽，霞绍晖，校点. 成都：四川大学出版社，2010：1413-1415.

司马光此文中提及的"康"，指的是司马康。司马康是司马光大哥司马旦之子，司马光的两个儿子相继夭折，司马旦将司马康过继给司马光为子。《训俭示康》是司马光专门写给司马康的家诫文。文中集中阐述了节俭的生活主张。"成由俭，败由奢"是文章的中心论点。围绕这一论点，整篇文章夹叙夹议，引经据典，切中要害。司马光生活的时代，奢侈腐化严重，多数人讲排场、比阔气，司马光敏锐地感受到这种奢侈风气必将带来的严重影响，对此他深为忧虑，为使子孙后代避免蒙受这种不良社会风气的影响和侵袭，司马光特意为司马康写了这则家训。文中，司马光紧紧围绕着"俭德之共也，侈恶之大也"这个中心论点，以历史事实为例，教导儿子俭朴是一种美德。他训教子孙：俭就寡欲，侈则多欲，多欲就贪慕富贵，多求妄用，终致败家丧身。为人父、为人祖父的，没有不想为后代谋福利的，但是真正能给后代谋就福利的极少，如果子孙品行不端，奢侈败家，父祖十几年辛苦积攒的财富，很快会被子孙挥霍光。究其原因，是他们"不知以义方训其子，以礼法齐其家"，因此真正留给子孙的财富是廉洁、节俭的美德。父祖辈真正应该做的是"以义方训其子，以礼法齐其家"，而不是千方百计地积累财富。司马光反复训诲子孙，传达节俭戒奢的思想观念，这种观点和主张无论在当时还是现在，都具有积极的思想意义。

明末清初思想家傅山的《训子侄》，清代著名政治家纪昀的《训长子》《训次儿》《训三儿》，皆是明清时期训体家训的名篇。

傅山，明末清初的思想家、文学家。品行端方，重气节，曾为挽救明朝而奔走呼号。明亡后，他隐居不仕。傅山格外重视对子孙的培养教育，其《霜红龛集》中的《家训》，专门就读书、写作、书法及为人处世等对子孙进行教诫。其《训子侄》云：

眉、仁素日读书，吾每嫌其弩钝，无超越兼人之敏。间观人有子弟读书者，复弩钝于尔眉、仁，吾乃复少恕尔。两儿以中上之资，尚可与言读书者。此时正是精神健旺之会，当不得专心致志三四年。记吾当二十上下时，读《文选》京、都诸赋，先辨字，再点读，三试上口，则略能成诵矣。戊辰会卷出，子由先生为我点定五十三篇。吾与西席马生较记性，日能多少。马生亦自负高资，穷日之力，四五篇耳。吾栉沐毕诵起，至早饭成唤食，则五十三篇上口，不爽一字。马生惊异，叹服如神。自后凡书，无论今古，皆不经吾一目。然如此能记时，亦不过五、六年耳。出三十则减五六，四十则减去九分，随看随忘，如隔世事矣。自恨以彼资性，不曾闭门十年读经史，致令著述之志不能畅快。

值今变乱，购书无复力量，间遇之，涉猎之耳。兼以忧抑仓皇，蒿目世变，强颜俯首为蠹虫，终此天年。火藏焰腾，又恨咭哔大坏人筋骨，关强跃马，呜呼已矣。或劝我著述。著述须一副坚贞雄迈心力，始克纵横。我萧瑟极矣。虽曰虞卿以穷愁著书，然虞卿之愁可以著书解者，我之愁，郭璞之愁也。著书无时亦无地。或有遗编残句，后之人诬以刘因辈贤我，我目几时瞑也！

尔辈努力，自爱其资，读书尚友，以待笔性老成、见识坚定之时，成吾著述之志不难也。除经书外，《史记》《汉书》《战国策》《国语》《左传》《离骚》《庄子》《管子》，皆须细读。其余任其性之所喜者，略之而已。廿一史，吾已尝言之矣：《金》《辽》《元》三书列之载记，不得作正史读也。①

这篇《训子侄》是傅山写给儿子傅眉和侄子傅仁的，主要讲述了他的治学心得。作为著名的学者、思想家、文学家，傅山结合自己生平的学习经历，勉励子侄珍惜青春时光，趁精力充沛，专心致志，勤苦攻读。针对著述一事，傅山告诉子侄关键"须一副坚贞雄迈心力"，这样才能得心应手，酣畅纵横。而要达到"坚贞雄迈"，首先要"自爱其资"，即要有气节、做真人正人；其次要"读书尚友"，即多读书、长学问，与古人为友，认真阅读《史记》《汉书》《战国策》《国语》《左传》《离骚》《庄子》《管子》等，广增阅历。到了"笔性老成、见识坚定之时"，著述之志便可实现。傅山博通经史及诸子，擅诗文，他结合自己的治学经验，教诫子侄《金》《辽》《元》三书列之载记，不能作正史来读。他细心地将自己的治学经验传于后代，使家训呈现出鲜明的"傅家"特色。

纪昀，字晓岚，清代著名的政治家、文学家，官至礼部尚书，满腹经纶，晚年奉旨主持编纂《四库全书》，著《阅微草堂笔记》，名扬天下。纪昀非常注重家庭教育，尤其注重对儿女的训教，对几个孩子都有过专门的训教。

---

① 傅山.傅山全书：第1册 [M].刘贯文，张海瀛，尹协理，主编.太原：山西人民出版社，1991：507-508.

其《训长子》（又名《训大儿》）云："尔初入世途，择交宜慎，友直友谅友多闻益矣。误交真小人，其害犹浅；误交伪君子，其祸为烈矣。盖伪君子之心，百无一同：有拗捩者，有偏倚者，有黑如漆者，有曲如钩者，有如荆棘者，有如刀剑者，有如蜂虿者，有如狼虎者，有现冠盖形者，有现金银气者。业镜高悬，亦难照彻。缘其包藏不测，起灭无端，而回顾其形，则皆岸然道貌，非若真小人之一望可知也。并且此等外貌麟鸾中藏鬼蜮之人，最喜与人结交，儿其慎之。"①纪晓岚训诫大儿子纪汝佶择交朋友需谨慎。

其在《训次儿》中写道："余平生最爱古砚，少时蒙姚安公见赠小砚一方，背有铭曰：自渡辽携汝，伴草军书恒夜半，余之心唯汝见。款题芝冈。铭盖为熊廷弼公军中之砚也。余家旧藏一小砚，左侧有'白谷手琢'四字，当是孙傅庭公所亲制。二砚大小相近，遂合为一匣，久藏汝佶儿处。汝佶死后，被婢妪所窃。此乃前代遗物，岂容散失？尔宜留意，时往古董肆及旧货摊上物色，务求完璧归赵。余新得一琴砚，乃张桂岩所赠，斑驳剥落，古色黝然。右侧下端镌'西涯'二篆字，中镌行书五绝诗曰：如以文章论，公原胜谢刘。玉堂挥翰手，对此忆风流。款曰'稚绳'。乃高阳孙相国字，确系怀麓堂故物。左侧镌小楷七绝诗曰：草绿湘江叫子规，茶陵青史有微词。流传此砚人犹忆，应为高阳五字诗。款曰'不凋'。乃太仓崔华之字。华为渔洋山人门人，渔洋论诗绝句曰：江南肠断何人会，只有崔郎七字诗。即指华也。而二诗皆不载本集，岂以语涉诋词前辈，编辑时自删之欤？曾质之刘石庵参知，因诗不见本集，颇疑其伪。然而古人诗不载于本集，而散见于他人笔记中者，往往有之。石庵之言不足信也。因得此砚，而忆及汝佶死后之失砚，嘱尔注意物色，勿懈。"②此乃纪昀嘱咐次子纪汝传要留心寻找遗失古砚，并由此教及诗文考证之事。

其《训三儿》云："尔之诗文，果然语语珠玑，绝无瑕疵可摘，人皆赞美之不遑，乌有人指摘一字！尔莫谓登贤书是尔学问优长，有以致之，乃是赖余之微名，始得侥幸成名。莫怪士林中啧有烦言，文才较尔高出十百倍，依旧青衿一领，屡困场屋，不得脱颖而出者何可胜数哉。以后毋再傲岸自大，愈谦抑，则人愈敬重；愈狂妄，则人愈轻视。尝闻刘东堂言，有同学葛生，性悖妄。诋訾今古，高自位置，有指摘其诗文一字者，衔之如刺骨。会

① 李金旺.纪晓岚家书［M］.北京：外文出版社，2012：40.
② 同①：170-171.

住河间岁试，同寓十余人，散坐庭中纳凉，葛生纵意狂谈，众皆缄口。忽闻树后一人抗词争辩，连抵其隙，葛生理屈词穷，怒问子为谁，暗中应曰：我河间宿儒焦王相也。葛生骇问曰：闻子于去冬作古矣。笑应曰：不死焉敢捋虎须，与君争辩耶！葛生跳掷叫号，沿墙寻觅，卒无所见。尔毋蹈葛生之覆辙，戒之戒之。"①此文旨在训诫三子纪汝似不要傲岸自大，应低调谦抑。

以上这些训体文，与《伊训》《保训》《周驯》一样，同为训体家训，在教诫子女方面发挥了同样的训诫作用，但相较《伊训》《保训》《周驯》，后世的训体家训内容更丰富，教诫语气也较先秦时期有所舒缓，体现了文体继承与发展的特点。

第二节　诰体

诰体是中国古代家训的又一文体样式。商周时期一些典籍（如《尚书》）中呈现出的特定文体样式，除了君王劝教、训诫嗣子之训体，还有一类文本亦包含家族长辈训导、告诫晚辈之意，这类文体即诰体。

诰体同样是以特定言行方式进行分类的文体，同样包含"诫子"之意，但因言说方式不同，诰体形成了独特的文体形态，具有独特的文化内蕴。同时，诰体以其本义"布告"对后世公书文体产生了深刻影响。基于此，本书对家训早期文体之一的诰体进行了分析论述，探讨了特定时期、特定言行等条件限制下诰体家训的独特文体特征。

一、释"诰"

"诰"为会意兼形声字，从廾（双手），从言，会手持祭品向神祖祭告之意。《说文解字注》中解释说："诰，告也。从言告声。"②《尔雅·释言》云："诰、誓，谨也。"③邢昺疏云："皆谨敕也。以大义谕众谓之诰。"④《周礼·春官伯宗·大祝》云："（大祝）作六辞，以通上下亲疏远近，一曰祠，

---

① 李金旺.纪晓岚家书[M].北京：外文出版社，2012：226-227.
② 许慎.说文解字注[M].段玉裁，注.2版.上海：上海古籍出版社，1988：92.
③ 十三经注疏：附校勘记[M].阮元，校刻.北京：中华书局，1980：2582.
④ 同③.

二曰命，三曰诰，四曰会，五曰祷，六曰诔。杜子春云：'诰当为告，书亦或为告。'"①源于卜辞祭告仪式之"诰"，逐渐指称谕告、布告。此后，先贤时秀对这一文体进行了细致论述，如宋张表臣《珊瑚钩诗话》卷三谈及中国古代的文体时指出："属其人而告之者谓之诰。"②明代徐师曾在《文体明辨序说》中把《尚书》中的诰体分为上以诰下、下以诰上两种，前者如《大诰》《洛诰》之类，后者如《仲虺之诰》。其中，一些以上诰下的诰体文章中包含着上对下的训诫、教告，可视为早期家训的又一文体样式。

二、古代家训文学中重要的诰体文

诰体是古代家训早期的文体类型之一，后世亦有以"诰"训子的家训，不过数量较少。《汉书·武帝纪》写道："夏四月乙巳，庙立皇子闳为齐王，旦为燕王，胥为广陵王。初作诰。"③元狩六年，汉武帝册封其子闳、旦、胥为王时，曾发布诰辞。其辞曰：

> 惟元狩六年四月乙巳，皇帝使御史大夫汤庙立子闳为齐王，曰："乌呼！小子闳，受兹青社。朕承天序，惟稽古，建尔国家，封于东土，世为汉藩辅。乌呼！念哉，共朕之诏。惟命不于常，人之好德，克明显光；义之不图，俾君子怠。悉尔心，允执其中，天禄永终；厥有愆不臧，乃凶于乃国，而害于尔躬。呜呼！保国乂民，可不敬与！王其戒之！"④
>
> 燕刺王旦赐策曰："呜呼！小子旦，受兹玄社，建尔国家，封于北土，世为汉藩辅。呜呼！薰鬻氏虐老兽心，以奸巧边甿。朕命将率，徂征厥罪。万夫长，千夫长，三十有二帅，降旗奔师。薰鬻徙域，北州以妥。悉尔心，毋作怨，毋作棐德，毋乃废备。非教士不得从征。王其戒之！"⑤
>
> 广陵厉王胥赐策曰："呜呼！小子胥，受兹赤社，建尔国家，封于

---

① 十三经注疏：附校勘记 [M].阮元，校刻.北京：中华书局，1980：809.

② 何文焕.历代诗话 [M].2版.北京：中华书局，2004：476.

③ 班固.汉书 [M].颜师古，注.北京：中华书局，1962：179.

④ 同③：2749.

⑤ 同③：2750.

南土，世世为汉藩辅。古人有言曰：'大江之南，五湖之间，其人轻心。扬州保疆，三代要服，不及以正。'呜呼！悉尔心，祗祗兢兢，乃惠乃顺，毋桐好逸，毋迩宵人，惟法惟则！《书》云'臣不作福，不作威'，靡有后羞。王其戒之！'[①]

　　汉武帝这三篇诰辞上承周初封王用诰的模式，因为汉武帝与受封对象是父子血亲关系，因此我们认为这与《康诰》的文体使用一致，为家训早期的文体之一——诰体。但通过梳理古代家训发现，此后，诰体在后世家训中很少使用，绝大多数诰体文是用来册封各级官员的。汉武帝这三篇册封儿子的诰辞，《太平御览》将其称为"诰策"；严可均在辑《全汉文》时，将其命名为"策"，分别是《策封齐王闳》《策封燕王旦》《策封广陵王胥》。可见，文体称谓有所变化。

　　后世用诰体所写的家训文，较为典型的有西晋夏侯湛教诫其弟的《昆弟诰》、南朝宋颜延之的《庭告》等。

　　《昆弟诰》的体制模仿《尚书》之诰体，以夏侯湛和诸位昆弟的对话结构成文。其文云：

　　　　惟正月才生魄，湛若曰："咨尔昆弟淳、琬、瑶、漠、总、瞻。古人有言：'孝乎惟孝，友于兄弟。''死丧之戚，兄弟孔怀。'又曰：'周之有至德也，莫如兄弟。'於戏！古之载于训籍，传于《诗》《书》者，厥乃不思，不可不行。尔其专乃心，一乃听，砥砺乃性，以听我之格言。"淳等拜手稽首。

　　　　湛若曰："呜呼！惟我皇乃祖滕公，肇釐厥德厥功，以左右汉祖，弘济于嗣君，用垂祚于后。世世增敷前轨，济其好行美德。明允相继，冠冕胥及。以逮于皇曾祖愍侯，寅亮魏祖，用康乂厥世，遂启土宇，以大综厥勋于家。我皇祖穆侯，崇厥基以允釐显志，用恢阐我令业。维我后府君侯，祗服哲命，钦明文思，以熙柔我家道，丕隆我先绪。钦若稽古训，用敷训典籍，乃综其微言。呜呼！自三坟、五典、八索、九丘，图纬六艺，及百家众流，罔不探赜索隐，钩深致远。《洪范》九畴，彝伦攸叙。乃命世立言，越曰继尼父之大业，斯文在兹。且九龄而我王母

[①] 班固.汉书[M].颜师古,注.北京：中华书局,1962：2759-2760.

薛妃登遐，我后孝思罔极，惟以奉于穆侯之继室蔡姬，以致其子道。蔡姬登遐，隘于穆侯之命，厥礼乃不得成，用不祔于祖姑。惟乃用骋其永慕，厥乃以疾辞位，用逊于厥家，布衣席稿，以终于三载。厥乃古训无文，我后丕孝其心，用假于厥制，以穆于世父使君侯。惟伯后聪明叡智，奕世载德，用慈友于我后。我惟烝烝是处，罔不克承厥诲，用增茂我敦笃，以播休美于一世，厥乃可不遵。惟我用夙夜匪懈，日钻其道，而仰之弥高，钻之弥坚，我用欲罢不敢。岂唯予躬是惧，实令迹是奉。厥乃昼分而食，夜分而寝。岂唯令迹是畏，实尔犹是仪。呜呼！予其敬哉！俞！予闻之，周之有至德，有妇人焉。我母氏羊姬，宣慈恺悌，明粹笃诚，以抚训群子。厥乃我龀齿，则受厥教于书学，不遑惟宁。敦《诗》《书》《礼》《乐》，孳孳弗倦。我有识惟与汝服厥诲，惟仁义惟孝友是尚，忧深思远，祗以防于微。翳义形于色，厚爱平恕，以济其宽裕。用缉和我七子，训谐我五妹。惟我兄弟姊妹束修慎行，用不辱于冠带，实母氏是凭。予其为政蔑尔，惟母氏仁之不行是戚，予其望色思宽。狱之不情，教之不泰是训，予其纳戒思详。呜呼！惟母氏信著于不言，行感于神明。若夫恭事于蔡姬，敦穆于九族，乃高于古之人。古之人厥乃千里承师，矧我惟父惟母世德之余烈，服膺之弗可及，景仰之弗可阶。汝其念哉！俾群弟天祚于我家，俾尔咸休明是履。淳英哉文明柔顺，琬乃沉毅笃固，惟瑶厥清粹平理，谟茂哉俊哲寅亮，总其弘肃简雅，瞻乃纯铄惠和。惟我蒙蔽，极否于义训。嗟尔六弟，汝其滋义洗心，以补予之尤。予乃亦不敢忘汝之阙。呜呼！小子瞻，汝其见予之长于仁，未见予之长于义也。"

瞻曰："俞！以如何？"湛若曰："我之肇于总角，以逮于弱冠，暨于今之二毛，受学于先载，纳诲于严父慈母。予其敬忌于厥身，而匡予之纤介，翼予之小疵，使予有过未曾不知，予知之遄改，惟冲子是赖。予亲于心，爱于中，敬於穆。厥乃口无择言，柔惠且直，廉而不刿，肃而不厉，厥其成予哉。用集我父母之训，庶明励翼，迩可远在兹。"瞻拜手稽首曰："俞！"湛曰："都！在修身，在爱人。"瞻曰："吁！惟圣其难之。"湛曰："都！厥不行惟难，厥行惟易。"

淳曰："俞！明而昧，崇而卑，冲而恒，显而贤，同而疑，厉而柔，和而矜。"湛曰："俞！乃言厥有道。"淳曰："俞！祗服训。"湛曰：

"来！琬，汝亦昌言。"琬曰："俞！身不及于人，不敢堕于勤，厥故惟新。"湛曰："俞！瑶亦昌言。"瑶曰："俞！滋敬于已，不滋敬于已，惟敬乃恃，无忘有耻。"湛曰："俞！谟亦昌言。"谟曰："俞！无忘于不可不虞，形貌以心，访心于虞。"湛曰："俞！总亦昌言。"总曰："俞！若忧厥忧以休。"湛曰："俞！瞻亦昌言。"瞻曰："俞！复外惟内，取诸内，不忘诸外。"湛曰："俞！休哉！"淳等拜手稽首。湛亦拜手稽首。乃歌曰："明德复哉，家道休哉，世祚悠哉，百禄周哉！"又作歌曰："讯德恭哉，训翼从哉，内外康哉！"皆拜曰："钦哉！"①

夏侯湛是西晋著名文学家，出身名门，其曾祖父夏侯渊是东汉征西大将军，祖父夏侯威在曹魏时期任兖州刺史，父亲夏侯庄官任淮南太守。夏侯湛于晋武帝泰始年间对策中第，历任中书侍郎、南阳相、散骑常侍等职。为了让诸昆弟继承祖上之英德，光大家族，夏侯湛对昆弟给予谆谆告诫，希望他们敦诗书、明礼乐，砥砺修身，相亲相爱，百禄周集，世祚绵长。全文基本遵循《尚书》诰体家训的文章体制，开篇指出诰谕的时间、对象及所告之事，文章的主体部分是具体的诰辞。全文采用对话体行文，语言简洁，但情深意切，告诫之语气较为强烈。

颜延之的《庭诰》是另一篇诰体家训文。颜延之是南朝宋著名文学家，其文章之美，擅名当时。颜延之入仕后，历经宦海沉浮。元嘉十一年（434），颜延之被免官，"闲居无事，为《庭诰》之文"②。对于《庭诰》，颜延之解释说："《庭诰》者，施于闺庭之内，谓不远也。吾年居秋方，虑先草木，故遽以未闻，诰尔在庭。若立履之方，规览之明，已列通人之规，不复续论。今所载咸其素畜，本乎性灵，而致之心用。夫选言务一，不尚烦密，而至于备议者，盖以网诸情非。古语曰，得鸟者罗之一目，而一目之罗，无时得鸟矣。此其积意之方。"③颜延之开宗明义，指出这是一篇用于家庭教诫的文章，是家族长辈在庭堂内对后辈进行训诫的文字，旨在将自己的人生经验诰谕后辈。其诰辞曰：

---

① 严可均. 全晋文：中册 [M]. 王玉，张雁，吴福祥，审订. 北京：商务印书馆，1999：720-722.

② 沈约. 宋书 [M]. 北京：中华书局，1974：1893.

③ 严可均. 全宋文 [M]. 苑育新，审订. 北京：商务印书馆，1999：352-353.

道者识之公，情者德之私。公通，可以使神明加向；私塞，不能令妻子移心。是以昔之善为士者，必捐情反道，合公屏私。

寻尺之身，而以天地为心；数纪之寿，常以金石为量。观夫古先垂戒，长老余论，虽用细制，每以不朽见铭，缮筑末迹，咸以可久承志。况树德立义，收族长家，而不思经远乎。

曰身行不足，遗之后人，欲求子孝必先慈。将责弟悌务为友。虽孝不待慈，而慈固植孝，悌非期友，而友亦立悌。

⋯⋯⋯⋯⋯

蚕温农饱，民生之本，躬稼难就，上以仆役为资，当施其情愿，庀其衣食，定其当治，递其优剧，出之休飨，后之捶责，虽有劝恤之勤，而无沾曝之苦。

⋯⋯⋯⋯⋯

嫌惑疑心，诚亦难分，岂唯厚貌蔽智之明，深情怯刚之断而已哉。必使猜怨愚贤，则謇笑入庋，期变犬马，则步顾成妖。况动容窃斧，束装盗金，又何足论。是以前王作典，明慎议狱，而僭滥易意；朱公论璧，光泽相如，而倍薄异价。此言虽大，可以戒小。

游道虽广，交义为长。得在可久，失在轻绝。久由相敬，绝由相狎。爱之勿劳，当扶其正性，忠而勿诲，必藏其枉情。辅以艺业，会以文辞，使亲不可亵，疏不可间，每存大德，无挟小怨。率此往也，足以相终。

⋯⋯⋯⋯⋯

喜怒者有性所不能无，常起于褊量，而止于弘识。然喜过则不重，怒过则不威，能以恬漠为体，宽愉为器者。大喜荡心，微抑则定，甚怒烦性，小忍即歇。动无恣容，举无失度，则物将自悬，人将自止。

⋯⋯⋯⋯⋯

或曰，温饱之贵，所以荣生，饥寒在躬，空曰从道，取诸其身，将非笃论，此又通理所用。凡生之具，岂简定实，或以膏腴夭性，有以菽藿登年。中散云："所足与，不由外。"是以称体而食，贫岁愈嗛，量腹而炊，丰家余餐，非粒实息耗，意有盈虚尔。况心得复劣，身获仁富，明白入素，气志如神，虽十旬九饭，不能令饥，业席三属，不能为寒。岂不信然。[1]

---

[1] 严可均.全宋文 [M].苑育新,审订.北京:商务印书馆,1999:353-358.

颜延之的《庭诰》篇幅较长，因篇幅所限，本书仅选取了其中的部分文字。通观全篇，颜延之结合自己半生经历，就如何修身、处世、交友、读书等，对子孙进行了教诫。诸如："以恬漠为体，宽愉为器者。大喜荡心，微抑则定，甚怒烦性，小忍即歇"的修身观，"欲求子孝必先慈。将责弟悌务为友"的孝悌观，"游道虽广，交义为长""每存大德，无挟小怨"的交友观，"蚕温农饱，民生之本，稼穑难就，上以仆役为资，当施其情愿，庀其衣食，定其当治，递其优剧，出之休馀，后之捶责"的民本观，广泛学习、勤于切磋的学习观，等等。

三、古代诰体家训的文体特征

古代诰体家训早见于《尚书》。《尚书》中的《康诰》《酒诰》是诰体家训的代表。

《康诰》见于《尚书·周书》，是周公策命康叔徙封卫，治理殷商旧地民众时，对他的谕告之辞。《尚书》记载曰：

> 成王既伐管叔、蔡叔，以殷馀民封康叔，作《康诰》《酒诰》《梓材》。惟三月哉生魄，周公初基，作新大邑于东国洛，四方民大和会。侯甸男邦采卫，百工播民和，见士于周。周公咸勤，乃洪大诰治。
>
> 王若曰："孟侯，朕其弟，小子封。惟乃丕显考文王，克明德慎罚，不敢侮鳏寡，庸庸，祗祗，威威，显民，用肇造我区夏，越我一、二邦以修。我西土惟时怙冒，闻于上帝，帝休，天乃大命文王。殪戎殷，诞受厥命，越厥邦厥民，惟时叙，乃寡兄勖。肆汝小子封，在兹东土。"
>
> 王曰："呜呼！封，汝念哉！今民将在祗遹乃文考，绍闻衣德言。往敷求于殷先哲王，用保乂民，汝丕远惟商耇成人，宅心知训。别求闻由古先哲王，用康保民。弘于天，若德裕乃身，不废在王命！"
>
> 王曰："呜呼！小子封，恫瘝乃身，敬哉！天畏棐忱，民情大可见，小人难保。往尽乃心，无康好逸豫，乃其乂民。我闻曰：'怨不在大，亦不在小，惠不惠，懋不懋。'已！汝惟小子，乃服惟弘王，应保殷民，亦惟助王宅天命，作新民。"
>
> 王曰："呜呼！封，敬明乃罚。人有小罪，非眚，乃惟终；自作不

典，式尔，有厥罪小，乃不可不杀。乃有大罪，非终，乃惟眚灾。适尔，既道极厥辜，时乃不可杀。”

王曰：“呜呼！封，有叙，时乃大明服，惟民其敕懋和。若有疾，惟民其毕弃咎。若保赤子，惟民其康乂。非汝封刑人杀人，无或刑人杀人。非汝封又曰劓刵人，无或劓刵人。”

王曰：“外事，汝陈时臬，司师，兹殷罚有伦。”又曰：“要囚，服念五、六日，至于旬时，丕蔽要囚。”

王曰：“汝陈时臬事。罚蔽殷彝，用其义刑义杀，勿庸以次汝封。乃汝尽逊曰时叙，惟曰未有逊事。已！汝惟小子，未其有若汝封之心。朕心朕德，惟乃知。凡民自得罪：寇攘奸宄，杀越人于货，暋不畏死，罔弗憝。”

王曰：“封，元恶大憝，矧惟不孝不友。子弗祗服厥父事，大伤厥考心；于父不能字厥子，乃疾厥子。于弟弗念天显，乃弗克恭厥兄；兄亦不念鞠子哀，大不友于弟。惟吊兹，不于我政人得罪，天惟与我民彝大泯乱，曰：乃其速由文王作罚，刑兹无赦。不率大戛，矧惟外庶子训人？惟厥正人，越小臣诸节。乃别播敷，造民大誉，弗念弗庸，瘝厥君时，乃引恶惟朕憝。已！汝乃其速由兹义率杀。亦惟君惟长，不能厥家人，越厥小臣外正；惟威惟虐，大放王命；乃非德用乂。汝亦罔不克敬典，乃由裕民，惟文王之敬忌；乃裕民曰：‘我惟有及。’则予一人以怿。”

王曰：“封，爽惟民，迪吉康，我时其惟殷先哲王德，用康乂民，作求。矧今民罔迪不适；不迪，则罔政在厥邦。”

王曰：“封，予惟不可不监，告汝德之说，于罚之行。今惟民不静，未戾厥心，迪屡未同，爽惟天其罚殛我，我其不怨。惟厥罪无在大，亦无在多，矧曰其尚显闻于天？”

王曰：“呜呼！封，敬哉！无作怨，勿用非谋非彝，蔽时忱。丕则敏德，用康乃心，顾乃德，远乃猷，裕乃以民宁，不汝瑕殄。”

王曰：“呜呼！肆汝小子封。惟命不于常，汝念哉！无我殄，享，明乃服命，高乃听，用康乂民。”

王若曰：“往哉！封，勿替敬典，听朕告汝，乃以殷民世享。”[1]

---

[1] 十三经注疏：附校勘记[M].阮元，校刻.北京：中华书局，1980：202-205.

　　康叔名封，是周文王之子、周武王的同母弟。周武王灭商后，建立周王朝，姬封被封于畿内之地康，因此被称为"康叔"。后来，周武王去世，周成王继位。周武王的弟弟管叔鲜、蔡叔度联合商纣之子武庚禄父发动叛乱。周公以周成王之命讨伐叛军，康叔参加了此次讨伐行动。很快，周公平定叛乱，杀死武庚禄父及管叔鲜，流放了蔡叔度。在原来武庚统治的地区建立卫国，周成王封康叔为卫君，享孟侯之爵位。周公担心康叔年少，政治经验不足，于是在册封康叔时发布了上面的谕告之辞。《左传·定公四年》载："分康叔以大路、少帛、綪茷、旃旌、大吕，殷民七族……命以《康诰》。"①告诫康叔要努力光大周文王及先王的圣德，宽厚爱民，慎用刑罚，赏善罚恶，先仁后罚，让百姓安居乐业，谨听朕告。

　　册封康叔时发布的诰辞，除了《康诰》，还有《酒诰》。其辞曰：

　　　王若曰："明六命于妹邦。乃穆考文王，肇国在西土。厥诰毖庶邦庶士。越少正。御事。朝夕曰：'祀兹酒。惟天降命，肇我民，惟元祀。天降威，我民用大乱丧德，亦罔非酒惟行。越小大邦用丧，亦罔非酒惟辜。'"

　　　"文王诰教小子，有正有事。无彝酒，越庶国，饮惟祀，德将无醉。惟曰：'我民迪。'小子，惟土物爱，厥心臧。聪听祖考之彝训，越小大德。"

　　　"小子惟一。妹土嗣尔股肱纯。其艺黍稷，奔走事厥考厥长。肇牵车牛，远服贾。用孝养厥父母。厥父母庆，自洗腆致用酒。"

　　　"庶士有正，越庶伯君子，其尔典听朕教！尔大克羞耇惟君，尔乃饮食醉饱。丕惟曰尔克永观省，作稽中德，尔尚克羞馈祀。尔乃自介用逸，兹乃允惟王正事之臣。兹亦惟天若元德，永不忘在王家。"②

　　卫是殷商旧墟，殷之贵族及王公大臣酗酒成风，周公担心嗜酒会荒怠朝政及国家治理，因此让康叔发布了上面的诰辞，告诫各级官员酗酒、饮酒过度会败德亡国。因此，要用道德约束自己，不经常饮酒，不过量饮酒，祭祀时可饮酒，但要有所限制，不要醉酒。

---

① 十三经注疏：附校勘记 [M]. 阮元，校刻. 北京：中华书局，1980：2134-2135.

② 同①：205-206

通过上面两篇诰体家训可以发现，诰体家训文本的体制主要由两部分组成——诰勉之事和具体教导。受行为方式影响，文本首先以记录"诰"之场景开篇，交代"诰"的具体缘由。其次，诰体家训文本的正文部分通常由结构大体一致的若干段落组成，每段均从"王（若）曰"领起，引出诰勉之事，然后展开具体的教诫、训导。每一段落的诰勉之事有不一样的，如《康诰》；也有围绕某一事进行告诫的，如《酒诰》。诰体诫子文本的逻辑结构十分清楚，与同时期的训体家训文本相同，诰体诫子文本亦是言事相兼的体式。不同的是，训体家训文本所叙之事多与训教主题相关，既可以是非本族之事，也可以是本族之事，主要是为训教服务的。而诰体家训文本所叙之事，更多的是本邦先君的功德、伟业，要求诰辞的接受者以先人为榜样，不要辜负王室的重托。

诰体的生成与"诰"之行为仪式密切相关，《康诰》《酒诰》谕告册封者康叔，目的是诰勉其治理民众、辅佐周邦。叙事颂祖，不仅以政统上的君臣之义告诫康叔，而且从宗统上的血缘之亲训勉康叔，使"诰"之功能发挥到最大。而当"诰"脱离特定对象（此处指家庭伦理范围内的诰勉施受双方），"诰"以其布告谕众的文体功能在皇命公书等文类中得到了广泛应用，即使在逐渐发展过程中文体名称有所改变，但并不影响其在皇命公文等文体中的地位。明代吴讷《文章辨体序说》云："三代王言，见于《书》者有三：曰诰、曰誓、曰命。至秦改之曰诏，历代因之。"①后世亦有以"诰"训子的家训，不过数量较少。其中，西晋夏侯湛的《昆弟诰》以"诰"教诫其弟。文章体制模仿《尚书》之诰体，以夏侯湛和诸位昆弟的对话结构成文。

训、诰二体是古代家训早期的两种文体类型，内容上大多都是长辈的政治关怀，作为王室教诫的文书，用语深僻典雅。不同的是，训体家训辞气较温和，诰体家训辞气较威严。诰体家训的命令性更强，《康诰》中关于如何用法、控制用法之权等问题，周公对康叔进行了详细的教诫。在强调如何用刑之后，周公特以自责的精神加以检讨，用以警策康叔，对于自己的教诰，康叔要"惟不可不鉴"，以双重否定告诫康叔一定要听从自己的教导。《酒诰》中周公向康叔传授治理邦国的经验，告诫康叔要吸取历史的教训，以殷人酗酒亡国为鉴，并颁布严格的戒酒禁令让康叔在殷商旧地实行。可见，诰

---

① 吴讷.文章辨体序说［M］.于北山，校点.北京：人民文学出版社，1962：35.

体家训的教诫带有更重的强制性，以上诰下，命令受训对象严格遵行自己的告诫。这一时期的家训劝勉告诫之意深厚而雅正。同时，家训从整体风格上看较为质朴，但也不乏文学色彩的表达，如《康诰》中"若有疾，惟民其毕弃咎。若保赤子，惟民其康乂"[①]一句，将管理民众比喻为医治疾病与保护幼子，周公用生动的比喻教诫康叔如何治理百姓、运用刑罚。在《无逸》中，周公围绕"君子所其无逸"教诲周成王不要贪图逸乐，而应知稼穑之艰难及小民之疾苦，皆以"呜呼"发之，深嗟咏叹，语挚情切。

第三节 诫体

一、释"诫"

诫体是古代家训的又一重要文体样式。古代家训中的诫体文，"诫"与"戒"两字均有使用。"戒"与"诫"最初均有警戒之意，在逐渐发展过程中，"诫"在承担警戒义项的同时，具有了文类义项，即表示含有警戒、诫敕、劝诫之意的一类文本。南朝任昉《文章缘起》曰："诫，后汉杜笃作《女诫》。"陈懋仁注云："《淮南子》有'尧戒'。诫，警也。慎也。《易》：'小惩而大诫。'《书》：'戒之用休。'《语》：'君子有三戒。'则戒者，箴规之别欤？"[②]刘勰《文心雕龙·诏策》释"戒"云："戒者，慎也，禹称戒之用休。君父至尊，在三罔极，汉高祖之敕太子，东方朔之戒子，亦顾命之作也。及马援已下，各贻家戒。班姬女戒，足称母师也。"[③]萧统《文选序》云："戒出于弼匡。"[④]明代吴讷《文章辨体序说》曰："诫者，警勒之辞。"[⑤]任、刘、萧、吴诸家的解说表明，在表达诫告之意时，"戒"与"诫"互通。这也是古代诫体家训异名情况的由来，有如陈咸的《戒子孙》，也有如王肃的《家诫》。

---

① 十三经注疏：附校勘记［M］.阮元，校刻.北京：中华书局，1980：204.

② 景印文渊阁四库全书 集部：第1478册［M］.台北：台湾商务印书馆，1983：224.

③ 刘勰.文心雕龙注：上［M］.范文澜，注.北京：人民文学出版社，1958：360.

④ 郭绍虞.中国历代文论选：第1册［M］.上海：上海古籍出版社，2001：330

⑤ 吴讷.文章辨体序说［M］.于北山，校点.北京：人民文学出版社，1962：45.

由"戒""诫"的文字意义衍生出来的文体学意义的戒（诫）文出现较早，据文献所载，早在五帝时期就有戒文存在。严可均所辑的《全上古三代文》载黄帝时的《戒》文云："余在民上，摇摇，恐夕不至朝。"（《意林》一引《太公金匮》："武王问五帝之戒，可得闻乎？"太公曰："黄帝云。"）①《淮南子·人间训》记载尧的一则戒文曰："战战栗栗，日慎一日。人莫踬于山，而踬于垤。"②尧的这则戒文具有对自我的警戒意味。周文王的《遗戒》曰："我称非早一人固，下修我度遵德纪。我终之后，恒称太子。河雒复告，遵朕称王。"③周文王的这则诫文带有家诫的性质。可见，诫体文在早期的家庭教诫中孕育发展。至汉代，诫体已成为一种主要的家训文体。

二、古代家训文学中重要的诫体文

周文王的《遗戒》已具有家训的性质，因而可以说此时诫体家训已经萌芽，这时，诫辞还比较简短。其后，诫体家训不断发展。周王朝建立后，为了确保周邦的稳固及政权的长久，周公曾对儿子、侄子及弟弟多有训诫，形成独具特色的周公家训。其《戒子伯禽》是篇典型的诫体家训，无论是诫辞的篇幅，还是诫文的结构、文学要素的呈现，都说明我国古代家训在这一时期已经发轫。

周公《戒子伯禽》曰：

昔成王封周公，周公辞不受，乃封周公子伯禽于鲁。将辞去，周公戒之曰："去矣，子其无以鲁国骄士矣！我，文王之子也，武王之弟也，今王之叔父也，又相天子，吾于天下亦不轻矣。然尝一沐而三握发，一食而三吐哺，犹恐失天下之士。吾闻之曰：'德行广大而守以恭者荣，土地博裕而守以俭者安，禄位尊盛而守以卑者贵，人众兵强而守以畏者胜，聪明睿智而守以愚者益，博闻多记而守以浅者广。'此六守者，皆谦德也。夫贵为天子，富有四海，不谦者，先天下，亡其身，桀、纣是也。可不慎乎？故《易》曰：有一道，大足以守天下，中足以守国家，

① 严可均.全上古三代文 [M].许少峰，审订.北京：商务印书馆，1999：5.
② 何宁.淮南子集释 [M].北京：中华书局，1998：1240.
③ 同①：19.

小足以守其身，谦之谓也。夫天道毁满而益谦，地道变满而流谦，鬼神害满而福谦，人道恶满而好谦。是以衣成则缺衽，宫成则缺隅，屋成则加错，示不成者，天道然也。《易》曰：'谦，亨，君子有终，吉。'《诗》曰：'汤降不迟，圣敬日跻。'其戒之哉，子其无以鲁国骄士矣！"[1]

此文即周公对长子伯禽的训诫之词，被认为是中国古代家训文学的发轫之作。他告诫儿子不要因为有了封国、地位高贵就傲慢"骄士"，要谦恭、勤俭、心存敬畏，虚心以待天下的贤士。"子其无以鲁国骄士"是周公此训的核心要义。戒骄是周公诫子的第一重点。周公首先告诫伯禽要谦虚，不要骄傲自满。谦，就会亨通，有终，会守身、守家、守天下；不谦，即使富有四海，贵为天子，也会招致身死国亡。其次，周公告诫伯禽谦虚的同时还要礼待贤士。诚心招纳贤才，礼贤下士是周公此训的第二重点。作为杰出的政治家、思想家，周公深切知道谦虚谨慎及礼贤下士对个人及国家的重要性，因此临行前给儿子以谆谆教诲。周公此训一方面引经据典，引《易》《诗》以为说；另一方面，现身说法。"一沐而三握发，一食而三吐哺，犹恐失天下之士"之语，生动地反映了周公求贤若渴，为了延揽贤才、振兴周邦而忘我操劳的家国情怀和风范。周公此训也是对谦虚谨慎、戒骄戒躁这一中华传统美德的强调和解说，无论是对伯禽治鲁还是对后世子弟修身、立业，都具有不可忽视的历史意义和现实意义。整篇诫辞层次井然，情景真实，具有鲜明的文学性。只不过周公的这篇诫子文非独立名篇，而是保存在《说苑》等典籍中，训主与家训文献的作者还处于非同一人的状态。

春秋战国时期，家庭教诫活动依然存在，但是留存至今的家诫体训文数量有限。战国及秦未见相关篇章。春秋时期有两篇，见于清代严可均辑的《全上古三代文》中，一篇为鲁国季孙行父的《戒子》，另一篇为楚国芶敖的《将死戒其子》。

季孙行父《戒子》云："吾欲室之狭于两社之间也，使吾后世有不能事上者，使其替之益速。"[2]季孙行父是鲁国有名的大夫，以清廉忠直闻名，他教诫儿子要忠于国君，并且说自己打算在周社和亳社之间修建住所，如果子

---

[1] 刘向.说苑校证 [M].向宗鲁，校证.北京：中华书局，1987：240-241.

[2] 严可均.全上古三代文 [M] 许少峰，审订.北京：商务印书馆，1999：35-36.

孙中有谁不能侍奉君主，就让他很快地被废掉。

　　芳敖《将死戒其子》云："王数封我矣，吾不受也。为我死，王则封汝，必无受利地。楚、越之间有寝之丘者，此其地不利，而名甚恶。荆人畏鬼而越人信机，可长有者，其唯此也。"①芳敖是楚国著名的贤臣，又名孙叔敖，有杰出的政治才能，清正廉洁，鞠躬尽瘁，辅佐楚庄王成就霸业，是春秋时期的国相。孙叔敖患病，担心不久于世，因而教诫其子，受封勿取美地，可取恶地，这则诫文也充分彰显了孙叔敖的智慧，"知不以利为利矣，知以人之所恶为己之所喜"②，可谓深谙政治及处世之道者。

　　上面两则戒文均由严可均所辑，文献的作者和辑录者并非一人。

　　到了汉代，情况发生了改变，家训文本由家训作者完成。随着儒家思想主导地位的确立及社会影响的加深，两汉时期，诫体家训得到了发展，家训主体乃至家训内容、形式逐渐丰富。两汉时期，代表性的诫体家训主要有：孔鲋《将没戒弟襄》，东方朔《诫子》，刘向《诫子歆书》，欧阳地馀《戒子》，尹赏《临死戒诸子》，马援《诫兄子严敦书》，陈咸《戒子孙》，严光《十诫》，樊宏《戒子》，张奂《诫兄子书》，郑玄《戒子益恩书》，陈惠谦《戒兄子伯思》，杨春卿《临命戒子统》，荀爽《女诫》，蔡邕《女诫》，班昭《女诫》，杜泰姬《戒诸女及妇》，曹操《戒子植》。这些诫体家训的作者多为士大夫，家诫的内容主要涉及读书、修身、立志、处世几方面。

　　魏晋南北朝时期，诫体家训进一步发展，并走向成熟。这一时期，代表性的诫体家训主要有以下内容。三国时期：曹丕《诫子》《内戒》，曹叡《诫诲赵王干玺书》，王肃《家诫》，刘廙《戒弟伟》，王昶《家诫》，杜恕《家戒》（已佚），嵇康《家诫》，沐并《豫作终制戒子俭葬》《又戒》，郝昭《遗令戒子凯》，诸葛亮《诫子》《诫外生》，向朗《遗言戒子》，姚信《诫子》，陆景《诫盈》；两晋时期：傅玄《口诫》《戒言》，李秉《家诫》，李充《起居诫》，鞠彭《戒子殷书》，李暠《手令诫诸子》《写诸葛亮训诫应璩奉谏以勖诸子》，明岌《将死诫其子》，谢混《诫族子诗》；南北朝时期：顾宪之《临终诫子略》，豫章王嶷《戒诸子》，王僧虔《家训》，张融《戒子》，梁简文帝萧纲《诫当阳公大心书》，梁元帝萧绎《戒子篇》，孙谦《诫外孙荀匠》，徐勉《为书诫子崧》，任昉《家诫》，袁泌《临终戒子蔓华》，魏孝文帝拓跋宏

---

① 严可均. 全上古三代文 [M]. 许少峰, 审订. 北京: 商务印书馆, 1999: 124.
② 许维遹. 吕氏春秋集释 [M]. 梁运华, 整理. 北京: 中华书局, 2009: 231.

《诫高阳王雍》《诫太子恂以冠义（太和十七年七月）》，刁雍《教诫》，崔光韶《诫子孙》，崔休《诫诸子》，崔同《诫二子》，杨椿《诫子孙》，李彦《临终遗诫其子昇明等》，董徵《诫二三子弟》，张烈《家诫》，高谦之妻张氏《诫诸子》，韦夐《戒子世康等》。

汉魏晋时期，诫体家训数量增多，作者上至天子王侯，下至庶民。这一时期诫文的篇幅增长，出现了近1700字的长文——稽康的《家诫》。此时期诫文的内容不仅包括个体修身处世，而且包括齐家、慎酒、节葬。不仅诫子侄、子孙，还有诫内人。其文学手段增加，文学性表现明显，标志着诫体家训的成熟。

南北朝时期，社会动荡，政权更迭频繁，这一时期的诫体家训数量相对前一时期的数量没有增多，主题也没有大的拓展，内容较多集中在修身处世方面。这一时期出现了诫文与其他文体的融合，诸如书体、诏体等。

隋唐宋元时期，诫体家训进一步发展，至明清时期，出现繁荣的局面。这一时期的诫体家训主要有：隋文帝杨坚《诫太子勇》，姚崇《治令诫诸子》，柳玭《戒子弟书》，王旦《诫子弟书》，范质《诫从子杲》，贾昌朝《戒子孙》，宋祁《庭戒》，黄庭坚《家诫》《子弟诫》，范纯仁《诫子弟书》，廉希宪《临终诫子》，吴麟征《家诫要言》，冯班《家戒》，朱吾弼《诫弟书》，尹继善《儿辈惯葺屋宇作此戒之》，颜光敏《颜氏家诫》，王云廷《宝言堂家戒》，孟超然《家诫录》，潘德舆《黜邪家诫》，等等。

三、古代诫体家训的文体特征

作为一种服务于教诫、警戒目的的文体，诫体家训具有明显的目的性，服从服务于教诫子弟子孙，使之警慎、警戒。汉代之前的家训，教诫主体与家训文献的编撰者处于并非一体的状态；至汉代，诫体家训的训主与诫体文的作者处于一体的状态；至晋代，诫体家训成熟。因此，下面以汉魏晋诫体家训为主对诫体家训的特点进行分析。

首先，从整体上来看，两汉魏晋诫体家训的标题通常都具有明显的指向性与功能性，凸显了这一类文本的实用性。诫体家训的标题大多为《诫/戒××》，如东方朔《诫子》。此外，《家诫》是这一时期诫体家训常用的又一标题。由于教诫对象的不同，针对家中女性成员而作的家训，通常都以《女诚》为题，如班昭的《女诫》、蔡邕的《女诫》、荀爽的《女诫》等。

两汉魏晋诫体家训行文较少铺垫，文章开篇即直奔主题。诫体家训通常由两部分组成，即道理阐述和教诫内容。这两部分无固定的体制，往往依教诫主体而定。班昭《女诫》是较为特殊的一篇诫文，文章开篇是一段带有序文性质的文字，叙说她作《女诫》的缘由与意图。班昭伤于家族女子不闻妇礼，担心其嫁入他门而有所失容，取耻宗族，因而作《女诫》以补益裨助。三国时期李秉的《家诫》也是体制较为独特的一篇。该文章记叙了李秉答司马文王之事，通篇为两人之间的对话。最后结尾部分，李秉由事而诫，教诲家中后辈立身行事需谨慎。

两汉魏晋诫体家训常引他人他事以教诫子侄如何行为处事。东方朔引伯夷、叔齐、柳下惠之事迹等，并评价他们的行为，"首阳为拙，柳惠为工"①。荀爽《女诫》引宋伯姬遭火不下堂之事。通过引事的方式，使得教诫更具说服力。两汉魏晋诫体家训引他人他事的特点，主要是受诫体家训的诫子内容和独特的形式两方面影响。在内容方面，诫体家训本就是为教诫家庭成员而作，教诫内容自然是每篇家训的重中之重。诫诲子侄如何为人行事，引他人他事的方式不仅能够具体贴切地传达训诫主体的意思，而且能够给训诫对象以直观的鉴戒。在形式方面，诫体家训即听之使训诫对象知所戒慎之辞，文章整体简约精练。作为讲论道理的一部分，引他人他事的方式不仅强化了诫体家训的文体功用，突出了戒慎主题，而且彰显了诫体家训质素实用的文体风格。由于引用他人他事的写作技巧在魏晋诫体家训中较为常用，因此文章篇幅较长也在情理之中。

两汉魏晋诫体家训以达意为主，形式灵活，诸体兼备。句子以散句为主，偶有整齐的韵语。句式整体上以短句为主，少长句。其中，两汉时期，诫体家训的语言简略而理皆要害，文辞精要。魏晋时期，诫体家训的篇幅明显增长，王昶、嵇康的家训长达千字之多。教诫者在文中明是非、处利害、陈醇理、定从违、传经验、教方法，方方面面的教诫内容体现了为人父母挚切深沉的爱子之情。

诫体家训从汉代发展到魏晋时期，训诫主体更加注意训诫方法的使用。两汉时期，诫体家训的训诫主体大多直言好坏利弊，教诫子孙后代知戒慎。魏晋时期，诫体家训的训诫主体常常循循善诱，将抽象深奥的道理融入日常

---

① 严可均. 全汉文 [M]. 任雪芳，审订. 北京：商务印书馆，1999：259.

生活，更显温情，如王昶的《家诫》、嵇康的《家诫》等。

从整体上看，两汉魏晋诫本家训的结构清晰、句法灵活，训诫主体能够根据需要巧用一定的训诫方法，重实用的特点使得这一时期的诫体家训总体上形成了较为质朴的风格。但其中也不乏一些诫体家训，注重辞藻的敷设，使作品增添了一定的文学色彩。魏晋时期的诫体家训，已开始注重句式及辞藻的使用，一些作品中屡见排比句，流动中见整齐丽密之美。例如，东吴陆景《诫盈》教诲子弟诫盈守谦说："富贵，天下之至荣；位势，人情之所趋。……盖居高畏其危，处满惧其盈，富贵荣势，本非祸始，而多以凶终者，持之失德，守之背道，道德丧而身随之矣。是以留侯、范蠡，弃贵如遗；叔敖、萧何，不宅美也。"[1]该文长短句式自由变换，前人典故穿插其中，充分阐述了富贵无常、福祸相依的道理。

其次，这一时期诫体家训的文体特征从发展演变来看，折射出各具时代特征的文化格调。写作者知识涵养、社会背景的不同，影响着家训的风格及内容。

（一）重儒兴教背景下的汉代诫体家训

汉代重儒教的时代特点不可避免地影响到文学创作。这一时期的诫体家训在创作主体、诫子内容及作品风格三方面鲜明地体现了时代文化对家训创作的影响。

1. 诫体家训的创作主体以经学儒士为主

梳理可见，明显的儒学背景是两汉时期诫体家训创作主体鲜明的群体知识特征。刘向、张奂等，无一不是经学素养深厚之士。经学儒士作为家训创作主体，与汉代尤其是汉武帝之后的政治文化环境密切相关。汉初统治者的"无为而治"政策造就了历史上有名的"文景之治"。至汉武帝时，汉王朝国力强盛，"无为而治"已不能满足国家发展的需求，汉武帝接受董仲舒的建议"罢黜百家，表彰六经"。此后，经学成为治国的指导思想，尊经、读经、治经成为时代的风尚，儒学之士"彬彬之盛"。汉代系统化的经学以明教化为根本，深受经学浸染的儒士不仅自身明经守礼，而且十分注重家庭教育。这是诫体家训生成的主体文化特征。

---

[1] 严可均. 全三国文：下册 [M]. 马志伟，审订. 北京：商务印书馆，1999：705-706.

2. 诫体家训的主题内容多与儒学相契合

"诫子"自黄帝时即已萌芽，至周代产生真正意义上的家训，此间诫子的思想内容多王室内部的政教关怀。春秋以降，"诫子"传统在士人阶层发展，受时代环境影响，诫子内容多样，依教诫主体而定，极具个性。汉代以来，尤其是自汉武帝开始，儒学成为社会的主流学术。重儒兴教的社会环境加上创作主体的知识涵养，使得家训的思想主题与经学相契合。马援诫子侄周慎敦厚，郦炎临终之际教诲幼子："事君莫如忠，事亲莫如孝，朋友莫如信，修身莫如礼，汝哉其勉之！"①这些作品中教诲子孙应当遵循的伦理道德规范与汉代人伦纲常所强调的仁、义、礼、智、信五种常行之德相契合。汉代女诫的思想内容与经学更为契合，以班昭《女诫》为例，该文章对女子如何处理好与公婆、丈夫及叔妹的关系，都做了详细的论述。论及夫妇之道，班昭《女诫》中多次以阴阳相比，如"夫妇之道，参配阴阳，通达神明，信天地之弘义，人伦之大节也。"②班昭《女诫》中流露的阳尊阴卑等内容具有明显的阶级局限性，对此，我们应秉承马克思主义唯物观辩证看待，"去其糟粕"。但从中不难看出汉代女诫作品秉承的教化宗旨，旨在维护等级秩序，总体上不失为阐发经学思想的代表。

3. 文章的风格凸显了质实重教的特点

诫体家训为教子诫家而作，文章的实用功能影响着文类的风格。尤其是在发展初期的汉代，诫体家训整体呈现出质实重教的文章风貌。

两汉时期的诫体家训普遍以教为先，教化为本，家训的功能得以充分发挥。两汉诫体家训大多因事而诫，文章重点围绕诫子展开，或因事感发，或临终开悟，所言各异，要之，皆以人生经验、世道之认知引导子嗣辈。刘向、东方朔皆然。

刘歆年少即居显处，处高临深，因此刘向写《诫子歆书》教诫儿子谨慎以避祸。刘向在文中通过抒情以教诫，个体的情感意志也借此得以展现。对于这一点，其后的魏晋诫体家训有所继承。

两汉诫体家训的创作主体以经学儒士为主，援引经书字句教诫子孙是普遍现象，《诗》是最常引之书。如荀爽《女诫》引《卫风·竹竿》中的诗句：

① 严可均. 全后汉文：下册 [M]. 许振生，审订. 北京：商务印书馆，1999：820.
② 同①：966.

"泉源在左，淇水在右。"①郑玄《戒子益恩书》引《大雅·民劳》中的诗句："敬慎威仪，以近有德。"②班昭的《女诫》更是多次引用《诗》《易》《礼》，文中"经语"俯拾皆是，散发出浓厚的经学气息。两汉诫体家训的创作主体多受儒学熏陶，诫子文章多中规中矩，引经据典，言之有本，语言平实，往往以平直的语言把对子孙的教诲直接表述出来。但作者的个性并未因此被遮盖，典型如蔡邕。蔡邕，妙辞章，妙操音律。蔡邕的两篇家训巧设譬喻，文辞精当，很有艺术性，风格独特。《女训》一文将弹琴技巧与家庭礼仪的教诫相结合，教诫女儿鼓琴守礼、尊敬公婆长者。《女诫》由女子的梳妆打扮切入，借女子日常的面容修饰道出应注重心灵的修饰，构思巧妙，比喻形象。

（二）清谈、玄学背景下的魏晋诫体家训

与秦汉的"大一统"相比，混战与分裂是魏晋时代的主旋律。这一时期，儒家独尊局面被打破，清谈、玄学因时而起。魏晋诫体家训在承续两汉家训的基础上又有所发展，呈现出不一样的时代风貌。

1.诫体家训的创作主体多名士

对于"名士"的群体身份特征，本书认同牟宗三所论。"清逸、俊逸、风流、自在、清言、清谈、玄思、玄智，皆名士一格之特征"③。概而言之，"名士"即魏晋时期带有清逸之气的士人。魏晋时期，家训的创作主体多为"名士"。例如，羊祜德行清俭，其家训教诲儿子忠信笃敬；诸葛亮本避世清远，后入世辅佐刘备，其家训训诲儿子淡泊明志、宁静致远。

2.背离时代主流，个性纷呈的诫子内容

被称为"清谈"或"玄学"的思想代表了魏晋时期的时代思潮，魏晋风流之士清谈老庄、善言名理。阮籍"倜傥放荡，行己寡欲，以庄周为模则"④，嵇康"文辞壮丽，好言老、庄，而尚奇任侠"⑤。在这种名辩清谈之风盛行之时生成的诫体家训，其主题内容却与主流思想相疏离。王昶《家诫》教子处世戒骄淫、言行多深思，保身全己以显父母。魏晋风流名士的代表嵇康，

---

① 十三经注疏：附校勘记［M］.阮元，校刻.北京：中华书局，1980：325.

② 严可均.全后汉文：下册［M］.许振生，审订.北京：商务印书馆，1999：548.

③ 吴兴文.牟宗三文集：才性与玄理［M］.长春：吉林出版集团有限责任公司，2015：62.

④ 陈寿.三国志［M］.裴松之，注.北京：中华书局，1959：604.

⑤ 同④：605.

被捕入狱后留给儿子嵇绍的《家诫》全然与其本身的行为相左。嵇康在《家诫》中教诲儿子要立志守行、立身清远、言行谨慎。魏晋时期，任达放诞蔚然成风，而家训的作者仍诫勉子孙重视自我修养、谨慎言行、守礼立身，立身行事仍尚儒家之风，明显呈现出与时代主流相背离的特点。

3. 情理相生的文章风格

魏晋时期，玄学盛行，作家任气使才，这一时期的诫体家训整体呈现出情理相生的文章风格，极具情致又兼备理趣。

自汉末郦炎、郑玄叙己事、抒己情以教诲儿辈，魏晋诫体家训创作主体在诫子的同时流露出更为明显的主体意识，抒发了更为浓烈的自我情感。王修《诫子书》开篇抒发了自己对儿子的思念之情："我实老矣，所恃汝等也，皆不在目前，意遑遑也。"①结尾道："父欲令子善，唯不能杀身，其余无惜也。"②寥寥数语尽显天下父母的爱子之情。

魏晋诫体家训作者在诫子的同时，也更注重诫子的语言技巧，援引他人他事自不待言，这一时期的家训开始敷设辞藻、讲求句式声律。兹以嵇康《家诫》为例（节选）：

> 人无志，非人也。但君子用心，有所准行，自当量其善者，必拟议而后动。若志之所之，则口与心誓，守死无二，耻躬不逮，期于必济。若心疲体懈，或牵于外物，或累于内欲，不堪近患，不忍小情，则议于去就。议于去就，则二心交争。二心交争，则向所以见役之情胜矣！或有中道而废，或有不成一匮而败之，以之守则不固，以之攻则怯弱；与之誓则多违，与之谋则善泄；临乐则肆情，处逸则极意。故虽繁华熠耀，无结秀之勋；终年之勤，无一旦之功。斯君子所以叹息也。若夫申胥之长吟，夷齐之全洁，展季之执信，苏武之守节，可谓固矣！故以无心守之，安而体之，若自然也。乃是守志之盛者也。③

从选文可见，嵇康之诫句式整齐，语义层级递进。嵇康提出君子应当立志进而守志，从反面论述无志及"心疲体懈"的几种原因和表现时，三组复

---

① 严可均. 全后汉文：下册 [M]. 许振生，审订. 北京：商务印书馆，1999：952.

② 同①.

③ 严可均. 全三国文：下册 [M]. 马志伟，审订. 北京：商务印书馆，1999：532-533.

句构成的层递增强了表达的层次性和条理性，极富逻辑美。不仅如此，他还将申包胥、伯夷、叔齐、柳下季及苏武等人的典故，巧妙地融入文章的论述之中。句法的整齐排比、词义的层层递进、典故的巧用，以及间用韵语使得文章音调和谐，进而形成了整饬的语言风格。类似的排比复句在这一时期的诫体家训中不胜枚举，如姚信《诫子》云："舍伪从实，遗己察人，可以通矣；舍己就人，去否适泰，可以弘矣。"①

魏晋诫体家训围绕诫子主题，把深刻的哲理引入文章，同时将其巧妙地与诸多艺术形象结合起来，使文章呈现出深厚的内涵，极具哲理色彩。殷褒《诫子书》开篇论述"道"为"易寻而难穷，易知而难行也"②之理。何为"道"，"道"之难易又如何理解，对于这一抽象深奥的道理，作者巧借汉人京房、姚平之口加以解释，指出当以颜回、曾参为榜样，教诫儿子朝益暮习、恭敬谨慎。

可见，在不同的历史阶段，诫体家训均有所发展。重儒兴教背景下的汉代诫体家训，以教化为本，引经据典是其最为常用之法；而清谈、玄学背景下的魏晋诫体家训，文章更讲行文技巧，文情并茂、情致理趣兼备，诫体家训逐渐朝着"文质彬彬"的方向发展。作为中国传统家训文化的产物，诫体家训的实用性较强，有着特殊的用途与内容，但这一文类也鲜明地体现出少有的抒情色彩与鲜明的文学性。

第四节 书体

一、释"书"

书体是我国古代家训的又一主要文体样式。从字源学意义上看，"书"是形声字，"聿"为形旁，"者"为声旁，本是记录、书写之意，《说文解字注》解释说："书，箸也。"③《释名》曰："书，庶也，纪庶物也，亦言著

---

① 严可均.全三国文：下册［M］.马志伟.审订.北京：商务印书馆，1999：715.
② 同①：455.
③ 许慎.说文解字注［M］.段玉裁.注.2版.上海：上海古籍出版社，1988：117.

也，著之简纸，永不灭也。"①古人把所见、所闻、所思、所想书写在甲骨、金石、竹简、木牍等载体上，使之传留久远，即"书"，后衍生出"所写之辞为书"等义项。《说文解字注》云："箸于竹帛谓之书。"②古时候，书写、书法、书籍、书信等皆称"书"。由此，"书体"即有了书法之"书体"及书体文之"书体"等不同的释义。本书所研究的"书体"指的是书体文。

从文体角度而言，古代书体文是涉及范围相对较广的一种文体，先秦时期君臣往来的文书称为"书"，亲人朋友之间的往来答复亦可称为"书"。正如刘勰《文心雕龙·书记》所云："夫书记广大，衣被事体，笔札杂名，古今多品。"③

起初的书体是作为公文书应用于诸侯之间的政治外交活动或者诸侯国内部的政治事务。"奴隶制时期的夏商周三代由于国家职能较为简单，政务活动较少，因此'书'文体发展缓慢。到春秋时期，周王势力衰微，各诸侯国力量强大，为争夺领土等问题，各国之间外交往来不断，'书'作为交往工具，发展迅速。如春秋时《子家与赵宣子书》，晋国怀疑郑国有二心，于是郑国的子家就代表国君郑穆公给晋国赵宣子写信以解除晋国的猜疑之心；又如《子产与范宣子书》，郑国的子产写信给晋国执政大夫范宣子，劝谏其减少向诸侯收受的进献物品。"④战国时期，谋臣策士周游于诸侯国间，上书陈事，多用书体，因此这一时期书体文使用广泛。不仅如此，更为重要的是，战国时期，书体开始转向私人领域，增加了个人色彩。在湖北省云梦县睡虎地发掘的木牍中，11号木牍和6号木牍的内容即士卒黑夫与惊二人写给家庭的书信。

迨至秦汉，随着公文制度的丰富发展，广义的书体开始分化。《文心雕龙·书记》云："若夫尊贵差序，则肃以节文。战国以前，君臣同书，秦汉立仪，始有表奏；王公国内，亦称奏书。"⑤明代吴讷《文章辨体序说》中亦有言："昔臣僚敷奏，朋旧往复，皆总曰书。近世臣僚上言，名为表奏；惟

① 刘熙.释名疏证补 [M].毕沅，疏证.王先谦，补.祝敏彻，孙玉文，点校.北京：中华书局，2008：207.

② 许慎.说文解字注 [M].段玉裁，注.2版.上海：上海古籍出版社，1988：117.

③ 刘勰.文心雕龙注：下 [M].范文澜，注.北京：人民文学出版社，1958：457.

④ 金秋月.汉代书体公文研究 [D].烟台：鲁东大学，2014：8.

⑤ 同③：456.

朋旧之间，则曰书而已。"①从上述阐释可以得出：就文体来讲，广义的书体文包括私人书信和公牍书文。书体家训属于私人书信的亚文本，文章体制与一般的私人书信体有所不同。本书所说的书体家训主要是以"书"字作为后缀命名的家训文。

二、古代家训文学中重要的书体文

书体家训是古代家训中的重要一枝，其作品丰富、数量众多。从先秦至清代，几乎代不乏绝。主要作品可以按照时代划分为以下几个部分。

两汉时期代表作为：孔臧《与子琳书》《与侍中孔安国书》，班婕妤《报诸侄书》，何并《先令书》，丁鸿《与弟盛书》，班固《与弟超书》，赵咨《遗书敕子胤》，郦炎《遗令书》，袁叙《与从兄绍书》，孔融《与宗从弟书》，等等。

三国时期代表作为：应璩《与从弟君苗君胄书》，诸葛恪《与弟公安督融书》，虞翻《与弟书》，张纮《临困授子靖留笺》。

两晋时期代表作为：湛氏《封鲊反书责陶侃》，蔡圭《与弟王敏书》，王导《与从子允书》《遗王含书》，王胡之《遗从弟洽书》，杜预《与子耽书》，蔡珪《与弟敏书》，虞耸《与旅子察书》，刘琨《与兄子南兖州刺史演书》，蔡谟《与弟书》，严宪《与从子秦州刺史杜预书》，陶渊明《与子俨等疏》《与弟子书》，苏韶《授第九子节书》。

南北朝时期代表作为：范晔《狱中与诸甥侄书》，刘浚《答太子劭书》，王敏弘《与子恢之书》，王裕《与子瓒之书》，王微《与从弟僧绰书》，雷次宗《与子侄书》，王僧虔《与兄子俭书》，崔慰祖《临卒与从弟纬书》，谢瞻《临终遗弟晦书》，谢朓《遗弟潘书》，张畅《为南谯王义宣与从弟永书》，徐勉《为书诫子崧》，曹景宗《答弟义宗书》，徐陵《在北齐与宗室书》，陈暄《与兄子秀书》，王筠《与诸儿书论家世集》，韦世康《在绛州与子弟书》，魏孝文帝拓跋宏《为家人书与彭城王勰》，魏长贤《复亲故书》。

唐宋时期代表作为：李翱《寄从弟正辞书》，李隆基《赐金城公主书》，颜真卿《与绪汝书》，元稹《诲侄等书》，李华《与弟莒书》，欧阳修《与侄通理》《与十二侄》，司马光《与侄书》，晏殊《与兄书》，韩亿《与子书》，胡安国《与子寅书》，朱熹《与长子受之书》，黄庭坚《与济川侄》《与洪甥

① 吴讷.文章辨体序说［M］.于北山，校点.北京：人民文学出版社，1962：41.

驹父》，范仲淹《告诸子书》，任兵宪《寄子书》，苏轼《与侄孙元老书》《给侄千之书》《又答王庠书》，陈渊《与李外甥》，郑侠《教子孙读书》，陆九渊《与侄孙濬书》，韩玉《临终遗子书》，同恕《寄族侄伯刚》。

元明清时期代表作为：许衡《许鲁斋家书》，明宣宗朱瞻基《寄从子希哲》，茅坤《谕缙儿书》，沈炼《给子襄书》，周怡《衡山寄示可贵儿》，杨继盛《给子应尾、应箕书》，王守仁《赣州书示四侄正思等》《寄诸弟》，李际阳母《遗子弟书》，任环《寄子书》，支大纶《示儿书》，张居正《示季子懋修书》，朱吾弼《示弟书》，陈确《书示两儿》，唐廉《长子羲伯授广东阳江令书批此示之》，毛先舒《与子侄书》，魏禧《给子世侃书》《与诸子、世杰论文书》，史夔《九月十四日得次儿贻直北闱捷音，晚作家书，即题纸尾》，郑日奎《与弟侄》，杨士奇《杨士奇家书》，陆深《陆深家书》，杨爵《杨爵家书》，王樵《王樵家书》，史可法《史可法家书》，王夫之《丙寅岁寄弟侄》《示侄孙生藩》，聂继模《给子书》，郑燮（郑板桥）《范县署中寄舍弟墨第四书》《潍县署中寄舍弟墨第一书》《潍县署中与舍弟墨第二书》《潍县寄舍弟墨第三书》《潍县署中谕麟儿》《又谕麟儿》《再谕麟儿》，蒲松龄《与诸侄书》，万斯同《与从子贞一书》，曾国藩《咸丰六年九月廿九日与纪鸿书》《咸丰六年十月初二日与纪泽书》《同治九年十一月初三日与纪泽纪鸿书》《致诸弟》《谕纪泽》《谕纪鸿》《谕纪泽纪鸿》《致澄弟温弟沅弟季弟》等，汤斌《汤文正公家书》，郑板桥《郑板桥家书》，陈宏谋《给四侄钟杰书》，袁枚《与香亭》，卢文绍《与从子掌丝书》，纪昀《寄内子》，章学诚《家书》，左宗棠《致效威书》《致效威、效宽》《与效宽》《与陶少云书》，俞樾《与次女绣孙》，张之洞《与子书》《复儿书》《示子书》，吴汝纶《谕儿书》，等等。

从上面的统计中可以看出，明清时期，书体家训甚多，达到鼎盛繁荣局面。一些著名作者（如曾国藩、郑燮等）的书体诫子作品甚多，受篇幅所限，这里仅择取部分列举。另需要说明的是，有的家训文文题同时带有"书"字与"诫"字，诸如马援《诫兄子严敦书》、郑玄《戒子益恩书》、王僧虔《诫子书》等，对此，情况各有不同，视文章情况做具体论析。

三、古代书体家训的文体特征

从书体文的公私分类上看，书体家训属于私人书信类，是私人书信的一类亚文体。但从文章体式上看，书体家训的文章体制与一般的私人书信有所不同。私人书信之体，以上、下款称呼，开头结尾谦辞敬语为常态，"××白""××报""××顿首"的开篇语是私人书信之书体的一个显著特征，但书体家训大多无这些格式。除了西汉孔臧《与子琳书》、刘向《诫子歆书》及东晋陶渊明《与子俨等疏》等篇章偶有开头称呼语外，绝大多数书体家训开篇即进入正文。例如郑玄《戒子益恩书》开篇即云："吾家旧贫，不为父母群弟所容。"①孙权《让孙皎书》首句云："自吾与北方为敌，中间十年，初时相持年小，今者且三十矣。"②可见，以子孙为致"书"对象的书体家训，不同于官场同僚、朋友之间带有社交性质的书信文，书信文需要一定的格式，而私家领域的书文没有那么正式，自然不用严格遵循一般书信体完整规范的格式。

当书体家训没有了一般书信的固定体制，相对灵活的形式就为写作者提供了更为广阔的书写空间。

首先，大多数书体家训，或从教诫缘由写起，或从写作人本身写起，或由一事展开，行文灵活自由。但行文的自由灵活并不意味着结构的松散，相反，书体家训结构圆融，过渡自然。书体家训通常从教子的具体事宜写起，中间以阐明道理过渡，结尾再次回归诫子，文章结构完整，层次分明。例如刘向《诫子歆书》一文，从儿子刘歆得官拜职写起，其后格言事例并举，说明福祸相依之理。文章结尾由远及近，再次回到儿子刘歆得拜黄门侍郎之事，教诫儿子牢记训教，谨慎为官。与《诫子歆书》相类，同样紧扣某一教子主题，事理过渡自然，首尾相应的书体家训还有马援的《诫兄子严敦书》、张奂的《诫兄子书》等。而一些侧重道理阐发的书体家训，文章结构则更为严谨，诸葛亮的《诫子》是其中的典型。围绕如何修身这一主题，从正反两个方面论证才、志、学之间的关系，修身需立志，明志需勤学，而学习则需"静"，"非澹泊无以明志，非宁静无以致远"③，文章层层推进，阐述道理精辟透彻。

其次，灵活宽松的文章体制为书体家训内容的多样性提供了可能。书体家训涉及的内容极为广泛，对家庭成员的训诫及希冀、个人遭遇的倾诉、复

---

① 严可均. 全后汉文：下册 [M]. 许振生, 审订. 北京：商务印书馆, 1999：846.

② 同①：642.

③ 严可均. 全三国文：下册 [M]. 马志伟, 审订. 北京：商务印书馆, 1999：595.

杂情感的抒发，甚至对时人世事的评价等，都能够容纳到文章中。马援的《诫兄子严敦书》借评述龙伯高、杜季良教诲侄子马严、马敦要谨慎言语、慎重交友。郑玄的《戒子益恩书》既有郑玄人生经历的叙说，又饱含对儿子的希冀。

再次，书体家训形式更为灵活，写法更为多变。与灵活的形式为写作提供了广阔的书写空间相对，内容的丰富多样也决定了形式的灵活。如上所论，就内容方面而言，书体家训是包蕴性极强的一种文体。将如此丰富的内容纳入家训中，篇幅有长有短，写法灵活多变，写作者往往因需而定。如郑玄的《戒子益恩书》，叙事是主要的表达方式。作者以简重精当的话语叙述了自己大半生的经历，而后以自己年迈七十，"案之礼典，便合传家"①，自然过渡到对儿子的教诫，精简恰当的叙事为诫子主题的阐发做了必要铺垫。陶渊明的《与子俨等疏》是叙事与抒情相结合的家训作品，孔臧的《与子琳书》则以说理为主。这些书体家训写法不同，有作者学识素养不同的原因，作者经历不同、所处环境不同的原因，但究其根本，最重要的还是诫子内容决定了写法的多样。陶渊明的《与子俨等疏》主要是教诫诸子和睦相处，抒情的表达方式更能拉近父子之间的感情。诸葛亮诫子勤学修身，说理的表达方式则更容易让儿子领悟学习的重要性。

书体家训的表达方式灵活多变，或议论，或抒情，甚至在家训中融入了景色描写。梁元帝萧绎的《金楼子·立言篇》在讨论文笔之分时，更强调文之抒发感情的特点，他认为文者，情灵摇荡，吟咏风谣，流连哀思。书体家训十分注重个人情感的抒发，抒情真实自然，不假修饰。以魏晋六朝书体家训为例，孙权的《让孙皎书》从儿子孙皎与甘兴霸饮酒之事写起，对儿子晓之以理，动之以情。结尾八字"临书摧怆，心悲泪下"②饱含真情。这一时期书体家训所抒之情不再限于对家庭成员的细致关怀与诫勉，训诫主体对世风学风的感慨、个体内心的独白等多在文中不假修饰地表达出来。

此外，书体家训中，最常用的表现手法就是用典，写作者常引用典故来说明所要表达的道理。刘勰的《文心雕龙·事类》将引用大致归为两大类："略举人事"和"全引成辞"③。举人事以征义，引成辞以明理。书体家训以

---

① 严可均.全后汉文：下册［M］.许振生，审订.北京：商务印书馆，1999：846.
② 严可均.全三国文：下册［M］.马志伟，审订.北京：商务印书馆，1999：642.
③ 刘勰.文心雕龙注：下［M］.范文澜，注.北京：人民文学出版社，1958：614.

引言的方式代替繁复的论证，既有说服力，又显得内容充实。许多典故在文中镶嵌得恰到好处，如徐勉的《为书诫子崧》运用了拔葵去织、悬车致事、中涂而辍的典故等。面向子孙的书体家训，形式灵活，内容多样，情文相生，形成了亲切自然的文体风格。

最后，就篇幅而言，书体家训有长有短，绝大多数的家训篇幅都较长，长篇大论之作如徐勉的《为书诫子崧》，有一千三百字之多，南朝宋文帝刘义隆《诫江夏王义恭书》云："远大者岂可具言，细碎复非笔可尽。"[1]尽管长辈的训教之意与爱子情感确实是非笔可尽，但创作主体还是不遗余力地在家训中对家庭成员进行细致周全的教诫、训诲，小到个体修身，大到家国治理，篇幅较长自是情理之中。

综上，书体是古代家训的三要文体形式之一，其文体特征明显。书体家训不同于诫体家训：诫体体制简洁，文章整饬精要；书体内容多样，形式灵活，文章亲切自然。诫体倾向于戒敕，即警诫子孙不去做某事；而书体更多是明理以教诫子孙应该怎样做。同样是讲论道理，诫体更为直接，书体则相对舒缓；而书体明显的抒情也是诫体所不具备的。

第五节　诗体

一、释"诗"

"诗"是我国古代最早产生的一种文体样式，《说文解字》云："诗，志也"[2]，认为诗是内心情志的表达。"中国古代称不合乐的为诗，合乐的为歌，现在一般统称为诗歌……它按照一定的音节、声调和韵律的要求，用凝练的语言、充沛的情感、丰富的想象，高度集中地表现社会生活和人的精神世界。"[3]我国古代先贤在家庭教育中也充分使用了这一富有情感性的文学样式，将对子侄后辈的劝诫、叮咛、希望寄寓诗中，形成了富有特色的诗体家训。

---

① 严可均.全宋文 [M].苑育新，审订.北京：商务印书馆，1999：39.

② 许慎.说文解字注 [M].段玉裁，注.2版.上海：上海古籍出版社，1988：90.

③ 辞海编辑委员会.辞海：缩印本 [M].7版.上海：上海辞书出版社，2022：2016.

二、古代家训文学中重要的诗体家训

运用诗乐对人的品行进行教育在我国有着悠久的历史。很早时候，统治者就用诗乐来教化百姓，《尚书》记载舜曾命夔典乐教胄子，其文曰："夔！命汝典乐，教胄子，直而温，宽而栗，刚而无虐，简而无傲。诗言志，歌永言，声依永，律和声。八音克谐，无相夺伦，神人以和。"①这里所说的"乐"包含"诗"在内，上古时期诗、乐、舞"三位一体"。《礼记·经解》云："孔子曰：'入其国，其教可知也。其为人也，温柔敦厚，《诗》教也。'"②正如章学诚所说："三代以前，《诗》教未尝不广也。"③可见，我国古代的诗教传统历史久远。在我国古代最古老的诗歌集《诗经》中，即有父母、兄长教诫子辈、小辈的生动描写，典型如《大雅·抑》《小雅·小宛》《郑风·将仲子》《魏风·陟岵》等。《大雅·抑》云："於乎小子，未知臧否！匪手携之，言示之事。匪面命之，言提其耳。借曰未知，亦既抱子。民之靡盈，谁夙知而莫成？"④生动地描绘了一位长辈对子辈谆谆教诲的情景。《郑风·将仲子》写道："将仲子兮，无逾我里，无折我树杞。岂敢爱之？畏我父母。仲可怀也，父母之言，亦可畏也。将仲子兮，无逾我墙，无折我树桑。岂敢爱之？畏我诸兄。仲可怀也，诸兄之言，亦可畏也。将仲子兮，无逾我园，无折我树檀。岂敢爱之？畏人之多言。仲可怀也，人之多言，亦可畏也。"⑤诗中，"父母之言，亦可畏也""诸兄之言，亦可畏也"清晰地揭示了父母、兄长对女子所进行的严格规训。《魏风·陟岵》是一首远行在外的行役之人思念家中亲人的诗篇，诗人登山远望，耳畔回想起自己离家时父母兄弟的殷殷叮嘱："父曰：嗟！予子行役，夙夜无已。上慎旃哉！犹来无止！……母曰：嗟！予季行役，夙夜无寐。上慎旃哉！犹来无弃！……兄曰：嗟！予弟行役，夙夜必偕。上慎旃哉！犹来无死！"⑥《诗经》中的这些诗篇生动地反映了我国古代家训行为的悠久历史，展现了家训的场景。《魏

---

① 十三经注疏：附校勘记［M］．阮元，校刻．北京：中华书局，1980：131．

② 同①：1609．

③ 章学诚．文史通义校注［M］．叶瑛，校注．北京：中华书局，2014：92．

④ 同①：556．

⑤ 同①：337．

⑥ 同①：358．

风·陟岵》中"予子行役，夙夜无已。上慎旃哉！犹来无止！"等诗句也表明了以诗歌形式进行家庭教诫的早期萌芽。但这些诗严格来说都不是家训诗或诗体家训，因为这几首诗的创作动因并非为了承担或发挥以诗教诫的功能。

先秦时期，专门创作的用爻教诫子女及兄弟姐妹的诫子诗歌，目前还未得见。但某些仪式上的礼辞却具有鲜明的教诫之意及韵语特征。典型如行冠礼时，父亲要对孩子送上祝辞，这些祝辞同时也是训勉致辞，其辞曰："令月吉日，始加元服。弃尔幼志。顺尔成德。寿考惟祺。介尔景福。再加曰，吉月令辰。乃申尔服。敬尔威仪。淑慎尔德。眉寿万年。永受胡福。"[1]教导孩子要丢掉未成年时的幼稚，敬慎威仪，淑慎品德，享受由此带来的福禄绵长。

真正意义上的诗体家训出现在汉代。诗体家训作为家庭教育的一种载体和手段，随着家训活动的展开而生成、发展。汉代，有明确作者的诗体家训开始出现，一些家训的训主以诗体写作家训并用其开展教子等家教活动。汉魏晋南北朝时期，诗体家训的数量不多，但却标志着在家训文学的园地中增加了诗歌这一形式。这一时期的主要作品有：韦玄成《戒子孙诗》，东方朔《诫子》，王粲《为潘文则作思亲诗》，刘桢《赠从弟》，应璩《百一诗》，潘岳《家风诗》，陆机《与弟清河云诗》，陶渊明《命子诗》《责子诗》《赠长沙公》，谢混《诫族子诗》，王揖《在齐答弟寂诗》，等等。

唐代是我国古代诗歌的繁盛时代，家训诗也随之进入成熟期，这一时期不仅作家多、作品多，而且内容丰富、形式多样、手段灵活。唐代的主要作品有：王维《赠从弟司库员外絿》《山中示弟》，孟浩然《送莫甥兼诸昆弟从韩司马入西军》，李白《送外甥郑灌从军三首》，韦应物《示从子河南尉班》《送杨氏女》，高适《别从甥万盈》，杜甫《宗武生日》《又示宗武》《元日示宗武》《又示两儿》《示从孙济》《催宗文树鸡栅》，王建《留别舍弟》，韩愈《劝学诗》《示儿》《符读书城南》，卢仝《示添丁》《寄男抱孙》，白居易《遇物感兴因示子弟》《闲坐看书，贻诸少年》《狂言示诸侄》，杜牧《冬至日寄小侄阿宜诗》《留诲曹师等诗》，李商隐《骄儿诗》，颜真卿《劝学》，卢肇《送弟》《嘲小儿》，杜荀鹤《题弟侄书堂》《喜从弟雪中远至有作》《送舍弟》，韦庄《勉儿子》，齐己《寄勉二三子》，王梵志《世训格言白话诗》，

---

① 十三经注疏：附校勘记［M］．阮元，校刻．北京：中华书局，1980：957.

等等。

由宋至元诗体家训得到进一步发展繁荣，迨到明清，诗体家训创作达到鼎盛。

宋代主要作家及作品有：王禹偁《观邻家园中种黍示嘉祐》，范质《诫儿侄八百字》，石介《三子以食贫困于藜藿为诗以勉之》《勉师愚等》，赵抃《己未岁除言怀示诸弟侄子孙》，李觏《寄小儿》，邵雍《生男吟》《教子吟》《教劝吟》《诫子吟》《训世孝弟诗》，司马光《新迁书斋颇为清旷偶书呈全董二秀才并示侄良富》，王安石《题汤泉壁示诸子有欲闲之意》，韦骧《寄示二小子》，苏轼《柳氏二外甥求笔迹》《过汤阴市得豌豆大麦粥示三儿子》(《示诸子》)和《游罗浮山一首示儿子过》《洗儿戏作》，苏辙《示诸子》《汝南示三子》《上巳日久病不出示儿侄》《筑室示三子》《读传灯录示诸子》《示诸孙》《九日阴雨不止病中把酒示诸子》，郑侠《教子孙读书》《示女子》，陈师道《别三子》《示三子》，吕本中《示儿》《寄诸子》，陆游《示儿》等，杨万里《观小儿戏打春牛》《得小儿寿俊家书》《大儿长孺赴零陵簿示以杂言》《雪后领儿辈行散》《五月三日早起步东园示幼舆子》《得寿仁寿俊二子书皆以病不及就试且报来期》《嘲稚子》《送次子之官安仁监税》《送子仁侄南归》，辛弃疾《闻科诏勉诸子》《感怀示儿辈》《即事示儿》《第四子学春秋发愤不辍书以勉之》，韩淲《示大儿峡州签书判官》《示儿》，陈著《上巳酒边即事示女冲》《快活吟第三笔示诸儿》《长儿吉初生日以四十字示之》《次儿生日八句示之》《次韵内侄竺稷并示诸儿》《次韵女洸九日坐病与泌诗》《又用韵示长儿》《七月望郡庠赋秋声诗且欲不犯题字及见所作良可发笑因赋二首示诸儿》《上乘展墓示子侄》《余生日闷中示诸儿》《送儿沆再之婺》《送沆赴台州学录》《送儿沆再之台学并似许梧山张在轩》《送儿深赴婺之月泉山长》《送儿沆赴昌国学录》，方回《次韵君泽夜坐示子侄》《示长儿存心》，秦观《兴国浴室院独坐时儿子湛就试未出》，晁补之《北山道中示公为》，彭龟年《盆花示儿》，梅尧臣《送薛氏妇归绛州》，张耒《示秬秸》，陈造《记梦示师是》，等等。

宋代诗体家训众多，据朱君统计共计400余首[1]，大大超过前代。在众多的作者中，南宋爱国诗人陆游首屈一指。陆游一生笔耕不辍，写下万余首诗，传世九千余首，其中有大量家训诗，在诗体家训创作上成果最为突出。

---

[1] 朱君.宋代教子诗研究 [D].呼和浩特：内蒙古师范大学，2018：8.

其主要作品有《示儿子》《五更读书示子》《示元礼》《示子聿》《示子遹》《送子龙赴吉州掾》《思归示子聿》《示儿孙辈》《病中示儿辈》等。诗歌不仅数量众多，而且思想内容丰富，举凡忠君爱国、仁民爱物、修身立志、刻苦读书、为官之道、勤俭节约等思想在陆游的家训教子诗中都有鲜明的体现。

到了元代，诗体家训继续发展，且充分彰显时代特色。主要代表作品有：耶律楚材《子铸生朝，润之以诗为寿，予因继其韵以遗之》《送房孙重奴行》《为子铸作诗三十韵》《赠侄正卿》，许衡《训子》，许嗣《训子》，蒲道源《次德衡弟韵五首》，陈谦《勉学诗》二十四首，陈栎《次光侄诗韵》，赵文《丁酉元日示儿》，赵由侪《述祖诗》，洪希文《教儿子镛读礼诗》，华幼武《送族侄扩之通州》，王冕《示师文（其一）》，侯克中《克己复礼》，郝经《命子》，谢应芳《示二子》，谢肃《送侄太五往临濠迎父丧归葬》，胡助《劝兄弟》十首，梁寅《思远诗六章寄长男灵川承岷》，王恽《望舍弟消息》三首，邓雅《述先训》，盛象翁《训儿作》，白华《是日又示恒二首》，陶安《寄示从子旻二首（其一）》，韩奕《送侄》，唐元《次第五男桂芳自金陵归喜而有作》，于石《示衢子》，赵孟頫《右耕》，元好问《古意二首》（其一）《示侄孙伯安》，虞集《至正改元辛巳寒食日示弟及诸子侄》，余茂舒《秋怀寄二弟并示诸子侄（其四）》，同巽《寄女婿陈绍吾》，尹廷高《题书示儿》，俞仲温《答二子》，傅东郊《和答兆五侄》，刘崧《余归自南京与子彦弟相见于清江舟中别去承寄绝句六章依韵奉答》，吴莱《遣儿谔初就学》，欣喜《次第五男桂芳自金陵归喜而有作》，同恕《送侄孙畿往衡湘》《送族侄一飞》，邓雅《自叹一首示赞贯二子》，马祖常《寄六弟元德宰束鹿》，张思孝《训子张亨》，欧阳玄《示侄》，等等。

明清时期诗体家训创作达到顶峰，教子组诗出现，作品数量多，内容丰富。主要作品有：明代孙蕡《赠从弟三首》，于谦《示冕》，方孝孺《勉学诗》，王阳明《示宪儿》，汤显祖《智志咏示子》，王守仁《书扇示正宪》，杨士奇的《示训升侄》《示表侄陈纯》《长儿韵语》《示鸿兄弟》，袁友信《金陵示子》，魏观《两浙寄子栗家书》，孙承恩《示侄》，沈周《示复儿》《除夕歌示子侄》，宗臣《留别子培舍弟》，李流芳《锡山夜别闲孟子薪彦逸及从子宜之儿子子杭之二首》，陈维裕《寄弟养志》，吴天泰《示族子》，杨爵《示侄休四首》，吴宽《送原辉庠还》，王樵《示子孙》，苏仲《示儿》，王弘《咏史示儿》等。

清代申涵光《家诫示舍弟》，孙奇逢《示子》《示望雅》《示诸子》《述先德》，张廷玉《送二侄之官琼州》，庄德芬《乙酉夏日言怀示儿》《杂诗示儿》《夏日读书示儿》《庚寅秋沉儿下第书寄》，汪廷珍《示孙作》，黎兆勋《送从弟莼斋从军》，屈大均《示女明洙》《示儿明洪》《送从弟无极归里》《春日喜从弟无极至东莞赋赠》《于两大人冢旁作予生圹书示儿辈》和《家园示弟》三首，王夫之《示子侄》《示侄孙生蕃》，蒋谦《寄怀心余侄》，方士鼐《示儿子濬师》，朱端妍《偶成示持谦持谨两儿》，田玉燕《三子读书西湖因示》，佟素衡《勉儿勤学》，蒋示铨《听射示儿辈》，许宗彦《示儿延敬》，袁枚《示儿》，魏源《读书吟示儿耆》，庄肇奎《示儿仲方》，曾国藩《不忮诗》《不求诗》，屈大均《儿明洪生日示之》，陈寅《示诸子》，龚自珍《己亥杂诗》，张金镛《答七弟问作诗之旨》，蒲松龄《示儿箎、孙立德》《试后示箎、笏、筠》《试后勉儿箎、孙立德》，聂继模《镇安官署示焘儿》，陈寅《示诸子》，吴敏树《七月十二日携儿侄西村观获示之以诗》，赵嘉程《示家人》，谢济世《西征别儿子梦连》，翁志琦《答女口号》，宋景卫《修身尽伦歌示诸娣侄》，郑献甫《娇女篇》，等等。

可见，从先秦及至晚清，诗体家训一直绵延不绝。中国古代史上的一些著名诗人、学者、政治家、思想家（如陶渊明、李白、杜甫、韩愈、白居易、杜牧、王安石、苏轼、文天祥、于谦、汤显祖、蒲松龄、郑板桥、龚自珍、魏源等），创作了大量的家训诗，以诗为载体教诫子弟，向他们传递修身、处世、读书、治学、齐家、报国等方面的思想，分享人生的智慧与处世经验，对子孙寄予深切的希望和要求。

三、古代诗体家训的文体特征

诗体是古代家训中的一种重要文体，以往学者在论析时常称之为诫子诗，鉴于家训中包含对同辈弟弟、妹妹的内容，因而我们称之为诗体家训。

古代的诗体家训起源较早，《诗经》中的记载说明，早在周代即有诫子弟诗的存在。春秋战国时期，诫子弟诗较少，迨至汉代，有明确作者撰写的家训诗正式出现。汉代韦玄成以诗诫子孙敬慎勤勉、自我约束、注重仪容修饰、尽心尽职地蕃卫汉室。魏晋六朝时期，诫子诗的数量有所增多，陶渊明的《命子诗》《责子诗》反映了诗人对孩子的教育和殷切希望。潘岳的《家风诗》训诫子孙养德立行、敬真爱家。历经三国两晋南北朝的发展，家训诗至唐代成熟，数量猛增。宋元大兴，宋代的诫子诗比唐代有过之而无不及，不仅数量更多，而且内容更加丰富，家训诗的形式也有所不可。

与家训的其他文体形式不同的是，诗体家训的标题较少用"训""教""诫"命题。以家训诗繁盛的唐宋时期为例，其题目多用"示""寄""送"，诗中多用"祝""愿""劝"等字，表达温馨的祝福与勉励。此外，唐宋时期的诫子长诗较多，这与其体式密切相关。

唐代的家训诗中五言长诗较多，七言较少，诗歌的表达方式灵活，或叙事，或抒情，或描写，或议论。比喻、比拟、引用、象征等修辞手段的使用使得诗歌表意灵活、情感丰富且诗意灵动。

唐诗重兴象，宋诗重理趣。宋代许多家训诗表现出鲜明的理学特征。如宋代家训诗巨匠陆游的作品多是就日常之事有感而发，采取"一事一议一诫"的结构谋篇，在轻松的叙述及议论中，表达对子弟的教诫，如《五更读书示子》《示元敏》《示子孙》《六经示儿子》等。其《示儿》云："死去元知万事空，但悲不见九州同。王师北定中原日，家祭无忘告乃翁。"深刻表达了陆游炽热的家国情怀。不仅如此，陆游的一些家训诗还阐发了深刻的哲理，如《冬夜读书示子聿》云："古人学问无遗力，少壮工夫老始成。纸上得来终觉浅，绝知此事要躬行。"[1]极富哲理意味。

第六节　箴体

一、释"箴"

"箴"，本指缀衣之针或针灸治病之针。缀衣之针，如《礼记》所载的"衣裳绽裂，纫箴请补缀"[2]。治病之针如《山海经》所云："又南四百里，曰高氏之山，其上多玉，其下多箴石。"郭璞注："可以为砭针治臃肿者。"[3]因箴具有刺、插之义，箴石可疗病，故箴后来引申为规劝、警戒之意。《国

---

① 陆游.剑南诗稿校注 [M].钱仲联,校注.新1版.上海：上海古籍出版社,2005：2630.

② 十三经注疏：附校勘记 [M].阮元,校刻.北京：中华书局,1980：1462.

③ 袁珂.山海经校注 [M].北京：北京联合出版公司,2014：94.

语》所云"师箴，瞍赋，矇诵，百工谏"①，就是此意。对于"箴"，《说文解字》云："箴，缀衣箴也。从竹，咸声。"段玉裁注："缀衣，联缀之也。谓箴之使不散。若用以缝则从金之针也。尚书赘衣即缀也。引申之义为箴规。"②明代徐师曾《文体明辨序说》曰："按《说文》云：'箴者，戒也。'盖医者以箴石刺病，故有所讽刺而救其失者谓之箴，喻箴石也。"③"箴"具有规诫之意，予人箴言，可以纠正对方的缺点，规避其犯错误，因而"箴"慢慢具有了文体学的意义，引申为具有治病、规诫性的文章。

对于文体学意义上的"箴"，《文心雕龙·铭箴》解释说："箴者，所以攻疾防患，喻针石也。"④"箴全御过"⑤王应麟《辞学指南》也释"箴"曰："箴者，谏悔之词，若针之疗疾，故名箴。"⑥

二、古代家训文学中重要的箴体文

早在先秦时期，箴文就已经产生。周代的《虞人之箴》是目前保存完整的第一篇独立箴文。《左传·襄公四年》记载："昔周辛甲之为大史也，命百官，官箴王阙。于《虞人之箴》曰：'芒芒禹迹，画为九州，经启九道。民有寝庙，兽有茂草，各有攸处，德用不扰。在帝夷羿，冒于原兽，忘其国恤，而思其麀牡。武不可重，用不恢于夏家。兽臣司原，敢告仆夫。'"⑦箴文最初是官员用来对君王讽诵的，但随着其使用范围的不断扩展，后来百官也逐渐被列入箴戒对象之中。"以秦简《为吏之道》为标志，'箴'以君王为独一规诫对象的局面被打破，百官也被列入了'箴'的规诫对象当中。"⑧扬雄的《二十五官箴》是典型的代表。在日后的发展过程中，箴的训诫主体及应用对象不断发生变化，"箴"不再局限于"下"对"上"，"上"对"下"也可用"箴"，诸如南朝梁武帝萧衍的《凡百箴》、唐德宗的《君臣箴》、

① 徐元诰.国语集解［M］.王树民，沈长云，点校.北京：中华书局，2002：11.

② 许慎.说文解字注［M］.段玉裁，注.2版.上海：上海古籍出版社，1988：196.

③ 徐师曾.文体明辨序说［M］.罗根泽，校点.北京：人民文学出版社，1962：140.

④ 刘勰.文心雕龙注：上［M］.范文澜，注.北京：人民文学出版社，1958：194.

⑤ 同④：195.

⑥ 陈梦雷.古今图书集成［M］.蒋延锡，校订.北京：中华书局，1985：77345.

⑦ 十三经注疏：附校勘记［M］.阮元，校刻.北京：中华书局，1980：1933.

⑧ 裴传永."箴"的流变与历代官箴书创作：兼及官箴书中的从政道德思想［J］.理论学刊，1999（2）：95.

宋太祖的"十六字官箴"。"箴"不仅可以用于规谏君王、官员，而且可以用于警诫自己，如西晋傅咸的《御史中丞箴》，唐代元结的《自箴》、韩愈的《五箴》、柳宗元的《惧箴》等。其中，警诫君王及百官的"箴"称"官箴"，以自己为警诫对象的"箴"称"私箴"。由于"箴"所具有的规讽之义，使其在家庭教诫中应用，于是成为家训的一种文体形式，用于对家庭成员的箴诫。

作为规诫、警示的一类文本，"箴"在先秦业已存在，至秦汉定型，魏晋南北朝时期箴文尤其是官箴不断发展，但通过梳理文献可知，先唐时期，专门为家庭教育而创作的箴体家训数量有限，典型的代表作品有齐王司马攸的《太子箴》。司马攸是晋文帝司马昭的次子，是晋武帝司马炎的同母弟。咸宁二年（276），司马攸领太子太傅之职，《太子箴》是他写给太子司马衷的箴言，其辞曰："伊昔上皇，建国立君，仰观天文，俯察地理，创业恢道，以安人承祀，祚延统重，故援立太子。尊以弘道，固以贰己，储德既立，邦有所恃。夫亲仁者功成，迩佞者国倾，故保相之材，必择贤明。昔在周成，旦奭作傅，外以明德自辅，内以亲亲立固，德以义济，亲则自然。嬴废公族，其崩如山；刘建子弟，汉祚永传。楚以无极作乱，宋以伊戾兴难。张禹佞给，卒危强汉。辅弼不忠，祸及乃躬；匪徒乃躬，乃丧乃邦。无曰父子不间，昔有江充；无曰至亲匪贰，或容潘崇。谀言乱真，谮润离亲，骊姬之谗，晋侯疑申。固亲以道，勿茍以恩；修身以敬，勿托以尊。自损者有余，自益者弥昏。庶事不可以不恤，大本不可以不敦。见亡戒危，睹安思存。冢子司义，敢告在阍。"[①]司马攸是西晋王室的重要成员，从血亲上看，太子司马衷是他的侄子，因此这篇作品可看作家训。司马攸教诫太子要尊道修德，修身以敬，固亲以道，亲贤仁，远奸佞，"见亡戒危，睹安思存"。这一时期，张华的《女史箴》、王廙的《妇德箴》等也用于家庭训戒，但并不是为家庭教诫而专门创作的。

唐代以降，箴体家训渐多，韩愈的《游箴》《言箴》《行箴》《好恶箴》《知名箴》，皮日休的《心箴》《口箴》《耳箴》《目箴》《手箴》《足箴》《动箴》《静箴》《酒箴》《食箴》，柳宗元的《惧箴》《忧箴》《师友箴》等，由于具有较强的教诫功能，被广泛用于家训中。但严格来说，这些箴言并不是为家训而专门创作的，而是多用来自我警示的。如韩愈在论及《五箴》的创作

---

① 房玄龄，等.晋书[M].北京：中华书局，1974：1132-1133.

动因时指出："人患不知其过；既知之不能改，是无勇也。余生三十有八年；发之短者日益白，齿之摇者日益脱。聪明不及于前时，道德日负于初心，其不至于君子而卒为小人也，昭昭也！作《五箴》以讼其恶云。"①显然，不是为家诫而作。此类情况还有程颐的《视箴》《听箴》《言箴》《动箴》等，也非专门为诫子而作，却被用于家训教诫。

到了宋代，专门为了家教而创作的箴体家训出现，典型如彭龟年的《训钜箴》《初筮箴示钦之官莆中》《官箴》等。彭龟年是南宋著名的大臣，学问渊广，是非分明，忠鲠敢谏，严于教子，曾作《训钜箴》等三篇教子。宋嘉泰四年（1204）春，彭龟年的儿子彭钜被任命至宁远县当主簿，即将赴任，儿子前来向父亲请教，于是彭龟年作《训钜箴》来警诫他。其辞曰：

> 引
> 官到任子，荷国宠恩。子不胜官，为负其亲。匪负其亲，乃负其君。汝若不负，当语汝云。
> 廉
> 人谓能廉，乃行之细。细行不矜，终为德累。赐不受命，丰约必计。竟堕货殖，万牛莫挈。
> 宽
> 胸中泰然，大可容天。逼逼仄仄，一室如猬。居宽有道，以人治人。毋忿于顽，孰非吾仁？
> 公
> 用心而公，酸咸同功。以私间之，肺肝华戎。汝观平衡，金羽折衷。低昂非我，何适不中。
> 正
> 万斛之舟，系于一碇。元气不完，百脉皆病。《易》有吉凶，惟以贞胜。万邪莫干，孰不听令？
> 仁
> 民国之本，仁人之根。其根不立，他何足言！不忍于人，斯仁之端。不忍于己，人斯寡恩。

---

① 韩愈.韩愈全集 [M].钱仲联，马茂元，校点.上海：上海古籍出版社，1997：134.

明

人贵乎明，不贵乎察。汝职勾稽，细大必达。毋遗泰山，琐琐毫末。所得几何？卒陷深刻。

勤

民生在勤，弗勤则匮。自匮其身，犹事之细。仕而不勤，人必受敝。勿谓簿书，徒劳人意。

敏

临事贵敏，匪缓匪急。缓则失几，急则伤物。惟能明理，动明不括。何以能明？惟学之力。

学

学优则仕，不学如瞽。奚止面墙，将乱璞鼠。惟学有益，岂云少补。汝傥知学，吾言皆助。①

　　面对即将上任的儿子，彭龟年以"廉""宽""公""正""仁""明""勤""敏""学"为核心警诫他，希望他为官廉洁、仁爱宽厚、守正固本、仁爱百姓、明智而不苛察、勤于民生、临事贵敏、勤于学习。四字韵语，和谐上口，比喻、对比的运用使得全篇通俗易懂，而对《易》《书》《论语》等的引用及化用又使得文章暗含笔力，不落俗套。彭龟年为官37年，历仕孝宗、光宗、宁宗三朝，一生骨鲠磊落，清正廉洁，箴言是他对儿子的诫勉，也是他从政多年的理念及为官之道的写照。这一时期的箴体家训还有刘宰的《侄孙子敬字直孺箴》，在此篇中，刘宰通过对晚辈命名来教导子弟为人处世。

　　宋代以降，专门用于家庭教诫的箴体家训增多。元明清时期，既是我国封建帝制的末期，也是我国古代文化的集大成时期。得益于前代家训的奠基及明清时期社会上普遍注重家庭教育的社会风气，这一时期的家训既继承了前代家训的精华并集历代家训之大成，又受时代背景的影响，具有鲜明的时代特色。家训不仅数量众多，而且体制更加多样，箴、铭、格言等文体形式的家训在这一时期呈现出前所未有的样态。就箴体家训来说，典型作品如：元代郝经的《家人箴》；明代方孝孺的《家人箴》《幼仪杂箴》；清代李光地的《诫家后箴》（又名《戒子孙》）、《劝学箴》、《惜阴箴》，王艮的《孝悌箴》，

① 曾枣庄，刘琳. 全宋文：第278册［M］. 上海：上海辞书出版社，2006：325-326.

张英的《聪训斋语》，徐士俊的《妇德四箴》，金廷桂的《箴言》，等等。

方孝孺是中国古代骨鲠之臣的代表，其忠直节烈。方孝孺非常注重家庭训诫，在修身、处世乃至治家等方面对家人进行教诫。《家人箴》是方孝孺家训的代表作，也是我国古代箴体家训的名篇。方孝孺在《序言》中指出："身既修矣，然后推之齐家；家既可齐，而不优于为国与天下者，无有也。故家人者，君子之所尽心，而治天下之准也，安可忽哉？"①认为个体修养身心，涵养道德，方可齐家，乃至治天下。

在《家人箴》中，方孝孺强调要端正人伦，他在《正伦》中写道："人有常伦，而汝不循，斯为匪人。天使之然，而汝舍旃，斯为悖天。天乎汝弃，人乎汝异，曷不思耶？天以汝为人，而忍自绝，为禽兽之归耶！"②

《家人箴》强调要谨守礼节，《谨礼》云："纵肆怠忽，人喜其佚。孰知佚者，祸所自出。率礼无怠，人苦其难。孰知难者，所以为安。嗟时之人，惟佚之务。尊卑无节，上下失度。谓礼为伪，谓敬不足行。悖理越伦，卒取祸刑。逊让之性，天实锡汝。汝手汝足，能俯兴拜跽。曷为自贼，恣傲不恭。人或不汝诛，天宁汝容！彼有国与民，无礼犹败。矧予眇微，奚恃弗戒？由道在己，岂诚难耶？敬兹天秩，以保室家。"③

方孝孺强调要通过学习增长知识，通明事理，指出如果不学习则不免要"流为禽兽"。他在《务学》中指出："无学之人，谓学为可后。苟为不学，流为禽兽。吾之所受，上帝之衷。学以明之，与天地通。尧舜之仁，颜孟之智，圣贤盛德，学焉则至。夫学可以为圣贤，侔天地，而不学不免与禽兽同归。乌可不择所之乎？噫！"④

强调要勇于自省，善于反思自己是否做到言有信、行有善、正学、远虑、明辨、勇于改过、坚持正义、不怯懦。其《自省》云："言恒患不能信，行恒患不能善，学恒患不能正，虑恒患不能远。改过患不能勇，临事患不能辨，制义患乎巽懦，御人患乎刚褊。汝之所患，岂特此耶？夫焉可以不勉！"⑤

强调要谨守德义，笃行致远。方孝孺在《笃行》中指出："位不若人，

---

① 方孝孺.家人箴［M］//楼含松.中国历代家训集成.杭州：浙江古籍出版社，2017：1381.

② 同①.

③ 同①.

④ 同①：1382.

⑤ 同①：1382.

愧耻以求。行不合道，恬不加修。汝德之凉，侥幸高位。祇为贱辱，畴汝之贵。孝弟乎家，义让乎乡，使汝无位，谁不汝臧？古人之学，修己而已，未至圣贤，终身不止。是以其道，硕大光明。化行邦国，万世作程。汝曷弗效，易自满足？无以过人，人宁汝服？及今尚少，不勇于为，迨其将老，虽悔何追？"①

强调要立贞远之志，切不可贪一时之苟安，而招致终身之累，不可因放纵而损毁功名。其《虑远》云："无苟一时之安，而招终身之累。难操而易纵者，情也。难完而易毁者，名也。贫贱而不可无者，志节之贞也。富贵而不可有者，意气之盈也。"②

强调一定要杜绝私心。方孝孺在《绝私》中写道："厚己薄人，固为自私。厚人薄己，亦匪其宜。大公之道，物我同视。循道而行，安有彼此？亲而宜恶，爱之为偏。疏而有善，我何恶焉？爱恶无他，一裁以义。加以丝毫，则为人伪。天之恒理，各有当然。孰能无私，忘己顺天。"③

强调治家之道礼义为先，切勿"汲汲于财利"。方孝孺在《择术》中写道："古之为家者，汲汲于礼义。礼义可求而得，守之无不利也。今之为家者，汲汲于财利。财利求未必得，而有之不足恃也。舍可得而不求，求其不足恃者，而以不得为忧，咄嗟乎若人，吾于汝也奚尤？"④

强调一定要有所畏惧，要"畏心畏天。畏己有过，畏人之言"，对此，他在《崇畏》中指出："有所长者其家必齐，无所畏者必怠而暌。严厥父兄，相率以听。小大祇肃，靡敢骄荒。于道为顺，顺足致和。始若难能，其美实多。人各自贤，纵私殖利。不一其心，祸败立至。君子崇畏，畏心畏天。畏己有过，畏人之言。所畏者多，故卒安肆。小人不然，终覆忧畏。汝今奚择，以保其身？无谓无伤，陷于小人。"⑤

强调一定要隐忍，切忌轻忿易忤，做到"审乎义理。不深责人，以厚处己。"方孝孺在《惩忿》中写道："人言相忤，遽愠以怒。汝之怒人，彼宁不恶？恶能兴祸，怒实招之。当忿之发，宜忍以思。彼言诚当，虽忤为益。忤我何伤，适见其直。言而不当，乃彼之狂。狂而能容，我道之光。君子之

---

① 方孝孺. 家人箴 [M] // 楼含松. 中国历代家训集成. 杭州：浙江古籍出版社，2017：1382.

② 同①：1384.

③ 同①.

④ 同①：1384.

⑤ 同①：1382-1383.

怒，审乎义理。不深责人，以厚处己。故无怨恶，身名不隳。轻忿易忤，小人之为。人之所慕，实在君子。考其所由，君子鲜矣。言出乎汝，乌可自为？以道制欲，毋纵汝私。"①

强调要戒除懒惰的恶习，其《戒惰》云："惟古之人，既为圣贤，犹不敢息。嗟今之人，安于卑陋，自以为德。舒舒其学，肆肆其行，日月迈矣，将何成名。昔有未至，人闵汝少，壮不自强，忽其既耄。於乎汝乎，进乎止乎？天实望汝，云何而忍无闻以没齿乎？"②

强调一定要审慎倾听，方孝孺在《审听》中指出："听言之法，平心易气。既究其详，当察其意。善也吾从，否也舍之。勿轻于信，勿逆于疑。近习小夫，闺阁嬖女，为谗为佞，类不足取。不幸听之，为患实深。宜力拒绝，杜其邪心。世之昏庸，多惑乎此。人告以善，反谓非是。家国之亡，匪天伊人。尚审尔听，以正厥身。"③

强调要谨于所习，他在《谨习》中指出："引卑趋高，岁月劬劳。习乎污下，不日而化。惟重惟默，守身之则。惟诈惟佻，致患之招。嗟嗟小子，以患为美。侧媚倾邪，矫饰诞诡。告以礼义，谓人己欺。安于不善，莫觉其非。彼之不善，为徒孔多。惧其化汝，不慎如何！"④

强调要谨慎自己的言论，他在《慎言》中指出："义所当出，默也为失。非所宜言，言也为愆。愆失奚自？不学所致。二者孰得？宁过于默。圣于乡党，言若不能。作法万年，世守为经。多言违道，适贻身害。不忍须臾，为祸为败。莫大之恶，一语可成。小忿不思，罪如丘陵。造怨兴戎，招尤速咎。孰为之端？鲜不自口。是以吉人，必寡其辞。捷给便佞，鄙夫之为。汝今欲言，先质乎理。于理或乖，慎弗启齿。当言则发，无纵诞诡。匪善曷陈，匪义曷谋？善言取辱，则非汝羞。"⑤

此外，方孝孺在《家人箴》中强调切莫忘记重视祖考之祀，其《重祀》云："身乌乎生？祖考之遗。汝哺汝歠，祖考之资。此而可忘，孰不可为？尚严享祀，式敬且时。"⑥

---

① 方孝孺.家人箴［M］//楼含松.中国历代家训集成.杭州：浙江古籍出版社，2017：1383.
② 同①.
③ 同①.
④ 同①.
⑤ 同①：1384.
⑥ 同①：1381.

通观《家人箴》，可见方孝孺对修身守礼的重视。

除了方孝孺，康熙朝名臣李光地也有箴体家训传世。其《诫家后箴》云："少小之时，谦谨是尚，动则畏讥，言则惧谤。傲不可长，志不可荡，使人视之，如璞未锡。《毛诗》有言，维莠骄骄，童子佩觿，古人所嘲。柔颜扪舌，贤圣犹劳，矧尔小子，而敢矜高。父祖艰难，供尔衣食，便自放肆，而忘检饬。性既漓薄，质又乖逆，几何不为败类凶德。湖山诸子，骄慢成风，汝等又然，恐替吾宗。今与汝约，改过于蒙，再罔悛心，吾不尔容。"[1]箴言中，李光地严正地警诫子孙后人切勿骄矜傲慢、荡志败德，要像玉一样经受雕琢，颜色温润，说话谨慎，谨慎言行。对于世俗的傲慢之风，他深为忧虑，急切地告诉子孙，对于已有的毛病，要认真改正；如果再不改正，自己将绝不容忍。李光地比箴，语言精练有致。作为一位博学的政治家，他在箴言中成功引用了《诗·齐风·甫田》中的"维莠骄骄"[2]及《诗·卫风·芄兰》中的"童子佩觿"[3]之语，并且将年少时的少不谙事形象地比喻成"如璞未锡"，语言形象，婉而有致。

三、古代箴体家训的文体特征

"箴"是用以规诫的，这是其文体生成之因。对于箴体文的特征及早期发展，《文心雕龙》做了清晰阐释。其文云："斯文之兴，盛于三代，夏商二箴，余句颇存。及周之辛甲百官箴一篇，体义备焉。迄至春秋，微而未绝。故魏绛讽君于后羿，楚子训民于在勤。战代以来，弃德务功，铭辞代兴，箴文委绝。至扬雄稽古，始范《虞箴》，作卿尹州牧二十五篇。及崔胡补缀，总称《百官》，指事配位，鳖鉴可征，信所谓追清风于前古，攀辛甲于后代者也。至于潘勖符节，要而失浅；温峤侍臣，博而患繁；王济国子，引广事杂；潘尼乘舆，义正体芜：凡斯继作，鲜有克衷。至于王朗杂箴，乃置巾履，得其戒慎，而失其所施。观其约文举要，宪章戒铭，而水火井灶，繁辞不已，志有偏也。夫箴诵于官，铭题于器，名目虽异，而警戒实同。箴全御过，故文资确切；铭兼褒赞，故体贵弘润：其取事也必核以辨，其摘文也必

---

[1] 李光地.榕村全书：第9册[M].陈祖武，点校.福州：福建人民出版社，2013：298.

[2] 十三经注疏：附校勘记[M].阮元，校刻.北京：中华书局，1980：353.

[3] 同[2]：326.

简而深，此其大要也。然矢言之道盖阙，庸器之制久沦，所以箴铭异用，罕施于代。惟秉文君子，宜酌其远大焉。赞曰：铭实表器，箴惟德轨。有佩于言，无鉴于水。秉兹贞厉，敬言乎履。义典则弘，文约为美。"[1]刘勰对箴体文的发轫及南朝之前的"箴"文进行了较详细的论述，揭示了箴体文的特点及风格。

综合前文所论及的先秦至清代的箴体家训可见，就体式与风格而言，箴体家训多为四言韵文（骈文），文多用典，注重押韵，语言质朴谦恭。箴体家训的篇幅有短有长，从数句到数十句不等，一般有序文在前，正文部分以简明扼要的语言为家庭成员指定切实可行的箴规，言简意赅。短小精悍的箴体家训包含着方方面面的教诲，例如方孝孺的《幼仪杂箴》制定了坐、立、行、寝、揖、食、饮、言、笑等二十项规定，且每一项规定都十分具体严格。箴体家训以四字韵文为主流，音韵和谐，朗朗上口，易于理解，便于记忆，有利于达成告诫、警示、规劝的文体功能。

第七节　诏体、敕体、令体

诏、敕、令三种文体，从文本属性及使用者的身份来看，最初都是君王命令之辞，为帝王的御用文体。在后世的发展中，敕、令的使用者身份发生变化，不局限于帝王。在家训领域，诏、敕、令三体均被用于家庭教育，由此生成了丰富的文学作品，形成了诏体家训、敕体家训、令体家训的独特景观。

一、诏体家训

（一）释"诏"

"诏，告也。"[2]先秦时期，"诏"的基本意思是告、教，诸如《左传·成二年》载，栾伯曰："燮之诏也。士用命也。书何力之有焉。"《注》曰：

① 刘勰.文心雕龙注：上 [M].范文澜，注.北京：人民文学出版社，1958：194-195.
② 许慎.说文解字注 [M].段玉裁，注.2版.上海：上海古籍出版社，1988：92.

"诏，告也。"①《庄子·盗跖篇》云："为人父者，必能诏其子。"如淳注："教也。"②有时也指君王发布的命令文告，如《战国策·燕策》云："非有诏不得上。"③此时的"诏"还没有成为天子的专用文体。据《史记·秦始皇本纪》载，秦朝建立后，秦王与丞相等讨论帝号，秦王曰："命为'制'，令为'诏'，天子自称曰'朕'。"④这则记载说明了诏书文体的起源及基本定性。为王言确立专门的名称及文体，这是秦王朝文化建构的组成部分。汉王朝建立之初，沿用秦的文书制度及仪则，《文心雕龙·诏策》云："秦并天下，改命曰制。汉初定仪则，则命有四品：一曰策书，二曰制书，三曰诏书，四曰戒敕。"⑤将策、诏、敕等确定为天子的御用文体。自此，诏成为天子专用的文体样式。

汉代刘熙《释名·释典艺》解释诏书说："诏，照也。人暗不见事宜，则有所犯。以此照示之，使昭然知所有由也。"⑥刘熙解释了作为王言的"诏"在古代社会生活中的重要地位及作用。天子不仅在国家的政治治理中应用诏书，在家庭教诫活动中，也用诏体文来教诫子弟及家庭成员，由此形成了我国古代家训中富有帝王身份色彩的诏体家训。需要说明的是，作为天子的母亲及匹偶——太后及皇后，在教诫家人的过程中有时也使用诏体。

（二）古代家训文学中重要的诏体文

汉代以来，诏体家训代不绝书，主要作品有：汉文帝刘恒《遗诏》，光武帝刘秀《遗诏》，汉明帝刘庄《遗诏》，和熹邓皇后邓绥《教子弟诏》，明德马皇后《辞封舅氏诏》，汉昭烈帝刘备《遗诏敕后主》《敕后主诏》，晋宣帝司马懿《遗诏》，晋明帝司马绍《遗诏》，晋成帝司马衍《遗诏》，南朝宋文帝刘义隆《劝学诏》《答江夏王义恭诏》《与彭城王义康诏》《戒刘道济诏》《与义恭诏》《节俭诏》《报衡阳王义季诏》《又诏》《赐南郡王义宣诏》《下衡阳王义季诏》《与彭城王诏》《与始兴王濬诏》《与南郡王义宣诏》《与江夏王义

---

① 十三经注疏：附校勘记［M］. 阮元, 校刻. 北京：中华书局, 1980：1897.

② 汉语大词典编纂处. 康熙字典：标点整理本［M］. 上海：上海辞书出版社, 2008：1130.

③ 刘向. 战国策笺证［M］. 范祥雍, 笺证. 范邦瑾, 协校. 上海：上海古籍出版社：2006：1791.

④ 司马迁. 史记［M］. 2版. 北京：中华书局, 1982：236.

⑤ 刘勰. 文心雕龙注：上［M］. 范文澜, 注. 北京：人民文学出版社, 1958：358.

⑥ 刘熙. 释名疏证补［M］. 毕沅, 疏证. 王先谦, 补. 祝敏彻, 孙玉文, 点校. 北京：中华书局, 2008：216-217.

恭诏》，前废帝刘子业《手诏晋安王子勋》，明帝刘彧《崇俭约诏》《遗诏》，齐武帝萧赜《皇太子释奠诏》《委太子亲决狱诏》《大渐下诏》《又诏》《临崩又诏》《敕庐陵王子卿》《敕晋安王子懋》，梁武帝萧衍《令皇太子王侯之子入学诏》《立晋安王纲为皇太子诏》《以会稽太守武陵王纪为东扬州刺史诏》《徙临贺王正德诏》，陈文帝陈蒨《遗诏》，陈宣帝陈顼《遗诏》，北魏孝文帝拓跋宏《手诏皇太子》，北齐文宣帝高洋《遗诏》，北齐孝昭帝高演《遗诏》，北周武帝宇文邕《答太子诏》，隋文帝杨坚《劝学行礼诏（开皇三年四月丙戌）》《遗诏（仁寿四年七月）》，唐高祖李渊《令皇太子断决机务诏》《神尧遗诏》，唐太宗李世民《责齐王祐诏》《废皇太子承乾为庶人诏》《降魏王泰东莱郡王诏》《太宗遗诏》，唐高宗李治《大帝遗诏》，唐玄宗李隆基《勉励宗亲诏》，宋仁宗赵祯《大宗正司诫励宗子修学诏》，康熙《遗诏》，等等。

（三）古代诏体家训的文体及个性特征

刘勰《文心雕龙·诏策》云："皇帝御宇，其言也神：渊嘿黼扆，而响盈四表，唯诏策乎!"[①]"御宇"之言、"其言也神"、"渊嘿黼扆"、"响盈四表"，揭示了诏体文学的一些主要特征。然而，尽管诏所言皆是关系国家治理的大事，并且是天子的御用文体，但是除了诏体文的共性特征及不同诏文具体内容的差异之外，每个帝王处理问题的方式、态度、情感、个性也都不同程度地体现在诏书中。正如历代优秀的各体诗文作品都充分表现了作者的才情、个性一样，作为散文作品的一种，帝王的不同个性、知识结构及审美取向在汉代诏体文书写中亦充分展现，进而创作出颇具个性之美的艺术作品。

"遗诏"是帝王临终前对家人及臣子的最后嘱托，很多遗诏对子孙及家人具有重要的教诫意义，是名副其实的诏体家训。因此，下面仅以汉文帝刘恒、汉昭烈帝刘备、晋宣帝司马懿、晋明帝司马绍的《遗诏》为例，做以分析。

汉文帝的《遗诏》曰：

> 朕闻之，盖天下万物之萌生，靡不有死。死者天地之理，物之自然，奚可甚哀！当今之世，咸嘉生而恶死，厚葬以破业，重服以伤生，

---

① 刘勰.文心雕龙注：上［M］.范文澜，注.北京：人民文学出版社，1958：358.

吾甚不取。且朕既不德，无以佐百姓；今崩，又使重服久临，以罹寒暑之数，哀人父子，伤长老之志，损其饮食，绝鬼神之祭祀，以重吾不德，谓天下何！朕获保宗庙，以眇眇之身托于天下君王之上，二十有余年矣。赖天之灵，社稷之福，方内安宁，靡有兵革。朕既不敏，常畏过行，以羞先帝之遗德；惟年之久长，惧于不终。今乃幸以天年得复供养于高庙，朕之不明与嘉之，其奚哀念之有！其令天下吏民，令到，出临三日，皆释服。无禁取妇嫁女祠祀饮酒食肉。自当给丧事服临者，皆无践。绖带无过三寸。无布车及兵器。无发民哭临宫殿中。殿中当临者，皆以旦夕各十五举音，礼毕罢。非旦夕临时，禁无得擅哭。以下，服大红十五日，小红十四日，纤七日，释服。它不在令中者，皆以此令比类从事。布告天下，使明知朕意。霸陵山川因其故，无有所改。归夫人以下至少使。①

汉文帝的《遗诏》是众多诏体家训中的一篇，但却与其他遗诏表现出了不同的色彩。这是一篇千古奇文。在这份《遗诏》中，汉文帝以博大的仁爱精神安排自己的后事，以超然的态度谈到自己的死亡，认为"死者天地之理，物之自然"，讲述自己死亡时的心情极为平静，就像在谈一次外出巡视般轻松。谈到死后种种安排时，又十分清醒、周到，他要求臣民不必过分悲伤，要臣民哭祭从简，丧服从俭，陵墓要因山川自然而建，处处体现出敦朴的精神。汉文帝享年四十七岁，他去世时，身边的嫔妃还很年轻，他明确训告嗣子，要将后宫包括夫人、美人、良人、八子、七子、长使、少使等七个等级的嫔妃都放回本家，令其嫁人，让她们过新的生活。汉文帝的《遗诏》表现出他的节俭之德，表现出他对后宫嫔妃、对百姓的仁爱情怀。

汉文帝在《遗诏》中以超然的态度谈到自己的死亡，充分表现出黄老道家对待生死的淡定和理性，也充分反映了他敦朴的审美取向。汉文帝是汉初的重要君主，生活在汉代文化发展期。"汉兴，接秦之敝，诸侯并起，民失作业，而大饥馑。凡米石五千，人相食，死者过半。高祖乃令民得卖子，就食蜀汉。天下既定，民亡盖臧（藏），自天子不能具醇驷，而将相或乘牛车。"②凋敝的社会现实下，以曹参为代表的决策者自觉地探索主流文化建

---

① 班固.汉书 [M].颜师古，注.北京：中华书局，1962：131-132.
② 同①：1127.

设，通过对各个学术流派治国主张的比较，确立了黄老学说在汉初政治思想的主导地位。大力减轻人民负担，减少税赋，节省官府开支，主流文化呈现出鲜明的"与民休息"、敦朴尚质的主色调。汉文帝即生活在这样的文化时空之下，黄老学说给他以深深的浸润与影响，他笃信并自觉实践黄老清静无为的思想，"躬修玄默，劝趣农桑，减省租赋"①。"即位二十三年，宫室苑囿车骑服御无所增益。有不便，辄弛以利民。尝欲作露台，召匠计之，直百金。上曰：'百金，中人十家之产也。吾奉先帝宫室，常恐羞之，何以台为！'身衣弋绨，所幸慎夫人衣不曳地，帷帐无文绣，以示敦朴，为天下先。治霸陵，皆瓦器，不得以金银铜锡为饰，因其山，不起坟。"②汉文帝不扩建宫廷，陵墓建设务求节俭，要求最宠爱的夫人穿衣朴素，都表现出上层统治阶级以"敦朴"为主调的审美取向。这一审美取向既是汉初社会经济凋敝、无为而治的时代文化使然，也是作为天子的汉文帝积极提倡、主动引导的充分表征。这在汉文帝的施政实践及所下诏书中得到了充分的体现。

有人曾向汉文帝进献千里马，汉文帝下诏说："鸾旗在前，属车在后，吉行日五十里，师行三十里，朕乘千里之马，独先安之？"③于是退还千里马，并给献马者道路补偿费。其实，千里马不过是奢华的符号，它的价值在于突显主人的权势、尊贵与奢华，而不在于拥有者真的骑着它日行千里。汉文帝就此事又下诏说："朕不受献也，其令四方毋求来献。"④不仅千里马，还包括其他足以炫耀权势、奢华之物，一概拒绝接受。于是，"逸游之乐绝，奇丽之赂塞，郑卫之倡微矣。"⑤炫耀威仪是宗周文化的重要部分，也是儒家强化尊卑等级的核心主张。在儒家学说中，宫室、服饰、陵寝等都被视为君主威仪的重要符号。无纹绣的帷帐，随葬的瓦器，依山修建的霸陵，对鸾旗车马的态度，既表现出汉文帝的节俭及对人民生计的关怀，也表现出他对自然之美的认同及尚"敦朴"的审美取向。可见，汉文帝深受时代文化的浸润，黄老思想对其政治实践及审美取向均产生了深刻的影响，他超然地看淡死亡，没有表现出对生命及世事的不舍。但刘备则不同，他经过长久的血战才登上帝王之位，对政权，尤其是对儿子，他非常不舍。

---

① 班固.汉书［M］.颜师古，注.北京：中华书局，1962：1097.
② 同①：134.
③ 同①：2832.
④ 同①：2832.
⑤ 同①：2832.

同是《遗诏》，汉昭烈帝刘备的《遗诏敕后主》却表现出不一样的情感及主体色彩。其文云："朕初疾但下痢耳，后转杂他病，殆不自济。人五十不称夭，年已六十有余，何所复恨？不复自伤，但以卿兄弟为念。射君到，说丞相叹卿智量，甚大增修，过于所望；审能如此，吾复何忧！勉之，勉之！勿以恶小而为之，勿以善小而不为。惟贤惟德，能服于人。汝父德薄，勿效之。可读《汉书》《礼记》。闲暇历观诸子及《六韬》《商君书》，益人意智。闻丞相为写《申》《韩》《管子》《六韬》一通已毕，未送，道亡，可自更求闻达。"①章武三年（223），刘备病危，深感儿子刘禅德才不足以负重，于是临终前给儿子刘禅写下这封遗诏。文中，刘备告诫刘禅要"惟贤惟德，能服于人""勿以恶小而为之，勿以善小而不为"，要明辨是非、多做善事、积德累行、以德服人。文中"但以卿兄弟为念""吾复何忧！""勉之，勉之！"诸语深切地表达了刘备对儿子刘禅未来的担忧。

晋明帝司马绍《遗诏》云："自古有死，贤圣所同。寿夭穷达，归于一概，亦何足特痛哉！朕枕疾已久，常虑忽然。仰惟祖宗洪基，不能克终堂构，大耻未雪，百姓涂炭，所以有慨耳。不幸之日，敛以时服，一遵先度，务从简约，劳众崇饰，皆勿为也。衍以幼弱，猥当大重，当赖忠贤，训而成之。昔周公匡辅成王，霍氏拥育孝昭，义存前典，功冠二代，岂非宗臣之道乎？凡此公卿，时之望也。敬听顾命，任托付之重，同心断金，以谋王室。诸方岳征镇，刺史将守，皆朕捍城，推毂于外，虽事有内外，其致一也。故不有行者，谁捍牧圉？譬若唇齿，表里相资。宜戮力一心，若合符契，思美焉之美，以缉事为期。百辟卿士，其总己以听于冢宰，保祐冲幼，弘济艰难，永令祖宗之灵，宁于九天之上，则朕没于地下，无恨黄泉。"②司马绍是东晋第二任皇帝，他多谋善断，在位期间，成功平定王敦叛乱，稳定政权，使国家走上良好的发展道路，不幸执政仅四年即患病离世，时年二十七岁。对于自己的死，司马绍虽云"自古有死，贤圣所同。寿夭穷达，归于一概"，但终究不如汉文帝刘恒那么超然。司马绍心系祖宗大业，《遗诏》中深切地表达了"仰惟祖宗洪基，不能克终堂构，大耻未雪，百姓涂炭"之叹。他的遗诏重在托付公卿大臣，辅佐好太子司马衍，文中引用"周公匡辅成王，霍氏拥育孝昭"，旨在表达托孤之志，而"百辟卿士，其总己以听于冢宰，保

① 严可均.全三国文：下册［M］.马志伟，审订.北京：商务印书馆，1999：577-573.

② 严可均.全晋文：上册［M］.何宛屏，珠峰旗云，王玉，审订.北京：商务印书馆，1999：83-84.

祐冲幼，弘济艰难"诸语则承《尚书》文风。

与以上诸人都不同的是，晋宣帝司马懿的《遗诏》仅有一句："子弟群官皆不得谒陵。"①结合历史及司马懿的为人可知，之所以弥留之际留下一言，充分说明了他对未来政权的高度警惕与担忧。

"诏"是帝王家训的重要样式，在其创作发展中，既有独特的体式、体类特点，也有鲜明的个性美。创作主体的审美取向及诏体家训创作时的现实环境，对诏体家训具有很深的制衡作用，直接影响了作品的思想意蕴及审美风格。遍观我国古代两千余年的封建历程，各代帝王所做的诏体家训，均体现出鲜明的主体色彩及思想文化风貌。同是诏体文，同是招纳贤才的言说主题，同样的体式、体类，但不同帝王诏书所呈现的"体格"（审美风格）却有明显的不同：汉文帝刘恒的哀矜至情，汉昭烈帝刘备的深切担忧与瞩意高远，晋明帝司马绍的以情纬文与推心置腹的情深意切，晋宣帝司马懿的处心积虑、小心谨慎，等等，尽在家训中凸显。

对于诏书的特点，早在南北朝时期，刘勰就在《文心雕龙·诏策》中概括说："夫王言崇秘，大观在上，所以百辟其刑，万邦作孚。故授官选贤，则义炳重离之辉；优文封策，则气含风雨之润；敕戒恒诰，则笔吐星汉之华；治戎燮伐，则声有洊雷之威；眚灾肆赦，则文有春露之滋；明罚敕法，则辞有秋霜之烈：此诏策之大略也。"②今人张启浩指出："按照学界观点，自诏书出现以来，尤其是自汉至唐这一时期，诏书的变化最为显著：语言从散体转变为骈体，风格由古朴趋于雅丽。汉代以及汉代以前，诏书以散体行文，语言古朴无华，自汉至唐，诏书以骈体行文为主，语言趋于典雅伉俪，不过唐宋时期的诏书也有用散体来写的。"③这是对诏书总体特点的概括。作为诏书的一枝，古代诏体家训对这些特征体现得并不十分明显。

古代诏体家训的内容主要包括修身，劝学，节俭，政事及遗诏。诏体家训作者地位的特殊性，使得这一文体兼有政事及家事的色彩。帝王具有政治上的至尊地位，因此，诏体家训在训文中时刻彰显政治及帝王的身份色彩，其态度庄重，言简意赅，语气自带威严。诏体家训文篇幅长短不一，句式多样，行文自由流畅。

---

① 严可均.全晋文：上册[M].何宛屏，珠峰旗云，王玉，审订.北京：商务印书馆，1999：1.

② 刘勰.文心雕龙注：上[M].范文澜，注.北京：人民文学出版社，1958：359-360.

③ 张启浩.文体之"诏"探微[J].应用写作，2014(9)：13.

二、敕体家训

（一）释"敕"

"敕"，形声字。从字形上看，像手持棍棒，以示警诫或鞭策。"敕"为动词，本义为告诫，《说文解字》云："敕，诫也。一曰臿地曰敕。从支束。"①后来这一动作行为沉淀为一种文体样式。《文心雕龙·诏策》解释说："敕戒州部……敕者，正也。"③刘勰认为敕是用来训告州部地方官的一种言辞，敕戒之以为"纠正"。秦汉以降，文体使用带有礼制色彩。"敕"作为一种文体样式，多用于尊者对卑者、长辈对晚辈的告诫，使用者最初多为帝王，但后来士大夫及平民也使用这一文体教告子辈。

（二）古代家训文学中重要的敕体文

"敕"应用在长辈对晚辈的告诫之中，因此，古代父祖辈教育子辈及家人时，会使用这一文体，进而生成了为数不少的敕体家训文，代表性作品如：刘邦《手敕太子》，祭彤《临终敕其子逢参等》，任末《敕兄子造》，樊宏《遗敕薄葬》，谢夷吾《敕子》，袁闳《临卒敕其子》，张酺《敕子蕃》，崔瑗《敕妻子》，梁商《病笃敕子冀等》，张霸《遗敕诸子》，李固《临终敕子孙》，赵岐《临终敕其子》《遗令敕兄子》，赵咨《遗书敕子胤》，范冉《遗令敕子》，杨礼珪《敕二妇》，李文姬《敕弟燮》，曹丕郭皇后《敕外亲刘斐》《敕诸家》《敕戒郭表孟武等》，刘备《遗诏敕后主》，程畿《敕子郁》，李衡《临死敕其子》，东海王司马越《敕世子毗》，庾峻《遗敕子珉》，姚苌《敕太子兴》，齐高帝萧道成《敕世子赜》，齐武帝萧赜《敕庐陵王子卿》，齐武帝萧赜《敕晋安王子懋》，梁武帝萧衍《敕晋安王》《手敕报皇太子》《敕湘东王》《敕太子进食》《答皇太子请御讲敕》《答晋安王请开讲启敕》《答晋安王谢开讲般若启敕》《敕答皇太子所上大法颂》《答晋安王谢幸善觉寺启敕》《敕昭明太子》，袁昂《临终敕诸子》，周弘直《遗书敕其家》，崔光《疾甚敕子侄等》，魏子建《疾笃敕子收祚》，雷绍《遗敕其子》，北齐神武帝高欢

---

① 许慎. 说文解字注 [M]. 段玉裁，注. 2版. 上海：上海古籍出版社，1988：124.
② 刘勰. 文心雕龙注：上 [M]. 范文澜，注. 北京：人民文学出版社，1958：358.

《敕子澄书》，等等。

（三）古代敕体家训的文体特征

敕体家训在创作主体、文章内容及文章体式、语体风格等方面拥有自身的文体特征。

首先，从创作及使用主体来看，"敕"作为一种用于训诫、警示的文体，最初多用于尊者对卑者的告诫，在实际家庭教育中，这类家训的创作主体范围逐渐扩大。梳理古代敕体家训文可见，不仅刘邦、刘备、文德郭皇后等帝王、皇后能够使用敕体，普通的士大夫（如樊宏、赵岐、赵咨等）也可以撰作应用。

其次，就内容来看，敕体家训文的内容包括修身处世、执政劝学、死后薄葬、健康饮食等方面，相比较而言，比诏体家训的内容丰富。

最后，从敕体家训的文章体制、句式及篇章结构来看，敕体文的篇幅长短不一，短的仅有一句，有的三五句，长的则有数十句，几近千字。句式上，有的敕体文基本为四字句，有的为六字句，有的则是多言相杂。总的来说，"西汉时期的句式自由，并无讲究；东汉时期的句式则是整齐的排比句式，并讲究对偶；而南朝梁时期的句式则是典型的四六骈偶句。"[①]敕体家训的这种句式变化与古代文学散文、骈文发展的整体趋势是一致的。作为对子孙及家人进行告诫的文章，敕体家训非常注重告诫的语气及方法；根据敕告内容的不同，敕体家训灵活安排篇章段落。对于一事之"敕"，作者往往直抒胸臆，交代所告之事；对于多义之"敕"，作者往往根据所告之事，分层敕告，逐层阐释，清晰表达己意。"文变染乎世情"，由于每个敕告主体所处的时代及自身经历不同，因此，敕体家训常常会不自觉地反映创作主体的文化、知识结构、思想等特征，也常常会在不经意间反映出时代的思想风尚。

兹以刘邦《手敕太子》、赵咨《遗书敕子胤》为例加以说明。

其一，刘邦《手敕太子》。其文云：

> 吾遭乱世，当秦禁学，自喜，谓读书无益。洎践祚以来，时方省书，乃使人知作者之意，追思昔所行，多不是。尧舜不以天子与子而与他人，此非为不惜天下，但子不中立耳。人有好牛马尚惜，况天下耶？

---

① 全凯. 汉魏六朝诫子诗文研究 [D]. 西安：陕西师范大学，2019：49-50.

吾以尔是元子，早有立意。群臣咸称汝友四皓，吾所不能致，而为汝来，为可任大事也。今定女为嗣。吾生不学书，但读书问字而遂知耳。以此故不大工，然亦足自辞解。今视汝书，犹不如吾。汝可勤学习，每上疏宜自书，勿使人也。汝见萧、曹、张、陈诸公侯，吾同时人，倍年于汝者，皆拜，并语于汝诸弟。吾得疾遂困，以如意母子相累。其余诸儿皆自足立，哀此儿犹小也。[①]

　　这是刘邦临终前训诫儿子刘盈的一封敕书。刘邦认真反思自己的过去，用自己的切身体验，以父亲和帝王的身份，谆谆告诫太子刘盈要读书，要尊重老一辈开国元勋，要勤于学习、治理好天下，上疏要自己执笔，不要假手他人，要照顾如意及其母。《史记》记载，刘邦起初不喜儒学，后来在陆贾、叔孙通等的劝谏下，逐渐重视儒学，意识到读书、学习的重要性。刘邦的《手敕太子》是中国古代帝王敕书的典型代表，也是一篇非常好的家训。刘邦对读书及写文章的重视，揭示了汉天子重视文化的序幕，为有汉一代建构起迥异于秦王朝的文化建设做出了不可磨灭的贡献。刘邦肯于向儿子坦言，承认自己对文化的错误态度，检讨自己"昔所行，多不是"。这对于开创大汉基业、贵为天子的高祖刘邦来说，是难能可贵的。之所以刘邦自言己短，全篇敕文从反思自己的不足开始，目的只有一个，就是现身说法，令刘盈易于接受。刘邦所言之事，是他临终之际最为关切之事。其中，告诉刘盈要认真读书、礼遇尊重老臣，这是为刘盈日后的执政打基础；而善待如意母子，则充分表露了刘邦对其母子日后生存的关心。汉初，文化孱弱，刘邦之言真切反映了这一时期个人乃至国家最亟须加强之处。刘邦少文，因此此文不事雕琢，敕文所言，皆为推心置腹之语，诸如"人有好牛马尚惜，况天下耶？"充分暴露了刘邦文化上的"短板"。刘邦有八个儿子，他在弥留之际，却唯独将如意母子托付给刘盈，为了避免不必要的嫉妒和报复，刘邦清晰地对刘盈道出了其中的原因——"其余诸儿皆自足立，哀此儿犹小也。"刘邦给出了让刘盈和其余诸子无可挑剔的理由，这不得不说明，刘邦心思的缜密及虑事的周详。

　　其二，赵咨《遗书敕子胤》。其文云：

---

① 严可均.全汉文 [M].任雪芳，审订.北京：商务印书馆，1999：5.

夫含气之伦，有生必终，盖天地之常期，自然之至数。是以通人达士，鉴兹性命，以存亡为晦明，死生为朝夕，故其生也不为娱，亡也不为戚。夫亡者，元气去体，贞魂游散，反素复始，归于无端。既已消仆，还合粪土。土为弃物，岂有性情，而欲制其厚薄，调其燥湿邪？但以生者之情，不忍见形之毁，乃有掩骼埋窀之制。《易》曰："古之葬者，衣以薪，藏之中野，后世圣人，易之以棺椁。"棺椁之造，自黄帝始。爰自陶唐，逮于虞、夏，犹尚简朴，或瓦或木，及至殷人，而有加焉，周室因之，制兼二代。复重以墙翣之饰，表以旌铭之仪，招复含敛之礼，殡葬宅兆之期，棺椁周重之制，衣衾称袭之数，其事烦而害实，品物碎而难备。然而秩爵异级，贵贱殊等。自成、康以下，其典稍乖。至于战国，渐至颓陵，法度衰毁，上下僭杂。终使晋侯请隧，秦伯殉葬，陈大夫设参门之木，宋司马造石椁之奢。爰暨暴秦，违道废德，灭三代之制，兴淫邪之法，国赆糜于三泉，人力单于郦墓，玩好穷于粪土，伎巧费于窀穸。自生民以来，厚终之敝，未有若此者。虽有仲尼重明周礼，墨子勉以古道，犹不能御也。是以华夏之士，争相陵尚，违礼之本，事礼之末，务礼之华，弃礼之实，单家竭财，以相营赴。废事生而营终亡，替所养而为厚葬，岂云圣人制礼之意乎？《记》曰："丧虽有礼，哀为主矣。"又曰："丧，与其易也宁戚。"今则不然，并棺合椁，以为孝恺，丰赀重襚，以昭恻隐，吾所不取也。昔舜葬苍梧，二妃不从。岂有匹配之会，守常之所乎？圣主明王，其犹若斯，况于品庶，礼所不及。古人时同即会，时乖则别，动静应礼，临事合宜。王孙裸葬，墨夷露骸，皆达于性理，贵于速变。梁伯鸾父没，卷席而葬，身亡不反其尸。彼数子岂薄至亲之恩，亡忠孝之道邪？况我鄙暗，不德不敏，薄意内昭，志有所慕，上同古人，下不为咎。果必行之，勿生疑异。恐尔等目厌所见，耳讳所议，必欲改殡，以乖吾志，故远采古圣，近揆行事，以悟尔心。但欲制坎，令容棺椁，棺归即葬，平地无坟。勿卜时日，葬无设奠，勿留墓侧，无起封树。於戏小子，其勉之哉，吾蔑复有言矣！[①]

这是东汉的赵咨写给儿子赵胤的遗敕。赵咨，年少有孝行，延熹元年（158），经大司农陈奇举荐，成为博士。建宁元年（168），宦官杀害朝廷正

[①] 严可均.全后汉文：下册 [M].许振生，审订.北京：商务印书馆，1999：676-677.

直之士陈蕃、窦武等后，赵咨以有病为由辞官。后受到太尉杨赐的礼遇，被举荐做官，曾拜敦煌太守、东海相、议郎等职，他为官清廉，名重当时。临终前，他遗书敕子赵胤，切莫厚葬。全文800余字皆围绕薄葬的主题展开。文章开篇，赵咨就指出，有生必有死，这是"天地之常期，自然之至数"，因此，通达之士，不为生而高兴，也不为死而悲伤。因为死亡只是元气离开身体又回到了它原始的状态。赵咨指出，身体消亡之后，与粪土融为一体。土没有性情，因而没有必要在意它的厚薄，调和它的干湿。之所以有埋葬尸骨的习俗，只不过是活着的人不忍心见到死者形体的销毁罢了。赵咨引《易》为说，指出古时候的埋葬之法，是把木柴当作殓衣，葬在野外，后世才换成了棺椁。而后，赵咨详细陈述了古代的丧葬制度，包括制造棺椁、给载棺车厢加上装饰、招魂含殓之礼、出殡下葬的日期、椁罩的制度、殓衣使用数量的不同等。赵咨指出了从成、康直至秦朝以来，典制的颓废凋败、僭越行为的发生，以及各种厚葬攀比、违背礼仪现象的存在，痛斥了耗费财物以向死者赠送多重衣被来表明自己的孝心、倾尽家财厚葬却不顾侍生等不良做法。赵咨向儿子强调，丧葬虽有礼节，但哀伤是主要的，厚葬的行为是不可取的。针对厚葬的恶习，他戒告儿子，一定要改变厚葬的做法，自己死后所挖坑穴能容纳棺椁即可，棺材回到家乡便下葬，不起坟，不种树，不占卜时日，下葬后既不设祭祀酒食，也不在墓地旁停留。身为博士的赵咨引经据典，向儿子阐述厚葬之不可取。其间不仅引《易》为说，还列举了晋侯请求掘地隧葬、陈国大夫设立参门之木、梁伯鸾席卷葬父等事件及做法，远取近察，旨在给儿子讲清利害。就撰作身份而言，赵咨与刘邦截然不同，刘邦是西汉开国之君、大汉天子，赵咨是东汉普通的官吏，但赵咨博学通达，他的敕体家训与刘邦的敕体家训，所言内容不同，语言风格也不同，这与两人的身份及知识背景相关。赵咨的敕文，也从侧面揭示了东汉时期厚葬的盛行，是时代思想及风俗的反映。可见，创作主体的身份、知识背景及时代因素等共同影响了敕体家训的风格及特色。

三、令体家训

（一）释"令"

"令"，从甲骨文字形上看，似一人跪坐在房屋中发布命令。《说文解字》

云："令，发号也。"段玉裁注："号部曰，号者、呼也。口部曰，呼者、号也。发号者、发其号呼以使人也。是曰令。"①显然，"令"的本义是"命令"，是上对下发出的言辞。后来，由命令而生的言辞，成为一种文体，即令体。

关于令体的产生，刘勰认为是从"命"演变而来的，《文心雕龙·诏策》云："昔轩辕唐虞，同称为命。命之为义，制性之本也。其在三代，事兼诰誓。誓以训戒，诰以敷政，命喻自天，故授官赐胤。易之姤象，后以施命诰四方。诰命动民，若天下之有风矣。降及七国，并称曰令，令者，使也。"②刘勰认为，轩辕以及唐、虞时期，王言称"命"；到了七国时期，"命"改为"令"。徐师曾《文体明辨序说》云："按刘良云'令，即命也。七国之时并称曰令；秦法，皇后太子称令。'至汉王有赦天下令，淮南王有谢群公令，则诸侯王皆得称令矣。意其文与制诏无大异，特避天子而别其名耳。"③徐师曾也认为王言称"令"起于七国时期，此外，他还指出令的发展变化：到了秦代，皇后太子称"令"；至汉代，天子、诸侯王皆可称"令"。清人王兆芳《文章释》云："令者，发号也，教也，禁也，发号而教且禁也。古天子诸侯皆用令，秦改'令'为'诏'，其后惟皇后、太子、王侯称'令'，主于教善禁恶，号使畏服。"④王兆芳于刘勰、徐师曾之外，还对"令"文的作用给予了揭示——"主于教善禁恶，号使畏服"。从刘、徐、王诸位先哲的阐释可见，"令"是一种通过发布号令来进行警戒，教善禁恶，使人畏服的文体。从战国至汉代，"令"使用者的范围不断扩大，两汉三国时期，士大夫及普通人也可使用"令"，唯一不变的是令体文的施受对象，依然是上对下、尊对卑、长对幼；令体文的内容依然是命令与教诫。

（二）古代家训文学中重要的令体文

由于令体文所固有的"上对下、尊对卑、长对幼"的对象性特征及"命令与教诫"的内容性特征，其被广泛地应用于家庭教育中，由此生成了许多令体家训文。主要作品有：杨王孙《病且终令其子》，何并《先令书》，袁安

① 许慎.说文解字注 [M].段玉裁，注.2版.上海：上海古籍出版社，1988：430.
② 刘勰.文心雕龙注：上 [M].范文澜，注.北京：人民文学出版社，1958：358
③ 徐师曾.文体明辨序说 [M].罗根泽，校点.北京：人民文学出版社，1962：120.
④ 王兆芳.文章释 [M] // 王水照.历代文话.上海：复旦大学出版社，2007：6281.

《临终遗令》，袁闳《临终遗令》，崔瑗《遗令子实》，周磐《令二子》，马融《遗令》，范冉《遗令诫子》，郦炎《遗令书》，朱宠《遗令》，范冉《遗令敕子》，张逸《遗令》，赵岐《遗令敕兄子》，张奂《遗命诸子》，郦炎《遗令书四首》，曹操《诸儿令》《曹植私出开司马门令》《终令》《内诫令》《遗令》，曹奂《令世子》，裴潜《遗令子秀俭葬》，王观《遗令》，郝昭《遗令戒子凯》，刘备《册封鲁王策命》，张昭《遗令》，吕蒙《遗令》，杜预《遗令》，杜夷《遗令》，吕岱《遗令》、是仪《遗令》，晋安平王司马孚《临终遗令》，王祥《训子孙遗令》，慕容垂《遗令》，张轨《遗令》，张茂《遗令》，秃发利鹿孤《遗令》，孝懿萧后《遗令》，李暠《手令诫诸子》，王微《遗令》，豫章王萧嶷《遗令》，张融《遗令》，王秀之《遗令》、崔慰祖《又令》，沈麟士《终制遗令》，陶弘景《遗令》。陈武宣章后《遗令》，源贺《遗令敕诸子》、程骏《遗令》，裴植《临终遗令子弟》，李穆《遗令》，姚察《遗令》（残），穆宁《家令》（佚），姚崇《遗令诫子孙文》等。

（三）古代令体家训的文体特征

"令"是一种通过发布命令对人进行教诫，使其按照一定的要求行事的文体，因此，"上对下、尊对卑、长对幼"是令体文所固有的对象性特征，"命令与教诫"是其内容性特征。以令体文这一总的特征为前提，令体家训文被广泛地应用于家庭教诫活动中，继而生成了一系列凸显自身对象性、主体性及语境性的特征。

总的来说，令体家训文的功能性特征主要在于教诫家庭成员恪守一定的原则和规范，杜绝某些不良行为及习惯，依令行事，为所当为，令行禁止。令体家训文起于汉代，在魏晋南北朝时期不断得到发展。由于令体文源自君主的命令文书，因此，语言多主重典雅，因事而令，表意明确，语言简要。从令体文梳理可见，令体家训多为遗令，篇幅一般较短，因作者不同的身份及知识特征，呈现出不同的文学风貌。这里仅以曹操的《诸儿令》、李暠的《手令诫诸子》、源贺的《遗令敕诸子》为例，对其文体风貌做以分析。

首先，曹操的《诸儿令》。其文云："今寿春、汉中、长安，先欲使一儿各往督令之，欲择慈孝不违吾令，亦未知用谁也。儿虽小时见爱，而长大能善，必用之，吾非有二言也。不但不私臣吏，儿子亦不欲有所私。"①曹操是

---

① 严可均.全三国文：上册 [M].马志伟，审订.北京：商务印书馆，1999：22.

一名杰出的政治家，他多谋善断、唯才是举、治兵有方，因而在汉末群雄逐鹿的过程中能崭露头角，实现统一北方的大业。曹操一生育有曹丕、曹植、曹彰、曹聪等诸儿，为了锻炼儿子的御军能力，他准备派儿子前往寿春、汉中、长安领兵，进行实地锻炼，这篇《诸儿令》即因此而作。令中曹操主要表明两点意思：其一，向诸儿表明了自己的打算，并表明了人员择选的标准，那就是仁慈孝顺、不违令、有善行；其二，说明了自己的用人原则，那就是择人不徇私情，这一点不论是对儿子，还是对普通人，都是一样的。《诸儿令》语言质朴，简练干脆，义理明晰，一如曹操之为人。择子不徇私情，充分体现了曹操"唯才是举"的用人理念及原则。

其次，李暠的《手令诫诸子》。其文云：

吾自立身，不营世利；经涉累朝，通否任时；初不役智，有所要求，今日之举，非本愿也。然事会相驱，遂荷州土，忧责不轻，门户事重。虽详人事，未知天心，登车理辔，百虑填胸。后事付汝等，粗举旦夕近事数条，遭意便言，不能次比。至于杜渐防萌，深识情变，此当任汝所见深浅，非吾敕诫所益也。汝等虽年未至大，若能克己纂修，比之古人，亦可以当事业矣。苟其不然，虽至白首，亦复何成！汝等其戒之慎之！

节酒慎言，喜怒必思，爱而知恶，憎而知善，动念宽恕，审而后举。众之所恶，勿轻承信，详审人，核真伪，远佞谀，近忠正。蠲刑狱，忍烦扰，存高年，恤丧病，勤省案，听讼诉。刑法所应，和颜任理，慎勿以情轻加声色。赏勿漏疏，罚勿容亲。耳目人间，知外患苦；禁御左右，无作威福。勿伐善施劳，逆诈亿必，以示己明。广加咨询，无自专用，从善如顺流，去恶如探汤。富贵而不骄者至难也，念此贯心，勿忘须臾。僚佐邑宿，尽礼承敬，宴飨馔食，事事留怀。古今成败，不可不知，退朝之暇，念观典籍，面墙而立，不成人也。

此郡世笃忠厚，人物敦雅，天下全盛时，海内犹称之，况复今日，实是名邦。正为五百年乡党婚亲相连，至于公理，时有小小颇回，为当随宜斟酌。吾临莅五年，兵难骚动，未得休众息役，惠康士庶。至于掩瑕藏疾，涤除疵垢，朝为寇仇，夕委心膂，虽未足希准古人，粗亦无负于新旧。事任公平，坦然无类，初不容怀，有所损益，计近便为少，经远如有余，亦无愧于前志也。①

　　李暠此篇《手令诫诸子》是令体家训中的长篇。天玺二年（400），李暠自称凉王，迁居酒泉，临行前写下这篇手令，从学习、修身、为官、为政等各方面告诫儿子。要求儿子修缮自身，节酒慎言，为政以德，明辨善恶，勤政爱民，亲贤臣、远奸佞、礼贤纳谏，体恤孤寡，宽缓轻罚，事任公平，博览多观、勤于学习，不做"面墙而立"之人。其对儿子的谆谆告诫，如"爱而知恶，憎而知善""赏勿漏疏，罚勿容亲""从善如顺流，去恶如探汤"等，对子孙后代有着深切的教育意义。作为一家之长、一国之君，李暠满怀对儿子及凉州百姓的深厚情感写下此文。近600字的遗令文尽显无限的叮咛与爱恋，文章三、四、五、七、八言句相杂，言辞恳切，情深意切，"戒之慎之""勿""慎勿""勿忘须臾""不可不知"等语气词写满慈父的叮咛与挂念，也尽显令文的特色。

　　再次，源贺《遗令敕诸子》。其文曰：

　　　　吾顷以老患辞事，不悟天慈降恩，爵逮于汝。汝其毋傲吝，毋荒怠，毋奢越，毋嫉妒；疑思问，言思审，行思恭，服思度；遏恶扬善，亲贤远佞；目观必真，耳属必正；诚勤以事君，清约以行己。吾终之后，所葬时服单椟，足申孝心，刍灵明器，一无用也。②

　　源贺，原名为破羌，是十六国时期南凉国君秃发傉檀之子，南凉亡国后投降西秦，后奔北魏，屡立战功，被赐名源贺，晋爵加封为西平侯、平西将军、西平公等。源贺因年老体病辞官，天子降恩使其儿子蒙荫得到官爵，对此，源贺一方面深感荣宠，另一方面也充满了对即将步入仕途的儿子的担心。他再三叮嘱儿子，千万不要骄傲吝啬、荒淫怠慢、奢侈僭越、心生嫉妒，说话做事要谨慎，穿戴要合于规范，要扬善抑恶，亲近贤人、远离奸佞，眼中所见要真实，耳口所听要正确，对待国君要忠诚勤勉，自己行事要清廉节俭。对于自己的后事，源贺嘱咐儿子一定要节葬，草扎的人马及明器等都不要使用。可见，源贺在《遗令敕诸子》中充分强调了子孙的修身处世

---

① 房玄龄，等.晋书 [M].北京：中华书局，1974：2262-2263.
② 魏收.魏书 [M].北京：中华书局，1974：922.

问题及自己死后要进行俭葬的问题。令文骈散相间，语言平实，舐犊深情溢于言表。

通过上述几篇令体家训文可见，令体家训文篇幅一般不长，并多为遗令。令文的语言多朴实自然，文辞庄重。令文的作者大多是直抒胸臆，明确告知子孙当做某事或不当做某事，从句子及篇章结构来看，以散体为主。南北朝时期，随着声律论的发展及骈体文的发展，令体家训文表现出逐渐重视辞藻、声律、用典的趋向。

除了上面介绍的几种主要的家训文体外，古代家训中还出现过铭体及格言体家训。铭体家训是指一些家长把所要训诫的内容刻在盘、砚、几等器皿上，供子弟经常观看，以此加以提示警诫，铭文的内容有时会结合镌刻器物的属性生成。如苏轼的《迈砚铭》指出："以此进道常若渴，以此求进常若惊。以此治财常思予，以此书狱常思生。"①苏轼抓住砚台的具体使用场景，把对儿子的诫勉直接表达出来，文辞简朴，诚挚而真切。家训文学在发展过程中，还出现过格言体。格言体形式的家训以极精简的话语实现对子孙后辈的训导、教诫，典型以陈继儒和傅山为代表。陈继儒的《安得长者言》是以格言警语形式撰写的家训。作者善于运用比喻阐明深刻的哲理，使人从中受到启发和教益。傅山的《十六字格言》亦是如此，作者首先以一字概括诫子主题，然后每一主题之下又展开，具体教导子孙如何为人处世、读书治学。

综上，体制各异、体貌有别的各体家训铸就了中国古代家训文学的灿烂多姿，为中华古代文学增添了一抹亮色。

---

① 苏轼.苏轼文集［M］.孔凡礼，点校.北京：中华书局，1986：553.

第五章 古代家训文学的思想内容

作为古代先贤教诫训导子孙及家人如何为人处世、立业齐家的文本，古代家训包含着丰富的思想内容：有修身勉学之道，也有睦亲治家之法；有为官从政之则，也有治国安邦之策；有处世交友之规，也有女子"四德"之教。小到对子孙成长成才的关切，大到家国情怀的构筑与培养，呈现出鲜明的民族特色。

第一节 修身勉学之道

一、修身

"修身"即修养身心，培养品德。古人把修身视为处世、立业、发展之基，《礼记·大学》云："自天子以至于庶人，壹是皆以修身为本。"①修身是做人之始，古代家训中先贤们围绕修身对子孙进行了多方教诫：有立志守志的引导、慎独自省的叮咛、孝友勤俭的教诫等，希望子孙通过完善自我、涵养德性，塑造完美的人格和优良的品格。

（一）立志守志

古人认为立志是修身的起点，是为人立业之基。只有树立了高远的志向，才会产生强大的内在驱动力，且为了理想而拼搏。因此，很多家长在对子弟进行教诲时，常向子弟强调立志的重要，勉励子弟树立高远的志向。嵇

---

① 十三经注疏：附校勘记［M］.阮元，校刻.北京：中华书局，1980：1673.

康《家诫》云："人无志，非人也。"①孔臧《与子琳书》云："人之进道，惟问其志。"②康熙《庭训格言》云："盖志为进德之基……志之所趋，无远弗届；志之所向，无坚不入。志于道，则义理为之主，而物欲不能移，由是而据于德，而依于仁，而游于艺，自不失其先后之序、轻重之伦，本末兼该，内外交养，涵泳从容，不自知其入于圣贤之域矣。"③杜甫《又示宗武》中写道："十五男儿志，三千弟子行。曾参与游夏，达者得升堂。"④曾国藩云："人苟能自立志，则圣贤豪杰何事不可为？"⑤皆强调立志乃为人进德、立业成事的基础，有了志向可无坚不摧，无远弗届，圣贤豪杰，之事皆可为。

在向子弟强调立志重要性的同时，家长还告诫子弟要立高远之志，守志不移，在实现理想的路上要意志坚毅，广泛求教，摆脱生活琐事，杜绝世俗情欲，守志不移。例如诸葛亮《诫外生》云："夫志当存高远、慕先贤、绝情欲、弃疑滞，使庶几之志，揭然有所存，恻然有所感。忍屈伸，去细碎，广咨问，除嫌吝，虽有淹留，何损于美趣？何患于不济？若志不强毅，意不慷慨，徒碌碌滞于俗，默默束于情，永窜伏于凡庸，不免于下流矣。"⑥曾国藩教导子孙云："君子之立志也，有民胞物与之量，有内圣外王之业，而后不忝于父母之生，不愧为天地之完人。"⑦王夫之在《示侄孙生藩》中说："传家一卷书，惟在尔立志。凤飞九千仞，燕雀独相视。不饮酸臭浆，闲看傍人醉。识字识得真，俗气自远避。人字两撇捺，原与禽字异。潇洒不沾泥，便与天无二。"⑧左宗棠教诫子孙云："志患不立，尤患不坚。"⑨勉励子孙树鸿鹄之志。苏门四学士之一的张耒在看见卖饼孩童每日五更即绕街呼卖后教育儿子："业无高卑志当坚，男儿有求安得闲。"⑩勉励儿子树坚定之志，守志不移。

---

① 严可均.全三国文：下册［M］.马志伟，审订.北京：商务印书馆，1999：532.

② 严可均.全汉文［M］.任雪芳，审订.北京：商务印书馆，1999：125.

③ 康熙.庭训格言［M］.陈生玺，贾乃谦，注译.郑州：中州古籍出版社，2010：28.

④ 彭定求，等.全唐诗：第3卷［M］.郑州：中州古籍出版社，2008：1163.

⑤ 曾国藩.曾国藩全集·家书（一）［M］邓云生，校点.长沙：岳麓书社，1985：94.

⑥ 同①：595.

⑦ 同⑤：39.

⑧ 王夫之.王船山诗文集［M］.北京：中华书局，1962：400.

⑨ 左宗棠.左宗棠全集·家书·诗文［M］.刘泱泱，注释.长沙：岳麓书社，2009：10.

⑩ 北京大学古文献研究所.全宋诗：第20册［M］.北京：北京大学出版社，1995：13152.

（二）慎独自省

慎独自省是指人对自身的规约和反省。独处、无人监督时也能谨守规则，是为"慎独"；能对自己的言行进行自我反省，即为"自省"。慎独自省是儒家修身的重要主张。"慎独"语出《礼记·大学》，其文云："此谓诚于中，形于外，故君子必慎其独也。"①"自省"出自《论语·里仁》，其文云："子曰：'见贤思齐焉，见不贤而内自省也。'"②古圣先哲认为，做人没有什么比自我约束、自我反省更重要的，知"慎独自省"方能立身成人。因此，无论是帝王将相，还是官僚士大夫，在家训中经常对子孙进行慎独自省教育，典型如：曾国藩为儿子提出四条修身法则，第一条即慎独，其《谕纪泽纪鸿》云："一曰慎独则心安。自修之道，莫难于养心。心既知有善知有恶，而不能实用其力，以为善去恶，则谓之自欺。方寸之自欺与否，盖他人所不及知，而己独知之。故《大学》之'诚意'章，两言慎独。果能好善如好好色，恶恶如恶恶臭，力去人欲，以存天理，则《大学》之所谓自慊，《中庸》之所谓戒慎恐惧，皆能切实行之。即曾子之所谓自反而缩，孟子之所谓仰不愧，俯不怍，所谓养心莫善于寡欲，皆不外乎是。故能慎独，则内省不疚，可以对天地质鬼神，断无行有不慊于心则馁之时。人无一内愧之事，则天君泰然，此心常快足宽平，是人生第一自强之道，第一寻乐之方，守身之先务也。"③强调了慎独对于修身养心的重要作用。袁采教子说："能常悔往事之非，常悔前言之失，常悔往年之未有知识，其贤德之进，所谓长日加益而人不自知也。"④强调自省对于品德修养的重要。不仅是士大夫，帝王教子修身也以慎独为要。康熙训诫子辈说："《大学》《中庸》俱以慎独为训，是为圣贤第一要节。后人广其说曰：'暗室不欺。'所谓暗室，有二义焉：一在私居独处之时；一在心曲隐微之地。夫私居独处，则人不及见……惟君子谓此时指视必严也。战战栗栗，兢兢业业，不动而敬，不言而信，斯诚不愧于屋漏而为正人也夫。"⑤康熙此训清晰地阐释了"慎独"的两重含义，即慎独

---

① 十三经注疏：附校勘记 [M]. 阮元，校刻. 北京：中华书局，1980：1673.

② 同①：2471.

③ 曾国藩. 曾国藩全集·家书（二）[M]. 邓云生，校点. 长沙：岳麓书社，1985：1426.

④ 夏家善. 袁氏世范 [M]. 贺恒祯，杨柳，主释. 天津：天津古籍出版社，2016：79

⑤ 康熙. 庭训格言 [M]. 陈生玺，贾乃谦，主译. 郑州：中州古籍出版社，2010：41.

不单单指在独处时严于约束自己，谨慎畏惧，还指内心想法与外在言行的一致，表里如一。慎独是对君子修身的高级要求，康熙教育子弟要勇于慎独，这是历练子弟自控、自警能力的良策，勇于慎独的人，即严格自律的人，才能达到"不动而敬，不言而信"的境界。

二、勉学

古人十分重视读书学习，认为学习是个体增长才智、增加见识、丰富阅历、了解历史的必要途径，因此，勉励并敦促子孙勤于学习。其中，既有向子孙讲述学习重要性的家训篇章，也有向子孙讲述学习的态度、途径及方法的篇章，这类内容在古代家训中比比皆是。

在读书学习的重要性方面，刘邦《手敕太子》、欧阳修《诲学说》、颜之推《颜氏家训》、朱柏庐《劝言》皆是典型代表。欧阳修常以此教育子弟，其《诲学说》云："'玉不琢，不成器；人不学，不知道。'……人之性因物则迁，不学则舍君子而为小人，可不念哉！"[1]以玉琢方可成器为喻，说明学习的重要性：学习可使人增长见识，明白道理；不学习，则无法养成高尚的品德，就会变成卑劣的小人。萧纲在《诫当阳公大心书》中写道："汝年时尚幼，所阙者学，可久可大，其唯学欤！所以孔丘言：吾尝终日不食，终夜不寝，以思，无益，不如学也。若使墙面而立，沐猴而冠，吾所不取。"[2]教育儿子大心努力学习，认为学习是可以长久存在且博大无边的事情，反对不学无术、一无所知、徒有其表。颜之推在《颜氏家训》中指出，读书学习可以立业存身，其辞曰："夫明《六经》之指，涉百家之书，纵不能增益德行，敦厉风俗，犹为一艺，得以自资。父兄不可常依，乡国不可常保，一旦流离，无人庇荫，当自求诸身耳。谚曰：'积财千万，不如薄技在身。'技之易习而可贵者，无过读书也。世人不问愚智，皆欲识人之多，见事之广，而不肯读书，是犹求饱而懒营馔，欲暖而惰裁衣也。夫读书之人，自羲、农已来，宇宙之下，凡识几人，凡见几事，生民之成败好恶，固不足论，天地所不能藏，鬼神所不能隐也。"[3]康熙训子时指出，现身说法，以自己的经验教

---

① 欧阳修.欧阳修集编年笺注：第7册［M］.李之亮，笺注.成都：巴蜀书社，2007：162.

② 严可均.全梁文：上册［M］.冯瑞生，审订.北京：商务印书馆，1999：113.

③ 颜之推.颜氏家训集解［M］.王利器，集解.上海：上海古籍出版社，1980：153.

诫子弟读书可以增长见识，减少过错，其辞曰："朕自幼好看书，今虽年高，万几之暇犹手不释卷。诚以天下事繁，日有万几，为君者一身处九重之内，所知岂能尽乎？时常看书知古人事，庶可以寡过。故朕理天下事五十余年无甚差忒者，亦看书之益也。"①

在学习的态度及目的上，有些家长教育子弟，"学而优则仕"；也有些家长教导子弟，读书不只是为了登科及第，读书是为了涵养自身的品性。典型如：韩愈作诗《符读书城南》教诫儿子："人之能为人，由腹有《诗》《书》。《诗》《书》勤乃有，不勤腹空虚。欲知学之力，贤愚同一初。由其不能学，所入遂异闾……一为马前卒……一为公与相……。君子与小人，不系父母且。不见公与相，起身自犁锄。不见三公后，寒饥出无驴。文章岂不贵，经训乃菑畬。潢潦无根源，朝满夕已除。人不通古今，马牛而襟裾。行身陷不义，况望多名誉。"②朱柏庐则教诫子弟"读书志在圣贤"③。颜之推教诫子孙："夫所以读书学问，本欲开心明目，利于行耳。"④

在读书的内容及方法上，见贤仁者见仁、智者见智，提出不同的内容及方法。对于学习的内容，孔子教诫儿子孔鲤学《诗》、学《礼》，曾言："不学《诗》，无以言……不学《礼》，无以立。"⑤颜之推教诫子弟："士大夫子弟，数岁已上，莫不被教，多者或至《礼》《传》，少者不失《诗》《论》。"⑥对于学习的方法，颜之推认为，"但能言之，不能行之"⑦的学习是徒劳的，要"学以致用"。陆游也教育儿子，"古人学问无遗力，少壮工夫老始成。纸上得来终觉浅，绝知此事要躬行"。郑燮在《潍县署中寄舍弟墨第一书》中言传身教，将个人治学经验分享给堂弟，告诫他读书不能"篇篇都读，字字都记"，对于好文章才需"反复诵观"⑧。傅山教诫子侄读书之法，在《训子侄》中，结合自身的读书经验，为子侄讲述了辞赋、经、史等书的学习之要，其文云："记吾当二十上下时，读《文选》京、都诸赋，先辨字，再点

① 康熙. 庭训格言 [M]. 陈生玺，贾乃谦，注译. 郑州：中州古籍出版社，2010：113.

② 韩愈. 韩愈全集 [M]. 钱仲联，马茂元，校点. 上海：上海古籍出版社，1997：90.

③ 朱柏庐. 治家格言 [M]. 上海：上海古籍出版社，2002：46.

④ 颜之推. 颜氏家训集解 [M]. 王利器，集解. 上海：上海古籍出版社，1980：160.

⑤ 十三经注疏：附校勘记 [M]. 阮元，校刻. 北京：中华书局，1980：2522.

⑥ 同④：141.

⑦ 同④：161.

⑧ 郑板桥. 郑板桥全集：增补本 [M]. 卞孝萱，卞岐，编. 南京：凤凰出版社，2012：247.

读，三试上口，则略能成诵矣……除经书外，《史记》《汉书》《战国策》《国语》《左传》《离骚》《庄子》《管子》，皆须细读。其余任其性之所喜者，略之而已。廿一史，吾已尝言之矣：《金》《辽》《元》三书列之载记，不得作正史读也。"①袁采认为，孩子的天性不同，因而读书学习最终的效果也就不一样。读书并非只为了仕进，还可使孩子在潜移默化中受到有益的滋养，避免子弟无所事事、饱食终日甚至为非作歹，强调切不可使子弟废学。他在《袁氏世范》中写道："大抵富贵之家教子弟读书，固欲其取科第及深究圣贤言行之精微。然命有穷达，性有昏明，不可责其必到，尤不可用其不到而使之废学。盖子弟知书，自有所谓无用之用者存焉。史传载故事，文集妙词章，与夫阴阳、卜筮、方技、小说，亦有可喜之谈，篇卷浩博，非岁月可竟。子弟朝夕于其间，自有资益，不暇他务。又必有朋旧业儒者，相与往来谈论，何至饱食终日，无所用心，而与小人为非也。"②左宗棠在《与子书》中教导子弟读书学习要"目到、口到、心到"③。

读书学习人各有法，修身进德不唯一端。古代家训中关于修身勉学的内容不唯上面所列，其他如淡泊寡欲、谦恭守正、学诗习字等，也属于修身进德的内容。家长通过家庭训诫的方式传授给家中子弟，旨在督促子弟立志勤学，修身进德，更好地立世存身。

第二节　睦亲治家之法

宗法制是我国古代社会的典型特征，在以血缘关系为纽带的宗法制社会中，家族、家庭是社会的基本细胞。子弟是否有正确的家族意识、家庭观念，是否能够处理好家庭成员间的关系，对于家庭的和睦、家族的兴衰起着决定性的作用。因此，教诫子弟妥善处理好家庭成员之间的关系，确保家庭和睦，是古代家训的另一个重要内容。

---

① 傅山. 傅山全书：第1册 [M]. 刘贯文，张海瀛，尹协理，主编. 太原：山西人民出版社，1991：507-508.

② 夏家善. 袁氏世范 [M]. 贺恒祯，杨柳，注释. 天津：天津古籍出版社，2016：19.

③ 左宗棠. 左宗棠全集·家书·诗文 [M]. 刘泱泱，注释. 长沙：岳麓书社，2009：9.

一、睦亲之法

"以和为贵"是中华民族的传统美德，和睦是维持一个家庭乃至家族稳定发展的重要因素。因此，古圣先贤在家训中反复陈述"以和为贵"的睦家理念，再三强调"父慈、子孝、兄友、弟恭"之道。诸如三国时期的向朗在临终遗言中专门向儿子申说了"和"的重要，其辞曰："天地和则万物生，君臣和则国家平，九族和则动得所求、静得所安。"①因此，在处理家庭关系时要"惟和为贵"②。曾国藩在家书中也强调："夫家和则福自生。若一家之中，兄有言弟无不从，弟有请兄无不应，和气蒸蒸而家不兴者，未之有也；反是而不败者，亦未之有也。"③

颜之推在《颜氏家训》中说："夫有人民而后有夫妇，有夫妇而后有父子，有父子而后有兄弟：一家之亲，此三而已矣。"④指出了家庭中最普遍的关系是父子关系、兄弟关系、夫妇关系，强调这三种关系"不可不笃"⑤。班昭认为，"夫不贤，则无以御妇；妇不贤，则无以事夫。夫不御妇，则威仪废缺；妇不事夫，则义理堕阙"⑥。司马光《家范》则提出"夫妇之际，以敬为美"⑦，指出："为人妻者，其德有六：一曰柔顺，二曰清洁，三曰不妒，四曰俭约，五曰恭谨，六曰勤劳。"⑧夫妇双方只有各自恪守相应的道德准则，"夫义妇顺"，夫妇之间才能和谐。

张履祥认为，父子关系是家庭关系中最核心的关系，他在家训中说："父子兄弟夫妇，人伦之大。一家之中，惟此三亲而已……父子尤其本也。"⑨父子关系的和睦，也需要父子双方各司其德，概括而言，即父慈、子孝。古代家训对此多有说明，颜延之《庭诰》云："欲求子孝必先慈，将责弟悌务为友。虽孝不待慈，而慈固植孝；悌非期友，而友亦立悌。夫和之不

---

① 严可均. 全三国文：下册 [M]. 马志伟，审订. 北京：商务印书馆，1999：619.

② 同①.

③ 曾国藩. 曾国藩全集·家书（一）[M]. 邓云生，校点. 长沙：岳麓书社，1985：52.

④ 颜之推. 颜氏家训集解 [M]. 王利器，集解. 上海：上海古籍出版社，1980：37.

⑤ 同④.

⑥ 范晔. 后汉书 [M]. 李贤，等注. 北京：中华书局，1965：2788.

⑦ 司马光. 温公家范 [M]. 王宗志，注释. 天津：天津古籍出版社，1995：156.

⑧ 同⑦：164.

⑨ 张履祥. 杨园先生全集 [M]. 北京：中华书局，2002：1357.

备，或应以不和；犹信不足焉，必有不信。"①范质在《诫儿侄八百字》中教导儿侄说："戒尔学立身，莫若先孝弟。怡怡奉亲长，不敢生骄易。"②

兄弟关系是家庭中三种基本关系的第三种，也是同姓血亲关系的另一种，仅亚于父子关系。兄弟之间既存在共同的血缘关系，也存在着长期共同生活的伙伴关系，颜之推在《颜氏家训》中论及说："兄弟者，分形连气之人也。方其幼也，父母左提右挈，前襟后裾，食则同案，衣则传服，学则连业，游则共方，虽有悖乱之人，不能不相爱也。"③"兄弟不睦，则子侄不爱；子侄不爱，则群从疏薄；群从疏薄，则僮仆为仇敌矣。如此，则行路皆踏其面而蹈其心，谁救之哉？"④强调兄弟一定要和睦，否则，不只是兄弟关系疏远，整个家族的实力也会受损。理想的兄弟关系当做到"兄须爱其弟，弟必恭其兄，勿以纤毫利，伤此骨肉情"⑤。

除了对如何处理好夫妇、父子、夫妻关系进行教诫外，古代家训对姑妇、姑嫂等关系也有训诫。篇幅所限，兹不多论。

二、治家之道

家庭的稳定与发展除了需要和睦家族内部成员的关系，还要妥善管理家中家务、经营家中财产。因此，古代家训对如何管理好家庭事务也有较丰富全面的论及。古代家训中的治家之道可谓涉及生活中的方方面面，其中被论及最多的，主要包括以下三方面内容。

一是守礼。即用礼法规范治家，要求家庭成员遵守礼及家庭规范。司马光教诫子弟，治家的第一要事是守礼。其《家范》云："夫治家莫如礼。男女之别，礼之大节也，故治家者必以为先。"⑥明太祖朱元璋也在家训中强调治家要有章程，指出："使一家之间长幼内外，各尽其分，事事循理，则一家治矣。"⑦

① 刘清之. 戒子通录 [M] // 楼含松. 中国历代家训集成. 杭州：浙江古籍出版社，2017：471.

② 北京大学古文献研究所. 全宋诗：第1册 [M]. 北京：北京大学出版社，1991：48.

③ 颜之推. 颜氏家训集解 [M]. 王利器，集解. 上海：上海古籍出版社，1980：37-38.

④ 同③：42.

⑤ 徐少锦，范桥，陈正斌，等. 中国历代家训大全 [M]. 北京：中国广播电视出版社，1993：731.

⑥ 司马光. 温公家范 [M]. 王宗志，注释. 天津：天津古籍出版社，1995：8.

⑦ 明实录：第96册 [M]. 上海：上海书店出版社，1982：16.

二是节俭。节俭是中华民族的传统美德，早在先秦时期，《左传》便指出："俭，德之共也；侈，恶之大也。"①认为节俭是品德中最大的德行，奢侈是恶行中最大的恶行。古代家训中，教诫子孙节俭持家的篇章有很多。曾国藩在《谕纪鸿》中指出"凡士宦之家，由俭入奢易，由奢返俭难"，因此教诫儿子要勤俭自持，不慕奢华。其辞曰："勤俭自持，习劳习苦，可以处乐，可以处约。此君子也。余服官二十年，不敢稍染官宦气习，饮食起居，尚守寒素家风，极俭也可，略丰也可，太丰则吾不敢也。凡仕宦之家，由俭入奢易，由奢返俭难。尔年尚幼，切不可贪爱奢华，不可惯习懒惰。无论大家小家、士农工商，勤苦俭约，未有不兴，骄奢倦怠，未有不败。"②司马光的《训俭示康》更是专门对子孙进行勤俭持家教育的典范篇章，司马光在教子时以"成由俭，败由奢"为核心，根据切身经历，循循善诱，谆谆教导。前文已论，兹不赘述。

三是勤劳。勤劳是中华民族的传统美德，许多家训都强调了勤劳对于治家治国的重要作用。早在西周时期，周公即对侄子成王提出了"君子所其无逸"③的训诫。曾国藩在《谕纪泽纪鸿》中通过列举商汤、周文王、周公勤勉工作的事例，教诫儿子要勤劳自勉，其文云："古之圣君贤相，若汤之昧旦丕显，文王日昃不遑，周公夜以继日坐以待旦，盖无时不以勤劳自励。"④

古代家训中所论的治家之法内涵丰富，家庭的和睦及发展需要每个家庭成员的共同努力。治家除了以上所论，柳玭在家训也向子辈教诫了治家之法，警诫子孙要谨记"坏名灾己，辱先丧家"的危害，其辞曰："立己以孝悌为基，恭默为本，畏怯为务，勤俭为法。"⑤

第三节 为官从政之则

儒家的伦理道德强调"身修而后家齐，家齐而后国治，国治而后天下

① 十三经注疏：附校勘记[M]．阮元，校刻．北京：中华书局，1980：1779．
② 曾国藩．曾国藩全集·家书（一）[M]．邓云生，校点．长沙：岳麓书社，1985：324．
③ 同①：221．
④ 曾国藩．曾国藩全集·家书（二）[M]．邓云生，校点．长沙：岳麓书社，1985：1427-1428．
⑤ 欧阳修，宋祁．新唐书[M]．北京：中华书局，1975：5027．

平"①，所谓"为官从政之则"就是家中长辈在家训中向子弟教诫仕宦为官之道，对子弟如何做官提供指导，家训文学作品对此做了清晰的书写，其主要内容包括三个方面。

一、忠君爱国

忠君爱国是封建士大夫的人生准则，也是古代家中长辈对子孙家庭训诫的重要内容。韦玄成曾在《戒子孙诗》中教诫子孙："无忝显祖，以蕃汉室。"②欧阳修嘱咐十二侄"临难死节"，报效国家，其文云："欧阳氏自江南归明，累世蒙朝廷官禄，吾今又被荣显，致汝等并列官裳，当思报效。偶此多事，如有差使，尽心向前，不得避事。至于临难死节，亦是汝荣事，但存心尽公，神明亦自佑汝，慎不可思避事也。"③李纲在《闻七弟叔易登科》中深切地表达了自己对国君的感念及报国之情，其辞曰："吾家世儒业，教子惟一经。迩来四十载，父子三成名。忆昔尘忝初，非才厕群英。胪传被殊渥，姓字落寰瀛。天子亲识擢，屡对云龙庭。玉音每褒谕，必及吾亲宁。同朝大明宫，搢绅以为荣。君恩太山重，欲报鸿毛轻。迁愚得放逐，不复叹飘零。尔今又登第，相去才九龄。勤劳酬素志，烜赫振家声。箕裘端不坠，义方益香芬。季弟亦乡选，来年试春卿。云鸿继高举，桂苑同飞鸣。子壮可起家，予衰欲归耕。勉哉修远业，正值时休明。"④陆游临终前，满怀对国家无限的热爱写下《示儿》："死去元知万事空，但悲不见九州同。王师北定中原日，家祭无忘告乃翁。"

二、勤政爱民

我国古代的民本思想源远流长，早在先秦时期，孟子就提出"民为贵，社稷次之，君为轻"⑤的思想主张。因此，"以民为命"、勤政爱民成为封建时代贤官的标准，也成为家族长辈教诫子弟的重要内容。早在西周初期，周

① 十三经注疏：附校勘记［M］.阮元，校刻.北京：中华书局，1980：1673.

② 班固.汉书［M］.颜师古，注.北京：中华书局，1962：3114.

③ 欧阳修.欧阳修集编年笺注：第8册［M］.李之亮，笺注.成都：巴蜀书社，2007：310.

④ 李纲.李纲全集［M］.王瑞明，点校.长沙：岳麓书社，2004：86.

⑤ 同①：2774.

公就教诫侄子成王"以万民惟正之供"，许衡训子要"身居畎亩思致君，身在朝廷思济民"，徐经孙教诫子弟爱民恤民，其辞曰："三年永丰簿，两载半临川。纳满无多日，奇逢有二天。临民须近厚，减价要重蠲。"①

三、廉洁奉公

在国家层面上，廉洁奉公是为政者需秉持的政治品质；在家族层面上，廉洁奉公也是家族长辈对子弟的终身要求。古人有云"廉者，政之本也"②，认为廉洁是施政的根本。因而，教导子弟以清廉为荣、以贪污为耻也是古代家训的一个重要内容，这方面的作品有很多，典型如：韩滉在《示大儿峡州签书判官》中教诫其子清廉奉公，其辞曰："看儿遥宦离吾身，吏在廉平稳问津。积世衣冠当报国，随时禄秩莫忧贫。"③柳玭在家诫中向子孙传授为官之道，警诫子孙要清廉为官，勤于政事，其文云："莅官则洁己省事，而后可以言家法，家法备，然后可以言养人。直不近祸，廉不沽名。"④宋嘉泰三年（1203）春，陆游的次子陆子龙将去吉州任司理。临别时陆游写下《送子龙赴吉州掾》，诗中他教导即将前往吉州任职的儿子，居官要尽职奉公，清廉自守，其诗云："汝为吉州吏，但饮吉州水；一钱亦分明，谁能肆谗毁？"⑤

第四节　治国安邦之策

一、仁政爱民

大多数有作为的君主皆仁政爱民，因为他们深知"水可载舟，亦可覆舟"的道理，因此，在教子时常常对皇子进行仁政爱民教育，诸如李昺手令

---

① 北京大学古文献研究所.全宋诗：第59册[M].北京：北京大学出版社，1998：37173.

② 张纯一.晏子春秋校注[M].梁运华，点校.北京：中华书局，2014：298.

③ 北京大学古文献研究所.全宋诗：第52册[M].北京：北京大学出版社，1998：32634.

④ 欧阳修，宋祁.新唐书[M].北京：中华书局，1975：5027.

⑤ 陆游.剑南诗稿校注[M].钱仲联，校注.新1版.上海：上海古籍出版社，2005：2982.

教诫诸子："存高年，恤丧病。"

康熙教子说："仁者无不爱。凡爱人爱物，皆爱也。故其所感甚深，所及甚广。在上则人咸戴焉；在下则人咸亲焉；己逸，而必念人之劳；己安，则必思人之苦。万物一体，痌瘝切身，斯为德之盛、仁之至。"①又说："朕居位六十余年，何政未行？看来凡有益于人之事，我知之确，即当行之。"②训诫皇子为政当有益于民。

二、求贤纳谏

勇于求贤纳谏既是圣主明君的治国之道，也是古代帝王家训的主要内容。古代许多帝王家训都有这方面的书写。《帝范·求贤篇》云："夫国之匡辅，必待忠良。任使得人，天下自治。故尧命四岳，舜举八元，以成恭己之隆，用赞钦明之道。士之居世，贤之立身，莫不戢翼隐鳞，待风云之会；怀奇蕴异，思会遇之秋。是明君旁求俊乂，博访英贤，搜扬侧陋。不以卑而不用，不以辱而不尊。昔伊尹，有莘之媵臣；吕望，渭滨之贱老。夷吾困于缧绁；韩信弊于逃亡。商汤不以鼎俎为羞，姬文不以屠钓为耻，终能献规景亳，光启殷朝；执旄牧野，会昌周室。齐成一匡之业，实资仲父之谋；汉以六合为家，是赖淮阴之策。故舟航之绝海也，必假桡楫之功；鸿鹄之凌云也，必因羽翮之用；帝王之为国也，必藉匡辅之资。故求之斯劳，任之斯逸。照车十二，黄金累千，岂如多士之隆，一贤之重。此乃求贤之贵也。"③英明的君主在求贤的同时，还勇于纳谏。唐太宗是勇于纳谏的典范，他也教诫皇子勇于纳谏，《帝范·纳谏篇》云："夫王者，高居深视，亏听阻明。恐有过而不闻，惧有阙而莫补。所以设鞀树木，思献替之谋；倾耳虚心，伫忠正之说。言之而是，虽在仆隶刍荛，犹不可弃也；言之而非，虽在王侯卿相，未必可容。其义可观，不责其辩；其理可用，不责其文。至若折槛怀疏，标之以作戒；引裾却坐，显之以自非。故云忠者沥其心，智者尽其策。臣无隔情于上，君能遍照于下。昏主则不然，说者拒之以威；劝者穷之以罪。大臣惜禄而莫谏，小臣畏诛而不言。恣暴虐之心，极荒淫之志。其为壅

① 康熙.庭训格言 [M].陈生玺, 贾乃谦, 注译.郑州: 中州古籍出版社, 2010: 23.

② 同①: 132.

③ 李世民.帝范 [M].宋钢, 修远, 校释.呼和浩特: 内蒙古人民出版社, 1999: 55-68.

塞，无由自知。以为德超三皇，材过五帝。至于身亡国灭，岂不悲哉！此拒谏之恶也。"①

三、崇俭戒奢

崇俭戒奢是天子修身的重要内容，也是国家能够治理好的前提。因此，古代帝王在诫子时经常进行节俭戒奢教育，教导皇子"俭以养性，静以修身"②。《帝范·戒盈篇》云："夫君者，俭以养性，静以修身。俭则人不劳，静则下不扰。人劳则怨起，下扰则政乖。"③《帝范·崇俭篇》云："夫圣世之君，存乎节俭。富贵广大，守之以约；睿智聪明，守之以愚。不以身尊而骄人，不以德厚而矜物。茅茨不剪，采椽不斫，舟车不饰，衣服无文，土阶不崇，大羹不和。非憎荣而恶味，乃处薄而行俭。故风淳俗朴，比屋可封。斯二者，荣辱之端。奢俭由人，安危在己。五关近闭，则嘉命远盈；千欲内攻，则凶源外发。是以丹桂抱蠹，终摧荣耀之芳；朱火含烟，遂郁凌云之焰。以是知骄出于志，不节则志倾；欲生于心，不遏则身丧。故桀纣肆情而祸结，尧舜约己而福延，可不务乎？"④唐太宗告诉太子"圣世之君，存乎节俭"，引导太子以尧舜等古代圣贤为榜样，崇尚节俭，"不以身尊而骄人，不以德厚而矜物"，汲取夏桀和商纣的教训，节制欲望，为百姓做淳朴的榜样。

第五节　处世交友之规

社会性是人的基本属性之一，每个人既处于家族内部的关系之中，又处于复杂的社会关系之中，一个家族的繁荣昌盛既与家族内部的融洽有关，又与家族外部的交往有关。为了家族的稳定与发展，中国古代的家长通常会在对子弟的训诫之中，言及处世之道，教导子弟妥善协调人际关系，处理社会事务。古代家训中关于这方面的训诫内容有很多，不同的家族有各自的侧重

---

① 李世民. 帝范 [M]. 宋钢, 修远, 校释. 呼和浩特：内蒙古人民出版社, 1999：90-98.

② 同①：134.

③ 同①：134-135.

④ 同①：150-155.

点，概括而言，主要包括以下四个方面。

一、诚信

《易·乾》云："君子进德修业。忠信，所以进德也。修辞立其诚，所以居业也。"[①]诚信是人际交往中最重要的品质，"人无诚不立"，因而古代家长经常对子孙进行诚信教育。上至帝王、下至士大夫，其家训中常见诚信教诫的内容，诸如，曾国藩在家训中指出："凡与人晋接周旋，若无真意，则不足以感人。"[②]袁采在《袁氏世范》中教诫子弟立身行事"有所许诺，纤毫必偿，有所期约，时刻不易"[③]。康熙教诫子弟说："吾人凡事惟当以诚，而无务虚名……对诸大臣，总以实心相待，不务虚名。故朕所行事，一出于真诚，无纤毫虚饰。"[④]足见，对诚信重视程度之高。

二、忍让

"以和为贵"是中华民族的传统美德，古代社会对"和"的推崇不仅体现在家庭和睦上，而且表现在与人相处的宽和忍让上。古代家训文学作品对此多有论述。唐代朱仁轨教子曰："终身让路，不枉百步；终身让畔，不失一段。"[⑤]认为即便让一辈子路也不过百步，就算终身都让田地，也不会失去一片田地，对别人谦让一些，自己不会损失太多，所以要谦让。吴汝纶在《谕儿书》中写道："忍让为居家美德。不闻孟子之言'三自反'乎？若必以相争为胜，乃是大愚不灵，自寻烦恼。人生在世，安得与我同心者相与共处乎？凡遇不易处之境，皆能长学问识见。孟子'生于忧患''存乎疢疾'，皆至言也。"[⑥]

① 十三经注疏：附校勘记 [M]．阮元，校刻．北京：中华书局，1980：15.

② 曾国藩．曾国藩全集·家书（一）[M]．邓云生，校点．长沙：岳麓书社，1985：367.

③ 夏家善．袁氏世范 [M]．贺恒祯，杨柳，注释．天津：天津古籍出版社，2016：74.

④ 康熙．庭训格言 [M]．陈生玺，贾乃谦，注译．郑州：中州古籍出版社，2010：13.

⑤ 欧阳修，宋祁．新唐书 [M]．北京：中华书局，1975：4221.

⑥ 吴汝纶．谕儿书 [M] // 楼含松．中国历代家训集成．杭州：浙江古籍出版社，2017：7122.

三、谦谨

谦虚谨慎是中华民族的传统美德。与之相应，家训中有关如何处世的另一个重要内容是谦谨。《尚书》云："满招损，谦受益，时乃天道。"①骄傲自满会招来灾祸，而谦虚谨慎则可受益。古代家族中的长辈深谙此道，因此，在子弟的成长过程中，经常告诫他们要保持谦虚谨慎的态度。例如，曾国藩就曾教诫儿子纪鸿："尔在外以谦谨二字为主，世家子弟，门第过盛，万目所属。临行时，教以三戒之首，末二条及力去傲惰二弊，当已牢记之矣。"②叮嘱儿子谦谨勿骄惰。

四、慎交

朋友关系是社会交往中的一种重要人际关系，对个体的生存、发展起着重要的作用，结交良友能够受益终生，结交恶友则极易误入歧途，甚至给家族带来灭顶之灾。因此，反复向子弟强调慎重交友是古代家训文学作品中的重要内容。颜之推运用生动的比喻教导子孙要择善人为友，其辞曰："是以与善人居，如入芝兰之室，久而自芳也；与恶人居，如入鲍鱼之肆，久而自臭也。"③朱熹教诫儿子："交游之间，尤当审择……大凡敦厚忠信、能攻吾过者，益友也。其谄媚轻薄、傲慢亵狎，导人为恶者，损友也。"④嘱咐儿子结交"益友"，远离"损友"。张英教诫子弟"人生以择友为第一事"，叮嘱子辈"但于至戚中，观其德生谨厚，好读书者，交友两三人足矣！"⑤纪昀给大儿子写信，训教儿子交友须谨慎，应选择正直、能体谅、多闻见的人为友，警惕十种伪君子，其文云："尔初入世途，择交宜慎，友直友谅友多闻益矣。误交真小人，其害犹浅；误交伪君子，其祸为烈矣。盖伪君子之心，

---

① 十三经注疏：附校勘记 [M]．阮元，校刻．北京：中华书局，1980：137．

② 曾国藩．曾国藩全集·家书（二）[M]．邓云生，校点．长沙：岳麓书社，1985：1147．

③ 颜之推．颜氏家训集解 [M]．王利器，集解．上海：上海古籍出版社，1980：128-129．

④ 朱熹．朱子全书：第25册 [M]．朱杰人，严佐之，刘永翔，主编．上海：上海古籍出版社，2002：4790．

⑤ 张英，张廷玉．聪训斋语 澄怀园语：父子宰相家训 [M]．江小角，陈玉莲，点注．2版．合肥：安徽大学出版社，2013：44．

百无一同：有拗捩者，有偏倚者，有黑如漆者，有曲如钩者，有如荆棘者，有如刀剑者，有如蜂虿者，有如狼虎者，有现冠盖形者，有现金银气者。业镜高悬，亦难照彻。缘其包藏不测，起灭无端，而回顾其形，则皆岸然道貌，非若真小人之一望可知也。并且此等外貌麟鸾中藏鬼蜮之人，最喜与人结交，儿其慎之。"①

第六节　女子"四德"之教

封建社会中，男性的社会地位远高于女性。《诗·小雅·斯干》云："乃生男子，载寝之床，载衣以裳，载弄之璋……乃生女子，载寝之地，载衣以褓，载弄之瓦。"②不平等的社会地位决定了女子无法同男子一样，接受正规的学校教育，但女子也是家族中的一员，家族中的长辈对女子也饱含关爱之情；同时，女子教育的成功与否也关系着整个家族的稳定。因此，家族中的长辈对女子的教育也非常重视。古代女子教育的主要形式是家庭教育，从身份视角来说，大部分女性随着成长在家庭中都要经历三种身份：为人女、为人妻、为人母。这三种身份有着不同的家庭地位，需要承担的职责及所要遵循的规范也有所不同，古代家训对于女子的训诫也从这三种身份展开。

一、人女的教导：蒙以养正

古代的家长很重视女子的品德和仪容教育，认为"妇道母仪，始于女德，未有女无良而妇淑者也"③。未嫁之前，女子尚处于闺阁之中，所受到的教育主要围绕知礼、崇孝与择偶展开。首先，知礼是女子教育中最基本的一部分，这里的"礼"主要是指日常生活中的处事礼仪，司马光在《温公家范》中引用《礼记》教诫女子所当遵守的礼仪："女子十年不出，姆教婉娩听从。执麻枲，治丝茧，织纴组纴，学女事，以共衣服。观于祭祀，纳酒浆

---

① 李金旺.纪晓岚家书[M].北京：外文出版社，2012：40.

② 十三经注疏：附校勘记[M].阮元，校刻.北京：中华书局，1980：437-438.

③ 陈宏谋.五种遗规[M].北京：线装书局，2015：105.

笾豆菹醢，礼相助奠。"①教导女子要练习女红，学会处理家务事，学习相关的礼仪，通过礼仪的规范，使女子言行得体，进而培养温婉顺从的品质。其次是教导女子崇孝，明代刘氏《女范捷录》云："夫孝者，百行之源，而犹为女德之首也。"②认为孝是女德之首，除了告诫女子重孝，家长还对女子如何践行孝道做了具体的规定，《女论语·事父母章》中对女子如何侍奉父母做了详细的规定："遵依教训，不可强梁。若有不谙，细问无妨。父母年老，朝夕忧惶。补联鞋袜，做造衣裳……"③以上两方面是对女子个人的言行与在家庭中孝敬父母方面的教导与规定，而择偶方面的训诫是家长对女子未来婚嫁的长远考虑。古代社会中，男尊女卑的社会观念使女子在结婚后不得不依附男子，这便决定了女子婚嫁后的生活在很大程度上要取决于丈夫。因此，为了女儿的幸福，父母对女子的择偶做了规定："男女议亲，不可贪其阀阅之高，资产之厚。苟人物不相当，则子女终身抱恨，况又不和而生他事者乎！"④指出男女双方在议定婚事时，对人品的选择远在资产之上。

二、人妻的教诲：恪守妇道

古代社会中，女子一旦嫁到夫家，其身份便由人女转变为人妻，这一身份转变，要求女子在新的家庭环境中要遵循为人妻的准则，要恪守妇道。所谓妇道，就是妇女所要遵循的准则。关于妇女应该遵从的规范，《礼记》对女子"四德"进行了论述，并从"四德"出发，对已为人妻的女子的言行、体态、举止及德行都做了详细的阐述。古代家训中对人妻的训诫，不外乎妇德、妇言、妇容、妇功四个方面。

这四个方面中，妇德是居于首位的，明代徐淑英在《女诫论》中写道："妇女之美，不在于容貌娇冶，在于德行端庄。"⑤认为德行端庄才是妇女的美。在对女子道德的具体要求中，孝顺也是为人妻的女子必须具备的美德和终生恪守的规范。唐代郑氏在《女孝经》中写道："女子之事舅姑也，敬与

---

① 十三经注疏：附校勘记［M］．阮元，校刻．北京：中华书局，1980：1471.

② 郭淑新．《女四书》读本［M］．北京：中国人民大学出版社，2016：178.

③ 同②：51.

④ 夏家善．袁氏世范［M］．贺恒祯，杨柳，注释．天津：天津古籍出版社，2016：54.

⑤ 苏者聪．中国历代妇女作品选［M］．上海：上海古籍出版社，1987：496.

父同，爱与母同。"①告诫女子要像对待自己的父母一样，以敬爱之心孝顺丈夫的父母，并在具体要求中规定了侍奉舅姑的准则："鸡初鸣，咸盥漱衣服以朝焉。冬温夏清，昏定晨省，敬以直内，义以方外，礼信立而后行。"②以此来践行对舅姑的孝道。对于嫁到夫家的女子来说，孝顺舅姑是妇德的一部分，但侍奉丈夫更是为人妻的重要职责。明代仁孝文皇后《内训》曰："是故妇人者，从人者也。夫妇之道，刚柔之义也。"③告诫女子要做到"忠诚以为本，礼义以为防。勤俭以率下，慈和以处众。诵《诗》读《书》，不忘规谏"④。除了要恭顺，为人妻者，还应为丈夫守节，更有甚者，教导女子要以死殉节，这些言论充满了对女性生命的轻视，与现代文明格格不入，应予摒弃。

妇言正如班昭在《女诫》中所写："择辞而说，不道恶语，时然后言，不厌于人，是谓妇言。"⑤班昭认为，所谓"妇言"就是要求妇女说话要选择时机，说的内容要有所取舍，不说粗言恶语。历代家长对妇言颇为重视，认为妇女的言辞对家庭有着重要的影响，妇女言辞不当不仅可能导致家宅不宁，甚至可能危及整个家族的稳定。因此，告诫妇人在言辞上要谨慎："言非所尚，多言多失，不如寡言……缄口内修，重诺无尤。"⑥

妇容即妇女的仪容。古代家长对妇女仪容上的训诫大多要求妇人以朴素雅致为美，"惟务洁净"⑦。班昭在《女诫》中以周文王的后妃穿"绨绤"、东汉明德皇后"大练粗疏"为典范，告诫妇人"夫锦绣华丽，不如布帛之温也"⑧，司马光教导妇人在仪容服饰上要崇尚朴素简约："固以俭约为美，不以侈丽为美也。"⑨

妇功是指古代妇女所做的纺织、刺绣等家务。古代家长多教导妇人操持中馈、裁衣制服，处理家务，以尽到主母的职责，《温氏母训》云："妇人不

① 郑氏.女孝经［M］//楼含松.中国历代家训集成.杭州：浙江古籍出版社，2017：101.

② 同①.

③ 郭淑新.《女四书》读本［M］.北京：中国人民大学出版社，2016：90.

④ 同③：132.

⑤ 同③：19.

⑥ 同③：93.

⑦ 夏家善.袁氏世范［M］.贺恒祯，杨柳，注释.天津：天津古籍出版社，2016：103.

⑧ 同③：104.

⑨ 司马光.温公家范［M］.王宗志，注释.天津：天津古籍出版社，1995：188.

谙中馈，不入厨堂，不可以治家。"①要求妇人亲自处理家中事务，安排饮食。《庞氏家训》云："妇初归，每岁吉贝三十斤，麻五斤。俱令亲自纺绩，不许雇人。"②明确规定妇人要亲自纺织，不许雇佣人来干，告诫妇人承担起操持家务的职责。

总的来看，无论是妇言、妇容、妇功，从根本上来看都是妇德在妇人身上的外在体现，正如明代仁孝文皇后《内训》中所言："贞静幽闲，端庄诚一，女子之德性也。孝敬仁明，慈和柔顺，德性备矣。夫德性原于所禀，而化成于习，匪由外至，实本于夐。"③在她看来，这些女子的品行不是由外而内的，而是存在于自身之中，由习惯养成。因此，以"贞静幽闲，端庄诚一""孝敬仁明，慈和柔顺"这样的品德教导女子，自然而然会外化到妇言、妇容、妇功上，进而使为人妻的女子更好地恪守为妇之道。

三、人母的诫训：育子有方

我国古代是以血缘关系为纽带的宗法制社会，血脉的延续对于一个家族来说至关重要，因此，女子在婚后要为家族"传宗接代"。当女子的身份由人妻转变为人母后，由于家庭角色的改变，她在家庭中需要承担的职责也有所变化，与之相应，女诫增加了教诲子女的内容。纵览历史，从文王之母的胎教到孟母三迁其居，母亲的教育对子女的成长有着极大的影响。宋若莘、宋若昭《女论语》曰："大抵人家，皆有男女。年已长成，教之有序。训诲之权，实专于母。"④认为母亲是子女的启蒙老师，正是基于母亲对于子女教育的重要性，古代家训对于母亲教子提出了要求。

一方面是言传身教，强调母亲自身品行的示范作用。《列女传·母仪传》曰："惟若母仪，贤圣有智。行为仪表，言则中义。胎养子孙，以渐教化。既成以德，致其功业。姑母察此，不可不法。"⑤认为人母的仪范能够潜移默化地影响子女的品行。因此，古代家长在教授女子如何教子时，往往会将母仪作为母亲教女的内容，这些内容主要是对母亲品行的要求。郑氏《女孝

---

① 班昭，等.蒙养书集成：2［M］.梁汝成，章维，标注.西安：三秦出版社，1990：147.

② 庞尚鹏.庞氏家训［M］//楼含松.中国历代家训集成.杭州：浙江古籍出版社，2017：2465.

③ 郭淑新.《女四书》读本［M］.北京：中国人民大学出版社，2016：86.

④ 同③：62.

⑤ 王照圆.列女传补注［M］.虞思徵，点校.上海：华东师范大学出版社，2012：403.

经》云："夫为人母者，明其礼也。和之以恩爱，示之以严毅，动而合礼，言必有经。"①郑氏认为为人母，要了解礼仪。以恩情慈爱与儿女和睦相处，同时要显示严厉刚毅的一面，一举一动要合礼仪，言语也要符合经典教诲。其实就是要求母亲以自身明礼为例，教导子女明礼守礼，强调的是为母者要以身作则。

另一方面是要求为母者要处理好教与慈的关系。母亲的天性决定了她对子女的爱是包容的，但若仅有爱而无教则是在害子，明代吕坤（吕新吾）在《闺范》中指出："母不取其慈，而取其教，溺爱姑息，教所难也。"②他认为如果对子女过分地宠爱、无原则地包容，那么便难以教育好子女。司马光在《家范》中也明确指出："为人母者，不患不慈，患于知爱而不知教也。"③认为做母亲不必担心自己不够慈爱，而要担心过于慈爱而不知教育，由此导致"爱而不教，使沦于不肖，陷于大恶，入于刑辟，归于乱亡"④，最终因爱子而害子。古代家训中虽将严于教子作为母教的重要内容，但并不是盲目地要求为母者严厉教子，而是明确要严慈有度，明代仁孝文皇后在《内训》中指出"慈爱不至于姑息，严恪不至于伤恩。伤恩则离，姑息则纵，而教不行矣"⑤，要求母亲在教育孩子时要慈爱但不放纵子女，要严格但不损伤母子之情，要以慈爱之心严格要求，把握严慈之间的度。

可见，古代家训对为人母的母仪规范教育十分重视，认为子女的品性与受教育的程度都会受到母亲教育的影响，母范的优劣决定了子女未来的发展。因此，为人母的教子职责被强调，在母仪母范和教子方法上对为人母的女子提出要求，要在教子时以身作则，严慈相济。

总的来说，在封建社会男尊女卑的观念下，普通女子的一生从出生便已经被规划好了，从为人女到为人妻再到为人母，不同阶段要承担不同的职责，包括侍奉父母、辅佐丈夫、教育子女及操持家务等。古代家长对女子的训诫，既有积极的内容，也有消极的内容，诸如有些偏激的守节观念等，就是对女性生命的漠视及压抑，应予以摒弃。

---

① 郑氏.女孝经［M］//楼含松.中国历代家训集成.杭州：浙江古籍出版社，2017：104.

② 班昭，等.蒙养书集成：2［M］.梁汝成，章维，标注.西安：三秦出版社，1990：117.

③ 司马光.温公家范［M］.王宗志，注释.天津：天津古籍出版社，1995：43.

④ 同③.

⑤ 郭淑新.《女四书》读本［M］.北京：中国人民大学出版社，2016：146.

第六章　古代家训文学的
情意表达

"感人心者莫先乎情，莫始乎言"①。为了成功传达自己的教诚思想，古代先贤在诫子诗歌、诫子文撰作时，灵活使用比喻、引用、对比等修辞手段，以物喻理、以事说理、以象喻理、寓理于典等说理方法，举例论证、对比论证、类比论证等论证方式，直接抒情、间接抒情等抒情方式，形成了富有特色的古代家训文学的情意表达。

第一节　巧妙的修辞

"爱子，教之以义方，弗纳于邪。"②为了将自己所欲传达的家训思想成功地传达给子孙及家人，使其入耳入心，先贤在训导教诚过程中灵活使用了多样化的修辞手段。主要包括以下几方面内容。

一、比喻

比喻，"又叫'譬喻'，俗称'打比方'，就是在心理联想的基础上，抓住并利用两种或两种以上的不同事物之间的相似点，用其中一个事物来展现、阐释、描绘相关事物，交相辉映，混为一体。"③

比喻是中国文学中最常见的一种修辞手法，早在先秦时期，即被认为是不可或缺的作诗之法，被广泛地应用于诗歌和散文创作中。先秦时，"比喻"

---

① 白居易. 白居易文集校注：第1册［M］. 谢思炜，校注. 北京：中华书局，2011：322.

② 十三经注疏：附校勘记［M］. 阮元，校刻. 北京：中华书局，1980：1724.

③ 王希杰. 汉语修辞学［M］. 3版. 北京：商务印书馆，2014：390.

称为"比""依""辟"等，后世称为"譬喻""比喻"。古人认为，不学习广博的譬喻就不能作出好诗，《礼记·学记》云："不学博依，不能安诗。"①这里的"博依"即指广博的譬喻。《墨子·小取》云："辟也者，举也物而以明之也。"②这里，"辟"通"譬"。《说文》云："譬，谕也。"③《荀子·非相篇》云："谈说之术……分别以喻之，譬称以明之。"④《淮南子·要略》云："假象取耦，以相譬喻。"⑤《周礼·春官宗伯》云："教六诗：曰风，曰赋，曰比，曰兴，曰雅，曰颂。"⑥郑玄注引述郑司农（郑众）之语"比者，比方于物也"，表明他认同郑众的观点，认为"比"就是拿一个事物作比方。王符《潜夫论·释难篇》云："夫譬喻也者，生于直告之不明，故假物之然否以彰之。"⑦认为直接解释不明，故借他物譬喻说明。刘勰《文心雕龙》对"比喻"的修辞功能及效果予以揭示，《论说》篇指出"喻巧而理至"⑧，明确了比喻对于形象说理的作用。

古人充分认识到了比喻的作用，因此，我国古代有着运用比喻进行论述说理的悠久传统。古代家训主体在表情达意时也充分运用比喻言事说理，使抽象的道理形象化、深奥的道理浅显化，以利于子孙及家人对教诫思想的理解接受。家训文学中的比喻，主要用于以下五个方面。

（一）有时运用比喻来说明治国为政之道

诸如，《帝范·君体篇》云："夫人者国之先，国者君之本。人主之体，如山岳焉，高俊而不动；如日月焉，贞明而普照。"⑨唐太宗李世民向太子讲解为君之要，将帝王的威仪稳重比作"山岳"，巍然高峻，岿然不动；将国君施惠于民，比作"如日月焉，贞明而普照"，教诫儿子仁德爱民，像日月一样，光明地普照万物。

《帝范·求贤篇》以"故舟航之绝海也，必假栖楫之功；鸿鹄之凌云也，

① 十三经注疏：附校勘记 [M]．阮元，校刻．北京：中华书局，1980：1522.
② 吴毓江．墨子校注：下册 [M]．孙启治，点校．2版．北京：中华书局，2006：628.
③ 许慎．说文解字注 [M]．段玉裁，注．2版．上海：上海古籍出版社，1988：91.
④ 王先谦．荀子集解：上册 [M]．沈啸寰，王星贤，点校．北京：中华书局，1988：86.
⑤ 何宁．淮南子集释：下册 [M]．北京：中华书局，1998：1446.
⑥ 同①：796.
⑦ 王符．潜夫论笺校正 [M]．汪继培，笺．彭铎，校正．2版．北京：中华书局，2014：427.
⑧ 刘勰．文心雕龙注：上 [M]．范文澜，注．北京：人民文学出版社，1958：329.
⑨ 李世民．帝范 [M]．宋钢，修远，校释．呼和浩特：内蒙古人民出版社，1999：16-17.

必因羽翮之用"向太子阐明"帝王之为国也，必藉匡辅之资"的道理。为了说明明主选官用人，因人才华，各有所用的道理，《帝范·审官篇》形象地运用了比喻："故明主之任人，如巧匠之制木，直者以为辕，曲者以为轮；长者以为栋梁，短者以为栱角。无曲直长短，各有所施。"①巧匠制木，善于用材，直的可用作马辕，曲的可用作车轮，长的可用作栋梁，短的可用作栱角。无论曲直长短，各有所用。与之相似，明主任用贤才也和巧匠用木的道理一样，要因材施用，聪明的人可以用他的智谋，愚笨者可以用他的蛮力，勇武者可以用他的武威，怯懦者可以用他的谨慎。对于既不聪明也不愚笨、既不勇武也不怯懦的人，就用他综合的能力。以此来说明"故良匠无弃材，明主无弃士"②的道理。对于人才的使用，唐太宗反复向儿子阐述人才也要"量才而任"的道理，运用形象的比喻"然则函牛之鼎，不可处以烹鸡；捕鼠之狸，不可使以搏兽；一钧之器，不能容以江汉之流；百石之车，不可满以斗筲之粟"③，以此来说明"大非小之量，轻非重之宜。今人智有短长，能有巨细。或蕴百而尚少，或统一而为多。有轻才者，不可委以重任；有小力者，不可赖以成职"④的道理。

十六国时西凉政权的建立者李暠在《手令诫诸子》中形象地将"从善"与"去恶"比作"从善如顺流，去恶如探汤"⑤，形象地说明，听从善意的劝谏好像顺水流过，去恶有如手碰到沸水一样，赶紧躲开。

（二）有时运用比喻来说明为学之理

为学之理内涵广泛，主要包括不学习的坏处、学习的态度、方法等。诸如，孔子不失时机地对儿子孔鲤进行礼乐文化教诲，教育儿子要学《诗》，尤其是其中的《周南》《召南》，指出："人而不为《周南》《召南》，其犹正墙面而立也与。"⑥意思是，如果不学习《周南》《召南》，就好像面墙而立，什么也看不见。通过"正墙面而立"这一形象的比喻，把目无所见的状态清晰地揭示出来，形象地表达了不学《诗》的结果，进而督促孔鲤认真学

---

① 李世民.帝范[M].宋钢，修远，校释.呼和浩特：内蒙古人民出版社，1999：75.

② 同①：76.

③ 同①：78-79.

④ 同①：79-80.

⑤ 严可均.全晋文：下册[M].吴福祥，厚毛芬，审订.北京：商务印书馆，1999：1700.

⑥ 十三经注疏：附校勘记[M].阮元，校刻.北京：中华书局，1980：2525.

《诗》。萧纲在《诫当阳公大心书》中以"若使墙面而立,沐猴而冠"①比喻不学习的坏处,有如面墙站立,目无所见;又像猕猴戴着帽子,徒有其表。孔臧在《与子琳书》中以比喻形象地说明日积月累、循序渐进、坚持不懈对于学习的意义。其辞曰:"山霤至柔,石为之穿,蝎虫至弱,木为之弊。夫霤非石之凿,蝎非木之钻,然而能以微脆之形,陷坚刚之体,岂非积渐之致乎。"②孔臧以"山霤穿山""蝎虫弊木"为喻,以此说明"取必以渐,勤则得多"③的道理。颜之推教诫子弟要勤于学习,指出"不师古之踪迹,犹蒙被而卧耳"④。

曾国藩在《谕纪泽》中通过形象的比喻来说明看书与读书的差别,其辞曰:"看者,如尔去年看《史记》《汉书》韩文《近思录》,今年看《周易折中》之类是也。读者,如《四书》《诗》《书》《易经》《左传》诸经、《昭明文选》、李杜韩苏之诗、韩欧曾王之文,非高声朗诵则不能得其雄伟之概,非密咏恬吟则不能探其深远之韵。譬之富家居积,看书则在外贸易,获利三倍者也,读书则在家慎守,不轻花费者也;譬之兵家战争,看书则攻城略地,开拓土宇者也,读书则深沟坚垒,得地能守者也。"⑤曾国藩以富人积累财富及兵家战争为喻,向儿子阐述看书与读书之别:看书就像在外做买卖获得高额利润;读书就像在家谨慎持守,不轻易花费。看书就像是攻城占地,开拓疆土;读书就像深沟坚垒,坚守阵地。

(三)有时运用比喻来说明处世交友之方

典型如马援在《诫兄子严敦书》中,以"刻鹄不成尚类鹜"及"画虎不成反类狗"⑥来比喻学习龙伯高与杜季良两类人的不同效果:龙伯高为人敦厚,谨慎谦虚,因此"效伯高不得,犹为谨敕之士,所谓刻鹄不成尚类鹜者也";杜季良虽豪侠仗义,但轻佻浮薄,因此"效季良不得,陷为天下轻薄子,所谓画虎不成反类狗者也"。以此教导两个侄子要慎重交友。

《颜氏家训》中,颜之推运用生动的比喻说明贤人难得,因此要多和贤

① 严可均.全梁文:上册[M].冯瑞生,审订.北京:商务印书馆,1999:113.
② 严可均.全汉文[M].任雪芳,审订.北京:商务印书馆,1999:125.
③ 同②.
④ 颜之推.颜氏家训集解[M].王利器,集解.上海:上海古籍出版社,1980:154.
⑤ 曾国藩.曾国藩全集·家书(一)[M].邓云生,校点.长沙:岳麓书社,1985:406.
⑥ 严可均.全后汉文:上册[M].许振生,审订.北京:商务印书馆,1999:164.

人交往，远离恶人，正确交友，其辞曰："是以与善人居，如入芝兰之室，久而自芳也；与恶人居，如入鲍鱼之肆，久而自臭也。"[1]颜之推指出，与善人相处，就像进入栽有芝草和兰花的房屋，时间长了自然就会变得芳香；与恶人相处，如同走进卖咸鱼的店铺，时间长了自然就变得腥臭。

（四）有时运用比喻来阐明兄友弟恭、互谅互亲之道

《颜氏家训》写道："二亲既殁，兄弟相顾，当如形之与影，声之与响；……兄弟之际，异于他人，望深则易怨，地亲则易弭。譬犹居室，一穴则塞之，一隙则涂之，则无颓毁之虑；如雀鼠之不恤，风雨之不防，壁陷楹沦，无可救矣。"[2]颜之推用形象的比喻"形之与影，声之与响"说明兄弟间的亲近，就像形与影、声与响一样，密不可分。颜之推同时指出，兄弟间也会有矛盾，有了矛盾不可怕，只要像房屋补洞一样，有一个小洞就将它堵上，有一点儿缝隙就把它抹好，就不会有房倒屋塌的危险；反之，如果不在意房上的雀巢、墙角的鼠洞，不提防风雨的侵袭，等到墙塌柱倒，就无法挽救了。这里，颜之推形象地将兄弟间出现的矛盾比作房屋上的洞、缝，将弥合、化解矛盾比作补塞洞、缝，比喻十分贴切，形象生动，易于理解。

（五）有时运用比喻来阐明教子之方

《颜氏家训》在论及对子女的教育时，将教育子女生动地比喻为疗病，其辞曰："凡人不能教子女者，亦非欲陷其罪恶；但重于呵怒，伤其颜色，不忍楚挞惨其肌肤耳。当以疾病为谕，安得不用汤药针艾救之哉？又宜思勤督训者，可愿苛虐于骨肉乎？诚不得已也。"[3]认为教育子女和治病一样，对病人怎能不用汤药和针艾去治疗呢？

古代家训中运用比喻之处有很多，除了上面所列，还有东方朔《诫子》中以"一龙一蛇，形见神藏"[4]谕"圣人之道"[5]，司马徽《诫子书》中以"室如悬磬"[6]喻家境贫寒，等等。篇幅所限，兹不赘述。这些比喻生动形象，

① 颜之推. 颜氏家训集解［M］. 王利器，集解. 上海：上海古籍出版社，1980：128-129.

② 同①：40-41.

③ 同①：28.

④ 严可均. 全汉文［M］. 任雪芳，审订. 北京：商务印书馆，1999：259.

⑤ 同④.

⑥ 严可均. 全后汉文：下册［M］. 许振生，审订. 北京：商务印书馆，1999：872.

极大地增强了家训的论述说理效果，为家训主体表情达意起到了重要作用。

二、引用

引用是中国文学中常见的修辞现象。所谓"引用"，是指"说话或写文章引取其他有关言论、材料，或者文献、史料典籍、格言、成语、警句、故事、寓言、歌谣、俚语等，以阐明或佐证自己的论点，表达自己的感情"[①]。我国古代很早就出现了引用的修辞手法，《易》《书》《诗》《论语》《孟子》《庄子》等典籍中即有引用的运用。《文心雕龙·事类》专门对这一修辞现象进行了阐释，明确"事类者，盖文章之外，据事以类义，援古以证今者也"[②]。并举《尚书·胤征》和《尚书·盘庚》为例加以说明：《尚书·胤征》中记载胤君征讨羲和时，引用了夏代《政典》中的言辞。《尚书·盘庚》中记载殷王盘庚诰诫臣民时，引述了上古贤人迟任的话，刘勰指出："此全引成辞，以明理者也。然则明理引乎成辞，征义举乎人事，乃圣贤之鸿谟，经籍之通矩也。"[③]强调引用前人的"成辞"及"人事"皆是为了"明理""征义"。

古人的这种明理、表意之法应用广泛，世代相承，研读古代家训可见，古圣先贤在家训文学书写及家训活动中也广泛应用这一修辞手段来说理达意。

（一）引用史实

诸如，战国时楚将子发的母亲通过观察儿子饮食与士兵不同，敏锐地发现儿子的骄矜，于是巧妙地引用越王勾践的事例，教导儿子若不与士卒同心，则士卒很难为其效力。其辞曰："子不闻越王勾践之伐吴？客有献醇酒一器，王使人往江之上流，使士卒饮其下流，味不及加美，而士卒战自五也。异日，有献一囊糗精者，王又以赐军士，分而食之，甘不逾嗌，而战自十也。今子为将，士卒并分菽粒而食之，子独朝夕刍豢黍粱，何也？《诗》不云乎：'好乐无荒，良士休休。'言不失和也。夫使人入于死地，而自康乐

---

① 成伟钧，唐仲扬，向宏业.修辞通鉴[M].中国青年出版社，1991：428.

② 刘勰.文心雕龙注：下[M].范文澜，注.北京：人民文学出版社，1958：614.

③ 同②.

于其上，虽有以得胜，非其术也。子非吾子也，无入吾门。"①勾践是春秋末期越国的君主。勾践三年（前193），在与吴国的战争中失败，遂接受大夫范蠡的建议，向吴王夫差请和，亲入吴为奴。在吴国期间，勾践饱尝艰辛与屈辱。归国后，为了砥砺自己，勿忘耻辱，强国复仇，他卧薪尝胆，通过十余年时间的努力，终于强国灭吴。子发母在教训儿子时，引用了勾践善待士兵的典故——有位客人献给勾践一坛美酒，勾践派人把酒倒入江的上游，再让士兵在江的下游喝水，虽然江水的味道没有更加醇美，但士兵的战斗力却增加了五倍。又有一天，有人献上一口袋干粮，勾践把它赏赐给士卒，士兵们分着吃了，醇美虽不过咽喉，但士兵的战斗力却增加了十倍。子发的母亲通过引用这件历史往事，教导儿子不与士卒同甘共苦、让士兵进入险地的错误做法，而自己却在上位安闲享乐，即使有办法获胜，也不是正确的用兵之术。

（二）引用典故

引用典故在家训文学作品中很常见。典型如东方朔、嵇康、陶渊明、颜之推、唐太宗等在家训中引用典故来进行训诫。

例如，东方朔为了教导儿子如何处世，特地写下《诫子》。文中他巧妙引用"首阳为拙，柳惠为工"②的典故，正反对照，旨在说明"明者处世，莫尚于中，优哉游哉，与道相从"③的道理。在东方朔看来，明智的人处世，当奉行中庸之道。像隐居在首阳山的伯夷、叔齐，不食周粟而死，是为拙于处世；而柳下惠正直做事，不改常态，则为巧妙。

又如，嵇康为了教诫儿子坚守志向，在《家诫》中成功引用申包胥、伯夷、叔齐、展季（展禽，又称柳下惠）等人的典故。其辞曰："若夫申胥之长吟，夷齐之全洁，展季之执信，苏武之守节，可谓固矣！"④文中的"若夫申胥之长吟"指的是春秋时期楚国的大夫申包胥，伍子胥攻陷郢都后，申包胥到秦国请求派兵救援，他靠在庭墙上哭了七天七夜，终于感动了秦哀公，于是派兵救楚。"夷齐之全洁"指的是商末孤竹国君的两个儿子伯夷和叔齐，殷商灭亡以后，周武王请他们出来做官，二人拒绝，耻食周粟，饿死在首阳

---

① 王照圆.列女传补注［M］.虞思徵，点校.上海：华东师范大学出版社，2012：31.
② 严可均.全汉文［M］.任雪芳，审订.北京：商务印书馆，1999：259.
③ 同②.
④ 严可均.全三国文：下册［M］.马志伟，审订.北京：商务印书馆，1999：533.

山。"展季之执信"引用了春秋时期鲁国大夫展禽之事，齐国攻打鲁国，求岑鼎，鲁君用另一鼎冒充送到齐国，被齐侯退回，并派人对鲁国国君说，让展禽护送真岑鼎过来，展禽终于说服鲁君，送出真鼎。"苏武之守节"指的是汉代的忠臣苏武之事。苏武出使匈奴，被扣留19年，执汉节牧羊，始终不改气节，归来时须发尽白。嵇康在文中引用这四个人的典故，旨在向儿子深刻地阐明坚定不移地坚守志向的重要性。

再如，陶渊明在《与子俨等疏》中为了向陶俨等五个孩子表达要互亲互爱之意，巧妙引用鲍叔牙与管仲、归生与伍举等典故，告诫子女要和睦相处，以先贤为范，慎重治家。其辞曰："然汝等虽不同生，当思四海皆兄弟之义。鲍叔、管仲，分财无猜；归生、伍举，班荆道旧。遂能以败为成，因丧立功。"①文中言及的"鲍叔、管仲，分财无猜"运用了鲍叔牙和管仲的典故。《史记》中记载，鲍叔牙与管仲是好朋友，二人一起做买卖，管仲在二人分盈利时常常多占。然而鲍叔牙不认为是管仲贪婪，也没有因此猜疑管仲。"以败为成"是指管仲多次失败后，在鲍叔牙的援助下走向成功。《史记》中记载，曾经公子纠身边由管仲辅佐，公子小白则由鲍叔牙辅佐。之后公子小白战胜公子纠，管仲被关押。后在鲍叔牙的推举下，管仲被任为相，辅佐齐桓公成为霸主。"归生、伍举，班荆道旧"是说春秋时楚国的归生与伍举的故事。归生与伍举有着深厚的友谊，后来伍举因为获罪准备逃往晋国，逃跑途中遇到归生。于是二人坐在铺着草席的地上，共叙曾经的交谊。回国后，归生对令尹子木说，楚国人才跑到晋国，这种情况对楚国有威胁。伍举于是被楚国召回。"因丧立功"是指逃亡的伍举在归生的帮助下回国立功。回到楚国后，他辅佐公子围继承王位，立了大功。

《颜氏家训》中为了说明"以柔求全"的思想，颜之推引用了"齿弊舌存"的典故。其辞曰："欲其观古人之小心黜己，齿弊舌存……若不胜衣也。"②"齿弊舌存"的意思是说，舌因柔软而全存，齿因坚硬而易坏。典故出自《说苑》。《说苑·敬慎》篇记载，一位叫常拟的人病了，老子前去探望，常拟张开嘴让老子看他的舌头在否，老子说在。他又问牙在否，老子说牙全掉了。常拟问为什么，老子说："舌头之所以完好无损，是因为它柔；牙齿之所以全掉了，是由于它刚。"

---

① 陶渊明.陶渊明集 [M].逯钦立，校注.北京：中华书局，1979：188.

② 颜之推.颜氏家训集解 [M].王利器，集解.上海：上海古籍出版社，1980：160-161.

唐太宗《帝范·求贤篇》的用典情况也非常典型。为了向太子阐明国君要勇于择贤，不因人才地位卑下就不予任用，他接连引用古代任贤的典型事例，其文曰："故尧命四岳，舜举八元，以成恭己之隆，用赞钦明之道……昔伊尹，有莘之媵臣；吕望，渭滨之贱老。夷吾困于缧绁；韩信弊于逃亡。商汤不以鼎俎为羞，姬文不以屠钓为耻，终能献规景亳，光启殷朝；执旄牧野，会昌周室。齐成一匡之业，实资仲父之谋；汉以六合为家，是赖淮阴之策。"①文中，唐太宗首先列举了尧、舜在任贤方面的优秀做法——尧任命分掌四时、方岳之官，舜举八个有才华的人而任用之。接下来，又列举了商汤、周文王、齐桓公、汉高祖不以伊尹、吕望、管夷吾、韩信四人地位卑贱，加以任用，卒成大业的例子。伊尹最初是有莘氏的"媵臣"；吕望起初是钓于渭水之滨的地位卑贱的老人；管仲曾事公子纠，公子纠死后曾一度被囚禁；韩信早年曾因生活贫困，过着流亡漂泊的生活。然而，商汤并不因为伊尹曾为媵臣、负鼎俎为奴以为羞，仍立伊尹为相；周文王不因吕望曾屠牛沽酒、垂钓渭水以为耻。伊尹最终献规于亳以助太甲，开启了光辉的事业；吕望相武王，执旄旗而誓师牧野，使周王室一统天下；齐桓公九合诸侯，一匡天下，皆赖管仲之谋；汉灭楚定天下，也全靠淮阴侯韩信之策。通过引用这些典故，翔实生动地向太子阐明任贤得人，天下自治，因而要勇于求贤的道理。

《帝范·纳谏篇》中，为了向太子讲述纳谏的重要性，唐太宗引用了"折槛怀疏"和"引裾却坐"两个典故。其辞曰："夫王者，高居深视，亏听阻明。恐有过而不闻，惧有阙而莫补。所以设鞀树木……至若折槛怀疏，标之以作戒；引裾却坐，显之以自非。"②文中所说的"折槛怀疏"指的是朱云的典故。汉朝时，有一人名叫朱云，广交侠客，勇猛而有气力。在他四十岁时，忽而专心学术，《易》和《论语》都得传授。时人钦佩他不拘形迹。朱云时常评议朝臣。汉成帝时，安昌侯张禹深受汉成帝器重。朱云上书求见汉成帝，当众说："现在的一些臣子，对君主无益，对百姓无用，空占职位，无所作为。愿圣上赐至尚方斩马剑，杀佞臣，以示警诫。"汉成帝于是问道："谁是佞臣呢？"朱云答："安昌侯张禹。"汉成帝大发雷霆说："卑贱小官如何敢污蔑帝师，死罪不可饶恕！"朱云被御史拉出去要斩首。朱云

---

① 李世民.帝范［M］.宋钢，修远，校释.呼和浩特：内蒙古人民出版社，1999：55-66.

② 同①：90-93.

攀住大殿的门槛,门槛竟被他折断。朱云大呼说:"能像忠臣龙逢和比干那样为国而死也无憾了。但国家未来的发展会如何?"朱云被拖了出去。这时左将军辛庆忌摘去乌纱帽,解掉官的印绶,边叩头边说:"朱云一直张狂正直,如果他说的是对的,那么他不应被杀;如果他说的是错的,那么他也应得到宽恕。皇上如果执意杀他,我甘愿死在这!"于是叩首至流血。汉成帝逐渐平息怒气,饶恕了朱云。等到后来修理大殿门槛时,汉成帝说:"不要更换门槛,保留这根坏的,用来表扬当面谏净的大臣。""引裾却坐"指的是三国时辛毗的典故。据《三国志》记载,魏文帝计划迁十万户冀州的居民到河南。当时蝗灾遍地,百姓忍饥挨饿,朝臣认为此时迁徙人口并不是一个好时机,但魏文帝执意迁徙。大臣辛毗与朝臣叩见魏文帝,魏文帝不想听他们的谏言,神情不悦,大臣看到魏文帝不悦不敢进谏。唯有辛毗说:"陛下为何想迁徙这十万户人口呢?"魏文帝回答说:"你是认为我的做法不对吗?"辛毗答道:"您的计划确实不妥。"魏文帝说:"不要再说这件事了。"辛毗说:"陛下您让我在您的身边,为您建言献策,为什么又不愿听我的谏言了呢?我并不是站在个人角度,而是站在国家的角度商讨,您怎么能对我发火呢?"魏文帝没有回答他,站起身准备离开。辛毗拉住魏文帝的衣襟,皇上甩掉了辛毗走开。很久以后,皇上说道:"你为什么这么急迫地逼我呢?"辛毗说:"现在一旦迁徙十万户到河南,民心一定会失去,粮食问题也不能解决。"于是魏文帝只迁徙了一半居民到河南。唐太宗引用这两个典故,旨在表明朱云、辛毗都是忠心直谏的臣子,他们为了进谏不惜折断殿槛、不惜扯着皇帝的衣襟,冒死进谏,为的是使人主能看到自己的过错。对此,英明的帝王应勇于纳谏,只有这样,才能使"臣无隔情于上,君能遍照于下"。

(三)引用古籍经典中的话语及古训古谚

引用一般包括引事及引言。除了引用事实及典故,古代家训书写中还广泛引用《易》《诗》《书》《论语》等经典中的话语及古训名言来助己说。诸如:《温公家范》中,司马光开篇即引《易》为说,阐述家道之要义,其文云:"《周易》:家人,利女贞。彖曰:家人,女正位乎内,男正位乎外。男女正,天地之大义也。家人有严君焉,父母之谓也。父父、子子、兄兄、弟弟、夫夫、妇妇而家道正。正家而天下定矣。"[1]

---

[1] 司马光.温公家范[M].王宗志,注释.天津:天津古籍出版社,1995:1.

陶渊明在《与子俨等疏》中写道："《诗》曰：'高山仰止，景行行止。'"①陶渊明引用《诗经·小雅·车辖》之语，旨在表明，敬仰古人美德如敬仰高山，对古人的高尚行为要效法遵行。即使做不到像前人那样，也要真诚地尊崇他们。

为了教诲子弟学习要不耻下问，勤于切磋，颜之推引用《尚书》《礼记》之言以助己意。其辞曰："《书》曰：'好问则裕。'《礼》云：'独学而无友，则孤陋而寡闻。'盖须切磋相起明也。"②为了教诫子弟慎重交友，颜之推教诫子弟说："君子必慎交游焉。孔子曰：'无友不如己者。'颜、闵之徒，何可世得！但优于我，便足贵之。"③这里，颜之推所说的"无友不如己者"句，语出《论语·学而》，颜之推引用此语旨在表达"慕贤"之意。为了阐明丧吊之礼，颜之推引用《礼记》《孝经》之文以达己意，其辞曰："《礼·间传》云：'斩缞之哭，若往而不反；齐缞之哭，若往而反；大功之哭，三曲而哀；小功缌麻，哀容可也，此哀之发于声音也。'《孝经》云：'哭不哀。'"④为了向子弟传达"俭而不吝"的道理，颜之推引用孔子的话达意，其辞曰："孔子曰：'奢则不孙，俭则固；与其不孙也，宁固。'又云：'如有周公之才之美，使骄且吝，其余不足观也已。'"⑤

清圣祖康熙为了教诫子孙勿贪恋女色、争强好胜、贪得无厌，援引孔子之言以为论。其辞曰："孔子云：'君子有三戒：少之时血气未定，戒之在色；及其壮也，血气方刚，戒之在斗；及其老也，血气既衰，戒之在得。'"⑥为了勉励子孙努力劳作，切勿贪恋安逸、不思进取，援引《易传》为说，其辞曰："世人皆好逸而恶劳，朕心则谓人恒劳而知逸。若安于逸则不惟不知逸，而遇劳即不能堪矣。故《易》有云：'天行健，君子以自强不息。'由是观之，圣人以劳为福，以逸为祸也。"⑦康熙教育子孙，如果贪恋安逸就会不思进取，进而无所事事，无法经受波折和困苦，最终一事无成。"天行健，君子以自强不息"出自《易·乾》中的《象传》，意思是指天体运

---

① 陶渊明.陶渊明集［M］.逯钦立，校注.北京：中华书局，1979：188.

② 颜之推.颜氏家训集解［M］.王利器，集解.上海：上海古籍出版社，1980：195.

③ 同②：129.

④ 同②：100.

⑤ 同②：54.

⑥ 康熙.庭训格言［M］.陈生玺，贾乃谦，注译.郑州：中州古籍出版社，2010：131-132.

⑦ 同⑥：37-38.

动不止，君子应效法天体运行，勇往直前。康熙引此语，旨在告诫子孙，世界万物都运动不息，人也一样，要努力劳作，勿懈怠安逸，只有真正经历劳苦，才能懂得什么是安逸，也才能由苦及乐、由劳及逸。

又如，袁枚在《与香亭》中为了向弟弟阐明儿辈的培养教育要注重真才实学，至于能不能考上科名是次要的观点，贴切地引用了孟子、子路、叶夫人、陶渊明、马少游、颜之推等人的言论。其辞曰："夫才不才者，本也；考不考者，末也……子路曰：'君子之仕也，行其义也。'非贪爵禄荣耀也。李鹤峰中丞之女叶夫人《慰儿落第》诗云：'当年蓬矢桑弧意，岂为科名始读书？'大哉言乎！……陶渊明云'聊欲弦歌以为三径之资'，非得已也……如马少游所云：'骑款段马，作乡党之善人。'……《中庸》先言'率性之谓道'，再言'修道之谓教'，……至孟子则云'父子之间不责善'……善乎北齐颜之推曰：'子孙者，不过天地间一苍生耳，与我何与？而世人过于宝惜爱护之。'此真达人之见，不可不知。"①

有时，为了让训诫更具说服力，训主也常常引用古语古训。诸如，康熙在教诫子孙当存有恕心时，引用古语"见人之得，如己之得；见人之失，如己之失"②以助己说，引导子孙立身处世当宽恕待人，推及之情以及人之情。在教诫子孙要善于积贮时，引用古人之言以为说，其文云："古人尝言：'三年耕，必有一年之积；九年耕，必有三年之积。'"③袁枚在《与罗甥》中引用古谚说："谚云：'天无绝人之路。'"④班昭《女诫》在表达"男以强为贵，女以弱为美"⑤之意时，引俗谚云："故鄙谚有云：生男如狼，犹恐其尪；生女如鼠，犹恐其虎。"⑥在教诫子孙要结交贤能、受其感染熏陶之意时，颜之推引用古语云："古人云：'千载一圣，犹旦暮也；五百年一贤，犹比膊也。'"⑦在勉励子孙要努力读书时，引用谚语说"积财千万，不如薄技在身"⑧。

① 王英志.袁枚全集新编：第15册［M］.杭州：浙江古籍出版社，2015：179-180.

② 康熙.庭训格言［M］.陈生玺，贾乃谦，注译.郑州：中州古籍出版社，2010：76.

③ 同②：89.

④ 同①：119.

⑤ 郭淑新.《女四书》读本［M］.北京：中国人民大学出版社，2016：15.

⑥ 同⑤.

⑦ 颜之推.颜氏家训集解［M］.王利器，集解.上海：上海古籍出版社，1980：128.

⑧ 同⑦：153.

三、排比

在家训书写及教子活动中，为了增强语势、助力文意及内心情感传达，古代家训文学中也经常使用排比的修辞方法。所谓排比，"是把三个以上结构相同或相似、意义相关、语气一致的词组或句子排列起来，形成一个整体"①。古代家训主体在家训中，经常运用排比增强语意。

诸如，向朗《遗言戒子》运用排比句向子辈强调"和"的重要，教诫子女要保持家族和睦，其文云："此言天地和则万物生，君臣和则国家平，九族和则动得所求、静得所安。"②孙奇逢《孝友堂家训》云："言语忌说尽，聪明忌露尽，好事忌占尽。"③教诫子女说过头话、过分显露聪明、占尽好事，都是盈满的表现，若这三件事不留余地，就不会得到别人的正眼看待。康熙为了向子弟阐明"志"是一个人道德修养发展的基础，立志对一个人事业的成功有极大的作用，巧妙运用"志之所趋，无远弗届；志之所向，无坚不入"④之语，通过排比增强语意，阐明有了志向，不论多远，没有达不到的，无论什么困难都能克服。

袁枚在《与香亭》书中，列举自己平生七十年所见天下冤枉事时写道："我阅历人世七十年，尝见天下多冤枉事：有刚悍之才，不为丈夫而偏作妇人者；有柔懦之性，不为女子而偏作丈夫者。有其才不过工匠农夫，而枉作士大夫者；有其才可以为士大夫，而屈作工匠村农者。偶然遭际，遂戕贼杞柳以为杯棬，殊可浩叹！"⑤其中，"有……者；有……者；有……者；有……者"形成明显的排比句。

杜泰姬在《戒诸女及妇》中，运用排比的手法向妇人传授育子经验，教诫她们孩子长大时，要"威仪以先后之，体貌以左右之，恭敬以监临之，勤恪以劝之，孝顺以内之，忠信以发之"⑥，如此，子女则会成人，"而无

---

① 王希杰.汉语修辞学 [M].3版.北京：商务印书馆，2014：280.

② 严可均.全三国文：下册 [M].马志伟，审订.北京：商务印书馆，1999：619.

③ 张显清.孙奇逢集：中册 [M].郑州：中州古籍出版社，2003：1064.

④ 康熙.庭训格言 [M].陈生玺，贾乃谦，注译.郑州：中州古籍出版社，2010：28.

⑤ 王英志.袁枚全集新编：第15册 [M].杭州：浙江古籍出版社，2015：180.

⑥ 严可均.全后汉文：下册 [M].许振生，审订.北京：商务印书馆，1999：969.

不善"①。

颜之推为了向子弟阐述兄弟间的骨肉亲情,用排比句描述兄弟年幼时一起嬉戏成长的情景,《颜氏家训》云,"父母左提右挈,前襟后裾,食则同案,衣则传服,学则连业,游则共方"②,其中"食则……""衣则……""学则……""游则……"形象地描述了兄弟们同吃一桌饭、同穿一件衣、一同读书、一起游玩的情景,手足相依之情溢于言表。

范质在长诗《诫儿侄八百字》中教导儿侄说:"戒尔学立身,莫若先孝弟。怡怡奉亲长,不敢生骄易。战战复兢兢,造次必于是。戒尔学干禄,莫若勤道艺。尝闻诸格言,学而优则仕。不患人不知,惟患学不至。戒尔远耻辱,恭则近乎礼。自卑而尊人,先彼而后己。相鼠与茅鸱,宜鉴诗人刺。戒尔勿旷放,旷放非端士。周孔垂名教,齐梁尚清议。南朝称八达,千载秽青史。戒尔勿嗜酒,狂药非佳味。能移谨厚性,化为凶险类。古今倾败者,历历皆可记。戒尔勿多言,多言者众忌。苟不慎枢机,灾危从此始。"③诗中,"戒尔学立身,莫若先孝弟""戒尔学干禄,莫若勤道艺""戒尔远耻辱,恭则近乎礼""戒尔勿旷放,旷放非端士""戒尔勿嗜酒,狂药非佳味""戒尔勿多言,多言者众忌",形成语义排比,教诫儿侄戒除不良习惯,修身养性,做一个品行端庄、忠厚正直之人。范质在诗的最后还提醒侄儿,为官要脚踏实地,不能急功近利。

四、对偶

对偶也是我国古代家训说理表意常用的一种修辞方法。所谓对偶,即"用语法结构基本相同或者近似、音节数目完全相等的一对句子,来表达一个相对立或者相对称的意思"④。运用对偶的修辞手法,不仅可以使语句呈现出结构整齐、韵律和谐之美,有助于诵读记忆,还有助于语意间的相互补充或正反对照,对于文意的表达起到十分重要的助力作用。

典型如:诸葛亮《诫子书》云:"非澹泊无以明志,非宁静无以致

---

① 严可均.全后汉文:下册 [M].许振生,审订.北京:商务印书馆,1999:969.
② 颜之推.颜氏家训集解 [M].王利器,集解.上海:上海古籍出版社,1980:37-38.
③ 北京大学古文献研究所.全宋诗:第1册 [M].北京:北京大学出版社,1991:48-49.
④ 王希杰.汉语修辞学 [M].3版.北京:商务印书馆,2014:270.

远。"①孟浩然《送莫氏外甥兼诸昆季从马入西军》云："壮志吞鸿鹄，遥心伴鹡鸰。"②李商隐《骄儿诗》云："穰苴《司马法》，张良黄石术。"③杜甫作《醉歌行》别从侄云："词源倒流三峡水，笔阵独扫千人军。""风吹客衣日杲杲，树搅离思花冥冥。"④白居易《闲坐看书，贻诸少年》云："劝君少干名，名为锢身锁。劝君少求利，利是焚身火。"⑤《江州赴忠州，至江陵已来，舟中示舍弟五十韵》云："玉向泥中洁，松经雪后贞。"⑥《狂言示诸侄》："如我优幸身，人中十有七。如我知足心，人中百无一。"⑦韦应物《示从子河南尉班》云："立政思悬棒，谋身类触藩。"⑧杜牧《冬至日遇京使发寄舍弟》云："旅馆夜忧姜被冷，暮江寒觉晏裘轻。"⑨杜荀鹤《行次荥阳却寄诸弟》云："枕上算程关月落，帽前搜景岳云生。"⑩《题弟侄书堂》云："窗竹影摇书案上，野泉声入砚池中。"⑪曹唐《题子侄书院双松》云："枝压细风过枕上，影笼残月到窗前。"⑫胡助《劝兄弟十首（其五）》云："父慈子必孝，兄友弟须恭。倘使诚心在，如何不感通。"⑬元代叶颙《男儿生明世》云："上辅明主圣，下救斯民愚。坐食万钟禄，出驾驷马车。"⑭曾国藩《不忮》云："善莫大于恕，德莫凶于妒。"⑮《不求》云："知足天地宽，贪得宇宙隘。"⑯……皆对偶工整。

① 诸葛亮. 诸葛亮集 [M]. 段熙仲，闻旭初，编校. 2版. 北京：中华书局，2014：28.

② 孟浩然. 孟浩然诗集笺注 [M]. 佟培基，笺注. 上海：上海古籍出版社，2000：250.

③ 李商隐. 李商隐诗集 [M]. 朱鹤龄，笺注. 田松青，点校. 上海：上海古籍出版社，2015：327.

④ 彭定求，等. 全唐诗：第2卷 [M]. 郑州：中州古籍出版社，2008：1037.

⑤ 彭定求，等. 全唐诗：第5卷 [M]. 郑州：中州古籍出版社，2008：2379.

⑥ 彭定求，等. 全唐诗：第4卷 [M]. 郑州：中州古籍出版社，2008：2245.

⑦ 同⑤：2339.

⑧ 同④：883.

⑨ 同⑤：2712.

⑩ 彭定求，等. 全唐诗：第7卷 [M]. 郑州：中州古籍出版社，2008：3576.

⑪ 同⑩：3574.

⑫ 彭定求，等. 全唐诗：第6卷 [M]. 郑州：中州古籍出版社，2008：3299.

⑬ 杨镰. 全元诗：第29册 [M]. 北京：中华书局，2013：98.

⑭ 杨镰. 全元诗：第42册 [M]. 北京：中华书局，2013：34.

⑮ 曾国藩. 曾国藩全集·诗文 [M]. 彭静，等整理. 长沙：岳麓书社，1986：38.

⑯ 同⑮：39.

第二节　有力的论证

一、举例论证

家训中，有些撰作主体为了使自己的教诫思想被子孙接受，常常列举一些历史上及现实生活中的事例，举例论证所欲传达的思想。

诸如，陶渊明在《与子俨等疏》中列举汉末名士韩元长及氾雉春的例子，以此教诫子辈，兄弟同财，互相关爱。其辞曰："颍川韩元长，汉末名士。身处卿佐，八十而终。兄弟同居，至于没齿。济北氾稚春，晋时操行人也。七世同财，家人无怨色。"①

颜之推是善于举例论证的典范，家训中多次使用这一方法。诸如，他举梁元帝刻苦学习的例子来教诫子弟勤学，《颜氏家训》云："梁元帝尝为吾说：'昔在会稽，年始十二，便已好学。时又患疥，手不得拳，膝不得屈。闲斋张葛帏避蝇独坐，银瓯贮山阴甜酒，时复进之，以自宽痛。率意自读史书，一日二十卷，既未受师，或不识一字，或不解一语，要自重之，不知厌倦。'"②颜之推举梁元帝的例子旨在说明帝王已这般努力，普通的士人更要努力。为教诫子弟千万不要过分宠溺孩子，他以齐武成帝宠溺幼子的事为例，以前车之鉴教诫子弟"宠子无成"，其文云："齐武成帝子琅邪王，太子母弟也，生而聪慧，帝及后并笃爱之，衣服饮食，与东宫相准。帝每面称之曰：'此黠儿也，当有所成。'及太子即位，王居别宫，礼数优僭，不与诸王等；太后犹谓不足，常以为言。年十许岁，骄恣无节，器服玩好，必拟乘舆；尝朝南殿，见典御进新冰，钩盾献早李，还索不得，遂大怒，诟曰：'至尊已有，我何意无？'不知分齐，率皆如此。识者多有叔段、州吁之讥。后嫌宰相，遂矫诏斩之，又惧有救，乃勒麾下军士，防守殿门；既无反心，受劳而罢，后竟坐此幽薨。"③齐武成帝宠溺幼子无度，终使其骄恣无节，自取灭亡。颜之推以此事为例，教诫子弟切勿娇惯其子弟，否则即会重蹈共叔

---

① 陶渊明.陶渊明集 [M].逯钦立，校注.北京：中华书局，1979：188.

② 颜之推.颜氏家训集解 [M].王利器，集解.上海：上海古籍出版社，1980：188.

③ 同②：31-32.

段之覆辙。溺爱不可行，偏宠也不可取。颜之推以姜氏偏宠共叔段、刘邦偏宠赵隐王如意、刘表偏宠刘琮、袁绍偏宠袁尚之事为例，教诫子弟父母不可偏宠。其辞曰："人之爱子，罕亦能均；自古及今，此弊多矣。贤俊者自可赏爱，顽鲁者亦当矜怜，有偏宠者，虽欲以厚之，更所以祸之。共叔之死，母实为之。赵王之戮，父实使之。刘表之倾宗覆族，袁绍之地裂兵亡，可为灵龟明鉴也。"①

颜之推还以具体的事例教诫子女要注重气节，其辞曰："齐朝有一士大夫，尝谓吾曰：'我有一儿，年已十七，颇晓书疏，教其鲜卑语及弹琵琶，稍欲通解，以此伏事公卿，无不宠爱，亦要事也。'吾时俯而不答。异哉，此人之教子也！若由此业，自致卿相，亦不愿汝曹为之。"②颜之推以北齐的一位士大夫教儿子学习鲜卑语以便巴结公卿权贵之事，教诫子孙切勿为伏事公卿而丧失气节。

颜之推教诫子孙兄弟要相亲相爱。他以南朝齐时江陵人王玄绍、王孝英、王子敏三兄弟舍身相护之事为例，生动阐述了这个道理。其文云："江陵王玄绍，弟孝英、子敏，兄弟三人，特相友爱，所得甘旨新异，非共聚食，必不先尝，孜孜色貌，相见如不足者。及西台陷没，玄绍以形体魁梧，为兵所围；二弟争共抱持，各求代死，终不得解，遂并命尔。"③

颜之推还以丰富的事例句子弟阐述谨慎续娶之意，其文云："吉甫，贤父也，伯奇，孝子也，以贤父御孝子，合得终于天性，而后妻间之，伯奇遂放。曾参妇死，谓其子曰：'吾不及吉甫，汝不及伯奇。'王骏丧妻，亦谓人曰：'我不及曾参，子不如华、元。'并终身不娶，此等足以为诫。"④尹吉甫是周朝的大夫，其子名伯奇，伯奇的亲生母亲去世后，尹吉甫再娶，后来，再娶的妻子诬陷伯奇，说伯奇想要调戏她，尹吉甫不信。再娶的妻子知道伯奇一向孝顺，就设计将一只毒蜂放到自己的衣领上，让伯奇帮她拿下来，这一情景故意让尹吉甫看见。尹吉甫误以为伯奇确有戏母之心，于是大怒，把他赶出家门。有此前车之鉴，曾参及王骏都不续娶，颜之推列举此事希望子孙引以为戒。那么，如果父亲已经再娶，作为子辈当如何与后母相处呢？颜

① 颜之推.颜氏家训集解［M］.王利器，集解.上海：上海古籍出版社，1980：34-35.

② 同①：36.

③ 同①：44-45.

④ 同①：46.

之推以《后汉书》中所载的具体事例教导子孙当如何行事。其文云："安帝时，汝南薛包孟尝，好学笃行，丧母，以至孝闻。及父娶后妻而憎包，分出之。包日夜号泣，不能去，至被殴杖。不得已，庐于舍外，旦入而洒扫。父怒，又逐之，乃庐于里门，昏晨不废。积岁余，父母惭而还之。后行六年服，丧过乎哀。"①为了教诫子女治家要宽严有度，颜之推列举一反面的事例加以教诫。其文云："梁孝元世，有中书舍人，治家失度，而过严刻，妻妾遂共货刺客，伺醉而杀之。"②治家是这样，对待他人也是如此，切不可过于苛刻，相反要宽以待人。颜之推运用典型的事例阐述了这一道理，其文云："齐吏部侍郎房文烈，未尝嗔怒，经霖雨绝粮，遣婢籴米，因尔逃窜，三四许日，方复擒之。房徐曰：'举家无食，汝何处来？'竟无捶挞。尝寄人宅，奴婢彻屋为薪略尽，闻之颦蹙，卒无一言。裴子野有疏亲故属饥寒不能自济者，皆收养之；家素清贫，时逢水旱，二石米为薄粥，仅得遍焉，躬自同之，常无厌色。邺下有一领军，贪积已甚，家童八百，誓满一千；朝夕每人肴膳，以十五钱为率，遇有客旅，更无以兼。后坐事伏法，籍其家产，麻鞋一屋，弊衣数库，其余财宝，不可胜言。南阳有人，为生奥博，性殊俭吝，冬至后女婿谒之，乃设一铜瓯酒，数脔獐肉；婿恨其单率，一举尽之。主人愕然，俯仰命益，如此者再；退而责其女曰：'某郎好酒，故汝常贫。'及其死后，诸子争财，兄遂杀弟。"③

其他，像清代名臣曾国藩在家训中也经常通过举例论证阐明自己的教子思想，他在《谕纪泽纪鸿》中通过列举商汤、周文王、周公的事例来说明古代的圣君贤相皆勤劳自勉，其辞曰："古之圣君贤相，若汤之昧旦丕显，文王日昃不遑，周公夜以继日坐以待旦，盖无时不以勤劳自励。"④曾国藩通过商汤天不亮就起床，文王太阳偏西还不休息，周公夜以继日、坐以待旦地工作，来阐明"习劳则神钦"⑤的观点。

---

① 颜之推. 颜氏家训集解 [M]. 王利器，集解. 上海：上海古籍出版社，1980：51.

② 同①：56.

③ 同①：56-58.

④ 曾国藩. 曾国藩全集·家书（二）[M]. 邓云生，校点. 长沙：岳麓书社，1985：1427-1428.

⑤ 同④：1427.

二、类比论证

类比"即把相同、相似或者在某一点上义理相通的事物并在一起，使其相互参照，来阐明一种事理，或表现一种情景"①。通过类比论证，阐明自己的思想是古代家训的又一论证方式。

例如，颜之推在论及不能将贫贱有学问之人和富贵没学问之人相比时，即运用了类比说明的方法。《颜氏家训》云："夫命之穷达，犹金玉木石也；修以学艺，犹磨莹雕刻也。金玉之磨莹，自美其矿璞，木石之段块，自丑其雕刻；安可言木石之雕刻，乃胜金玉之矿璞哉？不得以有学之贫贱，比于无学之富贵也。"②颜之推将人的困厄显达与金玉木石之加工与否相类比。在颜之推看来，人的显达困厄有如金玉与木石，其本质有优劣。用学问及技艺来充实人生，就像用打磨和雕刻的方法去加工金玉木石一样。经过磨光、雕刻后的金玉及木石，自然要比原始的矿玉及木石美，但怎么可以说经过雕刻的木石就胜过原始的没有经雕琢的矿璞呢？由此可见，绝不能把贫贱却有学问的人与富贵但却没有学问的人相比。在论及名实时，他也巧妙地运用了类比说理。其文云："名之与实，犹形之于影也。德艺周厚，则名必善焉；容色姝丽，则影必美焉。今不修身而求令名于世者，犹貌甚恶而责妍影于镜也。"③

又如，袁枚在《与香亭》中以垒墙需要打好基础进行类比论证，说明教育孩子也要为其打好基础，如果不打好基础，孩子没有实际才学，就令其科考为官，则宛如筑墙，"无基而厚墉，虽高必颠"④。没打好根基却把墙垒得厚厚的，即使很高也一定会塌下来，这样的育子之道，"非所以爱之，实所以害之也"⑤。此外，蔡邕在《女诫》中以面需要经常修饰为喻，类比说明心亦需要经常修饰，其文云："夫心，犹首面也，是以甚致饰焉。面一旦不修饰，则尘垢秽之；心一朝不思善，则邪恶入之。"⑥凡此等等。

---

① 成伟钧，唐仲扬，向宏业.修辞通鉴[M].北京：中国青年出版社，1991：388.
② 颜之推.颜氏家训集解[M].王利器，集解.上海：上海古籍出版社，1980：154.
③ 同②：280.
④ 王英志.袁枚全集新编：第15册[M].杭州：浙江古籍出版社，2015：180.
⑤ 同④.
⑥ 严可均.全后汉文：下册[M].许振生，审订.北京：商务印书馆，1999：756.

三、对比论证

"对比即将两种互相矛盾、互相对立的事物或同一事物的两个不同方面对照比较，收到语意鲜明的表达效果的技法。"①运用对比论证来说明是非好恶，是古代家训中常用的文学手法。

典型如北宋名臣司马光对奢侈腐化、讲排场、比阔气的不良习俗深感忧虑，特意写下《训俭示康》，向儿子司马康传授宁俭勿奢的主张。文中，司马光为了充分说明节俭与奢侈的利弊，充分运用了引用及对比的手法。一方面引用"与其不逊也，宁固""以约失之者鲜矣""士志于道而耻恶衣恶食者，未足与议也"等《论语》中的名言，以及"公孙布被"等典故；另一方面充分运用北宋社会及历史上的典型事例对比进行论证。为了阐述"俭，德之共也"，司马光引用了宰相李文靖公（李沆）、参知政事鲁公（鲁宗道）、宰相张文节（张知白）、春秋时期宋国的大夫正考父的例子；为了说明"侈，恶之大也"的道理，司马光引用了管仲、公叔文子、何曾、石崇、寇莱公（寇准）的例子。通过正反对比，循循善诱、深入浅出地向儿子阐明，节俭是美好的德行，俭则寡欲，就能堂堂正正地做人，进而赢得名声；相反，奢侈浪费则是大恶，侈则多欲，多欲即贪慕富贵，多求妄用，终会败家丧身。由此引导儿子分清对错，知晓厉害，崇俭戒奢。

又如，郑板桥在《潍县署中寄舍弟墨第一书》中以孔子、苏东坡、虞世南等人为据，通过正反两方面论述，表明读书草草而过，不可取。其文云："读书以过目成诵为能，最是不济事。眼中了了，心下匆匆，方寸无多，往来应接不暇，如看场中美色，一眼即过，与我何与也。千古过目成诵，孰有如孔子者乎？读《易》至韦编三绝，不知翻阅过几千百遍来，微言精义，愈探愈出，愈研愈入，愈往而不知其所穷。虽生知安行之圣，不废困勉下学之功也。东坡读书不用两遍，然其在翰林读《阿房宫赋》至四鼓，老吏苦之，坡洒然不倦。岂以一过即记，遂了其事乎！惟虞世南、张睢阳、张方平，平生书不再读，迄无佳文。"②通过正反对照，强调只有深入研读才能读懂书中真谛的道理。

① 成伟钧，唐仲扬，向宏业.修辞通鉴［M］.北京：中国青年出版社，1991：848.
② 郑板桥.郑板桥全集：增补本［M］.卞孝萱，卞岐，编.南京：凤凰出版社，2012：246-247.

再如，袁枚在《与罗甥》中为了阐明有用于世才能立足于世，而不会陷入绝境的道理，巧妙引用《左传》《三国志》中记载的史实，通过正反对比阐明道理。其文云："《左传》哀公九年，宋取郑师于雍丘，命有能者不死，遂取郑张、郑罗以归。《三国志》孙坚将诛王叡，叡自陈无罪，坚曰：'坐无所知。'合而观之，可见有能者之不可少，而无知者之难以自存也。"①《左传》中所载的郑张、郑罗都是有能力的人，所以免于一死；而《三国志》中记载的王叡则是一无所知之人。通过陈述有能力与无能力之人所受到的不同待遇及结果，袁枚有理有据地向罗甥表明要成为有用的人。

四、推理论证

运用推理论证来表达教诫忌想也是古代家训经常使用的一种论证方式。如颜之推在教诫子弟要互相友爱时，使用推理论证道："兄弟不睦，则子侄不爱；子侄不爱，则群从疏薄；群从疏薄，则僮仆为仇敌矣。如此，则行路皆踏其面而蹈其心，谁救之哉？"②颜之推认为，兄弟之间不敦睦，那么子侄之间就不会互相友爱；子侄之间不友爱，那么族人之间的关系就冷漠生疏；族人关系疏远淡薄，那么他们的书童和奴仆就会像仇敌一样。这样的话，即使有路人殴打他，也不会有谁救他。通过渐次推理说明自己的观点。

五、现身说法

除了举例论证、类比论证、对比论证、推理论证之外，也有家训主体采用现身说法的方式对子辈进行教诫。其中既有对子辈处身立世的教诫，也有对儿孙读书奋斗的指导与鞭策。诸如曹操《戒子植》云："吾昔为顿丘令，年二十三，思此时所行，无悔于今。今汝年亦二十三矣，可不勉欤！"③曹操现身说法，以自己二十三岁时为顿丘令的政治作为，勉励儿子曹植当有所建树。

作为著名的诗人，陆游结合自己作诗的亲身经历教导子辈如何作诗，其

---

① 王英志.袁枚全集新编：第15册 [M].杭州：浙江古籍出版社，2015：119.

② 颜之推.颜氏家训集解 [M].王利器，集解.上海：上海古籍出版社，1980：42.

③ 严可均.全三国文：上册 [M].马志伟，审订.北京：商务印书馆，1999：33.

辞曰："我初学诗日，但欲工藻绘。中年始少悟，渐若窥宏大。怪奇亦间出，如石漱湍濑。数仞李杜墙，常恨欠领会。元白才倚门，温李真自郐。正令笔扛鼎，亦未造三昧。诗为六艺一，岂用资狡狯。汝果欲学诗，工夫在诗外。"①白居易也现身说法，希望侄儿学会劳逸结合，不要像自己一样，年纪轻轻就白了头。其《闻龟儿咏诗》云："怜渠已解咏诗章，摇膝支颐学二郎。莫学二郎吟太苦，才年四十鬓如霜。"②诗人孙奇逢也以自己的经历教导诸儿孙，其文云："七岁入小学，十四游宫墙。十七举孝廉，二亲喜非常！勉之以成立，勿以浅近尝。国家重制科，作官须贤良。"③

有时候，家训会综合运用几种论证方法阐明己意。诸如，颜之推在教导子弟学习没有早晚，早学固然好，但晚学也可成器时，即综合运用了现身说法、举例论证、比喻论证三种论证方法。其文云："吾七岁时，诵《灵光殿赋》，至于今日，十年一理，犹不遗忘；二十之外，所诵经书，一月废置，便至荒芜矣。然人有坎壈，失于盛年，犹当晚学，不可自弃。孔子云：'五十以学《易》，可以无大过矣。'魏武、袁遗，老而弥笃，此皆少学而至老不倦也。曾子七十乃学，名闻天下；荀卿五十，始来游学，犹为硕儒；公孙弘四十余，方读《春秋》，以此遂登丞相；朱云亦四十，始学《易》《论语》；皇甫谧二十，始受《孝经》《论语》：皆终成大儒，此并早迷而晚寤也。世人婚冠未学，便称迟暮，因循面墙，亦为愚耳。幼而学者，如日出之光，老而学者，如秉烛夜行，犹贤乎瞑目而无见者也。"④为了论述学无早晚，颜之推首先现身说法，讲述了自己七岁背《灵光殿赋》，多年不忘，而二十岁以后所背之书一个月不看，便记不清楚了。早学固然有益，但晚学也可学有所成，为了阐述这一观点，颜之推列举了孔子、曹操、原遗、曾子、荀子、公孙弘、朱云、皇甫谧等人的事例加以说明。最后，运用形象的比喻进行论证，收束观点：年幼读书，宛如旭日东升；老而学习，若秉烛夜游，效果所差，但比起那些自暴自弃、宛如面墙而立的一无所知之人，要强得多。

①北京大学古文献研究所.全宋诗：第41册［M］.北京：北京大学出版社，1998：25627.

②彭定求，等.全唐诗：第4卷［M］.郑州：中州古籍出版社，2008：2240.

③张显清.孙奇逢集：中册［M］.郑州：中州古籍出版社，2003：937.

④颜之推.颜氏家训集解［M］.王利器，集解.上海：上海古籍出版社，1980：166.

第三节　灵活的说理

一、借物明理

借物明理通俗地说就是通过某个事物来说明一个道理。诸如，王昶用"朝华之草，夕而零落；松柏之茂，隆寒不衰"①来教诫儿子，大凡事物形成很快的必然衰亡也迅速，早上就开的花，晚上就会凋谢，但茂盛的松柏，即使到了数九隆冬也不会衰败，以此说明"物速成则疾亡，晚就则善终"的道理。杜甫借建造鸡栅来告诫宗文做事当存仁爱之心，其《催宗文树鸡栅》云："避热时来归，问儿所为迄。织笼曹其内，令人不得掷。稀间可突过，觜爪还污席。我宽蝼蚁遭，彼免狐貉厄。应宜各长幼，自此均勍敌。笼栅念有修，近身见损益。明明领处分，一一当剖析。"②其他，如白居易《遇物感兴因示子弟》、杜甫《示从孙济》、庄德芬《杂诗示儿》、邵雍《诫子吟》等，也都采用了借物明理之法。

二、即事说理

即事说理就是通过具体的事例来说理。诸如，吴敏树《七月十二日携儿侄西村观获示之以诗》云："人生须饱腹，农事其本根。安坐而取食，愧耻何可言。我曹蒙祖泽，以有此田园……间携小儿子，观获前山村。割把汗流体，打取兼劳烦。岂敢惜艰苦，颗粒天地恩。儿曹嗜果饵，粗饭意不存。那知养命主，农夫尔宜尊。古人出躬耕，立功弥乾坤。游闲了一生，不如犬与豚。"③吴敏树为了让儿辈了解农事之辛苦，亲自带领儿侄去山村看农夫耕种，让儿侄体验汗流浃背之苦、一颗一粒之得来不易，进而教导子辈辛勤劳动，切勿游手好闲。这种通过具体事例的亲身体验说理，比起空洞的说教，更容易令子弟接受。

---

① 严可均.全三国文：上册[M].马志伟，订.北京：商务印书馆，1999：372.

② 彭定求，等.全唐诗：第2卷[M].郑州：中州古籍出版社，2008：1078.

③ 徐世昌.清诗汇：中[M].北京：北京出版社，1995：2181.

又如，苏轼的《过汤阴市得豌豆大麦粥示三儿子》也是一篇即事教诫的作品。时逢旱灾、千里无收的灾荒年月，苏轼买下一碗豌豆大麦粥果腹，端着来之不易的粥，苏轼备感粮食的珍贵，继而写下《过汤阴市得豌豆大麦粥示三儿子》，以其教导儿子。其辞曰："朔野方赤地，河堧但黄尘。秋霖暗豆荚，夏旱瞿麦人。逆旅唱晨粥，行庖得时珍。青斑照匕箸，脆响鸣牙龈。玉食谢故吏，风餐便逐臣。漂零竟何适，浩荡寄此身。争劝加餐食，实无负吏民。何当万里客，归及三年新。"①

三、以象喻理

以象喻理就是将所欲传达之意寄寓到特定的意象中，以意象喻理说理。古代家训中，有很多这样的例子。典型如刘桢的《赠从弟三首（其二）》，其文云："亭亭山上松，瑟瑟谷中风。风声一何盛，松枝一何劲。冰霜正惨凄，终岁常端正。岂不罹凝寒，松柏有本性。"②这首诗是"建安七子"之一的刘桢写给从弟的诗，刘桢选取"松柏"的意象，以松柏为喻，松柏风吹不倒，经严寒不凋，将对从弟的勉励与期盼借松柏这一意象传达，希望从弟也如松柏坚韧高洁，不因外力而改变品格与本性。

其他如陆游的《与子坦子聿元敏犯寒至东园寻梅》，借凌寒独放的梅花意象，传达自己始终不屈的品格与情怀，其辞曰："北风吹人身欲僵，老翁畏冷昼闭房。梅花忽报消息动，意气山立非复常。二儿一孙奉此老，瘦藤夭矫凌风霜。幽禽白颊忽满树，似与我辈争翱翔。沟绝无声冻地裂，耿耿寒日青无光。归来相视不得语，小楂一写鹅儿黄。"③孙蕡将对弟弟的期许寄寓到"鸿鹄"及"鹤"的意象中，以"鸿鹄在陂泽"及"独鹤唳九皋"表达对弟弟立志成名的期盼。其《赠从弟三首（其一）》云："鸿鹄在陂泽，立志恒不群。独鹤唳九皋，音响常远闻。令器逢盛时，岂将久湮沦。无为秉孤节，甘与巢许邻。"④郑板桥将对女儿深切的期寄与祝福寄托在"兰"的意象中，作《题竹兰》一诗，写给即将出嫁的女儿，寄望女儿像兰花一样质性自然，蕙

---

① 北京大学古文献研究所.全宋诗：第14册［M］.北京：北京大学出版社，1993：9495.

② 逯钦立.先秦汉魏晋南北朝诗：上册［M］.北京：中华书局，1983：371.

③ 北京大学古文献研究所.全宋诗：第40册［M］.北京：北京大学出版社，1998：25277.

④ 杨镰.全元诗：第63册［M］.北京：中华书局，2013：240.

雅端庄，其辞曰："官罢囊空两袖寒，聊凭卖画佐朝餐。最惭吴隐奁钱薄，赠尔春风几笔兰。"[1]凡此等等。

四、借景说理

借景说理指的是家训的作者借某种情景向子辈或家人阐述独特的思想或人生感受。典型如清代初期的著名诗人金敞，有一次他坐船通过峡谷，看到逆水行舟，船夫使船非常艰苦，不禁想到为学之难，遂作《过岩川，舟行上水，因验为学之难，口占二绝寄子》一诗寄子，教诫儿子当从逆水行舟之情景受到启发，急流勇进，学有所成。其辞曰："舟子群呼急水头，一篙稍缓即随流。从来下达偏容易，说不休时早已休。舟子群呼急水头，悠悠那得破狂流。即知此处难中立，莫到难时又少休。"[2]

五、寓理于典

寓理于典就是运用典故说理。古代家训作者中有许多寓理于典的行家里手。典型如颜之推。《颜氏家训》中他寓理于典，教诫子弟要刻苦读书。其辞云："古人勤学，有握锥投斧，照雪聚萤，锄则带经，牧则编简，亦为勤笃。"[3]颜之推将勤学之理寄寓在"握锥""投斧""照雪""聚萤""锄则带经""牧则编简"等典故中，寓理于典加以教诲。"握锥"指的是战国时期的著名士人苏秦"引锥刺股"的故事。据《战国策》载，苏秦夜读书，疲乏欲睡时便用锥刺自己的大腿，以此提神。"投斧"指的是文党投斧试学的故事。据《庐江七贤传》载，文党没有上学之前，经常和人在山上打柴。有一次，他对同伴说："我想到远处求学。如果我的斧头能挂在高树枝上，那我的理想就能实现。"他向上一投，斧头果然挂在树枝上。于是他便至长安学习。"照雪"指的是晋人孙康映雪读书的故事。孙康家贫，买不起蜡烛，便在雪地上就着雪映照的光读书。"聚萤"指的是东武子收聚萤光照明读书的典故。东武子家贫，没有充足的灯油，夏天就捉数十只萤火虫放在袋里，借着萤火

① 赵忠心.中国家庭教育五千年［M］.2版 北京：中国法制出版社，2003：409.

② 冯瑞龙，詹杭伦.华夏教子诗词［M］.成都：天地出版社，1998：296.

③ 颜之推.颜氏家训集解［M］.三利器，集釐.上海：上海古籍出版社，1980：189.

虫的光亮读书。"锄则带经"指的是汉武帝时的名臣兒宽学习的典故。据《汉书》载，兒宽家境贫寒，曾靠给人当雇工接济生活，他爱学习，经常带着经书去种地，趁休息时诵读。"牧则编简"指的是西汉名臣路温舒的事，路温舒少时牧羊，取泽中蒲草作书简，在上面书写。这些典故都暗含着虽贫却励志读书之理，颜之推以此对子弟进行教诲。

又如，杜甫的《又示宗武》也是寓理于典、教诫儿子的范例。其文云："觅句新知律，摊书解满床。试吟青玉案，莫羡紫罗囊。假日从时饮，明年共我长。应须饱经术，已似爱文章。十五男儿志，三千弟子行。曾参与游夏，达者得升堂。"[1]诗中，杜甫通过"紫罗囊""十五男儿志"等典故及事例，教导儿子熟读诗书，锤炼诗艺，立德修身，切勿无所事事。"紫罗囊"的典故出自晋代的谢玄。据《晋书》载，谢玄年少时非常喜欢佩带紫罗香囊，他的叔父谢安对此深为忧虑，于是设计通过游戏赢来香囊，并把它烧掉，谢玄由此才专心读书。"十五男儿志"的典故源自孔子，孔子有十五志于学的典故。这两个典故寄寓着当专心读书之意。杜甫以此勉励宗武应努力读书，修身立德。

再如，吕本中在《示儿》中也以颜回的典故寄寓安贫乐道之旨。其辞曰："初无买山费，真与住庵同。更想颜回宅，箪瓢亦屡空。"[2]颜回是孔门高徒，也是孔子最得意的弟子，《论语》中记载孔子评价他说："贤哉回也！一箪食，一瓢饮，在陋巷，人不堪其忧，回也不改其乐，贤哉回也！"[3]吕本中以颜回"箪瓢屡空"的典故寄寓安贫乐道、守志不移之理，勉励儿子以颜回为榜样。

除了以上几种主要的说理方式外，古代家训还有榜样示理、直接说理等，因篇幅所限，兹不赘述。

① 彭定求，等. 全唐诗：第3卷 [M]. 郑州：中州古籍出版社，2008：1163.

② 北京大学古文献研究所. 全宋诗：第28册 [M]. 北京：北京大学出版社，1998：18181.

③ 十三经注疏：附校勘记 [M]. 阮元，校刻. 北京：中华书局，1980：2478.

第四节　深切的抒情

一、直接抒情

家训是家中长辈对子辈或对家庭中的成员进行教导、训诫过程中所创作、使用的文本，血缘亲情使然，很多教诫主体在家训文学撰写中蕴含着深刻的感情。这种挚爱情感的表达有时采用直接抒情的方式，有时采用间接抒情的方式。所谓直接抒情，就是用直接描述情感的语言公开表达或袒露情感。古代家训中有很多直接抒情的作品。

例如，杜甫的《元日示宗武》直接抒发了杜甫对儿子成长的欣喜及成才的渴望。其文云："汝啼吾手战，吾笑汝身长。处处逢正月，迢迢滞远方。飘零还柏酒，衰病只藜床。训喻青衿子，名惭白首郎。赋诗犹落笔，献寿更称觞。不见江东弟，高歌泪数行。"①

又如，韦应物在女儿即将出嫁之际满含深情地写下了《送杨氏女》，表达了对女儿即将离家的依依不舍及对女儿婚后生活的殷殷嘱托。其辞曰："永日方戚戚，出门复悠悠。女子今有行，大江溯轻舟。尔辈况无恃，抚念益慈柔。幼为长所育，两别泣不休。对此结中肠，义往难复留。自小阙内训，事姑贻我忧。赖兹托令门，仁恤庶无尤。贫俭诚所尚，资从岂待周。孝恭遵妇道，容止顺其猷。别离在今晨，见尔当何秋。居闲始自遣，临感忽难收。归来视幼女，零泪缘缨流。"②

南宋袁甫的《辛亥寒食清明之交杜陵先生暂归省谒与诸生食罢游后园独坐萧然戏作长句示诸儿》也是家训诗中直接抒情的典范。其辞曰："春风吹花次第芳，桃红李白蔷薇黄。榆钱柳絮飞欲狂，酝酿引蔓草木香。老人燕坐窥虞唐，目览千载游八荒。群儿奔趋如群羊，走过东阼复西厢。归来汗喘无可将，何如明窗治墨庄。读诵经史声琅琅，音节闲美非笙簧。有如农夫勤理秧，秋来乃有千斯仓。先生既至心不忙，背念衮衮倾三湘。一语蹇吃涕泗滂，老大空腹徒悲伤。圣明天子坐未央，收拾俊杰罗文章。褒然举首充贤

①彭定求，等.全唐诗：第3卷 [M].郑州：中州古籍出版社，2008：1170.

②彭定求，等.全唐诗：第2卷 [M].郑州：中州古籍出版社，2008：898.

良，仲舒轼辙俱轩昂。吾家有子雏凤凰，声价一日驰帝乡。随群逐队恣颉颃，终抱粪壤如蜣螂。"①合家欢乐的家庭氛围，深切真挚的瞩望跃然纸上。

元代大儒许衡的《训子》诗是直接抒情的典范作品，诗中，许衡一方面感叹时代多舛，另一方面自己感慨十分庆幸能够乱后存身，能够与儿子享受天伦。饱经世事沧桑的许衡在诗中直抒胸臆，告诫儿子，身处乱世要"如古人淳""如古人真"，保持良好的道德品质。同时也希望儿子胸怀济世之志，做到在朝廷为官则忧其民，处江湖之远则忧其君，不贪图功名，做到磊落忠信。其诗曰："干戈恣烂熳，无人救时屯。中原竟失鹿，沧海变飞尘。我自揣何能，能存乱后身。遗芳籍远祖，阴理出先人。俯仰意油然，此乐难拟伦。家无儋石储，心有天地春。况对汝二子，岂复知吾贫。大儿愿如古人淳，小儿愿如古人真。平生乃亲多苦辛，愿汝苦辛过乃亲。身居畎亩思致君，身在朝廷思济民。但期磊落忠信存，莫图苟且功名新。"②

元人华幼武眼见家族亲人饱受离乱之苦，存世之亲越来越少，可兄弟间却还存有芥蒂，甚至互相伤害，不免情生笔端，写诗劝导兄弟们要互相友爱，珍惜千古不易的兄弟情。其辞曰："吾族凋零久，乱离余几人。不才真可弃，于谊转须亲。煮豆情何切，挝身苦自嗔。勖哉千古意，天地可回春。"③

诗人韩奕也满怀深情地写诗给相隔两地的弟弟，抒发相思之情，希望弟弟能奉礼自守，明哲保身，报效皇恩，闲以自得。其辞曰："人生离别苦，况在兄弟间。汝初赴京国，不久辄云还。兹闻奉薄伎，获忝趋朝班。而我年既耄，欲见恐已艰。形影虽相隔，痛痒元相关。但愿保厥身，动以礼自闲。竭力图报效，皇恩重如山。慰我于地下，为汝一开颜。"④诸如此类直抒胸臆的家训有很多，因篇幅所限，在此仅聊举一二为例。

二、间接抒情

间接抒情是与直接抒情相对的一种情感表达方式。所谓间接抒情，即

---

① 北京大学古文献研究所.全宋诗：第57册［M］.北京：北京大学出版社，1998：35852.

② 杨镰.全元诗：第3册［M］.北京：中华书局，2013：49-50.

③ 杨镰.全元诗：第46册［M］.北京：中华书局，2013：51.

④ 杨镰.全元诗：第64册［M］.北京：中华书局，2013：221.

"把情感融化、渗透在事、景、理中，以含着感情的事、景、理的面目出现"①。古代家训文学作品中有些情感的表达是间接抒情。间接抒情的方式不止一种，其中，有些家训主体借节日训理抒情，例如刘诜借元日的到来，作《元日试笔示儿孙》："酒盏频留滕，钟声忽报晨。天开元日霁，雪度两年春。学贵资身早，心当与岁新。科名虽外物，未许逊他人。'②借元日岁首，万象更新之际，勉励儿孙勤学早，早日博取功名。有些家训主体借独特的情景、场景，间接抒情。典型如臧良，因看到大雁群飞的情景，不禁想到自己不能与兄弟相聚，遂作《思弟》一诗，表达对弟弟深切的思念之情，其辞曰："仰视云边雁，群飞必相连。徘徊失所从，怆然摧心肝。"③有些家训主体借意象书写，表达内心情怀，如明代张引元在《寄妹》一诗中，借金风、梧枝、塞雁等意象表达自己的孤独及对家乡亲人的思念之情，其辞曰："金风初度井梧枝，正是怀人病起迟。两地离愁悬一镜，九秋新恨上双眉。久虚咏雪联芳句，每忆挑灯共课时。塞雁已归书未达，江城寒月照相思。"④凡此种种。

三、情感色彩浓郁的句式及语气词的使用

家训作为带有鲜明血缘亲情的文学作品，其间饱含了教诫主体的挚爱深情。因此，在家训的撰作中，训诫主体根据训诫主题及情感表达的需要，灵活使用反问、感叹等句型；同时，由于训诫主体在教导儿孙子侄辈时往往对训诫对象有着严格的要求，因此，家训尤其是散文作品中，常常出现"训""戒""慎""须""毋""勿""莫""必""慎""须"等词语，鲜明的感情色彩及不容置疑的严厉态度漾然纸上。

翻阅古代家训，情感色彩浓郁的反问、感叹句式及语气词随处可见。典型如：周公《戒子伯禽》曰："……子其无以鲁国骄士矣！……可不慎乎？……其戒之哉，子其无以鲁国骄士矣。"⑤刘邦《手敕太子》写道："汝

① 阎景翰，刘路，张国俊，等.写作艺术大辞典：修订本［M］.2版.西安：陕西人民出版社，2002：210.

② 杨镰.全元诗：第22册［M］.北京：中华书局，2013：333.

③ 钱谦益.列朝诗集：第1册［M］.许逸民，林淑敏，点校.北京：中华书局，2007：281.

④ 钱谦益.列朝诗集：第12册［M］.许逸民，林淑敏，点校.北京：中华书局，2007：6500.

⑤ 刘向.说苑校证［M］.向宗鲁，校证.北京：中华书局，1987：240-241.

可勤学习，每上疏宜自书，勿使人也。"①嵇康《家诫》云："所居长吏，但宜敬之而已矣。不当极亲密，不宜数往，往当有时。其有众人，又不当宿留。"②李暠《手令诫诸子》云："汝等虽年未至大……汝等其戒之慎之……刑法所应，和颜任理，慎勿以情轻加声色。赏勿漏疏，罚勿容亲……无作威福。勿伐善施劳……无自专用……勿忘须臾……不可不知。"③曹操《戒子植》云："今汝年亦二十三矣，可不勉欤！"④元稹《诲侄等书》中写道："汝等心志未立，冠岁行登，古人讥十九童心，能不自惧？吾不能远谕他人，汝独不见吾兄之奉家法乎？……吾常自思，尚不省受吾兄正色之训，而况于鞭笞诘责乎？呜呼！……有父如此，尚不足为汝师乎？……汝等又见吾自为御史来，效职无避祸之心，临事有致命之志，尚知之乎？……呜呼！……其为人耶？其曰人耶？……汝信之乎？……庶其自发。千万努力，无弃斯须。"⑤司马光《训俭示康》云："公叹曰：'吾今日之俸，虽举家锦衣玉食，何患不能？顾人之常情，由俭入奢易，由奢入俭难。吾今日之俸岂能常有，身岂能长存？一旦异于今日，家人习奢已久，不能顿俭，必致失所，岂若吾居位去位、身存身亡，常如一日乎？'呜呼，大贤之深谋远虑，岂庸人所及哉？"⑥包拯《家训》云："后世子孙仕宦有犯赃滥者，不得放归本家；亡殁之后，不得葬于大茔之中。不从吾志，非吾子孙。"⑦朱熹《与长子受之》云："念之念之！夙兴夜寐，无忝尔所生。"⑧郑板桥《潍县署中与舍弟墨第二书》中写道："余五十二岁始得一子，岂有不爱之理！……务令忠厚悱恻，毋为刻急也。……何情何理，而必屈物之情以适吾性乎！……万物将何所托命乎？……我何得而杀之？若必欲尽杀，天地又何必生？……可乎哉？可乎哉？……不得以为犹子而姑纵惜也。……不可使吾儿凌虐他……不得一沾唇齿……岂非割心剜肉乎！"⑨袁枚在《与香亭》中写道："我不以为怨，而以

---

① 严可均. 全汉文 [M]. 任雪芳，审订. 北京：商务印书馆，1999：5.

② 严可均. 全三国文：下册 [M]. 马志伟，审订. 北京：商务印书馆，1999：533.

③ 房玄龄，等. 晋书 [M]. 北京：中华书局，1974：2262.

④ 严可均. 全三国文：上册 [M]. 马志伟，审订. 北京：商务印书馆，1999：33.

⑤ 元稹. 元稹集 [M]. 冀勤，点校. 2版. 北京：中华书局，2010：409-411.

⑥ 司马光. 司马光集 [M]. 李文泽，霞绍晖，校点. 成都：四川大学出版社，2010：1414.

⑦ 包拯. 包拯集编年校补 [M]. 杨国宜，整理. 合肥：黄山书社，1989：256.

⑧ 朱熹. 朱子全书：第22册 [M]. 朱杰人，严佐之，刘永翔，主编. 上海：上海古籍出版社，2002：4791.

⑨ 郑板桥. 郑板桥全集：增补本 [M]. 卞孝萱，卞岐，编. 南京：凤凰出版社，2012：247-248.

为德。何也？……何不揣其本而齐其末哉？……何其薄待儿孙、贻谋之可鄙哉！……大哉言乎！……是即吾家之佳子弟，老夫死亦瞑目矣，尚何敢妄有所希冀哉？……遂戕贼杞柳以为杯棬，殊可浩叹！……夫子竟听其言而信其行耶？不视其所以察其所安耶，何严于他人而宽于儿子耶？……而至今卒不知孟子之子为何人，岂非圣贤不甚望子之明效大验哉？"①

综上所述，古代家训文学以巧妙的修辞、有力的论证、灵活的说理及深切的抒情，成功实现了教诫主体内心丰富的情意表达。

① 王英志.袁枚全集新编：第15册［M］.杭州：浙江古籍出版社，2015：179-181.

第七章　中国古代家训文学的意义及影响

中华家训历史悠久，从先秦时期萌芽，直至明清时期繁荣鼎盛，其间，家训文学作品的创作主体、思想内容、文本形态等经历了不同程度的发展变化，在情意表现及教子方法等方面积累了宝贵的经验，对后世家训文学产生了深刻而持久的影响。同时，作为中华民族家庭教育及家教文化的宝贵结晶，古代家训所包含的修身、勉学、勤俭、慈孝、仁爱、廉洁、报国等思想，对于当下乃至未来的青少年思想教育、家庭文明建设以及培育优良的家教、家风具有十分重要的借鉴意义。

第一节　思想上的影响

源远流长的中国古代家训是我国文学乃至文化宝库中的重要遗产，从其产生、定型、繁荣及至衰落，在我国历史上始终发挥着重要的作用。直至今天，在构建家庭和谐、社会稳定的当代，中国古代家训仍以丰富的思想内涵发挥着重要的作用及影响。因此，有必要对中国古代家训的意义及影响进行深入挖掘，下面主要围绕思想、教育、文学三方面探究中国古代家训的意义与影响，使之成为当今家庭教育、青少年思想品德教育及文学发展的有效补充，成为铸造和谐社会的"助力器"。

中国古代家训蕴意深刻，寓意深远，展现了中华民族优秀的传统文化。在几千年的历史发展中，形成了富有中华民族特色的思想体系，从修身养德到睦亲齐家、治国安民，从立志勉学到处世交友、仕宦之道，等等，涉及社会生活的方方面面。纵观中国古代家训，无论是对个人、对家庭还是对国家治理方面的教诫，其内容基本上都是围绕儒家"修身、齐家、治国、平天下"这一核心思想展开的，这一思想不仅对古代社会产生了重要影响，对当今社会也有重要影响。

儒家思想十分注重个体的道德品质，指出："古之欲明明德于天下者，先治其国。欲治其国者，先齐其家。欲齐其家者，先修其身"①。"修身"是重要的前提。修身，而后才可以齐家、治国、平天下。许多家训开篇就以儒家"修齐治平"思想为统率，从个人修身养德到家庭中的和睦父子、兄弟关系再到治国安民，从德到家再到国，这些训诫对古代社会人们的文化心理产生了广泛而深远的影响。围绕修身，古代家训中提出了许多提高道德修养的方法，例如刘备在《遗诏敕后主》中说："勿以恶小而为之，勿以善小而不为。惟贤惟德，能服于人。"告诫儿子刘禅要进德修业，有所作为。周公亦曾教诫其侄子周成王"无淫于观、于逸、于游、于田，以万民惟正之供"，要求周成王不可沉迷在观赏、安逸、嬉游和田猎之中，更不可使老百姓进献赋税供他享乐，强调了"勤俭"的个人品德。可以看出，"修身"的儒家思想，在家训独特的教诫活动中，不仅奠定了古人追求优秀道德品质的思想基础，而且在一定程度上成为人们的行为规范与行为准则，对维护封建社会的稳定起到了重要作用。

对于当今社会来说，虽然古时同财共居的大家族不再存在，但小家庭仍是社会最小的组织细胞。家训作为家庭教育的一种，其中蕴含的以"修齐治平"为核心的儒家思想对于当今社会仍发挥着重要作用。例如，在家训中，以崇尚仁爱为准则的个人道德、以廉洁奉公为内涵的官员素养、以诚实守信为标准的美德追求等，反映了古代人民对高尚道德品格的推崇；同时，这些优秀的思想资源对传承弘扬中华优秀传统文化，坚定中国特色社会主义文化自信也具有重要的时代价值。以其中的孝道为例，崇尚孝道是个人修养上的重要内容，曹操在《诸儿令》中曰："今寿春、汉中、长安，先欲使一儿各往督令之，欲择慈孝不违吾令，亦未知用谁也。"②以孝顺为选派用人的标准。曾国藩教导子弟"吾所望于诸弟者，不在科名之有无，第一则孝弟为瑞"③，将孝顺视为人之根本。在历代家训中，可以看出人们对于孝道教育的重视，这种孝道思想也影响着中华民族的民族精神。"百善孝为先"的孝

---

① 十三经注疏：附校勘记 [M]．阮元，校刻．北京：中华书局，1980：1673．

② 严可均．全三国文：上册 [M]．马志伟，审订．北京：商务印书馆，1999：22．

③ 曾国藩．曾国藩全集·家书（一）[M]．邓云生，校点．长沙：岳麓书社，1985：87．

道思想作为当今社会中一种价值判断的标准，深深根植于中国人的内心，成为中华民族的传统美德，也促进了当代社会和睦的家庭文化氛围的营造。家训中"修齐治平"的核心思想，除了对社会的个人道德准则产生影响之外，在家国意识上，也发挥着重要作用。在历代家训中，追求家族与国家的共同发展是众多先贤长辈的共同态度，如韦玄成《戒子孙诗》云："嗟我后人，命其靡常，靖享尔位，瞻仰靡荒。慎尔会同，戒尔车服，无婾尔仪，以保尔域。尔无我视，不慎不整；我之此复，惟禄之幸。於戏后人，惟肃惟栗。无忝显祖，以蕃汉室！"[1]韦玄成从告诫子孙保持严肃戒慎的个人要求，到不辱没祖先的家族要求，最后上升到捍卫汉家王朝的国家要求。张之洞在训诫子孙时也指出，"仁厚遵家法，忠良报国恩"[2]，将个人、家族与国家联系在一起，表达出一种独特的家国情怀。从思想上看，中国古代的优秀家训展现了中国传统文化中的核心道德理念与价值追求，对古代社会与当代社会都产生了深刻的影响。但是，家训中的内容并非"篇篇药石，言言龟鉴"，一些男尊女卑、从一而终的封建观念，明哲保身的处世哲学，因果报应的迷信说教等，对人们的思想也具有消极负面的影响。对此，我们应"取其精华，去其糟粕"，理性对待传统文化，积极借鉴古代家训中具有积极意义的思想，为当今社会的家风建设乃至整个社会的精神文明建设服务。

第二节　教育方法上的启示

在传统社会中，封建家长为了保证教诫效果，在教子实践中逐渐积累了一些经验，随着古代家训的丰富发展，这些经验形成了富有特色的教育方法。

一是慈严相继的教育方法。古代大家族中的训诫活动是一种建立在血亲关系之上的教育，这种教育最初就是训诫主体对子弟的关爱，因此，这些教诫往往充满了家长对子弟的关怀慈爱。慈与严一体两面，目标是一致的，充满慈爱的教化必须与严格的要求相结合，否则慈而不严，往往难以达到教育的目的。明代吕新吾在《闺范》中指出，"母不取其慈，而取其教，溺爱姑

---

[1] 班固.汉书[M].颜师古,注.北京：中华书局,1962：3114.
[2] 于奎战.中国历代名人家风家训家规[M].杭州：浙江人民出版社,2017：138.

息，教所难也"①，认为过分宠爱子女、无原则地一味包容，很难教育好子女。司马光在《家范》中也强调说："为人母者，不患不慈，患于知爱而不知教也。"指出做母亲不必担心自己不够慈爱，需要担心的是自己过于慈爱而不知教育，进而导致"爱而不教，使沦于不肖，陷于大恶，入于刑辟，归于乱亡"。最终因爱子而害子。慈严相继的教育方法则要求循循善诱的教导与必要的惩戒结合起来，做到严慈有度，才能"慈爱不至于姑息，严恪不至于伤恩"②。

二是因材施教的教育方法。世界上既没有两片相同的叶子，也没有完全相同的人。不同的教诫个体，性格各不相同，家长在教诫子弟时通常会根据子弟不同的个性有针对性地进行教诫。早在先秦时期，孔子就已经开始运用这种教育方式，《论语·先进》中记载，孔子与子路谈论"闻斯行诸"③。面对同样的问题，孔子针对不同的弟子给出了不同的回答。对子路，孔子回答："有父兄在，求也问闻斯行诸?"④而对冉求，孔子则回答："闻斯行之。"子路为人刚强莽撞，因此孔子教导他行事要考虑到父兄尚在，不可过于勇猛；而冉求生性懦弱，遇事易退缩，因此孔子鼓励他积极。一进一退的教育，就是孔子因材施教的最好说明。因材施教的教育方法要对不同教诫对象的个性有充分的了解，并在这种了解之上进行教导。明清之际，傅山在诫子时也考虑到了子孙性情禀赋的不同："两孙皆能读书。苏志高心细而气脆，当教之使纯气。宝颇疏快，而傲慢处多，当教之使知礼。"⑤莲苏志向高远，但气性脆弱，因此傅山教育他要坚强而有韧性；莲宝性格疏放开朗，但有时显得骄傲轻慢、蔑视别人，因此傅山引导他知行止、懂礼仪。因材施教是古代家训中的重要教育方法，体现了家长对家族中每一个子弟的关心与爱护。

三是循序渐进的教育方法。人的成长是一个循序渐进的过程，历代家长对子弟的教育也并不是仅仅集中在一个阶段，而往往是对子弟成长的整个阶段的教育，因此，在具体教诫中，家长也会遵循这样的规律，以循序渐进的方法教育子弟。如北宋王安石在诫外孙时充分考虑外孙在不同年龄阶段的特

---

① 班昭，等.蒙养书集成：二[M].梁汝成，章维，标注.西安：三秦出版社，1990：117.

② 郭淑新.《女四书》读本[M].北京：中国人民大学出版社，2016：146.

③ 十三经注疏：附校勘记[M].阮元，校刻.北京：中华书局，1980：2500.

④ 同③.

⑤ 傅山.傅山全书：第1册[M].刘贯文，张海瀛，尹协理，主编.太原：山西人民出版社，1991：522.

征，进而教诫道："年小从他爱梨栗，长成须读五车书。"①王安石根据外孙成长阶段的生理特征进行教育，他尊重孩童阶段的天真童趣，但也要求外孙长大后要努力读书。左宗棠在《与子书》中教育儿子读书之法时，根据读书的不同阶段，提出了"目到、口到、心到"，要子弟做到循序渐进、博观约取。无论是对孩子的成长过程中不同年龄的教导，还是对学习过程中不同时期的引导，都要遵循相应的规律，以循序渐进的教育方法加以引导，才能取得良好的教诫效果。

四是言传与身教相结合的教育方法。言传身教是家训中的一种重要教育方法，"言传"就是训诫主体以说理的方式有计划、有目的地对子弟进行教诫，而"身教"则是训诫主体以自己的实际行动教导子弟。在家训中，言传身教相结合体现为在进行说理教育的同时强调以身立范的重要性。曾国藩常以勤俭的治家之道教子，一方面循循善诱，"门第太盛，余教儿女辈惟以勤俭谦三字为主"②；另一方面以自己"所有衣服不值三百金"③以身作则，为家族中的子弟树立勤俭榜样。郑燮在教授子弟治学方法时也运用言传身教的方法，在《潍县署中寄舍弟墨第一书》中，既讲解了合理的读书方法，又以自己的读书经验为例，告诫堂弟读书不能"篇篇都读，字字都记"，而对于好文章则要"反复诵观"。可见，由于大家族中家庭成员朝夕相处，家长的言行对子女的教育有着特殊的作用，言传身教就成了独特的家庭教育方式，在诫子事件中起到重要的作用。

除了以上提及的教育方法，历代家训中还涉及了启发诱导法等其他教育方法，这些家教方法不仅在当时取得了良好的教育效果，在当今社会仍然有着较强的借鉴意义，对中国当代的家庭教育具有重要的启发价值。

第三节　文学上的意义

作为长辈教诲晚辈的私人实用文体，中国古代家训虽注重训教效果和方法，但总体来看，这些家训在创作主体传达思想情感及言意表现等方面，对

---

① 北京大学古文献研究所.全宋诗：第10册［M］.北京：北京大学出版社，1992：6704.
② 曾国藩.曾国藩全集·家书（二）［M］.邓云生，校点.长沙：岳麓书社，1985：1158.
③ 同②：837.

中国古典文学大厦的建构也具有不可或缺的重要作用。中国古代家训以其文学性的书写，对后世家训文学产生了深刻的影响。

从内容方面来看，历代教诫主体的创作构成了诫子乃至家诫文学的主题，丰富了中国古代文学主题的类型。家训主体对子孙个人品行的教诫、立身处世的训导以及从政为官的教诲等，奠定了后世家训的主基调。如围绕子孙个人的修身问题，中华家训强调的读书治学、立志高远等是基于个体内在的教育，三国时期诸葛亮的家训以"才、志、学"之关系教诲儿子惜时勤学，树立远志。北宋时期欧阳修《诲学说》指出了学习是立身的重要途径，并以此告诫儿子苦学成人。明清之际的学者傅山，更是以翔实具体的十六字格言教诲两个孙儿如何读书治学，他强调读书需平心静气、闭门读书，不可轻举妄动，盖有"一心只读圣贤书"之义。除了对子孙内在的教导，中华家训亦重视外在因素对子孙成长的影响，如三国时期刘廙在《戒弟伟》中教诫弟弟交友须与贤人交，王昶《家诫》教诲儿子学师须向德行高尚之人学。中华家训呈现的对子孙后辈全面细致的教诲，深刻影响着后世家训的创作。

从形式方面来看，首先，古代家训的文体应用越来越丰富多样，从先秦时期的训、诰，到汉代的书、敕、诫、令等，再到唐宋时期大盛的诗歌，明清时期兴起的格言、箴言，中华家训以诸多的文体应用丰富了这些文体的形态与功能。如起初的诫子诗——汉代韦玄成的《戒子孙诗》模仿《诗经》而作，保留了《诗经》叠词韵语的语言形式。此后，在不断的发展过程中，诫子诗的文体形态发生了较大改变，唐宋时期的诫子诗大多为说理长诗，以诗为文，融叙事、议论、抒情、描写于一体，诗歌体式也有四言、五言、七言、杂言等多种，多体呈现，丰富了诗体结构，促进了诗歌的发展及创新。不仅如此，书、令、诫、铭等文体在家训中以独特的文体形态呈现出来，而这些文体对诫子主题的阐发又丰富了它们的文体功能。例如本应用于颁布公务诏令的令体，在汉末三国时期也用来戒子，成为帝王家训的文体之一，以曹操的《诸儿令》为典型，简明严肃的教诫之言是曹操对诸儿的身教言传。迨至后来，不仅帝王，仕宦群体也多用令体来进行家庭教育。其次，家训文学中多种艺术手法的运用对后世家训的创作也产生了深远的影响。中华家训的文体应用多样，这些文体在诫子时都会运用一些修辞手法，使得家训更加生动、形象。其中以比喻、用典居多。汉代马援《诫兄子严敦书》中"刻鹄类鹜""画虎类狗"的比喻，生动贴切，通俗易懂。南朝王僧虔《家训》中

"优者则龙凤，劣者犹虎豹"的比喻亦有同工之妙。后世的家训常以形象的比喻阐明深刻的人生哲理。典故的运用则增强了家训的说服力，唐宋时期的诫子诗常以恰当的典故向子孙讲明人生道理，凝练而极具形式美。此外，还有排比、对偶等修辞手法。这些修辞手法的运用为家训增添了文学色彩，并给后世家训的创作以深刻影响。最后，中华家训日渐凸显的抒情意识对后世家训创作产生了深刻的影响。家训本是以教诫、实用为主，但在逐渐的发展过程中，家训创作主体自我抒情意识的凸显，强化了家训的抒情性，对后世家训创作产生巨大影响。自汉末开始，家训的创作主体在教子的同时，抒发个人情感的成分也逐渐增多。这一点亦为后世家训所继承，历代家训的创作主体在家训中或抒发拳拳爱子之情，或表达时世之叹，或抒发爱国之情，或释放进取之热情。多重情感融合在一起，丰富了家训的内容。

综上可见，中国古代家训文学以丰富的思想内容、多样的文体形式及深厚的文化内涵，显示出独特的魅力。家训的内容小到个体修身，大到家国治理，训诫主体对子孙的教诲具体全面，细致周到。家训包罗万象的内容背后是其深厚的文化内蕴，积淀着中华民族注重家庭伦理、爱家教子、家国同构的共同追求。古代家训文体多样，训、诰、敕、诫、令、书、诗、箴、铭等纷繁呈现。诸文体之下，家训的语言自由灵活，修辞、说理等艺术手法的运用更增强了作品的表达效果。与此同时，中华家训也是一个动态发展的体系，其创作主体、思想倾向、文体应用等都带有具体时代的气息。产生之初的家训创作主体以帝王居多，发展至繁荣鼎盛时期，家训的创作主体上有帝王的声音，中有仕宦的身影，下有普通人的话语，呈现出多元化的发展趋势。受时代思潮的影响，家训亦染乎世情：汉初黄老思想主导下朴素质实的家训、魏晋六朝玄谈之风影响下的重情家训、隋唐多元思想兼容背景下的多元诫子、宋代理学之气十足的家训、明清时期非主流思潮熏染下经世致用的家训。在漫长的发展过程中，中国古代家训呈现出摇曳多姿的特点。不仅如此，中国古代家训所承载的思想内蕴、教育理念对后世的家庭教育也产生了深刻的影响，当下，在我们大力弘扬中华优秀传统文化，赓续文化血脉，树立文化自信，重建文化家园，推动中华优秀传统文化创造性转化和创新性发展的伟大征程中，中国古代家训文化的科学继承、合理应用，必将对新时代青少年立德树人教育、家庭文明建设、家庭美德建设、良好社会风气建设发挥不可替代的重大作用。

参考文献

[1] 脱脱，等.宋史［M］.北京：中华书局，1977.

[2] 朱熹.四书集注［M］.长沙：岳麓书社，1998.

[3] 韩婴.韩诗外传集释［M］.许维遹，校释.北京：中华书局，1980.

[4] 白居易.白居易集［M］.顾学颉，校点.北京：中华书局，1999.

[5] 孟浩然.孟浩然集校注［M］.徐鹏，校注.北京：人民文学出版社，1989.

[6] 王维.王右丞集笺注［M］.赵殿成，笺注.上海：上海古籍出版社，1961.

[7] 欧阳永叔.欧阳修全集［M］.北京：中国书店，1986.

[8] 赵鼎.忠正德文集［M］.李蹊，点校.上海：上海古籍出版社，2018.

[9] 彭龟年.止堂集［M］.上海：商务印书馆，1935.

[10] 王守仁.王阳明全集［M］.吴光，钱明，董平，等编校.上海：上海古籍出版社，1992.

[11] 许衡.许衡集［M］.毛瑞方，谢辉，周少川，校点.长春：吉林文史出版社，2010.

[12] 贾谊.贾谊集校注：增订版［M］.吴云，李春台，校注.天津：天津古籍出版社，2010.

[13] 魏象枢.寒松堂全集［M］.陈金陵，点校.北京：中华书局，1996.

[14] 吴汝纶.吴汝纶尺牍［M］.徐寿凯，施培毅，校点.合肥：黄山书社，1990.

[15] 朱柏庐.朱柏庐诗文选［M］.陆林，吴家驹，选注评析.南京：江苏古籍出版社，2002.

[16] 永瑢，等.四库全书总目［M］.北京：中华书局，2003.

[17] 上海图书馆.中国丛书综录［M］.上海：上海古籍出版社，2007.

[18] 中华书局编辑部.丛书集成初编总目索引［M］.北京：中华书局，2012.

[19]　褚斌杰.中国古代文体概论：增订本［M］.北京：北京大学出版社，1990.

[20]　吴承学.中国古代文体学研究［M］.北京：人民出版社，2011.

[21]　吴承学，何诗海.中国文体学与文体史研究［M］.南京：凤凰出版社，2011.

[22]　于雪棠.先秦两汉文体研究［M］.北京：北京师范大学出版社，2012.

[23]　于奎战.中国历代名人家风家训家规［M］.杭州：浙江人民出版社，2017.

[24]　张立文.中国学术通史［M］.北京：人民出版社，2004.

[25]　张艳国，黄长义，万全文，等.家训辑览［M］.武汉：湖北教育出版社，1994.

[26]　马镛.中国家庭教育史［M］.长沙：湖南教育出版社，1997.

[27]　冯小林.中国隋唐五代教育史［M］.北京：人民出版社，1994.

[28]　徐梓.家范志［M］.上海：上海人民出版社，1998.

[29]　史孝贵.历代家训选注［M］.上海：华东师范大学出版社，1988.

[30]　阎爱民.中国古代的家教［M］.北京：商务印书馆，2013.

[31]　陈寿灿，等.以德齐家：浙江家风家训研究［M］.杭州：浙江工商大学出版社，2015.

[32]　陈孔祥.明清徽州家训研究［M］.芜湖：安徽师范大学出版社，2021.

[33]　唐浩明.唐浩明评点曾国藩家书［M］.长沙：岳麓书社，2002.

[34]　赵振.中国历代家训文献叙录［M］.济南：齐鲁书社，2014.

[35]　喻岳衡.历代名人家训［M］.长沙：岳麓书社，1991.

[36]　吴言生，翟博.中国历代家训集锦［M］.西安：三秦出版社，1992.

[37]　史孝贵.古今家训新编［M］.上海：华东师范大学出版社，1992.

[38]　成晓军.帝王家训［M］.武汉：湖北人民出版社，1994.

[39]　成晓军.宰相家训［M］.武汉：湖北人民出版社，1994.

[40]　成晓军.名臣家训［M］.武汉：湖北人民出版社，1995.

[41]　成晓军.名儒家训［M］.武汉：湖北人民出版社，1996.

[42]　成晓军.慈母家训［M］.武汉：湖北人民出版社，1996.

[43]　陆林.中华家训大观［M］.合肥：安徽人民出版社，1994.

[44]　丁晓山.中国古代家训精选［M］.北京：中国国际广播出版社，1995.

[45] 徐梓. 家训：父祖的叮咛 [M]. 北京：中央民族大学出版社，1996.

[46] 杨知秋. 历代家训选 [M]. 南宁：广西人民出版社，1988.

[47] 王人恩. 古代家训精华 [M]. 兰州：甘肃教育出版社，1997.

[48] 从余. 中国历代名门家训 [M]. 上海：东方出版中心，1997.

[49] 谢宝耿. 中国家训精华 [M]. 上海：上海社会科学院出版社，1997.

[50] 李秀忠，曹文明. 名人家训 [M]. 济南：山东友谊出版社，1998.

[51] 卢正言. 中国历代家训观止 [M]. 上海：学林出版社，2004.

[52] 包东坡. 中国历代名人家训精萃 [M]. 合肥：安徽文艺出版社，2000.

[53] 朱明勋. 中国古代家训经典导读 [M]. 北京：中国书籍出版社，2012.

[54] 戴素芳. 传统家训的伦理之维 [M]. 长沙：湖南人民出版社，2008.

[55] 尚诗公. 中国历代家训大观 [M]. 上海：文汇出版社，1992.

[56] 赵忠心. 古今家教文萃 [M]. 武汉：湖北教育出版社，1997.

[57] 唐松波. 古代名人家训评注 [M]. 北京：金盾出版社，2009.

[58] 谢青松. 中国传统家风家训与当代道德建设 [M]. 北京：中国社会科学出版社，2017.

[59] 徐志福. 古今名人教子诗赏析 [M]. 长春：北方妇女儿童出版社，1990.

[60] 赵忠心. 古今名人教子家书 [M]. 武汉：湖北教育出版社，1997.

[61] 赵忠心. 古今名人教子诗词 [M]. 武汉：湖北教育出版社，1997.

[62] 李孝国，董立平. 教子名文十六篇 [M]. 芜湖：安徽师范大学出版社，2015.

[63] 颜之推. 颜氏家训译注 [M]. 庄辉明，章义和，译注. 上海：上海古籍出版社，2016.

[64] 袁了凡. 了凡四训 [M]. 尚荣，徐敏，评注. 北京：中华书局，2015.

[65] 唐汉. 曾国藩家训解读 [M]. 北京：中国三峡出版社，2000.

[66] 董凤凤.《尚书·周书》文体研究 [D]. 兰州：西北师范大学，2022.

[67] 李雯雯. 先秦两汉训体文研究 [D]. 汕头：汕头大学，2022.

[68] 常雪静. 明代家训中的俭思想研究 [D]. 曲阜：曲阜师范大学，2022.

[69] 鞠洪贺. 唐代帝王家训的教育价值取向研究 [D]. 长春：东北师范大学，2021.

[70] 李淑敏. 中华优秀传统家训文化传承发展研究 [D]. 长春：吉林大学，2020.

[71] 武闻宇.两宋家训诗研究[D].西安：西北大学，2020.

[72] 柏安璇.元代教子诗研究[D].上海：华东师范大学，2020.

[73] 高攀.清代家训中的德育思想对当代家庭教育的启示[D].南充：西华师范大学，2019.

[74] 贾毅君.明代女训研究[D].哈尔滨：黑龙江大学，2019.

[75] 刘静.唐代家训诗的教育价值取向研究[D].长春：东北师范大学，2019.

[76] 李得菲.明代教子诗研究[D].上海：华东师范大学，2018.

[77] 张月佳.清代教子诗研究[D].上海：华东师范大学，2018.

[78] 车墨姣.《张英家训》主体思想研究[D].青岛：青岛大学，2017.

[79] 梁琦.陆游家训诗研究[D].太原：山西大学，2017.

[80] 于琳琳.六朝士族家训思想研究[D].南京：南京师范大学，2017.

[81] 宋爽.宋代教子诗研究[D].上海：华东师范大学，2017.

[82] 刘秀春.唐代教子诗研究[D].上海：华东师范大学，2017.

[83] 张丽萍.先秦至南北朝家训研究[D].西安：西北大学，2016.

[84] 赵红莲.王船山家训伦理思想研究[D].长沙：湖南师范大学，2016.

[85] 高洁茹.浅论魏晋南北朝家训发展及对家族影响[D].武汉：华中师范大学，2016.

[86] 郝嘉乐.东汉家训研究[D].合肥：安徽大学，2015.

[87] 许晓玲.汉魏六朝戒体文研究[D].济南：山东大学，2014.

[88] 王莉.明清苏州家训研究[D].苏州：苏州大学，2014.

[89] 胡欢欢.陆游教育诗研究[D].合肥：安徽大学，2014.

[90] 谭靖娟.汉魏六朝家书研究[D].长沙：湖南师范大学，2014.

[91] 马臻.三国两晋家书研究[D].兰州：西北师范大学，2013.

[92] 韩雅薇.魏晋亲子诗文研究[D].石家庄：河北师范大学，2013.

[93] 李丽博.《朱子家训》的伦理意蕴[D].开封：河南大学，2013.

[94] 张洁.明清家训研究[D].西安：陕西师范大学，2013.

[95] 张静.先秦两汉家训研究[D].郑州：郑州大学，2013.

[96] 陈妍.魏晋南北朝家教文学研究[D].南京：南京师范大学，2013.

[97] 舒连会.唐代家训诗考述[D].南京：南京师范大学，2013.

[98] 潘莉.《尚书》文体类型与成因研究[D].北京：中央民族大学，2013.

[99]　邓英英.魏晋南北朝家训研究 [D].延安:延安大学,2012.

[100]　冯瑶.两宋时期家训演变探析 [D].沈阳:辽宁大学,2012.

[101]　李红敏.中国传统家训探析 [D].曲阜:曲阜师范大学,2011.

[102]　薛熠焕.魏晋诫子书研究 [D].上海:华东师范大学,2011.

[103]　梁加花.魏晋南北朝家训研究 [D].南京:南京师范大学,2011.

[104]　刘欣.宋代家训研究 [D].昆明:云南大学,2010.

[105]　刘晓丹.明清家训家规文化及其对现代家庭教育的影响 [D].哈尔滨:哈尔滨工程大学,2010.

[106]　柏艳.魏晋南北朝家训研究 [D].长沙:湖南师范大学,2010.

[107]　吴小英.宋代家训研究 [D].福州:福建师范大学,2009.

[108]　李光杰.唐代家训文献研究 [D].长春:吉林大学,2009.

[109]　杨夕.刘清之及其《戒子通录》研究 [D].南京:南京师范大学,2008.

[110]　张然.明代家训中的经济观念研究 [D].武汉:华中师范大学,2008.

[111]　安颖侠.汉代家训研究 [D].石家庄:河北师范大学,2008.

[112]　付元琼.汉代家训研究 [D].桂林:广西师范大学,2008.

[113]　朱岩.《尚书》文体研究 [D].扬州:扬州大学,2008.

[114]　刘晓千.魏晋六朝诫子书研究 [D].泉州:华侨大学,2008.

[115]　邰攀峰.先唐戒文研究 [D].桂林:广西师范大学,2007.

[116]　陈志勇.唐宋家训研究 [D].福州:福建师范大学,2007.

[117]　陈志勇.唐代家训研究 [D].福州:福建师范大学,2004.

[118]　张玉清.我国古代家训与现代启示 [D].武汉:华中师范大学,2006.

[119]　赵楠.唐代的教育和教育诗 [D].南京:南京师范大学,2006.

[120]　陈笑.先唐箴文研究 [D].桂林:广西师范大学,2006.

[121]　杨华.论宋朝家训 [D].兰州:西北师范大学,2006.

[122]　闫续瑞.汉唐之际帝王、士大夫家训研究 [D].南京:南京师范大学,2004.

[123]　赵振.唐宋家训文献研究 [D].武汉:华中师范大学,2000.

[124]　朱明勋.中国传统家训研究 [D].成都:四川大学,2004.

[125]　刘军华.家训体的形成及其文体之确立 [J].华夏文化论坛,2023(1):39-46.

[126] 王雷，侯岩峰.南宋家训诗的影响及其当代价值[J].文化学刊，2022（7）：244-247.

[127] 刘军华.《尚书·无逸》的文体特征及文体学意义：兼谈口头家训的发生与文本的凝定[J].求是学刊，2022，49（2）：152-160.

[128] 杨允，赵女女.两汉魏晋诫子书的文体形态与文化意蕴管窥[J].渤海大学学报（哲学社会科学版），2022，44（1）：117-122.

[129] 江雪莲.中国家训文化源流论略[J].东南大学学报（哲学社会科学版），2021，23（1）：128-139.

[130] 张焕玲.宋代家训诗的文化学阐释[J].咸阳师范学院学报，2021，36（5）：96-102.

[131] 蔡丽平.陆游家训诗的比喻艺术探析[J].名作欣赏，2019（3）：105-107.

[132] 蔡丽平.陆游家训诗的用典艺术探析[J].汉字文化，2019（1）：91-92.

[133] 严文强.浅析中国传统家训的特殊方式"教子诗"[J].文化创新比较研究，2019，3（27）：44-45.

[134] 罗柠，吴中胜.从政事之训到家教之训：文体学视阈下的"训"体发展[J].文化与诗学，2018（1）：297-311.

[135] 蔡丽平.陆游家训诗的借代艺术[J].文学教育（上），2018（10）：38-39.

[136] 陈延斌.中国传统家训研究的学术史梳理与评析[J].孔子研究，2017（5）：137-144.

[137] 马智全.从清华简《保训》看"训"文体特征[J].鲁东大学学报（哲学社会科学版），2014，31（4）：60-63.

[138] 闫续瑞，刘姣.论陆游家训诗歌的新特点[J].湖北民族学院学报（哲学社会科学版），2014，32（2）：91-94.

[139] 闫续瑞，张艳萍.论杜甫家训诗歌中的教育思想[J].时代文学（下半月），2012（1）：193-195.

[140] 林锦香.中国家训发展脉络探究[J].厦门教育学院学报，2011，13（4）：45-51.

[141]　刘欣.论宋代家训的文体表现[J].北京理工大学学报（社会科学版），2011，13（3）：109-113.

[142]　金璐璐.汉代女训比较研究[J].教育评论，2010（2）：122-124.

[143]　时国强.汉魏六朝家诫文综论[J].广西社会科学，2010（5）：98-101.

[144]　陈志勇.唐宋家训发展演变模式探析[J].福建师范大学学报（哲学社会科学版），2007（3）：159-163.

[145]　赵振.试论唐宋家训文献的转型与特点[J].安阳工学院学报，2007（2）：78-81.

[146]　陈赟.《尚书》"十体"的文体学价值[J].湖南社会科学，2007（3）：145-148.

[147]　闫续瑞.汉代二大夫家训简论[J].求索，2006（9）：177-179.

[148]　陈延斌.论陆游的"诗训"教化及其特色[J].徐州教育学院学报，2001（2）：26-29.

[149]　徐少锦.中国古代商贾家训探析[J].齐齐哈尔大学学报（哲学社会科学版），1998（1）：9-14

[150]　蔡雁彬.汉魏六朝诫子书研究[J].古典文学知识，1997（2）：126-128.

[151]　陈忠凯.《韩愈五箴》考[J].文博，1996（6）：56-58.

[152]　王炳仁.中国古代名人家教举要[J].杭州大学学报（哲学社会科学版），1986（1）：110-113.

[153]　谈敏.历代封建家训中的经济要素[J].中国史研究，1986（2）：3-16.

[154]　高树海.汉魏六朝诫子书与家诫论议[J].常熟理工学院学报（哲学社会科学），2013（5）：82-84.

[155]　马铁浩.汉代家训的文本形态与文体特征[J].河南理工大学学报（社会科学版），2020，21（5）：45-51.

[156]　张柳.中华"诫子书"思想内容浅析[J].绥化学院学报，2022，42（2）：64-67.